El Player
El nómada sexual

Chuy Chapa

Primera edición: *junio 2021*

Diseño portada: I. Ch. G.
Diseño editorial: Literálika

A mis hijas Ivanna, Fabiola Isabel, Fátima y Paulina,
(solo les pido que se salten las escenas de sexo).
También para todos los que han sufrido a causa de la pertinaz
pandemia que envuelve al mundo y que a pesar de todo el sacrificio
se esfuerzan por sacar la mejor versión
de este tiempo que nos tocó vivir, a ellos,
les recuerdo con esperanza que esto también, pasará...

Contenido

8

Palabras del autor

Lo más difícil de aprender en la vida es qué puente hay que
cruzar y qué puente hay que quemar.
Bertrand Russel

Hay un momento en la vida en donde algunos nos preguntamos y ¿esto es todo? ¿Dónde están las luchas épicas? ¿Las grandes conquistas, el heroísmo aplicado para domar o conquistarlo todo?

Pertenezco a la llamada generación X, una generación que en parte se caracterizó por criarse a sí misma con mucha libertad, pero acotada por prejuicios y paradigmas.

Algunos han llamado a esta generación *Los hijos de "en medio"* de la historia en donde, salvo por algunas crisis económicas ocasionadas por gobernantes embriagados de poder o con desvaríos decembrinos, no hemos vivido grandes guerras, movimientos sociales ni sobresaltos hasta ahora… y lo digo con reservas. Quizá esto, en parte, ha logrado que nuestra única guerra sea espiritual y de rompimiento de paradigmas.

Con frecuencia nos encontramos envueltos en una vida cotidiana, nos abraza la monotonía y la nostalgia por mejores tiempos reales o que solo pasaron en nuestra imaginación.

Debemos aprender a salir de ese entumecimiento pensando en lo extraordinario de lo cotidiano y en cómo las actividades mundanas se vuelven legendarias.

Finalizo esta novela en los momentos en que el mundo está de cabeza por una epidemia terca y recurrente que nos ha forzado a plantearnos muchas cuestiones, claro, con una sana distancia.

Ahora los recatos del amor se vuelven imprescindibles para conservar la salud y, en pos de combinar la salvación del cuerpo con la salud de la mente, hemos tenido que aprender de nuevo a querernos sin tocarnos, a consagrar todo el cariño, el amor, la amistad y todos los caprichos del amor romántico que existen en un saludo, en una llamada, en mensajes de texto y en reuniones sin abrazos ni palmadas en la espalda. Tarea difícil ya que somos seres humanos vibrantes que reciben y trasmiten energía a través del contacto.

Quizá estos momentos de encierro sirvan para identificar qué es lo que realmente nos mantiene maniatados en la vida, las cadenas invisibles que sujetan nuestros sueños, nuestros anhelos y, en general, todo lo que importa, para romper las normas arcaicas que nos confinan para seguir avanzando como esposos, parejas, abuelos, padres, amigos, hijos y hermanos liberados. Esta forma nos permitirá no juzgar tan duramente a las personas, a las nuevas generaciones y especialmente a nosotros mismos, y llegar a la vejez sin amarguras.

La historia se desarrolla en un país y en particular en una ciudad que nunca ha sido buena para guardar secretos, un lugar en donde todo se sabe. Algunas veces antes de que pase, pero la mayoría incluso sin que pase nunca.

Habla de vidas cotidianas, de personajes comunes con virtudes y defectos como todo humano, de relaciones que luchan por extirparse los espejismos de perfección de la vida romántica y de amistades que se mantienen a pesar de todo.

Esta novela que termina en puntos suspensivos solo tiene por propósito: entretener. No curar ni diagnosticar ninguna condición prevaleciente en el alma o en la psiquis de la lectora o el lector.

Se recomienda la lectura acompañada de algún espíritu embriagante que provenga del agave, y si por algún benévolo designio del destino llega a ser leída y al mismo tiempo provocar una sonrisa o reflexión, por leve y pasajera que sea, me daré por bien servido.

Chuy Chapa
San Pedro Garza García N.L. a junio de 2021

El Player

*Todo empezó cuando aquella serpiente
me trajo una manzana y dijo prueba.*

La parsimonia de mi chofer de Uber que conducía un Mercedes Serie C negro que ya había vivido sus mejores años, me resultó perfecta para lidiar con el monótono tráfico de Ciudad de México, mientras recargaba la cabeza en la ventanilla y observaba el azul perfecto de un cielo sin nubes. Eran las cuatro de la tarde de un martes de algún marzo de un año cualquiera.

Al entrar al aeropuerto previsoramente ya con el pase de abordar en la mano, me dirigí como autómata sin reparar en nadie rumbo a la puerta que conducía a las salas de abordaje, lo primero que me sacó de mi trance y llamó mi atención fue una pareja de enamorados que se despedían con ansia antropófaga. Estaban parados algunos metros antes del filtro de seguridad, ambos debían rondar los treinta años o quizá un poco más. Él la abrazaba agarrándole las nalgas como si estuviera escogiendo aguacates y ella entregada por completo a un largo y ensalivado beso francés.

En su universo de ensoñación solo habitaban ellos, los demás pasajeros no entrábamos en su cuadro. Parecían flotar ambos en una atmósfera de mota, y con una risa idiota parecían celebrar cualquier cosa. Les importaba muy poco que a su alrededor pulularan familias con niños, viajeros apurados con sus negocios y un montón de personal del aeropuerto.

La imagen no alcanzó a molestarme, pero pude notar que me incomodó un poco ¿sería envidia o síndrome de abstinencia?

Los observé hasta que mi curiosidad, sin notarlo, dibujó un gesto hostil en mi rostro y ellos se dieron cuenta recatando sus muestras de afecto exhibicionista. La escena me llevó a la conclusión de que el amor romántico es como una droga, capaz de transformar la realidad, y ese es precisamente el punto: Me hizo preguntarme si sería posible enamorarse de alguien a quien puede verse tal y como realmente es.

Quizá el amor es solo un truco para que nuestra especie no se extinga y la gente siga perpetuando a la humanidad con intención o involuntariamente.

No pienso a diario en el amor y nunca la escena de un par de tórtolos cachondos había llamado antes mi atención.

María y yo llevábamos cinco años juntos. No podía recordar con gran detalle cómo había comenzado todo, pero lo que sí sabía era que cada vez que la veía me alegraba. La escena del aeropuerto me hizo caer en cuenta de que ya no había alcanzado el grado en que se perturbara la química de mi cerebro al estar con ella. Era simplemente como si nuestra intimidad se hubiera colapsado por la rutina.

Debo decir que cada vez disfrutaba más de mi tiempo libre. Ahora no quedaba nada del "enculamiento" que sentí cuando la conocí. No entendía porqué la duda se clavaba en mi pensamiento ¿había estado realmente enculado alguna vez?

Nuestra vida en común se había apagado. Era como si la costumbre nos hubiera fundido las ganas, estábamos juntos eso sí, pero parecieran ser nuestros hábitos los que igual que una soldadura nos mantenía unidos. Ni hablar de las muestras de cariño en público, éramos lo que se puede llamar una pareja muy recatada.

En cambio, yo me emocionaba cada vez que escuchaba a alguien hablar de alguna experiencia sexual fuera de lo común, como coger en el baño de un avión en vuelo o hacerse obscenos tocamientos bajo la mesa de un restaurante. En nosotros hacía algún tiempo se había terminado la pecaminosa costumbre de toquetearnos a cada rato. Estaba seguro de que nos queríamos, pero hacía tiempo ya se había apagado la mecha de la lujuria que caracterizó los "pininos" de nuestro vínculo amoroso.

Con mucho esfuerzo pude recordar, sin evitar un poco de nostalgia, la última vez que María me había dicho te amo, y si mal no recordaba fue una mañana en que mi pareja se había desvelado trabajando porque debía entregar unos planos al día siguiente. Así que la dejé dormir hasta tarde, y al levantarme lo hice sin hacer el menor ruido. Llevábamos años con la misma rutina de despertarnos al mismo tiempo. Habíamos aprendido mutuamente a tolerar los ruidos que acompañan los rituales matutinos personales y compartíamos juntos algunos de nuestros hábitos cómo lavarnos los dientes uno a lado del otro para luego desayunar rápida y calladamente juntos. Esos eran prácticamente los indicios y manifiestos de la existencia de nuestro vínculo a últimas fechas y yo lo consideraba lo más saludable de nuestra relación. Para iniciar el día nos despedíamos con algún insípido beso que, a veces, marginalmente rozaba nuestros labios. Nos considerábamos banalmente felices y eso era suficiente.

—Me dejaste dormir—, me dijo con cara amodorrada dos horas después de que me levanté y cuando ya estaba a punto de irme a trabajar.

—Sí, me diste la impresión de que necesitabas tu "beauty rest".

—Gracias mi vida, te amo.

Y eso fue, nada especial, solo un "te amo" vago de agradecimiento como los muchos que se usan de muletilla verbal para amortiguar el tedio en las relaciones largas, de esos que salen a manera de reflejo, porque ya te acostumbraste a decirlos, casi sin sentir ni darte cuenta del valor y lo que significa la frase.

Ella no era especialmente efusiva al declarar su amor y muchas veces regateaba los piropos que tan bien funcionan para lubricar las relaciones, pero eso no me molestaba o quizá solo no me molestaba lo suficiente. Conocíamos personas que eran demasiado efusivas y exageradas en su día a día, a lo cual nosotros respondíamos con chistes privados. Ese tipo de personalidad nos llamaba la atención y compartíamos una burlona complicidad secreta. Todo eso era para mí una muestra de que seguíamos siendo una relación sana y feliz.

Mi pareja se llamaba María Villa, tiene treinta y siete años, aunque parece cinco años más joven, de cabello castaño y un rostro fino que cuando se ríe revela unos simpáticos hoyuelos que se le dibujan en las mejillas. Es una mujer guapa, siempre en el gimnasio y haciendo la última dieta de moda. En el fondo era como si tuviera un pleito casado contra el calendario y se negara a aceptar que se acercaba a los cuarenta.

Había estudiado arquitectura en una universidad de prestigio y se había graduado con el mejor promedio de su generación, incluso había salido en el periódico se suponía que le apasionaba su carrera; siempre comprando revistas del tema y viendo documentales sobre diseños y construcciones que, por cierto, en mí tenían un efecto soporífero. Sin embargo, solo ejercía esporádicamente, cuando algún conocido con dinero la contrataba para que ella hiciera los planos de una nueva construcción o para remodelarle una casa. Un día le pregunté porqué nos se dedicaba de lleno y ponía un despacho o se incorporaba a alguno de los muchos que al graduarse le habían hecho ofertas.

—La mayoría de los trabajos que te contratan vienen con un presupuesto limitado, a mí no me gusta que por falta de dinero tenga que dejar mis mejores ideas en la mesa y mi obra salga mocha, inconclusa.

Y esa era mi pareja, la arquitecta—artista que jamás comprometía su vocación estética en sus obras con algún cliente tacaño. Por lo tanto, como remedio financiero para poder darse sus gustos y caprichos eventuales, ella se dedicaba a vender cosas que conseguía por internet y si eso no era suficiente, acudía a sus padres adinerados. Ella siempre fue la adoración en especial de su padre que tenía un lado blando para cualquiera de sus peticiones.

María, con su pelo castaño y su 1.55 de estatura, exudaba un aire de importancia que hacía que las personas que la veían se preguntaran quién era ella, por lo que nunca le faltaron pretendientes y amigos, aunque sabía estar sola también. Desde el comienzo de nuestra relación nunca me reclamaba a dónde iba, qué hacía o con quién me juntaba, actitud que yo silenciosamente le agradecía tampoco celándola mucho. Una vez ni siquiera se percató de que me fui de viaje de trabajo, y no recibí ni una sola llamada en todo el día hasta que yo le marqué para saber si estaba todo bien:

—¿Por qué no he sabido nada de ti en todo el día?

—Ay Javier, cálmate, sabes que estoy súper metida en este proyecto y se me pasan las horas si saber ni qué día es hoy.

—Es que la semana pasada habíamos dicho que quizá hoy cenábamos y no fuiste ni para confirmar ni cancelar, pero bueno, te aviso que estoy en CDMX y regreso mañana.

—Perfecto que te vaya súper, te mando un beso.

Esa vez sí me sorprendió, pero yo no era del tipo celoso y mis inseguridades particulares las "camuflaba" muy bien y le reñía por todo menos por lo que en verdad sentía. En alguna ocasión leí que todos llegamos a nuestras relaciones con una cajita de necesidades infantiles insatisfechas en nuestro subconsciente, así que intentaba obstinadamente no hablar de lo que racionalmente consideraba una exigencia pueril. Ese día me tranquilizó el hecho de que estuviera absorta diseñando un edificio de oficinas para un amigo millonario de su padre.

Mi trabajo me obligaba a viajar mucho, al principio lo disfrutaba, pero conforme crucé la barrera de los cuarenta, los vuelos cada vez me parecían más pesados. El tedio comenzó a pesar hasta en los registros de hotel, y las comidas interminables de negocios ahora parecían introducidas con calzador a mi agenda. El alcohol fluía siempre como catalizador de un buen trato.

Trataba de mantenerme en forma visitando el gimnasio de manera regular y comiendo bien, no era ningún galán de cine, pero la personalidad y el ser bien aliñado me aseguraba buen trato donde quiera que fuera, y no era raro la ejecutiva de ventas o las asistente de dirección que abiertamente me proponían situaciones indecorosas, mismas que a partir de que estaba con María, rechazaba, a pesar de que ya hacía mucho tiempo en que María y yo nos hubiéramos aventado un buen palo. No es que fuera un ermitaño sexual, pero siempre había sido "preocupón" y la sola idea de ponerle el cuerno a mi pareja me causaba retortijones, así que me privaba de las potenciales conquistas en nombre de la fidelidad, no sin antes sentirme orgulloso de las bajas pasiones que provocaba y que, no puedo negar, a veces alentaba con un poco de coquetería masculina o con algún chiste eventual de doble sentido. Para mí eso era ya jugar con la frontera de lo que estaba permitido y era toda una osadía, qué bien nos pintamos los mexicanos para eso.

En una de esas veces de solitaria distancia y con la moral adormecida por un buen tequila, me puse a reflexionar acerca de la naturaleza monolítica con la que juzgamos la fidelidad.

*

Quizá hubo un momento en la historia no muy reciente en donde ser fiel significaba una pareja de por vida, esto hoy en día era notoriamente falso.

La norma y eso si te va bien, es tener una pareja a la vez. Conocía a personas que se casaban muy jóvenes, luego se divorciaban, andaban solteras un rato teniendo varias parejas en el ínter para luego volverse a casar con la esperanza de no repetir el ciclo. Ellos se consideraban con más autoridad para llamarse monógamos que un tipo al que conocí y que estuvo casado cuarenta años, a quien su celosa esposa le pidió el divorcio luego de que arrepentido, le confesó que en una convención le había fallado la fuerza de voluntad por única ocasión, aceptando irse a la cama y aventarse una otoñal y quizá muy merecida canita al aire con una compañera de trabajo divorciada, que hacía tiempo lo traía entre ojos. Solo por eso ahora él era el infiel de su círculo social, y su ex esposa junto con toda la manada de su grupo de amigos, lo calificaban de adúltero con dureza, a pesar de tantos años de estoico acompañamiento matrimonial.

En fin, yo por si las moscas, a pesar de algunos antojos eventuales mientras las reglas que regulan a las parejas en materia de exclusividad sexual se mantuvieran rígidas, prefería llevar la fiesta en paz y mantenerme siempre en los límites decorosos de la monogamia voluntaria.

*

Como tenía todo listo para subirme al avión, me apuré a dirigirme a la sala de abordaje no sin antes hacer una parada en Starbucks para comprarme un café negro en el gran aeropuerto de la ciudad de México.

Cambié de tema mental al entrar a la famosa y cara cafetería.

Qué genialidad de ambiente te vende ese lugar que te traslada por un par de minutos a un escenario neoyorkino presagiando una buena bebida como anestesia para que no te percates de lo excesivo que son sus precios. En ese lugar es exagerado lo que cuesta un café, no se diga si lo acompañas con un panecito.

Ser viajero frecuente tenía sus ventajas y mi tarjeta American Express Platino me aseguraba abordar primero y, casi siempre, un vuelo en los asientos de primera clase, mismos asensos que propiciaba siempre programando mis vuelos en horarios pocos convencionales para los ejecutivos cuando los aviones casi siempre van vacíos.

La ejecutiva de vuelo me asignó el asiento 1B, uno de mis favoritos porque eres de los primeros en salir del avión y casi nadie te ve que entraste y bajaste de primera. Así que esperé hasta el final, ya que todos los demás pasajeros habían abordado para pasar por el túnel y tomar mi asiento. Esa costumbre que tenía fue a raíz de que en varias ocasiones me habían tildado de mamón algunos amigos que me encontraba en el vuelo y que generalmente iban atrás en clase turista.

En primera los asientos son más amplios, la bebida y los cacahuatitos a los que les llaman "almendras" hacen que hasta la hora quince de vuelo hacia mi destino sea más placentero.

Ese día, al abordar, mi compañero de asiento ya estaba cómodamente arrellanado en el sillón. Era un tipo aproximadamente de mi edad, quizá algunos años mayor, alto de estatura y complexión atlética, cabello ondulado que comenzaba a ser sal pimienta, porte aristocrático y vestía un saco sport azul remachado con botones dorados.

En la cotidianidad de las ciudades, te cruzas con tantas personas que rara vez pones atención en ellas, vives rodeado de un mar de gente lo que te insensibiliza para prestar atención en los detalles. Esta vez fue la excepción, había algo en mi compañero de asiento que trasminaba un aire y una sensación que en ese momento no pude interpretar, además de que me sentí un poco herido en mi quizás frágil masculinidad al notar que olía muy bien, y tomé nota mental de preguntarle qué loción usaba para comprar la misma.

Tomé mi asiento sin decir nada. En todo momento lo vi muy enfocado en su Smartphone como cada vez más gente lo hace. Y ahí fue cuando mi natural curiosidad me llevó a voltear a ver la diminuta pantalla de su iPhone en donde, de manera disimulada, pude ver que le estaba escribiendo a una tal Larissa, diciéndole lo increíble que se la había pasado con ella.

—Ya quiero que regreses.

—Pronto mi reina —contestaba él.

Seguía escribiendo que la iba a extrañar y esperaba verla pronto. Mi mente voló a mi propia relación con María y a pensar en el tiempo que había pasado sin que nos escribiéramos o dijéramos o siquiera pensáramos que nos "íbamos a extrañar". Intenté recordar la última vez que nos dijimos que "la habíamos pasado increíble". Lo pensé sin sentir pesar por eso, ya que consideraba que ese era el precio de tener una pareja que te dé seguridad y cariño, aunque en los rubros del deseo se vaya difuminando hasta reconocer que ya no hay territorio por descubrir ni nada de espontaneidad. Eso era lo normal en las relaciones estables y duraderas, pensé, donde no existía la precariedad de tiempo que obligaba a dedicarse arrumacos con ansias.

Fue entonces cuando vi que mi compañero de asiento ahora le estaba escribiendo a Lizet diciéndole que "ya había abordado y que no podía esperar más para verla". Después cerró ese chat y abrió otro con Susana en donde decía que se había ido muy temprano para no despertarla, pero que había sido una de las mejores noches de su vida.

Yo estaba como un niño en Disneylandia, en ese momento había perdido la discreción al voltear ante la promiscuidad crónica de mi acompañante, cuando de pronto mi conquistador compañero volteó a verme y guiñando un ojo me dijo con una sonrisa picarona.

—La vi para una cena tarde y terminamos en el Camino Real de Polanco como dos muchachos en celo —añadió silbando un poco en silencio—. A ella le gustan las palabras tiernas, así que la doré en azúcar toda la velada —dijo mientras me mostraba su sonrisa de dientes perfectos.

No supe qué contestarle a quien de entrada me pareció un playboy ligón ante tal confidencia, así que solo sonreí asintiendo con cara de entendimiento a medias, a lo que él continuó.

—Mucho gusto, me llamo José Manuel Moctezuma.

Después de que la asistente de vuelo nos sirvió un par de bebidas, a él un whisky y a mí un tequila, empezamos una animada plática en la que me contó que era un empresario de la industria automotriz, que era divorciado, se había casado muy joven y que su matrimonio no había terminado por nada en particular.

—Cuando te divorcias todos piensan que fue por algo, quieren sentirse seguros de que evitando tal o cual cosa y respetando las reglas sus matrimonios estarán a salvo, y no se percatan de los pequeños detalles que van terminando una relación. Por lo general, no te das cuenta de que cada noche te separas un centímetro más al dormir, hasta que terminan en habitaciones diferentes, y cuando ya son muchas las señales que te hacen creer que ya no amas a tu pareja es cuando decides terminar o ir a buscar afuera lo que para ti en ese momento es vital y no encuentras en casa.

A partir de su divorcio —uno muy amigable según decía— decidió nunca volverse a casar.

—De cada cuatro matrimonios fallan tres, es una probabilidad ridícula que te vaya bien. ¿Tú te tirarías en paracaídas desde un avión si te dijeran que hay un 75% de posibilidades de que tu paracaídas no se abra? —dijo arrojando la estadística de manera muy convincente.

No repliqué nada porque las cifras que había leído en diferentes publicaciones parecían asistirle, yo mismo no estaba tan convencido del matrimonio con todo y que mis padres habían tenido una relación larga y amorosa que soportó de todo, incluyendo muchas probables indiscreciones de mi padre a las que mi madre respondió con amorosa indiferencia.

Me contó que él prefería salir con varias mujeres a la vez y cuando la cosa se ponía seria las iba desechando; a cada relación, sin miramientos, le ponía fecha de caducidad.

—Esa técnica se la copié a George Clooney, aunque ahora que se casó me defraudó un poco, pero bueno tuvo la fortuna de encontrarse a esa abogada de los derechos humanos que debe de ser todo un reto intelectual para un actor de Hollywood. Desde entonces nada serio, puro disfrutar y pasarla bien.

Le contesté que a veces envidiaba ese estilo de vida, pero a mí la seguridad de tener una pareja en casa esperando en donde todo era territorio conocido, me aportaba una paz imperturbable que me ayudaba a seguir adelante con mi carrera y con la vida misma, que quizá algunas personas estaban diseñadas para brincar de cama en cama sin remordimientos, pero que yo era más ratón de un solo agujero, "monovaginal" añadí con una sonrisa al percatarme de haber soltado un término que había inventado para describir que no me interesaba chapotear en las aguas de la promiscuidad.

José Manuel soltó una carcajada y me dijo:

—Así era yo, a ver cuánto te dura— y me dio su tarjeta, justo cuando estábamos a punto de aterrizar en el aeropuerto de Monterrey.

—Llámame a ver si luego nos tomamos algo, me caíste bien — me dijo— hay que seguir con esta plática, pero mucho ojo, tienes razón, este estilo de vida no es para cualquiera y de ninguna manera te lo estoy recomendando —advirtió a manera de prédica.

Nos despedimos al bajar el avión y cada uno siguió su camino, no sin antes ofrecerme un aventón con su chofer a lo que le respondí que prefería tomar un Uber.

Después de aquella conversación me urgía llegar a casa y reafirmar todas mis creencias y contrastar las bondades de la monogamia al estilo de vida de José Manuel.

Mi vehículo llegó casi de inmediato a la puerta acordada; increíble como Uber revolucionó a la industria del trasporte siendo disruptivo. De niño te dicen que nunca hables con extraños y mucho menos te subas a un vehículo de un desconocido y es justamente lo que hacemos al utilizar esta plataforma.

Mi estancia en la Ciudad de México se había extendido más de la cuenta y María creía que llegaría hasta el día siguiente, así que pensé en sorprenderla con un regreso anticipado y llevarla a cenar de sorpresa, quizá terminaríamos en un bar donde escucharíamos música, y ambientados, al regresar a la casa, hacer el amor de manera diferente. Con frecuencia se quejaba de que siempre cogíamos igual.

Después de aquella plática con el playboy algo en mí subconsciente me generó unas ganas muy fuertes de verla, era algo que hacía mucho tiempo no sentía. De aquella charla con José Manuel sentía un cosquilleo renovado en las verijas que me había dotado de vigor masculino, así que, durante el traslado desde el aeropuerto imaginaba el cómo la sorprendería coronándola de vigorosos orgasmos. Quería llegar para remarcar de nuevo nuestro romanticismo y dotar de vitalidad a la relación para, sobre esa base, enmendar cualquier grieta que hubiera cuarteado lo que existía entre los dos.

Al llegar a la casa que compartíamos en la colonia Del Valle en San Pedro Garza García y que llamaba mi hogar, bajé del vehículo con mi maleta de mano y me encaminé hacia la puerta, usé mi llave para entrar y subir sigilosamente la escalera rumbo a nuestro habitación con la intención de sorprenderla. Me detuve al escuchar sugestivas voces y sonidos y pensé que estaba haciendo alguna rutina de pilates que había encontrado en YouTube o algo similar, pero de repente tuve una sensación fría que me amargó el sabor de la boca. Fue una señal de alarma ante lo que mi imaginación comenzaba a gestionar. Mis ojos se humedecieron de inmediato y sentí un dolor punzante en la boca del estomago.

Nunca nada me hubiera preparado para lo que vi al abrir la puerta…

*

María
Madrid, España
Verano 2001

Cuando lo vi sentí un shock eléctrico en la parte baja del abdomen, debí poner cara de que me había caído un rayo, porque Apolonia me tuvo que dar una palmada en la parte de atrás de la cabeza para regresarme a la realidad. Ella era mi amiga desde que estábamos en kínder y ahora me había acompañado en este viaje de estudios de verano que el Tecnológico de Monterrey había organizado. Todo el verano aprendiendo de las influencias post modernas del imperio romano en la arquitectura europea y para mi desgracia debíamos regresar. Había disfrutado más de la cuenta la estancia en Madrid y la vida nocturna y convulsa de la capital de España.

—Es Jonás Cantú, está guapísimo, pero es lo que le sigue de mamón, no vino con el grupo del verano, creo que él vino aparte porque está buscando quedarse a estudiar una maestría en derecho comparado en la Universidad Complutense. Ya pregunté porque lo vi hace días y me llamó la atención, pero no pierdas el tiempo, él no vino al desmadre —me dijo con palabras perfumadas con fuerte olor a alcohol.

—Ay Apo, solo me llamó la atención, X —en realidad sí que había capturado mi atención de forma fuerte y no podía dejar de mirarlo; las palabras de mi amiga lo único que habían hecho fue inflamar más las ganas que tenía de conocerlo. Un muchacho responsable, pensé, en verano y en Madrid es un garbanzo de a libra diría mi madre. Me movió desde que lo vi, pero era demasiado guapo y estaba el factor tiempo ya que mi verano estaba por acabar. Eran los últimos días de libertad europea antes de regresar a México.

Me dolía en el corazón que hubiera terminado y regresar a mi país. Había pasado de todo en este verano, fue como vivir una vida completa de adulto, había tenido romance y desamor, enojos con amigos y celos profesionales que se empezaban a gestar en la competencia por los mejores diseños. Eso era algo común en la carrera que había escogido. El verano incluyó una visita de fin de semana a Cala Brava en Mallorca donde en una de sus playas, Cala Mosca en el mediterráneo, Apolonia y yo, nos quitamos la parte de arriba del biquini para asolearnos por primera vez topless. Sentí la excitación de arrojarme al mar sin traje de baño mientras reíamos tomando un exceso de vino blanco muy ligero y simpático que producían en la región, la travesura tuvo lugar en una parte remota de la playa en donde no había nadie cerca. A donde fueres haz lo que vieres, reza el refrán, y como una pequeña muestra de rebeldía a todos los tabúes de la sociedad conservadora llena de mitos y paradigmas en donde había crecido, sin dudarlo, había cedido a la sugerencia de Apolonia: nos tendimos en dos toallas y doramos esas partes de nuestro cuerpo que solo en muy contadas ocasiones habían visto la luz del sol, después de todo estar en esa isla aislada, en nuestras mentes equivalía a estar en otro planeta, muy lejos de cualquier persona conocida.

Al regresar a Madrid ese pequeño acto de libertad me dio el jalón que necesitaba para descubrir la naturaleza indómita que tenía encerrada dentro de mi alma en una torre custodiada por un dragón de cuentos de hadas. Eran nuestros últimos días, así que decidimos que haríamos de cada noche una fiesta inolvidable en la capital del país ibérico.

Lo que siguió fue un frenesí de noches espectaculares y novedosas. En una de ellas me besé con un chico que había conocido solo por unos breves momentos, rompiendo todos mis protocolos vigentes. Nuestra etapa de "tratarnos" fue lo que tardamos en bebernos una mezcla de vino tinto con Coca Cola y, segundos después ya estábamos ambos acariciándonos la boca con la lengua por adentro. Fue un sentimiento maravilloso, no solo el acto en sí y la natural atracción de estar con un hombre que me gustaba y que me deseaba con unas ganas que se traducían en la dureza que permeaba su traje de baño, sino la libertad de hacer cualquier cosa, de perderle el miedo al qué dirán, al castrante Víctor y a mis propios remordimientos. En esos momentos había aprendido algo: ahora sabía que mi peor enemigo vivía en mi mente conservadora hasta ese instante y que sabía exactamente de que pata cojeaba, pero había desterrado ese enemigo con la ayuda de un viaje, simplemente cruzando el Atlántico.

Fueron unos besos sin siquiera saber nuestros nombres, pero eso no importaba, era sentir por sentir. Por un momento hasta Apolonia estaba sorprendida, pero de inmediato se contagió del mismo efecto: pronto cedió a los ruegos de un insistente galán que le había invitado una bebida, y de un momento a otro ya se estaban oliendo los alientos y él con una mano en la cintura que no tardaría en aventurarse a las nalgas.

Como buenas regias habíamos decidido no dar tanta importancia a los amores de verano, que fugaces, de a ratitos, llegaban como lluvias pasajeras que cumplían su función y aderezaban nuestra estancia con sensaciones sin sentimientos profundos. A mí, al contrario de lo que pensaba, me dejaban de todas maneras un buen sabor de boca, no me clavaba, sabía que lo que sentía y vivía duraba lo que tenía que durar, que en esa edad y en ese lugar era precisamente un rato o una noche, nunca más que eso. Me quedaba con una buena historia y una sensación de seguridad renacida que me ayudaba a saber que nunca más me iba a sentir abandonada en el amor, jamás volvería a la letanía de mendigar cariño tal y como me había sentido antes de comenzar este verano de estudios en España. Había llegado deshecha, el vuelo había sido una confusión de lágrimas, aun no aterrizaba y ya me quería regresar. Víctor Oropeza, mi exnovio me había sentenciado, si te vas olvídate de mí, y eso para mí había sido casi una sentencia de muerte. No sabía si lo seguía queriendo, pero algo muy fuerte me tenía atrapada a su lado, había sido mi novio más duradero y que en apariencia era una pareja perfecta, de buenas familias y posición económica, tenía pegue y muchas querían andar con él por lo que, en su momento, me sentí honrada de que me hubiera elegido a mí.

Con él que me había acostado a hacerlo todo por primera vez, quería obedecerlo en aquel momento, pero mi padre insistió en que aprovechara la oportunidad de aprender en este lado del mundo sobre mi carrera que era mi pasión. Quizá él sabía con su amor sabio de padre que poner un poco de distancia o todo el Atlántico entre Víctor y yo, me convenía.

—Hijita, me gustaría tener una plática contigo —me dijo un día—. ¿Qué te parece si le dedicas toda una tarde a tu padre para comer delicioso y ahora que eres mayor de edad quizá también compartir una botella de buen vino, para que sepas a qué sabe? —me dijo sin saber que tenía años bebiendo a escondidas ocasionalmente todo tipo de licores, vinos y cerveza.

—Claro papi, puesta cuando tú digas.

—Qué mejor que hoy, muero de hambre, vamos a La escondida, es uno de mis lugares favoritos y te va a encantar un consomé que hacen con camarones, sopa de fideo y frijoles.

Al llegar al lugar nos recibieron como en casa, toda la parafernalia del cliente frecuente y consentido, su mesa de siempre, qué vino de sus favoritos le gustaría beber hoy… Después de comer delicioso y de una plática bastante sencilla, me dijo:

—María, tenía tiempo de querer decirte algunas cosas, es importante ahora que vas a empezar tu vida adulta que sepas bien lo que te espera. A las mujeres se les pide mucho en esta sociedad: que sonrían y que sean buenas; si eres muy pasiva te van a juzgar y si eres muy agresiva también. A las mujeres se les juzga con más dureza si cometen errores, tanto en lo personal como en lo profesional, también en un mercado dominado por nosotros se les paga menos sin importar si son más talentosas. Veo que te apasiona la arquitectura y quiero que sepas que siempre te voy a apoyar en tu carrera, pero tienes que saber que, si te conviertes en una exitosa arquitecta y te casas y, muy probablemente, si no escoges bien a tu pareja, va a esperar que asumas los roles convencionales de mujeres a pesar de que quizá seas tú la que gane el dinero en la casa, así que ponte muy lista al escoger, y también quiero que sepas que no espero que tengas hijos o te cases si eso no está entre tus planes.

—Claro papá, siempre he sabido eso.

—¿En serio? A mí me parece que Víctor si bien es un buen muchacho es un poco chapado a la antigua ¿no?

—Bueno, eso es aparte, es que a veces yo lo hago enojar —dije.

—Hijita, escucha lo que dices por favor, tú estás perfecta y él no tiene porqué estar regulando tu comportamiento. Eres una mujer muy bien educada y sabes comportarte sola con total libertad, pero bueno también obviamente sabes que el riesgo de que alguien abuse sexualmente de ti es muy alto, solo tienes que ver la estadística para comprobar eso, y eso es con las mujeres que lo reportan, la mayoría lo callan, por muchas razones, quizá algunas válidas pero la gran mayoría lo callan por pendejas —dijo y dio un largo trago de vino como para resbalarse lo amargo de la estadística—. He tratado de enseñarte a defenderte, a no quedarte callada, pero a veces las influencias sociales son más fuertes de lo que alguien puede inculcar en casa, y saber defenderte no significa que siempre vas a estar segura, o saber decir las cosas tampoco significa que serás escuchada, pero he tratado de resaltar la importancia de que lo hagas. Espero haber sido un buen papá en ese aspecto.

—Eres el mejor Papá del mundo, viejo lindo.

—Por eso y porque sé que vivimos en un mundo injusto para las mujeres quiero que te desarrolles lo más que puedas. Si vas a ser arquitecta que seas la mejor y le des trabajo a otras mujeres, que tu obra haga que se mejore la vida no solo para ti sino para todo tu género. En los negocios cuando hay mujeres involucradas siempre es mejor, son fieras para la chamba, en mi compañía son las que resuelven mejor los problemas y traen bien puesta la camiseta. Así que quiero que te vayas a España a estudiar un rato, viajando te vas a sacudir un poco los paradigmas, caray, las mentes cerradas se construyen sus propias rejas, viajando y conociendo otras culturas más abiertas te va a hacer mucho bien —concluyó.

—Sí Papá, sí quiero, pero Víctor…

—Si es el indicado te va a esperar, no tomes ninguna decisión basada en sus caprichos y no en tus anhelos, por lo menos no ahorita, ya tendrás muchas oportunidades para homogeneizar deseos y actividades si decides casarte o tener una relación formal, ahorita escucha a tu padre y ve a conocer mundo, te aseguro que no te vas a arrepentir.

Al principio del viaje me la pasé angustiada, Víctor de último momento pareció ceder y me dijo que quizá si me iba bien y me portaba adecuadamente, cuando regresara podíamos retomar la relación donde la habíamos dejado, pero que por lo pronto estábamos formalmente en break. Toda esa situación me causaba mucho estrés y ansiedad, por fortuna, solo al principio…

Ahora ya no quedaba nada de ese sentimiento y esa angustia, me había llenado de una sensación de gozoso anhelo por la libertad que había descubierto. Bien por mi viejo sabio que me dejó conocer del mundo, escapando a los sentimientos de arraigo del conservadurismo virginal de la ciudad donde vivía. Ahora podía ver con claridad que el futuro me deparaba una carrera y una vida en donde apenas estaba comenzando y se avizoraba excitante y feliz.

Solo bastaron unos meses. Había perdido el miedo a todo, inclusive a cambiar de bocas, de manos y de camas y, al hacerlo, las posibilidades del mundo se abrieron ante mí, decidí si bien con responsabilidad, vivir mi vida de soltera al máximo.

Pero de manera muy diferente, lo que estaba sintiendo en esos momentos indicaban peligrosamente que, si ese chico se acercaba a mí, no iba a ser algo de solo una noche, ni tan solo de un verano, tenía uno de esos sentimientos lentos por los que bien vale perder la libertad con una certeza de las que solo llegan una vez en la vida.

No estaba solo, tenía un séquito de mujeres a su alrededor pero que él educadamente mantenía a raya. Aquella noche debí estar clavando la mirada de más porque la más alta de las chicas que bien podía aterrizar un contrato de modelaje por su porte y estatura, me volteó a ver con abierta hostilidad, diciéndome con la mirada que ni me atreviera a acercarme.

Jonás debió darse cuenta, porque siguiendo la línea de la vista de su hostil admiradora, llegó a posar sus ojos sobre mí y me permití gozar de ese instante inesperado atrapada por esos ojos que me ataban, lo que ocasionó que se me atragantara el calimocho que estaba bebiendo, haciéndome toser ruidosamente sobre Apolonia, hecho que a él le causó una sonrisa, pero educado, de inmediato desvío la mirada como para no avergonzarme.

—Pendeja, estoy de blanco, mira cómo me dejaste toda manchada con las gotitas de tu baba, qué asco —me dijo Apo con una risotada ofendida.

De pronto a mi lado, dos personas empezaron a discutir con voz aguardentosa.

—Que me cago en la puta y te voy a caer a hostias tío.

—Ahora vas a ver lo que es una mala bestia gilipollas.

—Que te mato yo primero mamacallos.

Se les oía furiosos. No supe bien a bien qué había hecho comenzar la discusión, pero el lugar estaba completamente lleno y era muy difícil moverse con libertad. De los gritos pasaron a los golpes y una botella voló cerca de mi cabeza, me quedé inmóvil y apenas reaccioné cuando un vaso lleno de cerveza que aventó otro participante en la trifulca me cayó en la cabeza y el líquido que estaba aun frío me regresó a la realidad. Apolonia corrió despavorida cuando con mejores reflejos se dio cuenta que había comenzado la pelea, pero yo no había podido reaccionar tan rápido y había quedado en medio de la trifulca que en un instante se volvió campal, pensé en tirarme al suelo y ponerme en posición fetal para protegerme lo cual de inmediato me pareció una mala idea porque encima pasaría la estampida que se apresuraba para abandonar el campo de batalla. Mi cerebro dejó de funcionar por la conmoción y me quedé inmóvil como una idiota en medio de la zona más violenta y peligrosa de la bronca, donde caían vidrios y se soltaban golpes con manos y pies a diestra y siniestra.

De repente una mano que me pareció la más grande que había conocido hasta ese momento me tomó por un brazo y de un jalón me levantó del suelo y me puso a salvo con un abrazo que lo mismo me protegió y me sacó de la zona de conflicto apresuradamente, y en todo momento poniendo su cuerpo entre la batalla y el mío. Un españolito menudo y borracho intentó sin ninguna razón interponerse en nuestra ruta de escape, pero prácticamente sin ningún esfuerzo mi salvador lo despachó de una patada en el estomago que lo derribó en el suelo entre muecas de dolor intentando recuperar el aire.

—Vámonos de aquí, estos pendejos están tan pedos que ya no saben ni con quién ni porqué se pelean —me dijo mientras apresuraba el paso fuera del antro.

—Mi amiga se quedó adentro —dije haciendo un discreto amago por regresar.

—La chava que estaba contigo fue la primera en correr, la vi que salió despavorida y francamente pensé que tú también te ibas a mover del área de los chingazos y te quedaste firme como estatua, debes de tomar con medida el calimocho, no parece, pero se sube mucho —me dijo ya fuera de la zona de riesgo.

—Bueno, sí titubeé por un segundo, pero no fue porque estuviera borracha —mentí descaradamente mientras fingía una sonrisa con dientes morados a causa del exceso de vino tinto de mi bebida—. Si estuviera borracha ¿sería capaz de hacer esto? —dije intentando hacer un cuatro sin medir el grado de dificultad que representaba, de no ser porque me atrapó de nuevo con su manaza, habría caído de bruces al suelo. A él lo hizo soltar una discreta carcajada que intentó suprimir para no avergonzarme, y siguió caminando guiándome a la seguridad, era un gigante fortachón y no sé qué poder empezaba a ejercer en mí, pero en ese momento todo el temor que sentía hacía solo algunos instantes, se había disipado. Estando a su lado me sentía protegida y lo seguí con la misma docilidad y seguridad con que un ciego sigue a su perro lazarillo.

Ya estábamos en la calle, pero él me seguía tomando de la cintura apurándome a que siguiéramos caminando un poco más para estar completamente a salvo, ya se empezaban a escuchar sirenas de la policía que seguramente se apresuraban a llegar para calmar la situación.

—Un poco más, a estas horas la gente anda muy peda, y no sabes cómo van a reaccionar, vamos para allá que está más iluminado —dijo caminado a paso firme a una parte de la Gran Vía madrileña.

 Detuvo su marcha solo cuando confirmó que me había apartado totalmente del peligro y los gritos y amenazas ya casi no se escuchaban gracias a que nos encontrábamos a una muy prudente distancia.

—Gracias Jonás por salvarme —le dije inmediatamente arrepintiéndome de haberlo llamado por su nombre sin conocernos formalmente.

—¿Nos conocemos? —preguntó.

—Este, mira, eh, am… —balbuceé.

Jonás sonrió con misericordia y para obviar mi pena, se presentó solo.

—Mucho gusto, me llamo Jonás Cantú, te vi desde hace rato y tenía pensado acercarme a conocerte —me dijo descargando la culpa de lo incómodo del momento.

—Yo soy María, mucho gusto Jonás.

—Pendeja, viste, casi me pegan, me oriné literal del miedo, Vicente me ayudó a salir y donde me agarró las nalgas sintió que estaba toda mojada y se dio cuenta de que me había hecho pipí. Le dije que era cerveza, pero no lo noté muy convencido, antes no me cagué, qué vergüenza, me tengo que ir de inmediato —dijo Apolonia llegando intempestivamente y sin percatarse de que Jonás estaba conmigo, al verlo puso cara de idiota mientras yo me moría de la pena.

Jonás sonrió y discretamente desvió la mirada mientras se alejaba a un paso para no escuchar las confidencias de mi amiga y su aparente impotencia para controlar los esfínteres.

Apolonia al darse cuenta de que la había embarrado le sonrió a Jonás y le extendió la mano.

—Hola Jonás —dijo la estúpida también repitiendo su nombre, nos dijeron que eras un muy buen tipo, espero que no decepciones a mi amiga —revelando que ya sabíamos ambas sobre él.

—Hola, no escuché nada —dijo.

De pronto y sin saber qué se posesionó de mi cuerpo, me acerqué a Jonás y colgándome de su cuello porque era muy alto le di un beso en la boca a lo que él correspondió sin moverse de mí, permitiéndolo, pero sin separar los labios ni hacer ningún intento por extenderlo más allá de un pico, posando sus manos suavemente a una altura reglamentaria en mi cintura a pesar de que temblaba un poco de emoción.

Me despegué y él seguía con una tenue sonrisa, los ojos le brillaban más de la cuenta, empezaba a notar que sus pupilas se dilataban al máximo cuando me veía, sabía que no le era indiferente, ya no me quedaba ninguna duda de que en el universo operan fuerzas ocultas que conspiran para reunir a las personas que por razones misteriosas están destinadas a conocerse, di un paso atrás que me sirvió para recomponerme.

—Perdona a mi amiga, así es ella, muy franca en exteriorizar cualquier cosa que pasa por su mente —dije regresando todo a la normalidad mientras Apolonia me veía levantando una ceja con cara de idiota, entre orgullosa y sorprendida por el comportamiento audaz de su amiga.

—En verdad, no escuché nada, pero quizá sí sea una buena idea que vayas a cambiarte de ropa —dijo Jonás al observar una mancha húmeda en la ropa de Apolonia.

Se ofreció a acompañarnos a nuestro departamento a lo que accedimos con gusto. De repente también me dieron ganas de hacer pipí.

Como me sentía en ese momento ahí mismo me lo hubiera dado, pero eso no le hubiera bastado a Jonás, para él, el sexo era un medio y no un fin, aun no lo sabía bien, pero era un caballero que conservaba intacta su capacidad de soñar y le gustaba tanto, que planeaba disfrutarme como se disfruta una cena gourmet de cinco platos, poco a poco, y pasando al plato fuerte solo después de haberse abierto el apetito al máximo con convivencia, caricias y detalles.

*

Nadie ni nada te prepara para reaccionar ante una situación así, la mente se pone en modo protección y se ofusca, se nubla la mirada, aparecen los mareos y las palpitaciones del corazón, la boca se te seca… No sabía cómo reaccionar ante ninguna de las sensaciones que estaba experimentando más que a la de la boca seca, así que me dirigí corriendo a un bar que frecuentaba seguido, dispuesto a tomarme unos fogonazos de tequila para equilibrar la química de mi cuerpo. El lugar estaba cerca, un par de cuadras, y lo que me urgía en ese momento era salir del edificio que por tantos años había llamado hogar.

Con todo y que ya estaba bastante madurito, las preguntas típicas ante un desencanto comenzaron a atacar mi mente, ¿cómo pudo a mí, hacerme esto?, ¿qué hice para merecerlo? Yo pensaba que la conocía…

Nunca he sido una persona violenta, pero en ese momento se me olvidó el siglo de igualdad de los sexos en el que vivimos y vinieron a mi mente instintos asesinos que no sabía siquiera que existieran en mí.

Llegué al bar aun jadeando y me senté en la barra, las luces bajas casi marrón y el olor a cigarro embalsamado desde los años en los que se podía fumar en todas partes me calmaron un poco. Algo hay de programación neurolingüística y sus famosos "anclajes" en donde los aromas te regulan… así o más cliché pensé, y me pedí una cerveza bien fría y un tequila, esperando que el sabio licor me ayudara a digerir lo que estaba sucediendo. No era algo normal, ni siquiera comprendía ni el cómo ni el porqué. Comencé a beber y traté de que la banca del bar y la madera de la barra me transportaran al inframundo de la insensibilidad, debía estar frío y presente para poder pensar qué era lo que debía hacer. Definitivamente no podía seguir con ella, es más, no quería ni siquiera volver a intercambiar palabra y jamás podría volver a estar con ella bajo el mismo techo.

Madrid, España
Verano 2001
Jonás y María

—Bueno, a mí me parece que si realmente te hubiera gustado tanto estar con Vicente volverías a verlo, no veo el porqué no seguir persiguiendo algo que te gusta y disfrutas.

Era la mañana siguiente después del pleito en el antro cercano a la Gran Vía y Jonás nos había invitado a desayunar al Jardín secreto de la calle Duque, cerca del centro de Madrid, idea a la que de inmediato se acopló Apolonia, sin haber estado realmente invitada, y mientras degustábamos un tartar de salmón con aceite de oliva, un plato de quesos y un cake de zanahoria acompañado de café, la plática se dirigió al tema de la libertad con la que Apolonia vivía sus efímeras relaciones de verano.

Aun no era momento para soltar el grito de alarma, me lo había confesado esa mañana, pero empezaba a preocuparse porque su período se había retrasado casi una semana.

—Puedes ponerle la hora correcta a un reloj con mi período, siempre me llega en la fecha exacta, no es normal el retraso.

—Si quieres te acompaño a comprar una prueba.

—No, aun no, no quiero algo tan definitivo, ya vamos a regresar a México y cualquier cosa que pase prefiero que sea allá.

—Pues sí, Apolonia, te entiendo, pero no está bien que estés tomando alcohol, por si sí o por si no.

Apolonia no escuchó mis consejos y siguió con la rutina disipada en los últimos días del viaje.

—No seas cerrado, se vale probar, estoy soltera y Vicente y yo no somos nada —seguía alegando con Jonás acerca de las relaciones efímeras.

—Y no será que ahora que estás de vuelta en tus cinco sentidos te diste cuenta de que no era realmente lo que buscabas, yo no juzgo, pero en realidad creo que esperarse y ser selectivo con tus parejas tiene sus beneficios —dijo mientras me tomaba de la mano por abajo de la mesa.

*

Karla y Javier

—Sabía que te iba a encontrar aquí —dijo poniendo sus manos sobre mis hombros mientras me tronaba un beso en el cachete.

—Cómo supiste, pitonisa —contesté con voz entumecida por el tequila.

—Siempre que tienes un problema vienes a beber aquí, te conozco, ¿recuerdas? —dijo.

—Pero ¿cómo supiste que tenía un problema? —pregunté.

—Solo quería saber que estabas bien, no contestaste el teléfono lo cual es muy raro en ti y me preocupé… —contestó rolando los ojos.

—No te hagas güey, ¿de qué te enteraste? —la interrumpí sorprendido por la velocidad con la que corren las noticias en mi ciudad.

—La verdad, la prima de tu novia recibió una llamada de María y…

—Ex novia —interrumpí levantando un dedo y despegando la barbilla de la barra.

—Bueno, eso sí que no sabía, solo me comentó su prima que había pasado algo porque María le llamó muy alterada mientras estaba conmigo en un taller sobre el nuevo sistema penal acusatorio y me contó brevemente que habían tenido un problema.

—Ah, por lo menos la muy pendeja sí se dio cuenta de que los caché.

—Pues sí, porque estaba muy preocupada, dice su prima que salió a buscarte, pero ya te habías ido.

—Me fui corriendo, al menos tuvo la decencia de interrumpir sus pinches mamadas para salir a buscarme —dije—. No quiero verla nunca, es más, jamás quiero estar bajo el mismo techo que ella —dije.

—Pero ¿qué fue lo que estaba haciendo que sea tan imperdonable?

—No quiero hablar de eso —contesté y me tomé de golpe un fogonazo de tequila.

—Está bien, solo quería pasar a verte un ratito y que supieras que, aunque no sé lo que estás sintiendo ni lo que pasaste, cuentas conmigo. Llámame a cualquier hora o llega mi casa si necesitas algo, también tengo un sofá y mi mamá te adora, si quieres llegar a dormir ahí, siempre serás bienvenido.

—No te preocupes por mí, tampoco me gusta dar lástima.

—No me das lástima Javier, solo quería recordarte que aquí estoy para lo que necesites.

—Gracias —respondí y me dispuse a revisar mi teléfono con la intención de aislarme y ahuyentarla.

—Ya me voy, te lo encargo Fermín, si se pone muy briago le llamas un taxi.

—Descuide señorita —respondió presto mi cantinero favorito.

—Quedé de llevarle a mi mamá comida árabe para cenar y ahí la tengo en el coche —y tronando un beso en mi mejilla junto con un breve abrazo se despidió. Alcancé a voltear mientras salía, ella también volteó a verme antes de que se cerrara la puerta y me gritó.

—¡Vas a estar bien, Javi! —con una reconfortante sonrisa, así era ella, la resiliencia encarnada.

Karla López era mi amiga más querida y tenía un secreto que a casi nadie le había confesado, pero a mí sí: una antigua pareja la había violado, o más o menos, decía, fue muy raro, me contó, no hubo violencia, pero tampoco consentimiento y eso la atormentaba. Ya no podía tener una pareja normal con la cual sentirse segura, estaba afectada emocionalmente, le había fallado una persona en la que confiaba y eso la volvió terriblemente desconfiada en todo, incluso en ella misma y su capacidad de elegir buenos opciones para su vida.

Eso había sido mucho tiempo atrás. Según recuerdo, me contó que llevaba tres meses saliendo con un tipo, que todo iba de maravilla, tenía sexo de manera regular y era bastante bueno, solo que una noche discutieron por un tema que según ella no se acordaba, pero lo que no se acordaba era que ya me lo había contado una vez. (Ella se había molestado porque su pareja le dio like en FB y puso un comentario gañán a una foto de una mujer en bikini). Esa noche habían salido a cenar a una cadena de tacos muy famosa donde supuestamente habían inventado las gringas (Tacos en tortilla de harina de carne al pastor con queso) y no pudieron terminar la primera orden de tacos por la discusión de la nueva era. ¡Ah cómo han afectado las relaciones de pareja las redes sociales! Todo es clicking, stalking y scrolling y, a decir verdad, están haciendo mucho daño.

Acto seguido se marcharon del lugar y ella le pidió que la llevara a su departamento, me contó que durante todo el camino discutieron, que una cosa llevó a la otra y para cuando iban a concluir el trayecto ya se iban mentando la madre y manoteando. Al llegar se bajó apresuradamente y él la siguió hasta la puerta balbuceando disculpas y excusas. Ella abrió la puerta y los dos entraron, me contó que le dijo:

—No quiero dejarte así, enojada, y la besó, a lo que ella se resistió —se habían tomado un par de bebidas, pero no estaban ebrios, de repente la tomó de la cintura y empezó a tocarla, me contó que trató de quitárselo de encima, pero Karla de 1.60 y 42 kilos no pudo hacer nada contra el tipo de 1.90 y 100 kilos, así que dejó de pelear y él la tomó, la penetró, terminó, la besó y se marchó.

Ella quedó perpleja porque en ese momento se dio cuenta de lo poco que valía su decisión a la hora de las relaciones sexuales con su pareja, y el no poder decidir sobre su futuro sexual la afectó profundamente. Nunca más le volvió a contestar el teléfono y por un amigo en común le dijo que si la volvía a buscar lo acusaría con la policía por violación, aunque ella como abogada sabía lo difícil que es probar ese tipo de delitos ya que casi nunca se condena a los culpables. Sucede todo lo contrario, la víctima sufre aun más con el estigma que rodea a este tipo de abusos. Ella sabía que la pura mención de abusador etiquetaría al tipo en todos los aspectos de su vida. Él se sorprendió por eso, no pensaba que la había violado, sino que había sido sexo de reconciliación como se ve tanto en las películas. No es broma, en realidad lo creía, hay generaciones enteras que piensan que vencer a como dé lugar la resistencia de una mujer a tener relaciones es parte del juego, tanto que ella empezó a dudar si en verdad la habían violado. De ese tamaño es el daño que ha hecho a la cultura popular todo lo que se presenta en el cine y en la televisión como sexo consensuado.

En fin, el caso es que, a partir de ahí, Karla quien era una abogada de todas las causas feministas, no volvió a confiar en ningún hombre. Era delgada, guapa y con una personalidad impactante, no le faltaban pretendientes, pero no estaba entre sus planes volver a tener pareja, yo era solo su amigo, me decía que era porque tenía ojos buenos y también porque era inofensivo, no sabía si tomarlo como insulto o cumplido, pero cada vez que la veía teníamos largas charlas y discusiones amistosas sobre nuestras vidas y lo que las afectaba. Cuando la conocí pensé en invitarla a salir, pero preferí no engañarme, estaba fuera de mi liga, así que decidí por la segunda mejor opción que era convertirme en su más leal aliado y partidario y entrené mi mente para no pensar en ella de otra forma, sin embargo, el cariño ahí estaba.

Su padre había fallecido cuando ella tenía catorce años y le había llevado muchos años superar el profundo duelo a la que la arrastró esa repentina muerte. Se había ido su Superman, aunado a eso al ser hija única tuvo que madurar muy rápido porque ella había tenido que asistir a su madre a la que el suceso le pegó igual de fuerte, con la diferencia de que su progenitora no pudo superarlo nunca.

Gracias al amor que la vinculaba a la memoria de su padre fallecido, que a Karla la había arropado en todo el proceso le sirvió para adaptarse a su nueva situación, y salió adelante. Apuró su recuperación psicológica, fue madurando y en lugar de tener problemas de aprendizaje en la escuela como casi siempre sucede en esos casos, ella sacaba los mejores promedios.

—Ya no había quién me pagara los estudios, así que necesitaba una beca por alto rendimiento escolar para salir adelante —me había confesado.

Además de sacar los mejores promedios durante su época de estudiante universitario, se hizo de un nombre por sí misma porque era la única que se le ponía al pedo a los maestros cuando los sorprendía viéndoles las piernas a las mujeres, incluso, en una muy famosa ocasión, hizo que despidieran a uno de ellos que grotescamente solía pedirles favores sexuales a indisciplinadas estudiantes a cambio de mejores calificaciones.

Ahora de adulta, no tenía tiempo para la depresión que había decidido postergar indefinidamente, aunque cuando fue el suceso con el imbécil de su ex, entró en una etapa de extrema vulnerabilidad. Hasta me contó afligidamente que ella siempre sintió que su padre la había amado más que a nadie en el mundo, que tan solo al verla se le dibujaba una sonrisa en el rostro y que siempre respondía con amorosa paciencia a cada una de sus peticiones por necias que fueran. Ese día, lo recuerdo bien, hablaba entre "entequilados" sollozos de cómo no importaba si llegaba tarde en la noche después de una larga jornada en la oficina, entraba siempre a su habitación para desearle con un protector beso en la frente, buenas noches.

—Si no te doy un beso en la noche, princesa, no podría nunca conciliar el sueño —le respondía su padre cuando de vez en cuando la despertaba con la fraternal caricia y ella lo reñía juguetonamente por el suceso.

Su padre decía que ese ritual amoroso era la mejor parte de su día, aunque ya de adulta sabía que a pesar de que de niños pensamos que nuestros padres tienen todas las respuestas y no sufren de inseguridades, seguramente esperaba ansioso durante sus largas horas fuera de casa por trabajo estresante. Al final dichas jornadas interminables le cobraron caro generándole un infarto fulminante cuando apenas tenía cuarenta y cuatro años.

Su padre le repetía que ansiaba regresar a su hogar y atestiguar personalmente que el tesoro de su corazón, como constantemente la llamaba con cursilería paternal, estuviera bien y calientita en la cama.

Mi amiga me confió que durante años le era muy difícil dormir esperando la anhelada visita de su viejo y que aun ahora, se acostaba pensando en lo mucho que necesitaba a su héroe, al único hombre que jamás le había fallado con excepción de su involuntaria muerte y que especialmente en días difíciles, esperaba con irrealizable anhelo. Todo eso la hacía pensar con seguridad, —había dicho con voz entrecortada y lubricada por la embriaguez elocuente que habíamos compartido—, que si su padre viviera otro gallo hubiera cantado y el pendejo jamás se hubiera atrevido a aprovecharse de ella porque su padre era de armas tomar y ella era la niña de sus ojos.

A lo largo de su feliz niñez la hizo sentir protegida, y aunque muchas personas que pierden a un padre tienden a embalsamar el recuerdo guardando solo lo bueno, yo coincidía con ella en esas noches de etílica amistad avalando sus dichos porque yo también, le dije, había escuchado de buena fuente que el padre de Karla además de ser una persona decente, era bastante rudo, y definitivamente hubiera actuado para proteger a su hija de manera decidida y temeraria, su ira hubiera sido digna de temor para el malnacido rufián.

Desgraciadamente yo no la conocía en ese momento, pero el gran cariño que le tenía ahora me hacía pensar que yo también hubiera respondido contra ese barbaján, en sustitución de su padre amoroso y rudo pero muerto.

Karla había diferido cualquier sentimiento de debilidad relacionado con el fallecimiento de su padre, pero yo sabía que había una parte en su interior que lloraba y que quizá nunca dejaría de hacerlo…

Me reconfortó un poco pensar en ella y su fortaleza, y como desde que la conocí, estaba siempre al pendiente de mí con una fidelidad apostólica. Le hubiera pedido que se quedara un rato a tomarse algo conmigo, pero recordé que el hubiera es el pasado pendejo del haber. La conocía lo suficiente para saber que no se había ofendido por mi trato frío y ella sabía lo mucho que apreciaba su amistad. Quizá debí abrazarla un poquito más antes de que se fuera.

Medité un poco sobre lo que había pasado y lo que avizoraba en mi futuro, no me iba a quedar solo por mucho tiempo, eso era seguro, solo debía esperar a que dejara de brotar esta indignación tóxica que me carcomía por dentro, había militado orgullosamente por mucho tiempo en el bando de las relaciones estables y monógamas.

En la soledad de aquel bar recordé a José Manuel y su variada vida amorosa que seguramente en una situación como esta, le serviría de consuelo saber que había demasiadas alcobas prestas para calentarlo y no la precariedad romántica que a mí me esperaba. Saqué la tarjeta de presentación que me dio en el aeropuerto y jugué con los bordes un poco con mis dedos mientras cocinaba lo que terminó por ser la más espléndida y catastrófica idea que había tenido en mi vida.

*

Ahora que lo veía con la luz del día podía entender porqué tantas mujeres preguntaban interesadas por él, ahí estaba con su pelo negro y enrollado, su altura descomunal, sus potentes hombros, sus ojos penetrantes que lo decían todo con la mirada, su boca roja, sus manos fuertes, sus brazos en los que sobresalían las venas, era imposible mantenerse impasible a su lado.

Me dije: ten cuidado María te estás enamorando, lo miré atentamente, su leguaje corporal demostraba que él también se sentía fuertemente atraído hacia mí.

La manera en que se acomodaba el cabello, la forma en que se sentaba en la silla, la sonrisa mostrando sus dientes perfectos, yo aprovechaba que él ponía la atención en Apolonia y platicaba a ratos con ella y ese momento me permitía observarlo en todo su esplendor.

Apolonia después de atiborrarse la mayor parte de la comida que estaba en el centro de la mesa notó en mi mirada la indirecta de que era hora de dejarnos solos. Con la excusa de que tenía que regresar a preparar un trabajo que debían presentar se despidió, pero haciendo con jiribilla la aclaración de que lo hacía también porque no le gustaba andar de mal tercio.

—Quiero pasar todo el día contigo —me dijo Jonás— me gustas mucho y quiero conocerte mejor.

Una vez solos, platicaba que había venido a estudiar con una beca que le daba la opción de quedarse a trabajar en un despacho privado de derecho internacional.

—Mis padres me dieron una vida bastante decorosa, pero no viajamos mucho, así que mientras estudiaba pensaba en seguir una carrera que involucrara viajar y quizá vivir fuera de México. No sé cómo, pero todo el universo conspiró hacia ese propósito: tan es así que me han ofrecido trabajar en un despacho privado y han pagado completamente mi beca a cambio de, al terminar de estudiar, hacer mis prácticas con ellos.

Jonás era demasiado simpático, pero no del tipo de los que cuentan un chiste sino porque tenía una forma de decir las cosas que las rodeaba de gracia.

—Y tú, cuéntame de tu vida, ¿no estoy entrometiéndome en ningún asunto con algún galán aquí o que hayas dejado en México? —me preguntó.

—No, aunque es complicado —contesté haciéndome la interesante con la respuesta típica de alguien que no quiere entrar en pormenores y recordando que para mí, Víctor ya había pasado a la historia. Pero de todas formas y aprovechando que caminábamos por la Plaza Mayor sin rumbo, sólo charlando, le platiqué algunos detalles de lo que había sido mi relación y cómo sentía que había crecido hasta superar esa manera anacrónica con que tratan de someter a las mujeres, condenando el viejo régimen de propiedad, y cómo mi padre me había rescatado con una charla que incluyó vino tinto.

—Ya quiero conocer a tu padre, me parece que es un tipo excelente, sobre todo que te habló con mucha sinceridad acerca de lo que te espera, no había escuchado que nadie dijera eso, todo el mundo intenta pintarles un cuento de hadas a sus hijas y se olvidan de que, o ellos les enseñan con amor, o la vida les enseña a secas de chingadazo —a lo que estuve completamente de acuerdo.

Habían pasado sólo un par de horas, pero ya sentía que lo conocía de toda la vida, cualquier cosa que me platicaba me interesaba: que seguía entrenando artes marciales, que si había ganado el torneo, que le gustaba desayunar waffles con mantequilla, cualquier cosa me parecía extraordinaria y me daba risa.

De manera natural ya caminábamos tomados de la mano y abrazándonos, al descansar en alguna banca me sentaba en sus piernas y nos besábamos. En el momento en el que nos besamos apasionadamente se acercó un fotógrafo de los que recorren la plaza y sin preguntar se escuchó un clic.

—No me tardo en revelarla, y les voy a traer el promo en un marco conmemorativo de la plaza por sólo cien pesetas —nos dijo.

—Vale, aquí te esperamos.

Fue una transición de extraños a ser la pareja que se dio de manera natural, como si así debía ser, quizá éramos viejas almas que en algún momento juramentaron estar siempre juntos y finalmente nos habíamos encontrado, quién sabe, lo que sí es que el sentimiento era mutuo y se vivía tan real.

Cada que me tocaba lo hacía con fuego en la palma de sus manos, no podía creer lo rico que me sabía esa manoseada furtiva ante la vista de todos, con recato a medias, porque al fin nadie nos conocía, pero fue él quien reculó primero.

—Hay mucha gente María —me dijo tratando de estirar la dureza entre sus piernas que seguramente empezaba a incomodarlo. Quería ayudarlo, pero en vez de eso lo atraía hacia mí para seguirnos besando sin importar que el mundo entero pasaba a nuestro lado. Le faltaba aire, su corazón se sentía saltaba dentro de su pecho y me sugirió que nos fuéramos a un lugar más discreto.

—María, sé que esto es muy rápido —me dijo sintiéndose quizá un poco culpable porque al parecer era un caballero chapado a la antigua— pero quiero que sepas que me encantas y te quiero bien — me dijo.

—Jonás tú también me encantas y no tienes que fingir nada, yo siento lo mismo. Llévame a conocer ese departamento que me has platicado incluía tu beca —le dije, a lo que él sonrió. Podía notar la emoción que tenía de haber estado conmigo de manera furtiva porque se le apreciaba un bulto en la parte frontal del pantalón. Al notar que lo miraba, sintió pena porque además se empezaba a dibujar una gota de las que les salen a los hombres cuando llevan el suficiente tiempo excitados; les llaman las gotas de la desesperación. Se desfajó su camisa y cubrió al amigo que me moría por conocer. Me acerqué a darle un beso apasionado de nuevo y le estrujé su parte intentando quitarle de una vez la vergüenza, a lo que él correspondió clavándome las puntas de sus dedos en la parte trasera de mi vulva, con la firmeza suficiente para no lastimarme, pero suficiente para darme cuenta lo empapada que estaba. A mí también me urgía poder llegar a un lado más discreto para por fin quitarme la ropa.

Caminamos abrazados las cuatro cuadras que nos separaban de su departamento, aunque a cada rato nos deteníamos en las esquinas y nos volvíamos a fundir en un beso.

Al llegar al edificio me guío de la mano. Él caminando adelante ascendimos por las escaleras hasta el tercer piso donde se encontraba su lugar. Ni me di cuenta cuándo sacó la llave que ya traía en la mano y la introdujo en la cerradura, sin soltar mi mano giró la perilla.

No les puedo explicar cómo cupieron tantos besos en su minúsculo departamento, me agaché, le desabroché el pantalón y me puse "aquello" en la boca para hacerlo entender de una vez que podía hacer conmigo lo que quisiera y cómo quisiera. No entraré en más detalles, pero lo que sí te puedo contar fue que cuando nos quitamos la ropa y finalmente llegamos a la cama separé mis piernas al sentir su deliciosa carne encima de mí, pero se detuvo y me observó por un instante que pareció eterno, fue una de esas miradas que te hacen comprenderlo todo y me dijo con las palabras más sinceras que he escuchado en mi vida:

—Si esto no es hacer el amor entonces hacer el amor no existe.

Y vaya que existió y varias veces esa que fue nuestra primera noche.

Javier

No quise contestar ningún mensaje, para este momento todo mi círculo social ya se había enterado de lo que había pasado y de lo que encontré al llegar a mi casa con María. Yo no me sentía con ganas de contestar preguntas, ni siquiera las de simpatía, vaya ni siquiera yo sabía cómo me sentía, así que menos podía responder preguntas acerca de la situación. ¿Cómo explicar algo que aun mi cerebro se negaba a procesar? Así que ignoré toda la fila de WhatsApp y la famosa regla de que los mensajes no se contestan por orden de llegada sino por orden de importancia. Había bloqueado a María y a sus principales secuaces, así como a todas las personas que tenían mayor amistad con ella que conmigo.

Busqué a José Manuel, ¿quién mejor que alguien ajeno a tu círculo social para tomarte unos tragos y desahogarte?

Respondió de inmediato y al sentir mi tono de urgencia en la voz quedamos de vernos a las tres de la tarde, advirtiéndome que no quería servir de paño de lágrimas y proponiendo que viera hacia adelante en mi vida, en un lugar que hace un par de meses todo el mundo decía era un restaurante de moda y ahora, muy a la regia, ya había sido abandonado por su clientela sustituyéndolo por otro lugar más nuevo, glamoroso o yo que sé, la cosa es que en ese lugar que ofrecía comida excelente y un servicio de primera ya nadie iba, y las posibilidades de toparme con alguien conocido eran mínimas.

En los últimos días mi vida se desenvolvía entre no querer ver a nadie, pero tampoco quería estar solo. Había leído en alguna parte que cuando una persona es víctima de un crimen por ejemplo una violación, puede llegar a sentirse culpable de lo que le ha pasado, sintiendo una especie de vergüenza entre muchos otros sentimientos, como si la responsabilidad de haber sido víctima recayera en ella. Ahora yo sentía como si la falla hubiera estado en mí, mi parte lógica sabía que yo era una víctima de la situación, pero algo en mi inconsciente me decía que era corresponsable de la situación y eso me hacía sentir una especie de malestar, incluso de preguntarme qué pude haber hecho para evitarlo…

Ya habían pasado tres días desde aquel mal momento y mi madre había hecho a la perfección su función de barrera comunicativa con

46

cuanta persona trató de buscarme incluyendo mis amigos, pero ya era hora de que saliera a la luz y repetirme cuantas veces fuera necesario que la vida sigue, que la culpa no había sido mía y que tenía que salir adelante.

Me arreglé lo mejor que pude y me dispuse a olvidarme de mis pesares con una tardeada con mi nuevo amigo, ajeno al chisme y a las palabras de confort, para que me ayudara a sacudirme el desengaño con una cátedra que cambiara de manera radical mi manera de ver a las mujeres y al mundo.

*

Javier

—Las mujeres sueñan con alguien que les mueva el mundo y las sorprenda —fue lo primero que me dijo José Manuel al llegar y sentarse apresuradamente en la silla frente a mí, sin siquiera saludar, su personalidad vibrante me corrigió el estado de animo de inmediato.

Vestía de manera casual, pero impecable en su arreglo, jeans desteñidos, camisa celeste y saco sport azul, toda su ropa le entallaba a la perfección y me incomodó un poco el que hubiera notado eso.

—No hay una edad en que te dejen de gustar las mujeres —dijo entrando al tema sin mayor preámbulo.

Un mesero entrado en años y de cabello escaso y cano, se acercó cortésmente y tomó la orden de las bebidas, tequila para mí, whisky de una sola malta para él.

—Los humanos se caracterizan por una constante abierta o secreta, interna o externa búsqueda de sexo, ya sea en actividades que reflejen su vida diaria o en su mente, y no hay un límite de edad para eso, no es casualidad que prácticamente todas las canciones versen sobre el tema del amor romántico o de franco cogedero como a últimas fechas le rima al reggaetón. Tenemos por ejemplo a Hugh Hefner, fundador de la revista para adultos Playboy que seguía, de acuerdo con la sabiduría popular, buscando aventuras sexuales con algunas de las mujeres más bellas del mundo aun ya muy adentro de la tercera edad y casi la cuarta. Y mujeres por ejemplo Jane Fonda que pasados los ochenta tuvo que salir a desmentir una serie de rumores y declarar en suspensión todas sus actividades sexuales por voluntad propia. El sexo, Javier, es un tema de salud, no de moral, es por lo que también es bien sabido lo que ocurre por las noches en apariencia solitarias de los asilos de ancianos en donde le dan vuelo a la hilacha con singular y postergada alegría, mancebos matusalenes y seniles pero ardientes doncellas, satisfaciendo sus anti diluviales anhelos carnales.

La última declaración de José Manuel no me sorprendió tanto porque había leído un artículo de una enfermera coreana comisionada a cuidar un hogar de la tercera edad, que decía que si las personas mayores tenían relativa salud se la pasaban teniendo relaciones con varias parejas. Imagino que finalmente a esa edad muchas abuelitas se han librado de las antiguas consignas con las que fueron educadas. Recuerdo a mi abuela reprimiendo a mi prima mayor, Tere, cuando la sorprendieron con el calzón pegado al calcetín en el coche de su novio.

—Nadie compra la vaca sí le regalan la leche —la amonestó en aquella ocasión mi amorosa y convencional abuela.

Lo que siguió para mi obediente prima fue poner a huelga sexual sus partes pudendas, privando a su novio del fruto prohibido y este, como por arte de magia, le propuso matrimonio para poder disfrutar con todas las de la ley de tan deseado manjar, para después de glotonearse y ensalivarse por escasos dos años, posteriormente separarse en un feo e incivil divorcio, como les pasa actualmente a tantas parejas que se unen tan solo por la calentura y no por razones más profundas.

Sin duda este tipo de acontecimientos ha venido a resquebrajar mucho la institución matrimonial, pero es de celebrarse que las personas cada vez más busquen la felicidad por sí mismos y no a través de un matrimonio acelerado y viciado de origen.

—Bien por los abuelitos "cogelones" que tarde pero aun con tiempo decidían convertir en acciones lo que quizá a lo largo de su vida fue una obsesión… —pensé mientras mi amigo paladeaba su whisky escudriñando el lugar con la mirada, y yo me aprestaba con papel y lápiz imaginarios a tomar notas mentales de lo que me había adelantado José Manuel, iba a ser una de las mejores lecciones teóricas de mi vida, había prometido que me iba a proveer de toda la tecnología intelectual para conquistar mujeres, según él, el remedio ideal para mi situación consistiría en visitar muchas camas y disfrutar de sabrosos excesos.

—Recuerda Javier —dijo— el sexo forma parte de la naturaleza, y como decía Marilyn Monroe hay que llevarse de maravilla con la naturaleza, así que te voy a dar a conocer el secreto más básico del ligue, así que pon atención, lo que tienes que hacer es buscar a la mujer con la que siempre has soñado, es decir, un culazo y acercarte sin miedo, de manera natural. Por lo general las más bonitas son las más solas y las que tienen más inseguridades porque las han enseñado a creer que todo lo que pueden encontrar es gracias a su belleza. A ellas las puedes convertir en tus conquistas más fáciles para disfrutar de sus mieles personales, "The real honey" le había llamado Al Pacino en su magistral interpretación de un militar ciego en la galardonada película perfume de mujer.

El Player prosiguió con su cátedra.

—Donde las veas, en un bar, en el club, en el gimnasio, sólo acércate y cuéntales una historia algo diferente y recuerda: ellas también quieren que las sorprenda algún evento trascendental que las arranque de la monotonía, así que evita como todo mundo salir con lo mismo: ¿cómo te llamas? ¿de dónde eres?, las típicas cosas aburridas. ¡Tú tienes que distinguirte de los demás! Aunque te suene extravagante, recuerda que en estas eras digitales la información fluye, así que mientras más singular mejor.

Algo en mi interior me decía que todo esto era una pavada, pero de alguna forma me tenía cautivado con el tema.

—A partir de ahí tú tienes que platicar temas interesantes ¿cuál es el tema más interesante de una mujer? —preguntó—: ¡Ellas mismas! —se contestó a sí mismo, afortunadamente, ya que la respuesta que tenía en mi mente no era esa.

José Manuel dio un largo sorbo terminando su bebida y con una señal de la mano y sin voltear ordeno otro, como adivinando que el mesero lo estaría observando y no se equivocaba.

—Si ya sabes cómo acercarte, qué decir y de qué hablar, eliminas un gran porcentaje de lo que te hace sentir inseguro y nervioso; verás Javier, las mujeres también están en alerta cada vez que se les acerca una nueva persona. Centurias de maltrato las han hecho desarrollar un sentido de preservación que las mantiene alerta con los hombres como primera respuesta, igual que un venadito ante la presencia de un depredador. Ya lo dijo en una ocasión Sharon Stone: "Las mujeres son capaces de fingir un orgasmo, pero los hombres pueden fingir una relación entera". Así que es natural que estén siempre con la guardia arriba, lo más importante es que remuevas todas tus inseguridades y nerviosismo antes de aproximarte. La mejor forma es que sepas qué decir, así que ensáyalo hasta que te salga, sin dudar, para cuando veas a la mujer que quieras hacer tu conquista, puedas entrar a su espacio personal con seguridad y sin exudar hormonas de miedo que lo único que hacen es subir las barreras de protección en las mujeres. La seguridad en ti mismo así sea ensayada es la clave.

Intenté ordenar otro tequila de la misma forma que mi amigo, pero al parecer la atención del veterano mesero no estaba sobre mí porque no me trajeron nada.

Recordé que siempre mi primera reacción al acercarme a una mujer era ponerme muy nervioso, como si desde niño mi educación conservadora me hubiera advertido que el contacto con las féminas era prohibido, quizá en parte por haber estudiado en un colegio católico en donde los curas con singular frecuencia daban consejos sobre sexualidad. Ahora de adulto me preguntaba porqué debíamos seguir consejos de personas que, en teoría, si sabían algo respecto al sexo no deberían…

En pocos minutos vinieron a mi mente todas las parejas que había tenido y lo breve de las dulzuras amargas que vivimos, a decir verdad, había sido un milagro que hubiera perdido la virginidad. Solo con María y su trato distante había calmado las aguas interiores de mis nervios al desnudarme frente a una mujer y aun así después de varios años, cada vez al terminar los esporádicos encuentros sexuales corría a vestirme como si tapando mi desnudez se lavara un poco la culpa de lo que inconscientemente quizá seguía juzgando como un asqueroso deseo…

—Recuerda Javier, no estarás mintiendo si inventas historias, estás conquistando y se vale, pero nunca seas un rufián en el trato, aunque haya mujeres que por sus traumas ancestrales quieran al chico malo, y prefieran ser tratadas con desfachatez y cinismo. No lo hagas, las mujeres que no tienen problemas psicológicos y con las que quieres estar, terminan sintiéndose atraídas por los buenos ejemplares como el que estás a punto de ser. Seguridad y sacarlas de su letargo, Javier, es la clave —dijo pidiendo otra ronda con su acostumbrada seña, esta vez, el mesero presuroso llegó acompañado de nuestras bebidas de inmediato.

*

María y Ricky

—O sea súper rico el acontecimiento, María, medio me acuerdo, fue al principio de la carrera —dijo Ricky por primera vez participando.

El inusual silencio de mi grupo de amigos indicaba que la narración de mi historia había capturado su atención por completo.

—No te puedo explicar, daba gracias a Dios y al universo por lo que estaba sintiendo —dije—, estaba viviendo un romance de película.

—Ay claro, qué padre esa edad y ser cursi, pero síguele contando mujer, no te detengas ahí —me apuró mi amigo.

Al entrar en la universidad, Ricardo del Hoyo, de estatura mediana, muy atractivo, delgado y barba cerrada, se volvió inseparable de nuestro grupo de amigas, habíamos coincidido en Arquitectura, carrera que le apasionaba.

—Hasta parece cliché, qué bueno que me gustó la arquitectura, entre tanto artista "Wanna be", aquí las personas como yo nos movemos como peces en el agua —me había dicho. Poco a poco se fue haciendo parte del grupo, disfrutaba estar con mujeres, tenía un par de amigos solteros, pero él era el único abiertamente gay.

—No puedo con los jotos de esta universidad, todos me tiran el rollo y ya, yo les digo que aquí se viene a estudiar, apláquense muchachos. Así que mejor me junto con ustedes y así no hay riesgo de nada. Yo vine a aprender de lo tanto que me gusta esta carrera.

Ya entrados en confianza, un día al calor de los tragos en una fiesta después de un simposio de arquitectura nos contó cómo había salido del clóset. Tenía pavor a decirle a sus padres, que eran muy conservadores y rancheros.

—Mi papá es de botas y camioneta pick up, y mi mamá es chapada a la antigua y muy mocha, de las que se levanta todos los días a hacerle un machacado con huevo a su viejo antes de que él se vaya a trabajar. Desde niño, mi papá me madreaba ante la primera señal de debilidad, si lloraba me daba un zape para que se me quitara lo chillón. Mi madre era más alivianada y medio balanceaba, como contrapeso a la rudeza de mi padre. Era estricta conmigo, pero como buena observadora de los sentimientos ajenos me sabía aflojar la rienda cuando sentía que necesitaba consuelo, yo creo que por eso que me amamantó hasta que yo tenía más de cuatro años. Siempre supe que con los dos iba a ser muy difícil platicar de mis temas, así que preferí a mi mamá. A un padre tan de botas y camioneta como el mío, le iba a ser más difícil aceptar las inclinaciones de su hijo. A mí ya me apuraba por revelarle mi definición sexual, estaba en esa edad rebelde en que me urgía mostrarme tal y como era. Una voz interior me incitaba a definirme, así que decidí jugarme mi última carta y le conté a mi mamá en un momento en que andaba de muy buen humor. Al fin, si el resultado era que me agarraran a golpes le temía más a la mano pesada de mi padre que además usaba un anillo gigante de la facultad de agronomía y que no se quitaba jamás. Nunca iba a ser momento perfecto así que una tarde me dije, cómo vas Ricardo, ármate de valor y que sea lo que Dios quiera. Siempre había sido muy alivianado con mi madre, y yo estaba seguro de que ya se sospechaba algo porque de pendeja no tiene un ápice, pero al parecer estaba negada. Desde entonces nunca dudo del poder de la negación selectiva por conveniencia, yo era muy sutil con mis indirectas así que tuve que cambiar de estrategia y ser muy franco.

Cuando de plano le confió a su mamá que le gustaban los hombres, ella lo acogió con cariño y comprensión, eran otros tiempos aclaró, por lo que no tenía nada de qué avergonzarse.

—Así te acepto corazón, eres mi hijo y tengo que quererte con defectos y virtudes —le había dicho.

El término "aceptar" lo dijo como si no tuviera de otra y el hecho de que calificara como un defecto su muy bien afianzada homosexualidad a Ricky le caló un poco, pero de todas formas se sintió dichoso de contar con el apoyo de su madre ya que conocía de casos que no habían corrido con tanta suerte y después de todo, él seguía amando y necesitando a su familia.

—Pero no le digas nada aun a tu papá, él vive en otro siglo y yo te tengo que preparar el terreno para que le confieses tu desviación rarita.

De nuevo los adjetivos, pero los dejaba pasar, su madre se hacía pasar por comprensiva, pero en el fondo él sabía que hubiera deseado que Ricardo tuviera apetitos sexuales por las mujeres y no por los de su mismo género biológico.

Nunca supo de la reacción primaria de su padre porque su mamá no le contó cuál había sido su primera manera de responder ante tal revelación, pero al parecer al comienzo no lo tomó nada bien, se sentía traicionado y en una sociedad retrograda que consideraba la homosexualidad como algo deshonroso, se imaginaba víctima de la burla de sus amigos del dominó de los jueves donde se llevaban bien pesado. Ya alguno que otro de ahí lo había molestado con anterioridad sugiriendo que su hijo era puto y que lo traían de chisme en la escuela.

Ricardo conocía bien a su padre y lo respetaba y amaba, así que jamás esperó que reaccionara con completa normalidad o que le fuera a dar gusto descubrir el tipo de sexualidad que Ricardo planeaba practicar el resto de su vida.

—Obvio sabía que no me iba a matar, pero entendía muy bien que no le iba dar gusto, ni que lo aceptaría con facilidad —nos dijo.

—Ya me contó tu madre Ricardo y quiero que sepas que joto o no siempre serás mi hijo y aquí siempre va a ser tu casa —le había dicho su padre entre dientes, como si las palabras hicieran ruido al jalar el aire y no al exhalar.

—Solo te voy a pedir que no seas escandaloso en tu actuar, se vale que te gusten los hombres pero no te quiero ver mariposeando, respétame eso, no quiero que vayas a convertirte en una loca de pelo pintado y tacón, por lo menos no ahorita, dame tiempo para digerirlo —le había dicho, a lo que Ricardo había contestado intentando tranquilizarlo que si bien le gustaban los hombres, en todo lo demás era bastante viril, le gustaba vestirse de forma masculina y hasta seguía siendo un hincha del futbol soccer y de su equipo favorito que era el América.

—Por favor, respete eso hijo, yo aquí lo seguiré queriendo a pesar de sus gustitos —culminó con frialdad.

A pesar de la charla que Ricardo había considerado todo un éxito, su padre lo empezó a evitar lo más que podía. Ya no lo invitaba al estadio y no era solo porque diferían de equipo, ya que su padre era Tigre de hueso colorado, sino porque no sabía cómo comportarse con él. No sabía cómo volver a abrazarlo o cómo llevarse con cariño sin sentir que en realidad estaba abrazando y chuleando a un joto. Se veía que le era muy difícil tragarse la homofobia que le habían heredado de generación en generación. Lo trataba en el mejor de los casos como un mal necesario, como la molestia que aprendes a soportar porque sabes que no te la puedes quitar de encima.

Todo eso cambió cuando a Ricardo al terminar la preparatoria y cuando sus compañeros del colegio ya no se sentían restringidos por las reglas de la escuela, le pusieron una madriza que se les fue de las manos, lo golpearon con verdadera saña, ¿la razón?: cualquier excusa, era joto y como tal lo veían como una peste.

—Un chico de mi grado, Antonio, fue el que empezó todo, me aventó la primera piedra y sin estar libre de pecado.

—Yo siempre pensé que Toño, el cabecilla del grupo que constantemente me molestaba y que terminaron por romperme la madre, también era gay, me atacaba porque en el fondo sabía lo delicioso que es la verga —me había dicho.

—Su animadversión comenzó un día en que después de la práctica de fútbol en las regaderas lo caché viéndome el chile mientras le brillaban los ojos, mi error fue que en vez de preguntarle qué estaba viendo y hacérsela de bronca le sonreí con complicidad para que supiera que no me molestaba que lo viera, se acercó y lo tocó brevemente con asombro, pero de inmediato cambió su actitud: me empujó y salió corriendo de ahí gritándome que era puto; eso bastó para que a partir de ahí me hiciera la vida imposible. Tampoco fue como si le preguntara ¿gustas? —nos contó.

Mientras lo tundían a patadas en el suelo y él al tratar infructuosamente de taparse los golpes con manos y brazos, había quedado inconsciente, afortunadamente, una patrulla de la policía de San Pedro que iba pasando vio el tumulto y acudió de inmediato a su auxilio y a fuerza de gasearlos sometió a sus verdugos reduciéndolos a las esposas.

El policía fue rápido en llamar a una ambulancia que llegó en pocos minutos para que los diestros paramédicos estabilizaran al herido que había quedado en shock a causa de la lluvia de puntapiés. Lo llevaron de urgencia al hospital y después de valorarlo se dieron cuenta de que tenía una fractura de cráneo y que había que hacer una intervención para liberar la presión del cerebro, además de golpes por todo el cuerpo, así como una fractura en el cubito del brazo derecho.

Ricardo hasta hoy no se acuerda de nada de lo sucedido después del primer madrazo, pero de lo que sí se acuerda es de que al despertar estaba su padre a su lado, le había estado montando guardia durante muchas horas, sin despegarse siquiera un minuto. Cuando despertó lo abrazó llorando, le dijo que era lo más preciado que tenía y que se arrepentía de no haberlo hecho sentir querido antes, que cuando lo vio tendido y conectado a las máquinas se le vinieron de golpe todos los recuerdos como cuando con orgullo lo vio dar sus primeros pasos o cuando juntos gritaban los goles de la selección de México en los mundiales.

Su padre reaprendió con lágrimas en los ojos y de golpe que el amor filial que sentía por Ricardo iba más allá de las preferencias sexuales de su hijo, se arrepintió de la dureza con la que había traicionado al amor incondicional que sentía por su primogénito.

Le había caído el veinte en el momento en que su corazón se convirtió en una llaga abierta cuando le dijeron los médicos que su hijo estaba muy delicado.

—Se encuentra estable, pero aun no está fuera de peligro y no hemos podido cuantificar si existe daño permanente en su cerebro.

—Por favor doctor, por lo que más quiera salve a mi hijo se lo ruego no importa el costo —le había rogado al galeno.

Ricardo superó todos los pronósticos y su recuperación fue si bien no milagrosa si más rápida de lo que esperaban los doctores. Estuvo en el hospital alrededor de dos semanas. Tiempo en que su padre no se despegó de su lado, sólo iba a su casa a cambiarse y eso porque su mamá le decía que ya olía muy mal y tenía que irse a bañar por higiene elemental.

Pero todos los días que estuvo en el hospital en algún momento se quebraba y trataba de lavar su conciencia rogándole a su hijo que lo perdonara y que iba a recuperar el tiempo perdido durante los años que le había sacado la vuelta.

—No mames María, todos los días un mercado de lágrimas entre mi mamá y mi papá y lo peor del caso es que me contagiaban y yo terminaba llorando a mares también, creo que eso me ayudó como catarsis a quitarme muchos de los demonios que seguía trayendo dentro cuando aún no sabía qué me pasaba y no me decidía del todo a aceptar que era homosexual y encima la depresión y la ansiedad que sentí en la adolescencia mientras reafirmaba mi identidad. Luego el saber que todos mis compañeros y compañeras podrían declarar sus afectos cuando quisieran mientras que yo estaba obligado ocultar los míos porque sabía que me iban a juzgar o censurar o de plano como pasó, podían perseguirme para romperme la madre. Demoré lo más que pude el demostrar mi preferencia sexual de plano por cobarde. Sólo los que pasamos por esto entendemos el miedo a saber que en el mejor de los casos las personas que nos quieren van a ser condescendientes con nosotros si no es que de plano les vamos a causar vergüenza u odio. Pero ahí estaba mi viejo al pie del cañón y eso me dio una fortaleza que de sólo acordarme se me enchina la piel —dijo Ricardo.

Ricardo intentó arrancarle de raíz el sentimiento de culpa a su progenitor diciéndole que nunca había dudado de su cariño y que era el mejor padre que un hijo pudiera pedir, su madre estaba siempre de pie hecha un mar de lágrimas escuchando las palabras atropelladas con las que le confirmaba a su hijo que lo amaba y lo aceptaba tal y como era. En la última ocasión caminó hacia él y su padre se incorporó para recibirla en sus brazos, —yo me quería levantar para acompañarlos en ese abrazo familiar, pero estaba conectado a todo tipo de aparatos y la verdad me sentía muy mareado, pero desde la cama los veía y comprendí que estábamos todos fundidos de cariño mientras silenciosamente daba gracias por tener una familia que me aceptaba.

Cuando se recompuso un poco, aunque aún podía sentir su aflicción, volvió a su tono tosco habitual de voz para decirme que les iba a partir la madre a los cabrones que me habían asaltado.

—Van a ver esos cabrones, no se la van a acabar —le dijo su padre aún con voz entrecortada.

—No papá, déjalos, son unos pobres pendejos, ya con el escándalo que se les hizo basta, seguramente no los van a dejar inscribirse en ninguna buena universidad por homofóbicos — contestó Ricardo.

Aparentemente su padre hizo caso omiso a las recomendaciones magnánimas de su hijo, porque le habló a un compadre que tenía medio criminal para pedirle el favor, y le mandó poner una madriza al líder de los agresores llevándose de encuentro a su padre cuanto intentó intervenir para defender a su homofóbico hijo porque los chingazos se los fueron a poner a domicilio. Mientras que discretamente a los otros tres sus familias los mandaron a esconderse fuera de México.

—Si el miedo no anda en burro, y mi papá los había sentenciado y se los quería chingar.

Su mamá luego le contó que mientras él estaba inconsciente su padre le platicaba llorando que haber tenido a su hijo había sido lo más hermoso que le había pasado y la pena que le daba verlo debatiéndose entre la vida y la muerte. No se cansaba de recordar que fue él quien me ayudó a dar mis primeros pasos y le decía que yo me reía en vez de llorar cada vez que perdía el equilibrio, y que ahí él supo que yo era un valiente y que por eso iba a salir adelante.

—Jamás lo había respetado tanto como cuando lo vi ahí sentado llorando y pidiendo perdón, nunca lo vi llorar de nuevo más que esa vez que se permitió soltar todo lo que traía dentro y que guardaba por sentirse fuerte. De golpe me percaté que nuestros padre son seres humanos y la cagan como todos, pero si dudé en algún momento de mi vida de su amor, en ese instante me di cuenta de lo mucho que mi papá me quería —me había contado Ricky.

—María ¿a dónde te fuiste?, sigue contando tu historia —exigió Ricky.

Javier
"Aprende bien, así veremos si tu locura se puede curar".
—Mo'at, Avatar.

—Decía Picasso que uno debía de conocer tan bien las reglas para luego romperlas y esto no es la excepción, ya que te sientas cómodo puedes decir casi cualquier cosa y el efecto va a prevalecer, solo se trata de saber dónde va cada comentario. Al igual que Picasso dibujó en sus pinturas la nariz y el pecho donde quiso, tú va a ser capaz de utilizar tu talento a tu antojo —dijo con seguridad José Manuel.

El proceso de seducción es uno de los temas más fascinantes y a la vez uno de los mas incomprendidos y tergiversados.

El licor seguía fluyendo con velocidad, de manera inusual, el lugar comenzaba a llenarse y el viejo mesero, abrumado por tantos comensales, le cedió la atención de nuestra mesa a una joven bastante guapa que acercó a presentarla.

—Disculpen la interrupción, ella es Brenda y los va a seguir atendiendo —dijo.

—Perfecto, muchas gracias —contestó José Manuel casi sin voltear.

—Los dejo en muy buenas manos —añadió el mesero.

José Manuel levantó la cara asintió y sonrió, sus ojos se cruzaron brevemente con los de la joven y esta a su vez dibujó una sonrisa un poco exagerada en su rostro.

—La atracción es una emoción primaria, ha servido siempre para asegurar que la raza humana se reproduzca y sobreviva y se activa de la misma a forma que las demás emociones primarias como el hambre o el miedo. Cada emoción se activa de acuerdo con determinadas circunstancias y es casi imposible evitar sentirla cuando las causas se acomodan. Con cada generación se vuelven más fuertes y más detallados estos instintos o emociones, simplemente porque son una herramienta para sobrevivir y quienes los sienten y traducen de mejor manera han tenido la posibilidad de reproducirse y heredar sus genes repletos de la misma carga que los hizo sentir la emoción. Un hombre capaz de atraer a más mujeres, por lógica tiene más posibilidades de diseminar su semilla de la misma forma que la vida ha sido muy dura para los que no han logrado este objetivo. En la época moderna, con el sistema de salud que tenemos o las leyes que previenen al más fuerte de deshacerse del más débil, han logrado que los genes que de manera natural no hubieran sobrevivido a través de la selección natural lo hayan hecho, sin embargo, en la relatividad del tiempo, esto ha pasado por solo una pequeña fracción de lo que ha vivido la especie humana, lo que hace que la fuente primaria de atracción diseñada para la supervivencia siga ahí, dominada por sentimientos y emociones. Seguramente te ha pasado, la chica que conoces brevemente y no sabes el porqué te atrae tanto, de la misma forma vas a tener a tu alcance mujeres que te dirán sinceramente que no saben que les pasa al estar contigo, pero no pueden evitar el desearte. La evolución es un proceso muy lento y de manera conveniente para nuestros fines. Seguimos siendo hombres de las cavernas para nuestro subconsciente por más sofisticados que parezcamos por fuera —dijo casi sin tomar aliento como si hablara desde un púlpito.

—Bueno, suena convincente —dije después de darle un trago a mi tequila servido convenientemente en un caballito —pero ¿cómo logramos ese objetivo si ya no tenemos forma de probarnos matando un mamut? —pregunté.

—La atracción es un instinto básico mi querido Javier, y lo que atrae a un hombre y a una mujer son una serie de distintas cualidades y actitudes complementarias. Es cierto que hay muchas similitudes entre los sexos, pero en realidad lo que provoca el instinto son las diferencias que embonas como piezas de rompecabezas con nuestra contraparte femenina. Se trata de hacerlas sentir que lo que buscan tú lo tienes, no que tú también posees lo de ellas y además buscas lo mismo. Recuerda que la atracción es una emoción y por más que queramos no es una decisión consciente, por eso no puedes forzarla, pero sí montar el escenario para provocarla poniendo a su alcance lo que ellas no saben que necesitan —sentenció de manera iluminada.

Una chica de muy buen ver y con un atrevido escote, pasó a lado con un vaivén de caderas dignas de coqueta profesional y le sonrió a mi acompañante, él ni siquiera volteó a verla dedicado como estaba a nuestra plática.

—Ahí es donde me causa conflicto, no quiero engañar a nadie —le dije.

—No vas a engañar a nadie, lo que buscan la mayoría de las mujeres ya lo tienes, solo falta que sepas mostrarlo —dijo justificando su discurso—. Además, si eres honesto y actúas con sinceridad no tienes porque lastimar a nadie, recuerda, te voy a dar las llaves al paraíso, pero no vayas a caer en la tentación de morder de la fruta prohibida por las causas equivocadas —concluyó—. Todo esto que te cuento son datos científicamente comprobados. Realmente no es tan complicado, las mujeres creen que lo que las atrae de un hombre son cosas tan inocuas como la estatura, el tamaño de las manos, etcétera, cuando en realidad lo que determina si te vas a acostar con ellas o no, es cómo las haces sentir, y como todo sentimiento, puede ser creado en laboratorio o, mejor dicho, puedes aprender cómo generar esos sentimientos —dijo José Manuel.

—Sí, pero ¿cómo?

—Tienes que crear una ilusión que haga el truco, en realidad vas a trabajar en su subconsciente de manera sutil, recuerda que el mejor truco del diablo es hacerte pensar que no existe, y esta manera de presentarte con las chicas que quieres conquistar, en realidad se trata de hacer que nunca se percaten que poco a poco las estás atrayendo, haciendo que se sientan de manera natural cada vez más cerca de ti.

—Pero ¿no estaría cayendo en la mentira crónica? ¿En volverme una especie de mitómano amoroso? La verdad es que nunca he sido bueno para engañar.

—Claro que no, se trata de que sientan atracción sobre ti, todo mundo lo hace o por lo menos todo mundo lo intenta, lo único es que tú lo vas a hacer mejor, con estructura y prácticamente de manera profesional —dijo mientras le servían otro whisky añejo aquella mesera que lo veía sonriente, con la misma expresión con que un niño ve a un helado un día caluroso de verano.

—Bueno, quizá para ti es más fácil, la naturaleza fue agraciada contigo y tienes el tipo que le resulta atractivo a las mujeres —dije al notar el descarado interés de la mesera.

—Mira Javier —dijo dando un buen sorbo— si bien es cierto que ser pulcro en tu manera de presentarte, así como tener modales ayuda, pero no es determinante en la manera en que esto funciona. Puedes ver a muchas personas que son un desastre en su arreglo personal o cero agraciados físicamente y las mujeres les corresponden con mucho agrado. La manera en que te aliñas es más que nada solo una cuestión de gustos que te ayuda a la parte más importante del truco psicológico necesario para la conquista que es tener SEGURIDAD en ti mismo. Las cualidades atractivas son mayormente intelectuales y no los conceptos de belleza que han tratado de presentar forzando construcciones y acondicionamientos sociales.

—No pues obvio, el problema es que cada vez que me gusta alguien me convierto en un manojo de nervios.

—Claro, y eso manda todos los mensajes equivocados a tu pareja potencial, la mayor parte de la comunicación humana no es verbal, hay personas que sus gestos los traicionan revelando aspectos no tan deseables de su personalidad, a eso súmale todo el sinfín de la parte metafísica que no alcanzamos a percibir con los sentidos convencionales. Pero de eso hablaremos después, ahorita lo primero es que entiendas el ABC de la conquista, pero te tengo que advertir, no es para todos, es un poder, y como todo gran poder trae aparejado una responsabilidad, así que te voy a enumerar primero las reglas que yo sigo para poder salir con tantas mujeres.

Solo me faltaba tener papel y pluma para completar la escena de franco tutoría que estaba viviendo, realmente me interesaba el tema, necesitaba recuperar la confianza en mí y que había quedado maltrecha después de los sucesos con María. Era como si no pudiera identificar bien lo que sentía, era resentimiento o simplemente tristeza, pero lo que era un hecho es que necesitaba regresar lo antes posible al equipo de los ganadores en el juego de la conquista, así que con atención me presté a aprender una lección que definitivamente cambió mi vida.

—Regla número uno, nunca uses este poder para lastimar. Las mujeres por lo menos para mí son la parte más bella de la creación, y así deben de ser tratadas. Te vas a encontrar algunas con profundas huellas emocionales y de ninguna manera debes aprovecharte, por más guapas que sean, mejor intenta ayudarlas, habla con ellas, sé comprensivo cuando te toque alguien así. Verás Javier, la sociedad en países como México ha sido muy injusta con ese género, solo tienes que ver la estadística que las involucra tanto en ser víctimas de crímenes violentos como en la falta de oportunidades de desarrollo, es una injusticia. Recuerdo que alguien dijo que no importa lo jodido que esté un hombre, siempre va a tener a una mujer abajo de él, y pareciera cierta esa sentencia. Así que tu función, además de hacerlas sentir deseadas, apreciadas y valoradas en el tiempo que estén contigo, por breve que sea, es dejarlas mejor de como las encontraste.

—Pero ¿que no se van a sentir engañadas al conquistarlas solo para compartir sabrosura?

—Claro que no, no las va a engañar, las vas a conquistar con honestidad, el sentimiento cualquiera que sea, hasta de calentura es un sentimiento válido, todos lo pueden llegar a sentir. Lo que sucede con la mayoría de los sentimientos es que su duración varía, yo mismo, me casé y en el momento mientras hacía mis amonestaciones frente al altar te prometo que todo lo que decía lo sentía en lo más profundo de mi corazón, eran promesas muy válidas y comprometidas para ambos, solo resultaron no ser a prueba de tiempo y así pasa con la mayoría de los sentimientos "Eternos".

—Lo entiendo —asentí.

—Regla número dos, mantén tu salud impecable, vas a compartir muchas intimidades donde el intercambio de fluidos es la norma, lo menos que puedes hacer es ser extremadamente riguroso con la revisión de tu salud, además de usar la protección adecuada en cada evento.

—Entiendo, eso no necesita mayor explicación.

—Regla número tres, vigila tus emociones, vas a intercambiar energía con muchas personas y a nivel sublime cada mujer con la que te acuestas te va a impregnar de una parte de su ser. Nadie sabe bien a bien cómo funciona esto, pero esotéricamente hay un intercambio en donde sigues conectado a la persona con la que compartiste intimidad, así que usa tu sexualidad con responsabilidad. Yo trato activamente de evitar acostarme con una mujer que tenga más problemas que yo —dijo con una risotada—. Eso acota la cuota de conquistas potenciales, pero no importa, créeme, no quieres esa carga en tu vida, además acabas de terminar una relación y siempre hay algún tipo de herida emocional que debes permitir que el tiempo sane, así que mantén muy presentes tus sentimientos, no vayas a tener un resquebrajamiento emocional.

Esa última disposición no me convenció del todo, pero de todas maneras asentí, no era muy creyente del poder de la energía y menos de la que te pueden trasmitir a través del sexo.

Nunca había estado tan equivocado…

*

María, Madrid

Desperté mucho después de que él ya lo había hecho, lo vi trabajando en una computadora portátil en el pequeño escritorio que tenía frente su cama y lo estuve observando un buen rato sin hacerle notar que ya me había despertado fingiendo que dormía, me sentía emparedada sublimemente entre nubes. Jonás había abierto las ventanas para que se aireara el pequeño departamento y la temperatura de Madrid estaba excelente, el aire entraba zumbando como si el clima quisiera recordarme lo excitante y grandioso del momento que estaba viviendo. Todo era perfecto.

De pronto volteó para verme y sonrió, como si sintiera la mirada.

—Será muy difícil que me engañes pretendiendo estar dormida.

—¿Por qué?

—Porque duermes con la boca abierta y los ojos a medio cerrar —contestó—. Así que la cara de durmiente angelical te delata.

Me dio risa pena la confesión y me escondí entre las almohadas.

Él siguió dando lata.

—Y lo de los ojos abiertos ¿te ayuda a ver lo que sueñas? —preguntó.

—Cállate, que tú tampoco duermes como angelito —mentí porque él además de no hacer ningún ruido, dormía con un rostro bello que podía contemplar por horas.

Reímos un rato con la ocurrencia.

—Perdón si te desperté, tengo que terminar este proyecto de evaluación final, y si no lo hago ahorita ya no tendré tiempo después, porque planeo pasar todo el día contigo.

—No te preocupes mi amor, me desperté sola y cuando se me quitó el sueño, hacía mucho tiempo que no me despertaba así, y me siento muy bien.

—Eso es bueno mi cielo —fue la primera vez que me decía mi cielo y a partir de ahí yo ya no era María, siempre fui mi cielo para él. El poder que le habían asignado a ese cariñoso mote con el que me había denominado tenía la fuerza infalible de hacer que se me aflojaron las piernas. Jonás estaba ahí con una certeza absoluta de que él era mío y yo era de él, y yo aún saboreándome lo increíblemente rico que había sentido la noche anterior. No era la primera vez que me acostaba con un chico, pero sí era la primera vez que tenía todo este crepúsculo de sensaciones nuevas que me iluminaron y que acaban de despertar en mí como por arte de magia. No le dije nada porque sobraban las palabras y lo jalé hacia la cama para que continuara la faena justo donde la habíamos dejado.

Mis amigos me observaban embelesados.

—Sigue contando —insistió Ricky.

—Y ¿ahí se quedaron en la cama todo el tiempo que le restaba a tu viaje? —preguntó Valeria.

—Ganas no me faltaban, pero también teníamos que comer —le contesté y reparé un momento sobre la historia de mi amiga, mi mente voló a una de nuestras muchas reuniones antes de proseguir con la mía...

*

—No quiero parecer obsesionada con el dinero, pero ¿qué opciones tenemos las que no contamos con apoyo familiar? No es un tema de interés por interés, yo sí necesito alguien que me ofrezca estabilidad y eso incluye la seguridad financiera —dijo Valeria Rodríguez, espigada, de cabello castaño y ojos color miel.

Lo que decía mi amiga hacía sentido, tenía tiempo de que estaba buscando de plano una pareja que la ayudara a afrontar sus recurrentes crisis financieras, se había casado muy joven con un extranjero con el que no tenía nada en común más que la calentura que los unió como metales fundidos por solo algunos años. A los que siguió una relación sosa que a causa del tedio terminaba en discusiones violentas y constantes.

La historia comenzó así: se había ido a vivir cuatro años con su pareja a una isla del Caribe de donde él era originario y había regresado de su fallido matrimonio con ya muy poca de su belleza juvenil, sin dinero, pero con dos hijos que mantener y con un ex que apoyaba escasamente con dinero y únicamente cuando le venía en gana.

Y la historia prosiguió así: se habían divorciado después de dos años de separación. Valeria tenía tanta prisa por divorciarse del gandul que le ponía trabas a todo intento de formalizar la separación, con el resultado de que había escatimado esfuerzos en llegar a un buen acuerdo y su ex marido terminó con un convenio que prácticamente no lo obligaba a nada, y la pobre Valeria regresó a ser una carga adicional a sus ya de por sí mayores y atribulados financieramente padres.

—Me apendejé, es la verdad, una se confía en que el güey va a reaccionar. Roberto era un buen padre, no sé en qué momento le dejó de importar el futuro de sus hijos, además, ahora que anda con una mulata veinteañera que lo trae enculado, menos se reporta. Así que me tengo que poner las pilas y no puedo andar como Constanza que lo único que hace es salir y acostarse con el que quiere, obvio le reconozco el mérito de que a sus treinta y tantos ande con puro niño guapito de veinte, pero ella tiene la fortuna de que le heredaron en vida lo suficiente como para no preocuparse por nimiedades como pagar renta o recibos de servicios —terminó Valeria con un dejo de aflicción.

—Claro que te entendemos Valeria —dijo Ricardo—. El dinero ayuda mucho, sí, antes los cavernícolas buscaban una pareja que les diera seguridad llevándoles animales que cazaban. Ahorita esa protección es la estabilidad financiera, y estás en lo correcto, todavía estás muy guapa y a tiempo de agarrarte a alguien que te ayude a salir a ti y a tus benditos hijos —comentó.

—Además, eso no impide que mientras esperas al hombre correcto te diviertas con el incorrecto, y hablando de, ¿cómo te fue con Carlos Villarreal? —preguntó Ricardo.

—¡Qué bárbaro!, no cabe duda de que aquí es un rancho, ¿cómo te enteraste de que nos vimos?

—Ay pues tú, si vas a salir de incógnito para darte un gustito, asegúrate de que el dulce que te vas a comer no sea hocicón.

—Bueno, última vez que lo veo, fue más ceder a su insistencia ya que me había estado invitando en el gimnasio y al final cedí. Ese día al salir de un entrenamiento ya me estaba esperando recargado en el coche con una rosa y le dije que sí. Acepté cenar con él. Casualmente ese día que era viernes, mis hijos se habían ido a dormir a casa cada uno de respectivos amigos y tenía mi casa sola…

—Obvio, casualmente.

—Bueno ya, soy humana y tenía meses de no estar con nadie. No sé cómo explicarte las ganas que tenía y al final, para nada satisfactorio. No lo voy a volver a ver y menos ahora que sé que es boca floja.

—Pues sí, desgraciadamente.

—Además, tanto esperar para nada, el pendejo además de que no se preocupaba nada por mí, resultó pito chico y eyaculador precoz, después de menos de un minuto ya se había salido y me estaba diciendo que dónde quería que me los aventara. Imagínate, como si fuera una gran proeza, me dieron ganas de decirle que me los aventara en los talones a ver si se me quitaba lo reseco.

Todos soltamos una carcajada al unísono cuando escuchamos la confidencia, lo bueno de Valeria es que al final siempre encontraba algo divertido de lo que le pasaba.

—Tanto esperar para nada, la verdad ahora sí que fue una oportunidad perdida, así que mejor me avoco a buscar a alguien, aunque me vaya dando arrumacos gota a gota.

—Equis, no le des tanta importancia, por qué ustedes las mujeres se clavan tanto cuando se dan una cogidita si a los hombres ni les importa, ¿cuál es el punto de sentir algo después de tener sexo? Tú date gusto, cógetelos y luego anda como si nada —dijo Ricardo.

Valeria y yo nos recargamos en la silla tomando pequeños tragos de nuestra copa de tinto, en realidad a esta edad estaba de acuerdo en que era momento de empezar a copiar ciertos aspectos de la forma en que manejan la relaciones los hombres. No había sido nada fácil llegar a esta conclusión, no cualquiera podía independizar los sentimientos de las relaciones.

—A mí ya me había pasado —dije—. Antes de Javier, me acosté con un par de hombres que ni siquiera prometían una relación y después de hacerlo me olvidé de manera natural de ellos, como si nada hubiera sucedido, de regreso a la rutina y al trabajo sin mirar atrás, no había ninguna excusa para obligarme a sentir algo, no buscaba nada…

—Mira María, a mí me han roto tanto la madre en el amor que ya se me formó un callo, este pendejo de Carlos me sigue buscando, la verdad no sé si quiera algo más, pero no es lo que yo busco, solo era cogérmelo y ya, y ni para eso resulto bueno.

—Así es amiga, tú pórtate bien perra, pronto te vas a encontrar a alguien que tenga todo lo que buscas y necesitas. Así que, por lo pronto, preocúpate por ti y tus necesidades —añadió Ricardo.

—Si lo tratas así seguro te va a seguir buscando, la mayoría de las veces, los hombres no quieren una relación, pero en el momento en que sospechan que una también los quiere solo por sexo, se clavan, como si les lastimara el ego que no sean ellos los que deciden el tipo de relación que se va a tener —comenté recordando lo insistentes e inseguros que se habían puesto un par de mis ligues fugaces.

—Tienes razón, este chavito me está escribiendo como si me quisiera, me da pena ajena y ya no quiero ni verlo, hay una línea muy delgada en que alguien te atraiga o te de hueva, y este monito ya la cruzó —dijo Valeria.

—Tú métele hormona amiga, cuando vayas al gimnasio que te vea como eres, exitosa, agresiva y que puedes tener cuantas parejas quieras, que vea lo fuerte que eres para que no se ande confundiendo. A mí me dijo un suvenir que me ligué en Cancún, que quería una relación que durara mucho tiempo y le contesté: "Bueno mi rey, bien por ti, pero ahorita estés con la persona equivocada".

Ricardo siempre nos daba ánimos, él en lo particular no sabía tener una relación estable, pero tampoco la buscaba, le gustaba su vida y esa seguridad reconfortante de hacer lo que uno quiere nos la trasmitía con apoyo irrestricto a todas nuestras causas. En muchos aspectos seguía manejando actitudes muy viriles, era como si nos protegiera. Aunque en este caso yo sabía que a Valeria le dolía no tener a nadie, ella no podía darse el lujo de ser una mujer fatal, no en esta sociedad hipócrita. Ella quería una pareja, cada noche le parecía una tortura llegar a su casa, no estaba sola, estaban su hijos, pero le hacía falta una pareja donde asirse. Sus padres no la habían preparado para valerse por sí misma y ahora se sentía atrapada en sus circunstancias. Si en sus planes ella quería tener un hombre cariñoso y considerado a su lado, era válido que lo buscara, y no debíamos entrometernos en eso.

—Cuando conozcas al indicado, cero te va a dar hueva, eres una mujerona —dije.

—Gracias, María, y me la voy a llevar tranquila para que sepa que quiero algo serio.

—Bueno, Valeria, tampoco —añadí— a esta edad ni modo que andes de mano sudada, pero trata de aprovechar tu tiempo con alguien al que le veas futuro si eso es lo que andas buscando. Si tu plan es lograr la estabilidad a través de una relación y estás bien segura qué es lo que quieres, está perfecto.

—Así es, qué pesado, tienes razón, pero a la vez pareciera que los hombres se dejan de interesar si te acuestas con ellos desde la primera vez que sales, y luego le quieres echar ganitas para tener una relación en serio. Para eso mínimo te tienes que aguantar y aguantarlo tres días sin tener sexo.

—Ay amiga, eso depende de la mujer —dijo Ricardo —. Si estás jodida y necesitas apoyo como es tu caso, y quieres engancharte con alguien pues sí, a lo mejor tienes que jugarla así. Pinches hombres, sobre todo en países como este no te dejan cometer ni un error; solo ten cuidado con los hombres que todo lo quieren comprar con dinero, sobre todo si te ven que la estás pasando mal, como tú que parece que a todo el que llevas a tu casa para que te culee, al despedirlo le avientas un recibito en la bolsa para ver si te pagan la luz, pero si eres como Connie que además de que es un forro que no pide ni le falta nada, puedes hacer lo que quieras. Ya ves ahí trae a toda una bola de enamorados queriéndosela culear, pero también amarrarla para tenerla en serio. Me enteré de que trae un pendejito que muere por ella y que Connie solo va cuando tiene ganas a su oficina por unos minutos para que se la "culeen" en el baño, termina y se va, y lo deja chorreando y rogándole que anden. Ahora sí, hay un tipo de hombre muy pendejo, es el que desde que te conoce te pone la etiqueta de que solo serás un "acostón", una vieja para invitar a un viaje o una pareja informal, a esos sácales la vuelta, pero cuando veas uno con potencial atiéndelo bien.

—Ay no, ¡a mí si me ha tocado hacer toda la rutina! Caerles bien, contarles cosas interesantes, de vez en cuando un halago para que se les infle el ego, masajes en la espalda, chupaditas al gusto, jalárselas mientras van manejando y hacerlo como quieran y por el tiempo que quieran —dijo Valeria—. Y eso solo me ha servido para posponer los problemas que siempre se presentan —confesó.

—Diles a todos que tiene el pito más grande que has visto en tu vida y los vas a traer babeando —dijo Ricardo.

—Ay Ricky eso ya, y no cambia mucho la cosa, uno hasta me dijo molesto que cuántos había visto, si ya aprendí que ser mujer, a veces, significa sin engañarte a ti misma, decir lo que la gente quiere escuchar, la supervivencia de mujeres como yo depende de que seamos conformistas con lo que la sociedad espera.

—Por eso yo no me engancho hermosa, así tuve un pendejito que me quería dar gusto en todo, no solo en el sexo en lo que por cierto era un poco salvaje y le gustaba que le pegara en las nalgas con un periódico enrollado, y yo pensaba que mejor debería leerlo porque era un poco idiota. Si quería hacer una cena me ayudaba con las compras y les hablaba a mis invitados para confirmar, recogía después de cenar, tendía la cama, hasta me parecía sospechoso tanto afán. Si ya nos estábamos dando el culo amiga, ¿qué buscaba?, ¡qué ansia! Así que empecé a sospechar de él y ya no encontraba la manera de quitármelo de encima porque, aunque estaba bien bueno sí era muy pendejo. El momento oportuno fue un día que llegó y traía puesta mi ropa interior, imagínate, esa no se presta y se la había llevado sin pedir permiso. De inmediato lo mandé a la chingada —dijo Ricardo.

—Y ¿cómo lo tomó? porque pareciera que estaba muy enamorado —pregunté.

—De la chingada amiga, se encerró en el baño y no quería salir ni abrir la puerta, lo escuché hasta vomitando, ¡pobre!, estaba lleno de traumas, tuve que amenazarlo con romper la puerta y luego cuando salió casi me agarra a golpes, pero le dije que si me pegaba le iba a hablar a la policía y él sabía que no estaba mintiendo y que soy de armas tomar, así que se fue llorando y gritando. Me siguió buscando por un buen rato, pero ya nunca le contesté. No vuelvo a salir con alguien tan joven y que apenas le está entendiendo a este tema de la jotería. Creyó que era para siempre solo por haberme dado las nalgas, qué horror...

—Pues sí, pero yo estoy decidida a tener una pareja, mi vida no es nada fácil, tú María, tienes tu carrera y nunca te vas a morir de hambre porque eres muy buena en eso, pero yo con mi sueldo de maestra apenas me alcanza para malvivir, así que tengo que seguirle con el gimnasio, los masajes y si se puede uno que otro arreglito que no salga tan caro, porque a mis treintas el que me conoce sabe que lo que ve es lo que hay, no hay nada más escondido, solo soy yo y estoy dispuesta a jugarme el cuerpo.

De repente se abrió la puerta del pequeño restaurante en donde estábamos y Valeria volteó a ver de manera instintiva.

—María no voltees, pero acaba de entrar Alex...

Alex era uno de los amigos más cercanos de Javier, yo no lo toleraba, lo consideraba un hombre sin educación, misógino y que solía hacer chistes homofóbicos. El lugar era tan pequeño que iba a ser imposible pasar desapercibidos, noté la tensión en Ricardo que también lo conocía y coincidíamos en que era un barbaján.

Al escanear el lugar, sus ojos se posaron de inmediato en mí, me saludó con un ademán y se acercó a la mesa.

—Hola todas, ¿cómo están? —dijo haciendo énfasis en lo femenino del "todas" al usarlo de adjetivo y fingiendo cordialidad—, Javier ¿dónde anda María?

—Si la andas buscando ¿por qué no le llamas? —contestó Ricardo.

—Debe de andar en sus negocios, ya sabes, nosotros no necesitamos avisar dónde andamos —le dije— las personas normales toman sus propias decisiones.

—Ja, ja, ok, ok, no era reclamo, solo pasé a recoger un pedido de comida para llevar y las vi... me dio gusta saludarlas a TODAS —dijo, y se despidió justo cuando notó que le estábamos dando tratamiento de paria con la mirada.

Al alejarse, Alex se volvió tema de conversación.

—No lo soporto —dijo Valeria— te comenté que un día me llamó cuando estaba tomado para invitarme a su casa a coger, así me lo dijo: "Valeria ya a nuestra edad se vale decir las cosas sin rodeos, por qué no vienes a mi departamento a coger, te traigo ganas y la traigo bien parada". Imagínate, como si fuera un halago que la tuviera parada.

—Qué risa, te la quería sembrar sin humedecer la tierra primero el muy gañan, qué bueno que lo mandaste a la chingada, esos no son modos… porque lo mandaste a la chingada ¿verdad?

Valeria escupió el vino al soltar una risotada a lo cual Ricardo y yo nos miramos estupefactos.

—Obvio, Valeria, no tiene nada de malo y es tu decisión acostarte con el que tú quieras, pero no me parece que Alex sea una buena persona —dije cuando la calma regresó a la mesa.

—Ay Valeria, eres bien zonza —culminó Ricardo.

—Obvio es un grotesco, pero después de estar con él no pude dejar de sentir un poco de lástima, trae muchos temas cargando…

*

Javier y José Manuel

Seguimos tomando un buen rato, el tequila añejo poco a poco iba acomodando las ideas en mi cabeza y todo hacía sentido. ¿Para qué iba a conformarme con una vida como la que llevaba con María? Criando óxido en los tarugos a falta de ganas de cenar casero, pudiendo tener un menú tan variado como quisiera, era válido no querer tener una relación, ¿quién en su sano juicio preferiría estar solo con una mujer pudiendo tener una actividad cosmopolita en la cama?

La joven mesera le había traído sin pedírselo: una servilleta donde estaba anotado su número telefónico. Era increíble verlo en acción, prácticamente todo lo que tenía que hacer para tenerla cautivada era verla fijamente a los ojos, decir un par de frases y sonreír en el momento adecuado.

—La mayoría de las noches me muero de aburrimiento atendiendo mesas, me desespera la idea de estar gastando mis mejores años en algo tan aburrido —había comentado la mesera que debía de tener alrededor de veinticinco años y tenía uno de los mejores cuerpos que yo había visto en mucho tiempo.

—Uno no debería de sentirse así, a mí me pasa, solo que opto por encontrar algo extraordinario en cada momento de mi vida, siempre hay algo que valga la pena, y la mayoría de las veces lo tienes frente a ti —dijo sosteniéndole la mirada y con una sugestiva sonrisa endulzada por el whisky.

Es bueno el cabrón, pensé, exuda confianza, definitivamente se cuece aparte, hasta me siento un poco especial por tan solo estar con él, pensé con un poco de vergüenza. Quizá sea el remedio a la frustración que siento, me decía mientras me acomodaba para poner atención a su clase, ya que el solo hecho de poder platicar confianzudamente con alguna mujer que no conocía, me atraía profundamente.

—Mira Javier, yo fui como tú, un muchacho tímido, un poco retraído y con ganas de tener novia y después de un rato casarme. Era muy joven y no sabía nada de la vida, pero especialmente de cómo funcionaban las relaciones y el sexo.

Pensé que tenía razón, especialmente en lo referente al sexo. Toda la educación sexual la había adquirido empíricamente a través de la vida y con los inefectivos consejos de mis amigos que seguramente estaban peor informados que yo. No sabía nada antes y aun seguía siendo muy ignorante acerca de la educación básica en torno al mentado tema. Era fecha que aun me incomodaba hablar al respecto, y a pesar de los años transcurridos con María aun me consideraba apenas un neófito en esos lares. Definitivamente había vivido en el error, pensé con pena apretando mis rodillas.

—Veo que tus pensamientos te traicionan Javier, estás incómodo y lo demuestras, tu forma de remolinearte en la silla y las expresiones lo dicen todo. Lo que nos lleva a la primera lección, cómo esconder las emociones que obstaculizan que cumplas tus objetivos y es como todo, la práctica hace al maestro. Te darás cuenta de que al extirpar lo negativo de tus pensamientos que te confirmo son irreales, vas a poder sentirte a gusto y en calma cuando conozcas a una mujer que desees. A partir de ahí todos será más fácil, vas a presentar con confianza toda la gama de talentos naturales que posees y a los que solo les falta una pequeña pulida para que demuestres tu mejor versión.

Entre whiskys y tequilas añejos servidos con generosidad por la mesera que intentaba por todos los medios gravitar bajo la órbita de José Manuel, transcurrió la velada. Me estaba revelando secretos muy íntimos para descifrar lo que para mí siempre fue un enigma envuelto en un misterio: las relaciones con las mujeres.

Atrae, demuestra lo que vales, hazlas sentir a gusto, habla de ellas y por ellas, tú eres en ese momento la respuesta a sus súplicas, la razón por la cual voltearon tantas veces un San Antonio de cabeza o arrojaron una moneda con esperanza en la Fontana de Trevi… hasta que llegaste tú encontraron el porqué todas sus relaciones anteriores fueron fallidas. Solo recuerda, es un sentimiento tan real como tú quieres que sea, así que úsalo con cautela, nunca engañes a nadie y sé muy claro en tu lenguaje, si lo haces bien, jamás vas a tener problemas y ellas van a estar agradecidas por el tiempo así sea breve que pasaron a tu lado y te recordaran con nostalgia, pero con cariño cuando ya no estés a su lado. He tenido cientos de mujeres y cada vez que me topo con una de ellas el cariño sincero de su trato me demuestran que seguí fielmente mi regla, además —dijo con falsa humildad— después de mí por lo general regresan a su relación estable o se casan, creo un poco vanidosamente porque ya les cumplí el antojo —culminó soltando una risotada, la joven mesera que con seguridad no había escuchado el comentario por estar alejada de la mesa de manera inexplicable comenzó a reírse también desde el otro extremo del salón.

—Atraer, intrigar, cariñosamente ignorar —predicaba ente trago y trago de whisky, mientras más bella la mujer más sola se siente por dentro, creen muchas de ellas que solo son reconocidas por su belleza y no su interior, ayúdalas a superar esos paradigmas y te recompensaran con creces en la cama —decía mientras le daba la vuelta a sus mensajes enviando una serie multitudinaria de deseos cariñosos de buenas noches y quizá adormeciendo los vestigios de alguna culpa pasada con el whisky de una sola malta que bebía.

—El sentido del humor, Javier, es una de las mejores muestras de inteligencia, desarróllalo, quizá sea la parte más importante de la conquista, eso aunado a una buena conversación es el mensaje más sublime que puedes mandar para que deseé compartir contigo sus atributos —comentaba con seguridad mientras yo tomaba nota de las herramientas psicológicas que necesitaba para convertirme en un ser social exitoso con las mujeres.

Ya un poco pasados de copas decidió que era hora de terminar la lección y la velada para continuarla de nuevo en un par de días, ya que a la mañana siguiente tenía que levantarse temprano para un desayuno de negocios… mientras yo pensaba que seguramente no tenía nada que ver el hecho de que la mesera ya hubiera terminado su turno y lo estuviera esperando afuera del establecimiento… pero eso lejos de molestarme, me alentó a seguir por este camino. Pronto alguna mesera haría lo mismo por mí, que digo meseras, modelos, conocidas, secretarias y colegas, no había límite ni medida.

La mecha había sido encendida.

*

Javier y La Almorrana.
La cruda

A la mañana siguiente, ya con la próxima reunión con José Manuel en la agenda, desperté con una cruda doble, moral y física, sin vestigios de nadie que me asistiera, con la boca pastosa y la típica presión en la sien, que va cambiando de lado según te muevas. Estaba tan deprimido que se me bajaron las defensas, y empecé a sentir los embates de una gripa en pleno verano en Monterrey. Las gripas de verano son las peores, el moco y la carraspera sin el confort de acurrucarte con el frío a tomar una bebida caliente, lo que también me hizo recordar que una de las peores partes de ya no tener pareja es precisamente cuando estás enfermo, el no tener el alivio de alguien que te atienda con verdadero cariño y ganas de que estés bien.

Cada vez que veía acercarse una gripa, me preparaba para por lo menos estar dos semanas fuera de combate y en reposo. Solo una vez intenté seguir mi vida normal y terminé en el hospital con neumonía, así que de las dos o tres veces por año, pensaba que sería de las peores. A la vez cada que María se preparaba con mis comidas favoritas y películas y me acompañaba cuidándome durante toda la enfermedad, era de las mejores experiencias de pareja y me sentía afortunado de saber que no estaba solo cuando me sentía débil. Pero eso había quedado en el pasado, y hoy era lo peor, crudo, débil y en shock después de lo que vi, "mal empieza la semana para el que ahorcan en lunes", pensé…

Mi panorama no pintaba nada bien.

Había regresado a casa de mis padres, ese refugio tan milenial al que acudimos cada vez que tenemos un problema. Mi padre había fallecido hacía un par de años de un cáncer inoportuno y mal ubicado, lo que había convertido a mi madre en viuda, y eso la había ido sumiendo en una melancolía aislada en la que ella demostraba su fortaleza, pero prefería estar sola. Mi madre acostumbrada a mis vistas esporádicas no me hizo ninguna pregunta por haber extendido mi estancia en esta ocasión.

La habitación en donde había pasado casi toda mi vida la mantenían impecable, como si un hechizo en el tiempo impidiera cambiar la pintura gris claro de las paredes o los edredones… Eso me gustaba… y tranquilizó un poco mis pensamientos recurrentes acerca de lo que había visto, mientras, seguía tirado en la cama.

Había escuchado en algún lado que los perros cuando sienten que se van a morir buscan un lugar alejado para no hacer sufrir a las personas que los quieren, pero yo definitivamente no quería estar solo… y tampoco quería pensar que me iba a morir…

Así que decidí no dejar que ningún virus oportunista me frenara y llamé a mi amigo al que cariñosamente llamábamos La Almorrana, le decían de esa manera por un desafortunado apodo que nació en la preparatoria debido a que cuando llegó el momento de la pubertad —a él lo alcanzó alrededor de los doce— y tuvo su momento de gloria siendo un púber con frondosos pelos en el pecho, en donde no le daba el sol y en los sobacos entre niños aun lampiños, con más fuerza y agresividad convirtiéndolo en el bully del colegio, situación que cambió con el paso del tiempo y terminó completamente al llegar a la preparatoria, con el desarrollo adolescente de todos los demás.

Cuando esto pasó, Alonso Álvarez, que era su verdadero nombre, se dio cuenta de que era el más chaparro de todos y que por más basquetbol que jugara no pasaba de su casi un metro sesenta. Eso lo convirtió en la burla de sus agraviados compañeros. Bien dicen que "los carniceros de hoy serán las reces de mañana", frase que cumple su ominosa sentencia a la perfección.

La Almorrana, que en ese momento aun era conocido como Alonso, cambió su personalidad agresiva y prepotente por la de un gordito simpático y bueno para el chiste y el albur, y fue en una de las reuniones donde se compartían chistes de todos colores y albures mal intencionados que alguien, no recuerdo quién, tuvo la desafortunada ocurrencia de apodarlo La Almorrana por la sencilla razón de que estaba "En ano".

La Almorrana no se había dejado amilanar por ese apodo y siguió su vida, convirtiéndose en un exitoso comerciante, se casó (y se divorció) de una mujer guapísima e inteligente, y era muy bien querido por todos nuestros amigos a pesar de que su sentido humor era muy negro.

—Mi sentido del humor es tan negro que uno de estos días le va a disparar la policía —solía decir.

Su historia me hacía pensar mucho en el tratamiento que se le da al bullying ahora en las escuelas. Era como todo, un poco te prepara para defenderte de los embates de las personas difíciles que habrás de toparte en el camino, ya que la vida real no tiene amonestaciones ni primeras llamadas, en la vida uno debe de saber lidiar personalmente con los bullys que invariablemente se van a presentar.

La Almorrana es el amigo que uno necesita en estas situaciones, quizá no sea el mejor para una emergencia, o para pedir un consejo acertado, pero para distraerte y pasar un buen rato se pintaba solo, así que decidí llamarlo para organizar una comida chilanga en donde tenía que sacar de mi pecho todo lo que sentía. Aun no tenía el valor de contar realmente lo que había visto el fatídico día de regreso de un viaje al entrar en mi habitación, pero si quería platicar y ver rostros amigables. Cuando uno se siente vulnerable se vuelve muy básico y ahora lo que necesitaba era regresar al clan, a mi raza de amigos y amigas que me habían acompañado por tantos años, que habían pasado la rasurada natural que le da el tiempo a la lista de los verdaderos cuates, y quedaban los que de manera probada sabías que sin importar lo que pasara, siempre iban a estar ahí. La Almorrana era uno de ellos y con la gripe—cruda que traía y la necesidad imperiosa de una cerveza con limón, sin duda, él era el indicado.

—En el veneno está el remedio —solía decir cada vez que empezaba a curarse la cruda con algún "Remedio" tradicional para este añejo mal que es la resaca. Quizá uno de los malestares más viejos que acompañan al humano, ya que está hasta en el Génesis con la bíblica borrachera de Noé considerado el Santo patrono de los borrachos por muchos. La historia dice que cuando despertó, y así a de haber estado su cruda, maldijo a su hijo Cam y a toda su descendencia. Condenación ominosa que seguramente no hubiera juramentado de haber existido en aquellos momentos las facilidades modernas de poner en mano una cerveza con limón y Clamato.

"En el veneno está el remedio, como en los piquetes de víbora", era como complementaba su frase favorita La Almorrana cuando continuaba con la segunda bebida con las que remediaba sus crudas controlables (porque las muy duras las pasaba en su casa tomando caldos sin grasas y jugo de frutas), para después con un gesto exagerado de satisfacción le daba un trago a la vitamínica bebida.

Además, para buena suerte de mi circunstancia, La Almorrana era ahora soltero, y había decidido no casarse de nuevo jamás.

—Me di cuenta de que lo que buscaba era una mujer que se pareciera a mi madre, y la única vez que encontré una que era casi idéntica y hasta hablaba igual, mi papá la aborreció de inmediato — nos confesó como parte de sus excusas para no tener pareja.

Tomé mi teléfono para mensajearlo y en ese momento vi que tenía treinta y siete llamadas perdidas de diferentes números. Recordé que la misma noche de los sucesos funestos en medio de mi borrachera decidí bloquear a María de todo, teléfono, redes sociales… a ella y a todas las personas que tenían más afinidad con mi ahora ex pareja que conmigo. No cabe duda de que la era de la informática ha vuelto más difíciles los rompimientos. Antes era algún perfume o algún sitio lo que te recordaba a tu pareja, y ahora tienes a las publicaciones y fotos etiquetadas, con o sin malicia en las redes sociales, para seguirle echando sal a la herida del rompimiento amoroso. Así que bloqueé todos los teléfonos de las llamadas perdidas. La gente que significaba algo para mí y necesitaba en ese momento siempre me llamaban de algún número que ya estaba en mi lista de contactos, pensé en lo valioso de tener amigos que te aprecian cuando la vida se pone dura.

*

María y Jonás

Si esto no es hacer el amor, entonces hacer el amor no existe, la frase replicaba como campanadas en mi mente.

Una a veces comete el error de tratar de ponerle nombres con la mente de manera consciente a lo que estás sintiendo con otros órganos, con el corazón, con el estómago, en la parte de abajo de mi vientre, con mi vulva... Lo que ha recorrido en mi cuerpo es una sensación nueva que me hace pensar que todo lo que había vivido hasta ese momento sólo era un breve curso de preparación para que no me tomara de golpe este que había sido la sorpresa más hermosa de mi vida. Madrid si por mí fuera le había arrancado a París el título de la capital del amor. Esta ciudad se había convertido para mí en un encanto, en un deleite; todo lo que me rodeaba me recordaba a Jonás y para mí eso era erótico.

Podría recrear los pasos que habíamos recorrido juntos en una especie de tour turístico. Fue allí donde conocí el amor y ahora volvía a sentir las mismas sensaciones. Lo extrañaba, ya me urgía verlo, habíamos decidido estar juntos durante mis últimos días en España.

¡Qué broma trágica acompañaba a la bendición de habernos conocido! La vida me había premiado con este hombre con el calendario en contra. Si estirábamos bien el tiempo, compartiríamos aproximadamente setenta y ocho horas, de las cuales ya habían transcurrido casi cincuenta.

Gracias a un examen impostergable con dolor nos separamos un par de horas, tiempo que ocupé poniendo mi equipaje en orden junto con todos los asuntos que tenía que cerrar antes de regresar.

Me había despedido ya de algunas de las personas que conocí y que significaron algo para mí. Organicé mis maletas en las que muy a fuerza cupo mi ropa junto a las chucherías que compré.

Volví a checar mi boleto de avión con la esperanza de que estirando los tiempos pudiera extraer algunos preciosos minutos más para pasar a lado de Jonás.

Sería una tortura volver a México, hasta la comunicación iba a ser un problema: en el departamento de Jonás no había teléfono y con su beca era imposible que le alcanzara uno móvil; tendríamos que poner horarios para comunicarnos y que pudiera llamarme desde un teléfono público.

Me dio terror imaginar que yo no era la única pareja de Jonás, quizá eran mis celos juveniles y sospechaba eso sin razón. No podía creer que algo tan increíble me estuviera pasando, estaba paranoica ante el riesgo de perderlo, y hacía en mi interior conflictos sin motivo. Era tan estúpido pensarlo, igual que imaginar que vas en un barco y al avizorar una tormenta decides tirarte al agua ante el temor de que el bote se hunda.

Jonás también sufría, quizá no mucho pero sí uno saludables celos de hombre. Me entendía y trataba de reconfortarme asegurándome que yo era la única mujer en su vida y hacía hincapié en la palabra mujer como para hacer énfasis en que lo que él buscaba era un amor maduro y longevo.

En un abrir y cerrar de corazones llegamos al aeropuerto.

Te prometo que te voy a ser fiel. No me interesa nadie más. Tenemos que empezar esta relación con total sinceridad, si no somos verdad ahorita que estamos comenzando la vida romántica menos entenderemos el amor que nos va a deparar el futuro. Por eso te pido lo mismo, yo por mi parte no tengo a nadie. No estoy buscando nada y cualquier persona que quiera llegar a mi vida le voy a hacer entender que ya está entregada otra persona. Después de lo que me has contado sé que Víctor te buscará, también sé que ya no lo quieres porque te creo, por favor… no me vayas a fallar.

Sé que todo lo que vivimos es un sueño, pero un sueño verdadero. Pensaba que era demasiado bueno para ser cierto, pero en realidad es demasiado bueno y es verdad. No te preocupes mi cielo, sólo tengo que terminar de estudiar para cumplir mi meta y viajo a México para hablar con tus papás y decirles que tengo futuro, que te puedo mantener, ¡y que te va a encantar terminar tu carrera en Madrid!

Estar aquí te va a permitir estar en las mejores universidades y a mí me encanta que construyas y diseñes, por mi parte, como abogado voy a apoyar toda tu carrera y tus creaciones hasta que termines haciendo los mejores museos y edificios, porque tienes talento, chiquilla, y yo te amo.

Un océano estaba a punto de separar este amor juvenil y alborotado.

—No te preocupes Jonás, que te sabré esperar, ya no hay nadie en mi vida, menos aquel que ya no significa nada para mí, así que despreocúpate. Te prometo que todas las noches me acostaré pensando en ti y durante el día sonreiré acordándome de nosotros.

Jonás, mientras nos despedíamos, me limpió las lágrimas que resbalaban por mi cara con la delicadeza con que se toca a una mariposa, mientras yo creía con todas las fuerzas de mi mente y de mi corazón que él era el hombre de mi vida.

Fui muy estúpida haciendo una promesa que no podía cumplir.

*

Javier, La Almorrana y Bárbara.

Llegué al lugar acordado con puntualidad inglesa y como siempre que había bebida de por medio La Almorrana ya estaba ahí.

—Me acabo de pedir una cervecita a ver si entra bien —dijo a manera de justificación cuando lo sorprendí dando un trago que recordaba a un pelicano tragando un pescado y se veía disfrutaba con exagerado placer.

—¿Cómo estás compadre?, te nos perdiste un rato, pero todos estuvimos de acuerdo en darte tu espacio. Nadie de la banda puede creer lo de María, que se atreviera a eso, digo, todos sabíamos que tu vida de pareja era de hueva, pero al menos parecían estables y nunca nos contaste de ningún problema, claro que no la culpo del todo… si fuera gay y anduviera con un cabrón como tú… me daría cuenta de que ha de ser más divertido observar una vela prendida que estar contigo.

—No, pinche Almorrana, la neta es que como motivador te luces, pero vine a distraerme no a que me "terapees".

Le ofrezco algo de tomar, interrumpió el mesero antes de que mi buen amigo La Almorrana pudiera contestar alguno de sus típicos come back que en algunas ocasiones eran bastante divertidos.

—Sí, por favor, tráeme una cerveza preparada con Clamato, bien picosa y con el limón recién exprimido.

—Le hablé a la raza, pero solo Bárbara puede venir en horario laboral, no tarda en llegar.

—No cabrón, yo quería estar solo, tranquilo, echando un chupe contigo.

—No te íbamos a dejar solo en estos momentos, todos te aprecian y querían verte, así que no seas ermitaño —dijo mientras le daba otro sorbo a su fermentada bebida.

—Hola Javi, hola Almo —como le decían cariñosamente la mayoría de nuestras amigas a La Almorrana—. No recuerdo haberte visto nunca sin un vaso en la mano —dijo tan pronto llegó y saludó Bárbara.

—Me está entrando a toda madre —dijo Almo.

—Así lo veo, es como si ese tarro te completara —contestó la hermosa Barbi.

Bárbara Marcos era una de nuestras amigas más queridas, morena, de rostro hermoso, técnicamente era lo que se conoce como "Un culo" de vieja, treinta y dos años, maestra de yoga y neo—sexóloga. Se había casado brevemente a los veintiún años, empujada por la presión paternal a un matrimonio concebido desde que ella y el susodicho eran niños. Él, un idiota sin oficio ni beneficio, que su madre le había escogido desde antes de su nacimiento solo por ser el hijo de sus mejores amigos y socios, y por pertenecer a la misma clase social acaudalada.

Ella no se quería casar, nos había confesado, su ex marido tampoco, no se llevaban bien y punto, así que después de una ostentosa boda en el Club Campestre de Monterrey, de una luna de miel excesivamente larga y costosa, por supuesto —luna de miel en Bora Bora pagada por los padres de él— se habían separado. La excusa que había esgrimido el patán fue que Bárbara no era virgen, hecho que caló hondo en los padres de Bárbara, su padre reaccionó rompiendo relaciones con sus breves consuegros y apoyando totalmente a su hija a pesar de contradecir a la madre que escandalizada decía que cómo podía haber pasado eso, le parecía increíble que en estos tiempos se siguiera juzgando a las mujeres por algo tan anacrónicamente medieval.

La situación creó estrés en su familia, y sus padres comenzaron a discutir al respecto. Contrario a todo lo que Bárbara pensaba, su padre la apoyó en cualquier decisión que ella tomara, la que se convirtió en una villana cruel y anacrónica fue su madre. La relación entre sus padres empezó a resquebrajarse, aunado a que se había descubierto que su madre había tenido un amante por años. El final los llevó al divorcio con el consiguiente y sobredimensionado cuchicheo y chisme entre sus encopetados círculos de amigos.

Bárbara seguía conservando una buena relación con su madre a pesar de que la había juzgado por la "virginencia", ella sabía mejor que nadie que por lo menos en las mujeres de su sociedad, el corazón tenía que ser entrenado para ser un libro de secretos, deseos reprimidos y desfogues clandestinos. Gracias al divorcio su madre prosiguió con su vida ahora sin el yugo matrimonial, y lo último que nos habíamos enterado era que tenía un novio muchos años menor que ella. El padre, por su lado, parecía que solo vivía por su hija, como si su boleto para la rifa del amor romántico ya hubiera caducado y se nutriera de lleno en el amor filial. Era un muy buen tipo, habíamos convivido en infinidad de ocasiones y además de ser extremadamente simpático, le gustaba compartir su riqueza en desfachatadas comilonas a las que nos invitaba a toda la pandilla. Bárbara gozaba también de la cartera abierta de su padre que la verdad sea dicha, ¡ah cómo era útil en el mundo de las mujeres solteras de su edad! Con todo y sus circunstancias Bárbara era muy educada en su gasto y prudente en todos los aspectos de su vida… Bueno, con la excepción quizá de su desbordada y variada vida romántica.

Con el apoyo irrestricto de su amoroso padre fue otra, más libre y auténtica, se había quitado todos los paradigmas mentales relativos a lo pecaminoso de la sexualidad y se dedicaba a vivir la vida. El tiempo le dio la razón con lo que respecta a su madre y ella si bien sentía un poco de nostalgia por el modelo parental convencional, sabía que a pesar de que su padre no tenía pareja romántica y su madre se había quitado el freno en ese aspecto, eran felices, y eso la proveía de una sosegada paz mental en donde no cabían nunca pensamientos negativos que sojuzgaran sus acciones.

—Vivo como bato —solía decir cada vez que alguien intentaba juzgarla por la manera en que llevaba su vida, es más, hasta en recientes fechas había abierto un Blog donde daba todo tipo de consejos sobre sexualidad y libertad.

A mí me encantaba su personalidad alegre, y su sola presencia en la mesa le añadió un buen sabor de boca a la reunión, me di cuenta de que me urgía respirar un poco de su aire de libertad y libre de paradigmas después de lo que había pasado con María.

—¿Ya ven por qué no me he ganchado con nadie? El tiempo en una relación te genera demasiadas obligaciones y apegos. Conoces a una persona, se presenta dando su mejor versión y después de un tiempo saca su verdadera cara. Prefiero la libertad de conocer a alguien, quedarme con él justamente el tiempo que dura la luna de miel y después —antes de que nos hagamos daño mutuamente— terminar. Además, todo lo que se dice del primer beso, que si te enseña todo lo que tienes que saber de la persona o que si es irrepetible es cierto, y a mí me encantan los primeros besos y no pienso privarme de ellos.

No era tan común escuchar abiertamente ese tipo de comentarios en una mujer, pero esta era Bárbara, la libertad encarnada, aunque quizá también, su comportamiento se debía a una adicción al amor idealizado, al amor de Hollywood en donde las parejas no se pueden quitar las manos de encima y, por un tiempo, todo es color de rosa. Por eso ella prefería muchas primeras veces y no "la paz" de la cotidianidad con la pareja adecuada. Me encantaba su forma de ser, sin embargo, antes no estaba de acuerdo con ella, ahora comenzaba a coincidir con su cosmovisión.

—Pues a nosotros los hombres todo lo que nos dice el primer beso es si metimos la lengua o no, así que somos —como en todo— más prácticos que ustedes. No la hacemos de pedo en el primer beso, que sí fue el momento adecuado o si era una noche bajo la luna llena y con las olas del mar chisporroteando en las uñas de los pies. Solo decimos, ¡qué buena onda!

—¡Jalo! —dijo La Almorrana—. Es más —continuó— yo ya a toro pasado, no recuerdo el primer beso con mi ex, ni cuándo fue nuestra primera vez, y tampoco me arrepiento de mi matrimonio; duró lo que tenía que durar y estuvo con madre, me dejó dos hijitos que adoro y me llevo con mi ex, mejor que nunca.

La Almorrana tenía la buena fortuna de que su otrora esposa no se metiera en nada con su vida, ni siquiera intentaba controlar algún aspecto de su comportamiento como muchos divorciados inconclusos que seguían haciendo y queriendo saldar a destiempo cuentas no resueltas. La práctica de la poca memoria selectiva de la mayoría de los hombres era lo que hacía que no armáramos tanto alboroto por aniversarios, detalles o sucesos importantes, y que para nuestras féminas habían sido todo un acontecimiento.

—Eso es porque eres un borracho divertido, y los borrachos divertidos caen a toda madre a menos de que tengas que vivir con ellos y debas fumarte sus irresponsabilidades y crudas, así viéndote de vez en cuando hasta a mí me caes bien —dijo Bárbara—. A mí me divierte mucho y me la paso fregón contigo porque inventas muchas estupideces increíbles y divertidas —recalcó.

—Deberías probarme, todas mis ex parejas dicen que soy una fiera para coger —comentó con sobrado orgullo y optimismo La Almorrana.

—¿Ves? Para muestra un botón de que te encanta inventar pendejadas —respondió la siempre filosa Bárbara.

La Almorrana se tomó un momento para darle un gran sorbo a su tarro y pensar en qué contestar, para él a pesar de la amistad, era muy difícil estar en presencia de una mujer como Bárbara y no desearla.

—De neta Barbi, quizá tendríamos un futuro juntos, deberíamos intentarlo, a la mejor no soy el más guapo, pero sí el más "facilote", además, no soy nada celoso y con que me dieras de vez en cuando algo de cariño físico me sentiría satisfecho. Cada uno su vida, sin dictarnos reglas, pero haciéndonos cuchi, cuchi, piénsalo Bárbara, sería la relación perfecta, la pasaríamos muertos de la risa y tocándonos los genitales —comentó con verdadera esperanza de que sus argumentos fueran infalibles y poder conquistar a un forro como Bárbara confiando en la regla de hacerlas reír hasta que se les olvide que estás bien feo.

—No funcionaría por más cariño que te tengo Almo, ya lo sabes, te molestarías cada vez que pusiera la cerveza en la parte de arriba del refrigerador y no pudieras alcanzarla —dijo haciéndole un guiño.

La Almorrana se arrellanó incómodo en la silla haciendo una mueca de desagrado.

—Bueno, por lo menos ya tengo el 50% de la relación segura, yo ya quiero contigo y la oferta está sobre la mesa, eres de las pocas mujeres que conozco que no necesito del alcohol para verlas hermosas —comentó con un exagerado puchero de desilusión—. Además, conforme va pasando el tiempo y vamos madurando, cada vez es menos importante con quién y con cuantas personas te vas a la cama, ¿qué tan complicado sería probar con un amigo? —sonrió.

Bárbara le correspondió la sonrisa demostrando que le había gustado la afirmación y quizá también la pregunta.

—¿Y tú Javi? —me cuestionó Almo— ¿estás seguro de que no quieres perdonar a María?, un error lo comete cualquiera escuché decir una vez a mi mamá.

—Seguramente se refería a haberte tenido a ti —contesté.

Almo emitió un gruñido.

De pronto Barbi volcó su atención a mi persona.

—¿Cómo estaba tu actividad sexual con María?, ¿cada cuando le daban? —preguntó Bárbara de golpe.

—Bueno y a ti ¿qué te importa? —respondí.

—No es que me importe, pero desde hace tiempo los veía como que no estaban a gusto sexualmente hablando, y tienes que entender que muchas mujeres piensan que, si no te las coges es porque ya no las quieres, y empiezan a investigar otras opciones, ya sabes, se acaba la magia y empiezan a pensar en otras varitas…

—Eso también es cierto para mí, pero al revés, yo me las cojo sin quererlas —intentó participar La Almorrana, a lo que respondimos sin tomarlo en cuenta como cada vez que salía con un comentario fuera de lugar.

—Muchas de nosotras pensamos que el sexo está íntimamente ligado con el amor, cuando en realidad son cosas muy distintas y si bien puede ser un factor de medición de la salud de la relación, no existe tal cosa como una frecuencia aceptable para hacer el delicioso, es más he estudiado muchos casos de parejas en donde nunca o casi nunca tienen relaciones y se aman profundamente, y otras que empiezan a tener broncas porque precisamente relacionan la menguada llama de su pasión con el afecto. ¿Saben ustedes que la masturbación tanto masculina y femenina es más frecuente entre las personas que tienen una relación longeva que entre los solteros?

—Bueno lo mío, mío, es la puñeta, pero "a veces" cojo por socializar, ya sabes, para conocer gente —añadió La Almorrana.

Inmutable prosiguió Bárbara.

—Por eso también "a veces" nos hacemos pendejas solas, si muchas de nosotras le hemos dedicado más pasión, acrobacia y "ensalivamento" a un chavo que acabamos de conocer en Los Cabos "fortuitamente" que la que le dedicamos a nuestras parejas de años —añadió seguramente hablando de su propia experiencia y con la autoridad de que por fechas recientes se había convertido en terapeuta y confidente de parejas para muchas de sus amigas recientemente separadas o a punto de.

—Bueno obvio ya no cogíamos tanto, pero teníamos un acuerdo de respeto, y yo jamás le falté, fui fiel y si bien tienes razón en que a últimas fechas estábamos un poco distantes, tampoco era para que me saliera con esta mamada, algo normal en otras, tal vez, pero en ella nunca algo así, fue como si de repente la María que yo conocía no hubiera existido nunca.

—Bueno la neta es que ser fiel para alguien como tú no tiene ningún mérito, no es como que las oportunidades se te presenten a cada rato, no eres particularmente simpático y tampoco tienes dinero para que te busque alguien por interés —comentó La Almorrana con su singular manera de motivarme para hacerme sentir mejor.

—El escultural Adonis de Onassis te dicen, Almo —me defendió Bárbara.

—Así es Almorrana, si a tu ex esposa nomás contigo arriba te la cogías, para evitar que se te escapara —dije a manera de mal chiste tratando de desviar la plática a temas más ligeros.

—Es por eso, que las relaciones más profundas de una pareja se dan cuando son las mentes las que se enamoran —dijo Bárbara.

—En mis fantasías sexuales nunca me enamoro de una mente —interrumpió Almo, que ya para entonces Bárbara y yo habíamos decidido mejor ignorarlo.

El mesero, un joven moreno y bajito de acento sudamericano se acercó a la mesa y Almo sin preguntar ordenó tequilas parejos para todos, Barbi sonrió resignada.

—A prácticamente todas las parejas les pasa que, al vivir juntas por mucho tiempo, se les baja la intensidad y frecuencia de sus relaciones sexuales, como sí de repente la leche fuera gratis y ambos se volvieran intolerantes a la lactosa. Es el cómo reaccionan ante este hecho lo que garantiza que sigan juntas o se separen, y eso va estrechamente ligado a la concepción primigenia que tengan sobre el sexo y el amor. Muchos comienzan a buscar fuera de casa lo que ahí no encuentran, y es ahí donde sí no existe la inteligencia emocional y secrecía adecuada arde Troya. Por eso vemos a muchos matrimonios sin sexo, arruinados por aventuras sin amor, ya que no acompañan a sus esparcimientos extramatrimoniales la clandestinidad adecuada, y muchos de ellos vuelven de sus aventuras con ganas de confesar todo en un arranque de sinceridad malentendida por la culpa de sus encuentros furtivos.

—Bueno, entonces vámonos todos por relaciones abiertas, que se pueda hablar de todos y todas con las que uno quiera acostarse —comenté un poco sin pensar.

—Es eso lo que te gustaría Javier, ¿en serio?, ya se intentó en una época con los hippies, el típico amor libre y no funcionó. Resulta que si no va aparejado de un profundo cambio cultural se lastiman de manera irreversible los egos.

—Sí, tienes razón, la neta es que yo no soy de los que les gusta que se cojan a sus parejas, y por eso te juro que yo traté de ser fiel y le eché todas las ganas a mi relación.

—Claro y estás bien, aunque tu celibato voluntario en casa no significaba una monogamia mental, o ¿a poco nunca se te antojó nadie además de María?

—Bueno es normal, estar a dieta no te impide ver el menú —contesté con un antiguo cliché.

—Bueno así es mucha gente, pero como los que padecen pensamientos compulsivos que de repente se sorprenden hablando solos, también hay personas que de pensar algo lo llevan a la acción, es una transición natural del planear a los hechos. Ahora pregúntate, ¿qué hubieras pensado si María te hubiera dicho que se le antojaba hacer eso? ¿Te hubieras sentido mejor?

—Obvio no, me hubiera traumado —contesté.

—Pues así es casi todo mundo, son temas que se deben de analizar porque la gente está decidiendo terminar sus relaciones largas antes de cuestionarse la estructura, no sabes la cantidad de conocidas que tengo que dejaron a su marido precisamente por esto para arrancarse en una búsqueda de la relación larga con sexo extraordinario y longevo para luego darse cuenta de que siempre sucede lo mismo: con el tiempo se baja la intensidad. Lo triste es que lo descubren cuando ya pasaron por todo lo traumático del divorcio y arrastrando secuencias y daños emocionales que se extienden a todos los integrantes de la familia. Te voy a recomendar como tu amiga, que vayas y eches un buen brinco con alguien que te guste, date cuenta de que no se necesita el amor romántico para que tengas un buen desfogue —me dijo.

—Y tú y yo por qué no nos tomamos una botella de tequila para después hacer algo juntos de lo que no se puede platicar en público —preguntó Almo. Barbi sonrió por la ocurrencia mientras yo pensaba en lo que me había dicho, sin necesidad de contarle que no era un buen brinco lo que buscaba, sino muchos, planeaba secretamente en emular a José Manuel.

Bárbara siempre tenía una postura muy radical en cuanto a sexualidad se refería, pero tenía razón en lo que decía y, además, con su muy particular punto de vista. Lo cierto era que ella quería ayudar a las personas porque, indudablemente, tenía el corazón bien puesto, quizá sí era cierto que el sexo casual no debería ser juzgado con tanta dureza y el ideal monógamo era una reliquia antediluviana. Debí haber estado atento a las señales con María y quizá hasta nos hubiéramos ahorrado ambos un mal rato.

Les pedí cambiar de tema ya que todo lo que quería en esos momentos era chupar un rato con mis amigos y aclarar mi mente, ya más tarde habría tiempo para andar de cabrón con un perfil discreto, entre José Manuel y Bárbara habían terminando con mi escepticismo hacia la promiscuidad.

Javier
Angélica

Mis viejos amigos y la clase de José Manuel que, a decir verdad, me significaron una especie de terapia de shock, de manera gratamente sorpresiva me animaron mucho. Casi de la misma manera que ver películas tristes y escuchar canciones que conmueven, logran curar la tristeza y nos hacen salir de ahí agradecidos con la vida.

También la perturbadora nueva amistad con José Manuel me había ayudado, su forma de ver la vida, lo que lo motivaba y lo sencillo de sus afirmaciones, me habían hecho sentir mejor. Así que me propuse seguir con mi vida con ánimos renovados a pesar de que, por querer curarme la cruda, me volví a enfermar. Ahora también necesitaba una cerveza con limón, pero cuidadoso en no repetir el ciclo...

Lo primero sería buscar un lugar donde quedarme. Mi madre era adorable y el confort de mis comidas favoritas y la atención personalizada era muy atractivo, por eso entiendo a los millenials que se niegan a salir de su casa aun ya pasados de los treintas, pero necesitaba mi propio lugar. No pensaba regresar con María al hogar que habíamos compartido y en algún momento quizá ella también tendría que dejar, ya que no estaba en mis intenciones seguir contribuyendo con la renta después de lo que me había hecho. Aunque después de todo, dinero no le faltaba y el contrato estaba a su nombre, bien por las conquistas feministas... y pensar que fue apenas en 1955 cuando por primera vez pudieron acudir a las urnas y votar en México.

Afortunadamente yo tenía varios amigos desarrolladores y uno en particular, Pepe Zorrilla vino a mi mente. Él construía departamentos para rentar y su trabajo era bastante bueno. Una de sus obras emblemáticas fue un edificio de puros estudios, muy bien ubicado. El concepto incluía todo en una habitación: la cama, una sala, baño y una mini cocina, además, le añadió un pequeño balcón para aliviar la sensación de encierro de los claustrofóbicos de clóset.

Un estudio era más que suficiente para mí en este momento, así que decidí llamarlo.

—Quiubo Javier, qué gusto —contestó —. Siento mucho lo de María, nunca imaginé que ustedes pudieran terminar, y menos así. Saber de ustedes me puso en duda la idea de que las relaciones pueden funcionar, eran de las parejas más estables y bla, bla… —vaya manera de remover el cuchillo en el dolor que aun sentía en el corazón cada vez que alguien repetía su nombre. María… es claro que las palabras tienen fuerza, su sola mención me sacaba una agrura y taquicardia, además, me incomodaba lo rápido que corren las noticias; no cabe duda de que nosotros los hombres somos más chismosos que las mujeres…

—Así pasa Pepe, gracias, pero estoy bien, te llamo porque como comprenderás, necesito un lugar donde quedarme y creo que tu estudios me quedan a la perfección, ¿habrá alguno amueblado disponible para entrega inmediata?

—Por supuesto, ve con la recepcionista para que te instale de inmediato, tú no necesitas investigación ni fiador, yo te avalo, para eso estamos los amigos, además con el 50% de descuento, ahorita mismo hablo para allá para que te tengan todo listo.

El estudio me quedaba a la perfección, un lugar pequeño que generaba pocos gastos, además al ser solo un cuarto grandote en el que convivían sin mediar pared sala, cocina y recámara haría más fácil que terminara en la cama cuando llegara con alguna conquista, por el simple hecho de que la tendríamos ahí enfrente. Me reí en silencio de mis ideas lujuriosas, el tema de la conquista parecía un capricho de mi propio pensamiento. Además, todos los estudios tenían un agradable balcón en donde se podía salir a tomar aire.

Le di las gracias de manera explícita y nos despedimos quedando de acuerdo en ir a comer en una fecha indefinida próxima como casi siempre terminaba las conversaciones con mis cuates, agradecí también internamente por tener buenos amigos. Conocía a Pepe desde hacía muchos años y si bien no era de mis cuates habituales siempre habíamos tratado de mantener el contacto y no dejábamos pasar mucho tiempo sin saludarnos. Para mí, uno de los elementos de confianza al conocer una nueva persona para cerrar un negocio, era que tuviera amigos de años, hay algo en las personas que saben conservar sus amigos por décadas, es algo que inspira confianza…

Un poco más relajado por la facilidad con la que se había solucionado el tema del alojamiento, me dirigí a comprar ropa. Lo que tenía en casa de mi madre pertenecía a otra época, aunque afortunadamente me seguía quedando. Solo contaba con lo de mi maleta de mano que afortunadamente no solté al llegar a mi casa ese fatídico día, pero era muy formal, sacos y trajes. No pensaba regresar con María ni siquiera por mis cosas, por lo menos no ahora.

Seguía teniendo muchas llamadas de números desconocidos en mi teléfono que puse en silencio y debía ser ella. Por fortuna no tenía pendiente ningún pago con alguna institución de crédito como para que fuera tanta la insistencia. No tenía ánimo ni para recoger mis cosas, menos para hablar con ella, había que dejar que llegara la cicatriz del tiempo al corazón.

La reunión con José Manuel me había ayudado un poco y yo seguía pensando si en realidad sería tan sencilla la conquista, así como lo estaba planteando: todo sujeto a tips y trucos mentales.

—Un juego de estrategia y disimulo —decía—. El juego es muy sencillo, representar el papel de lo que ellas buscan. No le estás haciendo daño a nadie, es conquista, pero siempre hay que seguir la regla que es dejarlas mejor de como las encontraste, si no corres el riesgo de convertir en un chantajista emocional.

Era demasiada información en un tema en el que, a pesar de mi edad, jamás lo había ni meditado ni ejercido, pero que mejor momento que ahora para poner a prueba lo que por lo menos en el caso de José Manuel era a todas luces una cadena de historias de éxito.

Quizá no tardaría tanto en recuperarme, aunque siempre había creído que él que inventó lo de "Un clavo saca otro clavo", no tenía idea ni de carpintería ni del amor.

Llegué al Palacio de Hierro pensando en planchar tarjeta y comprarme algunos jeans y camisas, un par de zapatos y, poco a poco, me fui mentalizando a la posibilidad también de estar atento y abrirme a la vida. Esa actitud optimista no fue suficiente para la sucia jugada que el destino a continuación me reservaba.

Entré a la tienda con un café Cielito lindo en la mano. Excelente cafetería que se caracteriza por sus excelentes bebidas y a un menor precio que Starbucks. Pasé de largo por los locales de las marcas Premium como Fendi y Gucci, marcas que me hacen pensar siempre en lo bien que manejan su mercadotecnia logrando convencer a muchas mujeres de invertir en una bolsa de cincuenta mil pesos, y que a ellos les manufacturan en Asia por solo unos cuantos dólares.

—¿Lo puedo ayudar en algo? —preguntó una atractiva dependienta que se acercó a mí tan pronto puse un pie en el departamento de ropa de hombres. Esta vez, en lugar del acostumbrado "solo estoy viendo", que solía aplicar en las largas jornadas como acompañante de compras con María, contesté que estaba buscando un par de jeans y camisas informales.

—Eres talla grande, por acá tengo algunas opciones que quizá te gustaría ver.

Hubo algo en la forma en que mencionó "grande" que me despertó de mi letargo, y quizá por figuraciones muy propias del hombre, me hizo pensar que me estaba coqueteando; de inmediato recordé que estaba soltero y precisamente me había propuesto empezar a salir y divertirme.

—Sí, me urge hacerme de un guardarropa porque recientemente volví a la soltería y me di cuenta de que realmente había descuidado mucho mi aspecto —comenté como una patética forma de generar empatía con todo y que José Manuel me advirtió de no usar jamás la lástima como estrategia.

En la conquista nunca trates de restarte valor, la lástima es un insulto, nunca un halago.

—Oh no, ¿qué fue lo que pasó? —exclamó la vendedora.

Envalentonado por el pequeño triunfo de capturar su interés proseguí.

—Prefiero no platicar de eso, fue hace muy poco y recordarlo aun me es difícil —dije volviéndome a poner de tapete, por el tan arraigado "Trata de generar simpatía y quizá te aviente un hueso" que yo tanto había perfeccionado en la preparatoria y que contravenía todas las recomendaciones de mi nuevo gurú de la conquista. Me arrepentí casi de inmediato de esas palabras y decidí recomponer mi actuar.

—Sí, lo entiendo, es difícil —escuché de parte de la chica que tenía enfrente, continué.

—Pero eso ya es asunto cerrado y me gusta ver hacia el futuro, así que ya estoy listo para lo que sigue. Sigo creyendo en el amor y que es posible encontrarlo cuando uno menos lo espera.

—Amén por eso —contestó.

Empezaba el juego…

Me dijo que se llamaba Angélica Domínguez y la realidad era que sí estaba angelical. No era muy alta, poseía un cuerpo que indicaba disciplina militar en el gimnasio, una sonrisa bien vestida por años de frenos con un buen dentista, y labios carnosos que indicaban quizá un piquetito de colágeno que no le restaba nada a una magnífica sonrisa. Tenía dos hijos o bendiciones como les dicen algunos, producto de un breve pero fértil matrimonio con un marido abusivo y golpeador. Como muchas, al terminar su relación se dio cuenta de que con la pensión milimétricamente calculada por el abogado de su ex solo alcanzaba para las necesidades básicas de sus hijos por lo que se decidió a buscar trabajo. Fue ahí donde se dio cuenta de que su formación académica como licenciada en arte — que nunca había ejercido— no la había preparado para casi ningún empleo que implicara una remuneración decorosa. Así que recordó que algo para lo que siempre había sido buena era para las compras. Sabía vestirse con estilo y con poco presupuesto, así que decidió incursionar en la moda pidiendo trabajo en esta tienda. Al cabo de dos años de doblar ropa en la bodega y servir café, le habían dado la oportunidad de estrenarse como Asistente Personal de Compras como le llamaban a su puesto.

—El horario es bueno y me permite atender a mis hijos, además le sumo comisiones a mi sueldo base —comentó con orgullo natural a su nuevo puesto que, evidentemente, para ella era un gran salto en su carrera.

—Bien por ti que estás cumpliendo tus sueños —dije sin seguir el consejo de José Manuel acerca de los comentarios sarcásticos e irónicos que tienden a bajarle la guardia (y la autoestima) a sus conquistas, de inmediato me arrepentí por ser tan patán.

—Bueno, obvio no era mi sueño estar vendiendo ropa, pero por ahora está bien —respondió mientras se tocaba coquetamente el cabello que le llegaba a los hombros. El gesto lo repetía cada vez que me hacía un comentario, mismo ademán que interpreté como una señal de interés. Después de casi una hora de provocativa y amena plática, salí de la tienda con tres pantalones azules de mezclilla, dos camisas a cuadros, una blanca de botones, unos zapatos impermeables azules comodísimos para caminar, su teléfono y una promesa para llevarla a cenar el jueves…

*

—Ay amiga, qué dramón —dijo Ricardo—. Qué diferencia de ahorita que todo es práctico, que no haga daño, que no te pique, que no te sepa a nada, mientras te de paz y tranquilidad, puras relaciones circulares y sin mucha emoción —agregó Ricardo.

—Así era antes, qué padre, sentías que te morías y que no había nada más importante, ¿en qué momento dejamos de albergar esos sentimientos? —dijo Valeria.

—Güey, yo quiero, quiero sentirme así con alguien, qué padre, pero qué drama también, es como si de las relaciones a esta edad nada más nos quedamos con lo malo y olvidamos todo lo bonito que nos hacía sentir, cuando veíamos todo color de rosa y cada paso que dábamos era como pisar algodones —dijo Connie sorprendiendo con su romanticismo.

—Así es, nunca más volví a sentir esa certeza, y ese dolor en una despedida. Fue unos días antes del ataque a las torres gemelas, cuando aún te dejaban que te despidieran en las puertas del avión, puedo garantizar que se quedó ahí parado hasta que despegamos. También me subí al avión con la garganta hecha nudo porque él, aunque mostró aplomo se le pusieron los ojos vidriosos cuando me fui. De inmediato cuando me subí al avión y me quedé sola en mi burbuja de aflicción, le pedí a la aeromoza un shot de tequila. ¡Qué tiempos cuando en un viaje largo podías tomar sin que te diera cruda a medio vuelo! Ese día no solamente lo necesitaba mucho, no les quiero ni enseñar la carta que escribí durante el vuelo, en la que prácticamente vacié todo mi corazón… y aun la conservo. Nunca pude enviársela y mejor que fuera así, ¡era demasiado cursi!

—Pues claro, no te quería dejar ir, qué bonito, qué padre que lo viviste —dijo Sara.

—Sí, qué horror, en mi caso cuando decidimos irnos a celebrar nuestro aniversario a la playa, este idiota de Cruz me sale con que se quiere ir a Cancún y a mí me quiere mandar a Los cabos —dijo Angus.

—Sí, aun después de tantos años en los momentos en que la noche me hacen sentir sola pienso en Jonás —confesé.

—Y, ¿en qué momento llegaste a ver a Víctor y acompañarlo a su graduación? ¡Pelado nefasto que tengo aborrecido! Por eso las pocas veces que vi que se te acercó en la carrera le sacaba la vuelta, nunca y óyeme bien ¡nunca! me gustó para ti —dijo Ricky.

—Lo sé, fue un pésimo error, pero habían sido muchos años, que hasta sus papás me conocían muy bien, todos los amigos en común, la presión social, y así son estos narcisistas, de alguna manera siguen aprovechando que estás en negación para meterte a su juegos. Por eso siempre he dicho que sí llego tener una hija la voy a prevenir muy bien de ese tipo de horrores de hombre, para que desde el principio no les den entrada. Yo caí en la presión amiga, también así es a esa edad, una está muy pendeja, no mide las consecuencias y nos dejamos llevar.

*

Las llamadas y mensajes de teléfonos que podían ser un intento de María por contactarme habían cesado afortunadamente, de todas maneras, todas las noches necesitaba beber algo y Karla parecía adivinarlo, esta noche me pidió que la acompañara al bar de siempre con alguna excusa, pero su verdadera intención era ayudarme a que me desahogara con ella.

—Verdaderamente pensé que me iba doler más, ahora que trato de acordarme de mi relación, todos son claroscuros, como si los momentos que tenía atesorados y que consideraba valiosos en realidad nunca existieron o nunca existieron del todo, como si hubiera sido un sueño mezclado con la vida real, algo así como realidad y ficción. Cuántas veces había considerado que ella era el amor de mi vida, se lo dije muchas veces, por lo menos, quizá la primera vez fue la única sincera… Las demás se me escaparon de manera automática, pero ahora me doy cuenta de que no la sentía así. Fermín, sirve otro tequila por favor… Yo siempre había buscado quién me adormeciera los traumas, que los hiciera gravitar por la atmósfera de mi psiquis sin lastimarme —dije a mi dulce y fiel amiga, ya un poco "entequilado"—. Eso fue lo que hizo arribar de golpe mi fe en la monogamia.

—Bueno es que a veces la señal de que no eres feliz es precisamente no dar ninguna señal ni para bien ni para mal, es algo así como estar en la nada —respondió—. Muchas veces te acostumbras con tu pareja a sacarle la vuelta a los temas espinosos, a los temas que pueden ocasionar problemas, llega el momento en donde sólo quieres platicar de manera tersa calmada y civilizada, son ese tipo de conversaciones sin ningún pico de pasión las que te llevan a la monotonía, a sentir que te estás asfixiando, que algo oprime tu pecho, pero no lo cuentas porque es preferible sacar la vuelta a los problemas… Hasta que ya es demasiado tarde y el cáncer de ir metiendo los detalles incómodos bajo la alfombra carcomió toda la relación desde adentro… No te puedes culpar tú solo por haber perdido una relación que hacía agua por todas partes —dijo Karla.

—Creo que tienes razón y así fue, cada noche le añadimos un centímetro más de separación a la manera en la que dormíamos y, sin darnos cuenta, dejó de existir. Ya ni nos acordábamos de lo que nos había unido por primera vez —expliqué—. Me buscó mucho, solo los primeros días después de lo sucedido, pero ya no —añadí—. Egoístamente hubiera preferido que anduviera arrastrándose por mi perdón, pero quizá sea mejor que solita se resignara y siguiera con su vida, además me pasa algo bien raro, no la odio ni siento celos, ya me es indiferente con todo y la indignación con que le rompió la madre a mi amor propio cuando la sorprendí... Quién sabe cuanto tiempo llevaba incubando ese tipo de deseos, pero hasta me siento un poco mal por no haberlo advertido antes —dije.

*

María

Ya en México me dediqué a extrañarlo, él no tenía un teléfono móvil, así que nos pusimos de acuerdo para llamarnos a ciertas horas en que él debía bajar a un teléfono disponible en la administración del edificio y hablábamos. Él marcaba a mi casa y yo le regresaba la llamada también a causa de que la conexión de los teléfonos móviles en llamadas internacionales estaba del horror, parece increíble ahora, pero en aquellos momentos las llamadas costaban un ojo de la cara, así que tampoco podíamos extendernos o hacerlo a cada rato como ahora, ¡qué loco!, mi relación se pudo haber salvado con un avance tecnológico más rápido.

—Así es, cómo han cambiado las cosas —dijo Connie— de hecho, muchos de los grandes problemas de antes no hubieran existido si contáramos con las herramientas actuales.

—Pero se crearon otros problemas, ahora la revisión de teléfonos ajenos es una de las principales causas de que terminen las parejas —agregó Vale.

—Pues sí, pero también era muy bonito antes. Aquella fue mi última relación en donde nos mandábamos cartas y postales, detalles pequeños incluyendo la foto en donde yo salía bien mona sentada en sus piernas, cada que la veía me prendía mucho —confesé.

—La foto que vio Javier y que le causó celos retrospectivos —comentó Ricardo.

—Pero bueno les sigo contando… el caso es que después de algunos meses así yo sentía que lo adoraba y extrañaba, pero también seguí con mi vida y ahí estaba el tóxico que pensaba que estábamos en break, y yo tampoco le pude aclarar bien las cosas de manera terminante, aunque me apuraba la prisa. Además, Jonás moría por venir a México a verme, y en broma me decía que llegaría en el momento menos pensado, pero me faltaba el temple, había sido mucho tiempo con él, así que aproveché el momento en que acudimos juntos a un compromiso al que no podía negarme acompañarlo, realmente en ese momento fue ineludible…

*

Javier y José Manuel
Agua que no has de beber, déjala correr.

Esta vez cuando llegué al lugar acordado, José Manuel ya me esperaba sentado en la barra, vestía de nuevo jeans, esta vez con botas vaqueras y una camisa polo que le remarcaba sus brazos musculosos, sonrió al verme, se despidió de una chica escultural que de pie platicaba con él, le dio la espalda y de inmediato me espetó a manera de saludo.

—Aquí está muy bien abastecido de chicas guapas para que hagas tus prácticas Javi, así que se acabó la teoría y comienza la acción.

Le conté mis escarceos con Angélica cuando fui a comprar ropa y él me escuchó con interés.

José Manuel me felicitó con un efusivo abrazo el éxito a medias obtenido con la vendedora de Palacio, sin embargo, me reprendió por mi falta de apego a la regla de no "bajonearlas" con ningún comentario sardónico.

—Haz que se sientan bien, súbete tú siendo mejor persona, no las bajes a ellas —me advirtió, esta vez, había pedido tequila junto conmigo, me dijo que tenía mucho tiempo pensando en cambiar de bebida por algo más mexicano, bebimos un rato en silencio mientras escudriñábamos el lugar.

De pronto, vi pasar a una chica conocida de cuerpo de modelo de trajes de baño, José Manuel soltó un casi imperceptible silbido de admiración al verla.

—Es la chica gym —dije— entrena en mi gimnasio.

Jessica Vidaurri, la había observado por meses e indudablemente llamaba mi atención, debía tener alrededor de veinticinco años, cabello oscuro y sedoso, y la piel blanca como la nieve.

Era una de las asistentes más disciplinadas al mismo gimnasio al que yo acudía, era capaz de levantar mancuernas más pesadas que varios de mis amigos, en especial de La Almorrana que se había inscrito al gimnasio con la sola intención de admirar mujeres en buena forma, debo aclarar que no siempre, pero algunas veces me saludaba al llegar, lo cual hacía que pusiera más empeño en mis ejercicios, nunca pensé que entre nosotros podría pasar algo fuera de un insípido buenos días.

Esta vez algo pareció cambiar, ya que se detuvo a platicar conmigo, justo antes de que comenzaran mis nervios por la sorpresa, José Manuel me puso la mano sobre el hombro y el efecto calmante de ese sencillo gesto fue increíble.

—Hola Javi, qué bueno encontrarte aquí —me dijo.

Una fácil, fluida y interesante conversación que no sabía tenía, surgió en mí de manera casi espontánea, José Manuel se levantó de su banco y se retiró a observar a su pupilo en acción desde una prudente distancia.

Después de lo que pareció solo un instante de conversación, me levanté del banco de la barra y la conduje de la mano a una mesa rinconera en donde podríamos platicar más a gusto.

Cuando José Manuel vio que había hecho conexión con la chica gym, sonrió y se despidió desde la distancia con un gesto de su mano.

Había logrado animar a su pupilo que ya estaba listo para emprender su propio vuelo. Satisfecho por haberme enrolado en las filas de la promiscuidad crónica, se despidió, y seguí platicando con Jessica que me contó vivía con su novio (oh, sorpresa) y que se sentía muy triste porque no sabía si lo amaba realmente y, ¡además! porque llevaba quince días de retraso en su periodo y estaba segura de que estaba embarazada.

—Lleva meses actuando muy raro, me pongo a pensar que quizá traiga otra —me dijo y de pronto, a pesar de todo el valor que el alcohol me había agregado me puse en alerta. Dudé al escuchar las palabras novio y el embarazo, pero seguía deseándola, y la manera en que ella me apretaba la mano me indicaba lo mismo. Le dije que tenía que ir al baño y que regresaba en un ratito, lo cual no era más que la excusa para ir a reagrupar las ideas de mi pecaminosa estrategia en un lugar neutral, obvio donde no está la conquista potencial. Fue mi sentido común, esa podía ser la diferencia entre cumplir los deseos carnales y no.

Al regresar a la mesa, Jessica me volteó a ver seductoramente mordiéndose el labio inferior y, al sentarme, posó su mano sobre mí, peligrosamente cerca de mi entrepierna que esa parte de mi cuerpo respondió con una inmediata hinchazón. Era lógico, para ese momento después de horas de entrenamiento con José Manuel, yo ya me había convencido de que las necesidades físicas de las mujeres pueden ser y, por lo general, son más intensas que las de los hombres. Solo tienen que sobrepasar sus barreras mentales y romper los paradigmas con los que históricamente las ha juzgado la sociedad. Si hiciéramos una escala a nivel mundial, México se ubicaba muy por debajo de la media en lo que a libertad y derechos de las mujeres respecta. Son ellas las que más sufren por los avatares de las conductas impropias.

Para ese momento todo lo que había repasado mentalmente en el baño para quitar de mi camino el obstáculo de que gym girl tuviera novio, dejó de ser necesario, ya que se abalanzó sobre mí y me dio un salivoso beso en la boca; seguimos besuqueándonos profundamente por un rato. Su lengua bailaba dentro de mi boca al ritmo de la música, y para ese momento su mano ya estaba manipulando mi erección como tratando de meter reversa en un antiguo coche de cambios lo que había terminado por templar mis inseguridades.

—Quiero que estés dentro de mí —dijo salivosamente mientras tenía su lengua metida en mi oído.

La transformación que José Manuel había logrado en mí en tan solo unos pocos encuentros era sorprendente, ya no me sentía inseguro ni nervioso al estar con otra mujer que no fuera María. Empecé a confirmar que toda la cátedra sobre la conquista que me había inculcado el Player era cierta, qué tal si las mujeres en realidad también solo querían tener una aventura y divertirse, eso claro, incluía ser sincero en mis intenciones, nunca ofrecer una relación si solo quieres acostarte con ellas y viceversa.

A mi mente vino un meme que había visto en alguna ocasión y que describía muy bien lo que ahora estaba comprobando: Si quieres pendejear avísame para no enamorarme y si quieres enamorarte avísame para no pendejear —cobraba todo el sentido del mundo, esta chica escultural, con cuerpo de amazona, prácticamente se me estaba montando encima, enfrente de la gente y el único que había tomado unos tragos para relajarse había sido yo.

—Vámonos a otro lugar —le dije mientras apartaba su mano del bulto de mi pantalón tratando incómodamente de acomodar mi parte masculina para que no se notara al levantarme, si no estás ahogado de borracho y si te inculcaron la mínima decencia, en momentos como este uno piensa que todo mundo te está viendo precisamente ahí. Estaba seguro de que la media oscuridad del lugar no había podido ocultar el show que habíamos ofrecido. Ella se levantó sin decir nada, traviesamente tomando mi mano y me siguió con una actitud tan dócil que pudiera haberla llevado a hacerla mía a cualquier lado, a mi depa, al coche, a la barra del bar...

—Me hacía falta esto —me dijo al sentarse en el asiento de copiloto de mi vehículo y mientras estrujaba mi miembro duro, ahora colocado en una posición más adecuada comenzó su letanía—. Tengo días de no hablar con mi novio y estoy preocupada, qué tal sí estoy embarazada. No he podido conjurar la fuerza suficiente para decirle que no me ha bajado, y tampoco tengo el valor de irme a hacer un prueba, eso me parece tan definitivo que estoy aterrorizada de que mi embarazo se confirme. No sé en qué momento perdí la habilidad de hablar de todo con mi novio —al terminar de decir esto tenía los ojos humedecidos y la voz entrecortada, pero no había dejado ni un momento de seguir masajeando mi parte como si ella creyera que las palabras que había dicho solo las había estado pensando e involuntariamente cobraron sonido en esa noche cálida bajo el cielo estrellado.

—Mira —dije mientras retiraba su mano de mi entrepierna—. Me doy cuenta de que estás pasando por un momento difícil en tu vida, quizá debamos dejar esto para otra ocasión. Nos seguiremos viendo en el gimnasio —dije para que nuestra próxima reunión quedara indefinida por siempre—. Tienes que avisarle a tu pareja de lo que está pasando, si yo estuviera en su lugar quisiera saberlo lo más pronto posible, y si han vivido tanto tiempo juntos seguro se va a alegrar. No te preocupes que Dios tiende a acomodar las cosas —dije con la autoridad de un patriarca bíblico.

—Es que me gustas mucho, perdón que te conté, pero vamos a tu depa, en realidad quiero estar contigo.

—No Jessica, claramente estás vulnerable y no pienso aprovecharme de eso —comenté con espíritu deportivo conjurando una imaginaria ducha fría para destrabarme de este promisorio enlace casual. Sorprendido con mi autocontrol que, hasta este preciso momento, había sido nulo en las contadas ocasiones en que ya carburado con una mujer intentara parar.

Me despedí de ella acompañándola a su coche, pensando que andar de Player no se contraponía con saber cuando decir no, pero la misión había confirmado algo dentro de mí. No más palmas sudorosas y tartamudeo frente a una nueva conquista. Me había transformado en una persona dispuesta a aprovechar cada una de las oportunidades que me ofreciera la vida. Antes, solo bastaba con que una chica me preguntara la hora, para convertirme en un manojo de nervios. Incluso haber dejado de ser virgen, para mí fue realmente un suceso de suerte: la correcta combinación de un contexto de alcohol, una pareja que me estimaba y un lugar solitario, me permitieron por primera vez introducir mi pene en una vagina. Fue un escena digna de película de Woody Allen, unos segundos antes de erupcionar desordenadamente por todas partes, mi pareja respondió con un rápido movimiento evasivo que ocultó un poco su desilusión ante tan breve embate. No volví a la experiencia sino muchos años después. Pensaba en lo acontecido como algo remotamente cercano y me sabía afortunado de tener ese recuerdo que me asistía cada vez que sentía una urgencia natural e inherente para auto satisfacerme. A esa edad adolescente en la que todo es calentura, por eso —en Estados Unidos— le llamen al suceso fornicatorio Get lucky, había tenido suerte.

Ahora todo había cambiado y podía incluso indultar parejas si no consideraba adecuado el momento. Me había convertido en un Dios de la conquista que decide a quién perdonar y a quién llevar a la cama. Había indultado a un culazo, un baño de amor propio recorrió mi cuerpo, me sentí orgulloso, estaba listo para cualquier cosa que la vida me arrojara, mi nueva actitud frente a las mujeres me estaba perfilando para una larga lista de conquistas y deleites; generé gozoso una lista mental respecto a quién iba a abordar primero —pensando única y exclusivamente en mi satisfacción.

Era claro que mi visión no observaba de manera panorámica, por lo tanto, en ese momento no podía saber lo que el destino tenía preparado para mí...

*

María, Víctor y... Jonás

En realidad, no debí haber aceptado su invitación.

Al comienzo de su carrera que fue también el tiempo en que comenzamos a andar; había hecho un juramento formal: acompañarlo a su graduación.

—Le voy a poner todas las ganas para sacar la carrera, y en mi graduación les diremos a todos que estamos comprometidos y que nos vamos a casar —le dijo Víctor a una María que ya no existía y que había jurado acompañarlo en ese momento. Mientras transcurría nuestro noviazgo, la futura celebración había sido motivo de innumerables charlas felices.

En aquellos momentos las charlas hacían sentido: el plan era casarnos tan pronto él terminara su carrera, para así comenzar una vida juntos a la vieja usanza. En el momento que hice el juramento los sentimientos eran válidos y estaba convencida totalmente de que compartía su plan, pero vaya que ese acuerdo no resultó ser a prueba de tiempo.

No iba a tener otro momento para ponerle punto final a mi relación, no planeaba volver a verlo después de palomear el evento, pero habíamos durado mucho tiempo. En realidad, ahora me daba cuenta de que habían sido años tormentosos. Víctor era tan obtuso que le iba ser muy difícil entender cuando lo mandara a volar. Ya no lo soportaba. Me cayeron muchos veintes acerca de la forma en que se aprovechaba de mí, siempre haciéndome sentir menos con su narcisismo insoportable, pero de todas maneras debía de ser muy cuidadosa con mis palabras. En la manera en la que le planteara que ya no quería continuar estaba la clave.

Conocía muy bien su forma de pensar. No le podía decir que había conocido a otro y tampoco le podía contar todas las historias que había vivido, esas no eran razones válidas para terminar.

Al estar con él volverían las inseguridades y los sentimientos desgastantes, como cuando vigilaba y me pedía rendir cuentas de cualquiera de mis salidas. No podría platicarle ni siquiera un pedazo de mi viaje. Prácticamente todas las actividades que había realizado habrían estado vetadas en el acuerdo tácito de mi relación arcaica con Víctor. Tenía que terminar con él de la manera más tranquila y calmada para no afectar —ni desatar— su narcisismo patológico.

Ahora estaba enamorada de Jonás, pero no podía decírselo, también a él le había ocultado —por prudencia— que debía acompañar a mi exnovio a su graduación, pero solo como corolario de una promesa juvenil cumplida y para ponerle punto final a todos los hilos sueltos que aun quedaban de mi vida pasada.

Seguía aterrorizada del control subconsciente que tenía sobre mí, no me lo había podido sacudir del todo, y me había visto obligada a cumplir el acuerdo de acompañarlo a esta ceremonia. La celebración había terminado y era ahora o nunca: me había ido a dejar a mi casa y nos habíamos bajado a platicar a unos metros de la entrada para mayor confidencialidad, mientras uno de sus amigos con su chofer, esperaban discretamente a prudente distancia.

—Ahora que regresaste de ese estúpido viaje, María, no quiero que te vuelvas a separar de mí. Eres una niña bien y no tienes para que andar viajando sola como una cualquiera. Acepté que te fueras porque no me podía oponer a los deseos de tu papá, pero ahora que vas a ser mía, se acabaron ese tipo de actividades que solo hacen las cualquiera —dijo creyendo en sus propias palabras.

Cómo zafarme en este momento si él creía que todo estaba bien y que todo sería como antes. Si no se da cuenta de que yo era una persona diferente, y si anteriormente me había acostumbrado a vivir bajo sus términos anacrónicos fue por pendeja. Necesité la perspectiva que me dio la distancia para entender que Víctor seguía viviendo en la era del machismo mal entendido, y su fragilidad masculina impedían que siguiéramos juntos. Es más, hasta le impediría ser feliz en cualquier relación, ya no era la época o por lo menos no lo era para mí, ni de broma valía la pena tener una relación por sumisión.

—Víctor, no creo que tú y yo debamos seguir juntos. Accedí acompañarte solo porque te lo había prometido, pero en realidad ya no tenemos nada en común.

—María dices eso porque estás confundida, es normal que lo estés, vas apenas regresando a la realidad, te vas a acostumbrar poco a poco, es más, estoy dispuesto hasta a dejarte que salgas con tus amigas a comer los viernes.

—Ay Víctor, no has entendido nada.

Hasta su tono de voz condescendiente ahora me irritaba de sobremanera.

—O los sábados, es más, el día que quieras, pero ya quítate las telarañas de la cabeza, tú eres mía, no te olvides de que yo fui tu primera vez y mucha gente lo sabe. Te estás portando así porque estás confundida.

—No has entendido nada Víctor, eso en realidad no me importa, que se enteren todos los que quieras —había tomado unos jaiboles en la ceremonia y empezaba a ponerse impertinente.

No sé porqué se me humedecieron los ojos en ese momento, seguro fue de coraje, como si una parte de mí me siguiera recriminando haber estado confundida en tanto tiempo de relación con Víctor. Me había mantenido en el oscurantismo romántico, sufría una especie de síndrome de Estocolmo, sentía que lo quería, su estilo de gaslighting me había convencido de amar las cadenas con las que me aprisionaba. Pero también había sido mi culpa, se necesitaban dos para bailar el tango, y yo había interpretado mi parte muy bien en esa relación desequilibrada.

—No llores mi vida —me dijo al malinterpretar mis lágrimas como una señal de rendición a sus argumentos—. Todo está bien, te perdono, pero con la condición de que me cuentes todo lo que hiciste mal en ese viaje, tampoco soy un pendejo que aguante todo, y si hiciste algo indebido tendrás que pagar las consecuencias.

Qué estúpido suenas, Víctor, pensé, ojalá que algún día te des cuenta del error en el que vives, deseé conjurando los últimos vestigios del cariño que creía sentir por él intentando desearle el bien.

—Víctor, necesitas entender que no es que esté confundida, estoy convencida de que no quiero estar contigo. Te acompañé en son de paz porque siempre cumplo lo que prometo, pero esta será la última vez que salgo contigo —dije.

—María no puedes hacerme esto, yo te amo y estuve esperándote, dejé que te fueras porque sabía que regresarías a mí —exclamó con la voz resquebrajada, como si por fin se diera cuenta de que había perdido el control total y que ahora, por lo menos en cuanto a nosotros, ya no decidía nada.

—Hasta ahí estás mal Víctor, tú no me dejaste nada, no eres mi dueño, hasta mi padre que me pagó el viaje me sugirió que me fuera, entiende, no tengo porqué obedecerte Víctor. Eres una buena persona, solo necesitas quitarte tu ego de ridículo macho, eso ya no funciona, eso déjaselo a la gente pendeja, tú eres ya un profesionista educado.

—Me vale madre, María, no me dejes, hacemos lo que tú quieras —me dijo a punto de romper en llanto—. No me tienes que platicar nada de tu viaje, lo que pasó es pasado, pero dime por favor que sigue habiendo un nosotros —y se abalanzó tembloroso para abrazarme.

Cuando lo vi así, como un niño indefenso sentí compasión por él y dejé que me abrazara, era un abrazo de despedida. Ahora solo sentía lástima, pero podía imaginar sus aflicciones, así que lo dejé que me amarrara con sus brazos por última vez. Estaba quebrado, convencido de que —a su manera enfermiza— me amaba profundamente, y yo, a pesar del tiempo que sentía había perdido con él no le guardaba ningún rencor. Me di cuenta de que él vivía sus circunstancias a su propio paso, después de todo, se necesita conocer la oscuridad para luego valorar la luz, y mi relación tóxica con Víctor había sido necesaria en mi preparación para la libertad. Por mi parte ese era un abrazo que significaba que te vaya bien, adiós, Víctor, ojalá nuestro recuerdo te haga aprender la lección y cambies por tu bien.

Nunca pensé que ese abrazo sin importancia, me haría tanto daño, era una de las más macabras coincidencias de mi vida…

*

Javier y Martha
Viñedo

Como la noche aun no acababa, decidí alcanzar a mis amigos para seguir bebiendo un rato.

—No sabes lo que me hizo este pendejo.

No sé cuántas veces había escuchado esas palabras de su boca, inclusive ya le había dicho que dejara de decirlas, era una de las mujeres más desafortunadas en el amor y por mérito propio. Su ex marido la maltrataba, un ex novio le quitaba su dinero y la última de sus conquistas la tenía de "ami-novia" a sus espaldas. No vas a creer, era demasiado porque ya le había pasado de todo, pero así era su personalidad, todo era superlativo, pero de alguna manera en ella sonaba natural ¡es una noche mágica!, ¡es la más maravillosa de mi vida!, ¡este mezcal es como un néctar de los dioses! La verdad es que tendía a ser un poquito exagerada, quizá porque en realidad sentía mucho, se llamaba Martha Viñedo y era mi amiga desde la infancia.

—Este pendejo me fue a dejar a la casa disque para irse a dormir porque tenía una junta temprano, y me acaban de avisar que lo vieron en un antro con una chavita… No lo puedo creer, que súper joven y estaban embarrados, le acabo de pedir una foto a mi amiga que está ahí y mira…

En la foto, aunque un poco borrosa, se veía claramente a su infiel pareja, abrazando a una morena que claramente se veía muy joven, quizá unos veintitrés añitos y con todo en su lugar, una de esas jovencitas que les puedes reventar un piojo con la uña en la nalga, de tan duras que las tienen…

—Y aparte mírala, nada que ver conmigo, qué le ve, qué tiene ella que yo no tenga.

A pesar de que mi amiga era una mujer guapa, de piel aceitunada, cabello teñido de castaño, ojos grandes y sinceros, con buen cuerpo y cintura de avispa, se me vinieron a la mente un sinfín de cosas: menos años, menos equipaje, se ve atlética, quizá no sea tan drama queen, la variedad, el no compromiso etcétera, cosas que no consideré prudente decirle y, al contrario, me puse presto a asumir mi papel de paño de lágrimas. Martha era la excepción a la regla de

111

que un hombre no puede ser amigo de una mujer sin que hubiera sexo de por medio, algunos de mis amigos en broma decían.

—Claro que un hombre y una mujer pueden ser amigos cercanos sin necesidad de tener sexo, se llama matrimonio.

Es un chiste que considero de mal gusto pero que lastimosamente muchas veces es cierto, ya que muchas parejas monógamas renuncian a las relaciones sexuales aceptando una especie de celibato forzado con tal de permanecer juntas…

En vez del característico, te lo dije, opté por abrazarla y ofrecerle mi hombro como tantas veces lo había hecho antes, misma película, diferentes actores, pero en general la misma historia.

—Martha, necesitas un cambio profundo de actitud, ¿sabes cómo se llama cuando haces lo mismo siempre esperando resultados distintos?, tú ligando, si sigues buscando los mismos perfiles de hombres va a pasar siempre lo mismo, tú eres una mujer valiosa…

—Sí, pero pensé que esta vez era la buena, no quiero terminar sola, ya tengo cuarenta.

Ahora que me contaba algún episodio como este, le recomendaba tratar de no hacerse pasar como la víctima, los malos hombres lo intuían y tenía que entender que intentar suscitar su compasión a través de la apología del sufrimiento a la que estaba acostumbrada, exponiendo sus dramas demasiado seguido, solo incitaba a que le tuvieran lástima.

—Marthita, ya no le juegues a la víctima, no quieras que tus parejas te tengan lástima, la lástima en una relación es un insulto que pasa muy seguido al desprecio y eso es un preámbulo para que, como dices tú, te abandonen —la conminaba.

Mejor sola que mal acompañada, Martha no entendía que en realidad no había una persona correcta, no existía el príncipe azul, si sigues pensando a los cuarenta como si tuvieras veinte seguramente estás desperdiciando veinte años de experiencia y conocimiento.

Muchas veces los traumas de nuestras primeras relaciones amorosas nos acompañan toda la vida, y te la pasas esperando el daño que siempre viene según tu subconsciente en tus nuevas relaciones, cuando deberíamos entender que en las relaciones maduras las reglas cambian, los problemas son otros, y en general todo el contexto de una relación de una persona madura es diferente a los conflictos que vivimos cuando éramos adolescentes o veinteañeros…

—Ya nunca le voy a hablar y lo voy a bloquear, FB, Instagram, Snapchat, Telegram, Twitter, WhatsApp, Email, etcétera.

Y después de noches de insomnio y ansiedad ocasionadas por sus fallidas búsquedas de un vivieron felices para siempre, pasaba a la siguiente relación haciendo exactamente lo mismo.

Así era en esta época, se acabaron los tranquilos tiempos de un sencillo "Dile que no estoy" en el teléfono.

En momentos como este lo único que uno debe de decir son palabras de confort, territorio conocido vaya…

Vas a estar bien, tú eres mucha vieja, él es un pendejo por no ver la mujerona que tiene enfrente…

Sabía de antemano que más pronto que tarde la historia la repetiría, se volvería tropezar con la misma piedra en diferente presentación, Martha era especialista en encariñarse con todo tipo de guijarros, peñascos y escombro en general…

La mayoría de las veces, motivados por la libido, las personas se conocen y dan la mejor versión de sí mismos, y al pasar el tiempo en la relación se van revelando como realmente son, la fea verdad como dicen en Estados Unidos, que fácil sería si las personas pusieran atención a los pequeños detalles: cómo trata a los meseros, cómo trata a sus padres, si está divorciado cómo es la relación con su ex pareja, en fin, sutiles pistas que te dejan ver cómo será la realidad en el futuro con esa persona, porque si bien no puedes enamorarte por decisión de alguien que te conviene, si puedes evitar enamorarte de un patán, y al igual que el cáncer la detección temprana es clave en el tratamiento de la enfermedad, que en este caso son las ya tan famosas y tristemente célebres relaciones tóxicas. Se trata de que alguien te ayude a superar tus pendejadas, no que te las aguante —pensé mientras terminaba mi tequila y pedía uno caminero antes de que cerraran la barra.

*

María y amigos

—Comenzaba a darme cuenta lo mucho que me ponía de malas estar con la persona que se suponía que amaba. Me criticaba por todo. A esa edad no te das cuenta, pero todas las señales de que esta era una relación tóxica estaban ahí. En la actualidad han salido muchos artículos sobre eso, pero antes era un tema tabú —contaba a mis amigos que seguían escuchando con atención. Ya se habían acabado todas las botellas de vino que trajimos y acababan de abrir una botella de mezcal. Ricardo y Connie le daban traguitos pausados cada uno a su bebida, que se habían servido en la misma copa de vino tan solo después de limpiarla con una servilleta. No irían a la cocina por un recipiente más apropiado ante el temor de perderse parte de la historia.

—Todas las señales ahí estaban clarísimas, no respetaba mi privacidad, no quería que saliera con mis amigos o hiciera planes sin pedir permiso, imagínate, tener que pedir permiso a esa edad, como si fuera mi papá —dije—. Además, cuando estaba con mi familia daba otra cara, le tenía pavor a mi papá, así que el muy hipócrita me trataba como reina frente a él, pero mi papá de despistado no tiene un pelo y todas se las cachaba en el aire, gracias a él me previno de tipejos como Víctor.

—¡Qué horror!, pero así hay gente —dijo Sara—. Todas tuvimos al tóxico en algún momento, o nosotras fuimos las tóxicas, este juego es de dos, y también hay viejas que buscan como enfermas controlar —comentó riendo. A ella le había tocado estar en algunas relaciones cuestionables de las cuales había aprendido a sacar lo mejor, y ahora eran para todos nosotros ejemplo a seguir.

—Es que, a veces, en las relaciones, una está como drogada, como loca, como en otro planeta —aportó Vale.

—De por sí la mayoría somos inseguras por naturaleza, y más nos hacen sentir nuestras parejas cuando se quieren aprovechar.

—Así es Vale, pero quizá sea una etapa que todas debemos superar, un rito de iniciación hacia una mejor vida —dije para que supiera que hay esperanza.

Me hacía sentir que sin él no era nada, hacía planes sin pedir mi opinión, celaba cómo me vestía. Imagínate a esa edad en que se te ven brutos los shorts y las minis. Me recordaba en todo lo que había fallado antes, le tenía que cumplir sus caprichos sexuales y yo de su pendeja —recordé aun sintiendo un poco de coraje.

—Sí, todavía hay idiotas así, y lo peor es que creen que lo hacen porque te quieren... ¡te quieren joder! —dijo Ricardo—, y más a esa edad que ni siquiera te mantienen —suavizó al ver que Valeria se apartaba un poco de la plática—. Ahí es hasta un acto de amor propio mandarlos a chingar a su madre.

—En fin, de Víctor, no me quiero ni acordar. Además, fue mi culpa, con todo y que mis papás se esforzaron en educarme para pensar libremente, caí como estúpida.

—Pero termina, anda cuenta qué pasó después... —dijo Connie.

El que de Santo resbala, hasta el infierno no para.
El nómada sexual.

Al día siguiente y sin importar que quizá lo hacía por el sentimiento de minusvalía que me había generado el acontecimiento con María, y armado con toda la fuerza que da el despecho, me dispuse a emprender una nueva etapa.

Es mi vida y yo pongo las reglas, el sexo mueve al mundo y quería yo ser uno de los que más empujan en esa loable función, pensé adoptando una nueva estrategia actitudinal. No había límites, estaba soltero, sin compromisos a esta edad, y bien aconsejado por José Manuel quien en unas breves sesiones a su alumno aventajado y con la presteza de un segundo padre, me había enseñado el arte de ocultar las verdaderas intenciones. No importaba un poco de mano negra, si ese medio garantizaba lo que buscaba. Al fin, iba a ser fácil la conquista, además mi situación económica era muy desahogada lo cual, si bien siempre ayuda a esta edad, además, es visto como una cualidad inapelable. Así que sin más demora me dispuse a que Pancho cenara hasta el hartazgo y a comerme muchas tortas, sin importarme siquiera por el recreo. Estaba armado y listo, mi boca era la medida.

La estrategia sería una temporada de pesca deportiva, zumbármelas y regresarlas al mar.

Agárrense que Javier Camarillo anda suelto.

No podía imaginar ni en el más alucinado de los escenarios posibles que el engreimiento con que había replanteado mi vida y el ego tan inflado que había antepuesto como escudo al desamor, me costarían tan caro.

*

—Pero ¿cómo?, ¿te llegó de sorpresa?, ¿así de la nada? —preguntó Ricardo angustiado transportándose en el tiempo al momento en cuestión donde fui sorprendida.

—Habíamos estado hablando acerca de la próxima vez en que nos encontraríamos, detallista como era, se guardó la sorpresa de que me iba a visitar, quiso que fuera especial y al llegar a Monterrey, resulta que un conocido que teníamos en común le dijo cómo encontrarme en ese preciso momento

—Madres, hablando de casualidades mala leche, no cabe duda de que el mundo es un pañuelo... —dijo mientras se recargaba en el respaldo de su silla para seguir escuchando mi relato—. Y fue cuando te empastillaste, ¿verdad?

—Pero ¿cómo? te tomaste unas pastillas, ¿por qué tanto? —preguntó Valeria.

—Sí, qué horror, ni que fuera un tema de vida o muerte —dijo Ricardo.

—Para empezar, fue un error, no es como que fuera una experta en la dosis mortal de Valium, solo quería un consuelo rápido y no era la primera vez que me ayudaba con fármacos cuando me sentía cayendo en un hoyo. Unos años atrás, mis padres me habían llevado a que tomara terapia con una psicóloga, resulta que para mí no fue tan fácil la etapa de la adolescencia y sus cambios, es más, fue un poco traumático, y por un periodo de tiempo me recetaron unas pastillas que ayudaban a equilibrar el perfil bioquímico de mi cerebro, el estrés de los acontecimientos desencadenó una reacción en cadena que terminó como les estoy contando.

—Ay mi reina, qué dramón —dijo Ricardo.

—Pues sí te lo creo —añadió Connie más comprensiva—. En la juventud está tan condicionada tu mente, que llegaste a la conclusión de que se te acababa el sentido de la existencia ya que no podrían seguir juntos y, a esa edad, una da por sentada que no existe nada en el mundo que sea más difícil que el amor.

—Pues sí, tienes razón, y ahora qué hacer con tanto amor que se te había quedado sin dueño y de los dos tipos, como dicen "Amor del alma de la cintura para arriba y amor del cuerpo de la cintura para abajo", y después de estarle dando duro a la hilacha con Jonás durante el verano… te me descompasaste amiga —concluyó Ricardo con una risilla.

—Pues también, me sacó de ritmo.

—A ver, pero bueno, sigue con tu historia… —me instó Vale.

Los hombres no lloran

—No supe bien en qué momento, pero el sentimiento tan emotivo que cargaba nubló mis acciones y retardó mis reacciones, Víctor, que aprovechó que me dejé fundir en un abrazo que yo consideraba el último, deslizó sus labios junto a los míos, y antes de que pudiera alejarlo de mi cuerpo y retirarme, sucedió lo impensable —dije.

De pronto y de forma intempestiva llegó Jonás y mi peor pesadilla se volvió en realidad. Había sido un error de cálculo catastrófico haber aceptado cumplir la promesa de acompañar a Víctor a su graduación. Ahí estaba el hombre que amaba, apareció de repente, intentando sorprenderme y bien qué lo hizo, pero para mal, me quedé muda, la expresión de su rostro que, jamás pude olvidar, me contó toda la decepción que debió sentir en ese momento al encontrarnos así.

De dónde había salido, cómo había llegado, de qué forma se había enterado. El día anterior estaba al otro lado Atlántico y ahora estaba aquí, se había aparecido como un ángel, pero lo inexplicable de la situación lo convirtió en el ángel exterminador de la biblia.

Se acercó con el rostro adusto y frío, venía vestido con una camiseta y un saco azul, jeans y botas vaqueras; el hielo con el que posó sus ojos sobre mí me dejó muda, no puede pronunciar palabra, fue todo muy rápido, aunque me pareció una eternidad. Imaginé que con su carácter sanguíneo iba a reaccionar iracundamente a lo que por obvias razones era una escena que se prestaba a mala interpretación, pero con una gran tristeza se acercó hacia nosotros, le puso una mano sobre el hombro a Víctor en un afectuoso gesto y fingiendo una pequeña mueca que era una dolorosa sonrisa con voz húmeda y cristalina, dictó mi sentencia de muerte con palabras cariñosas.

—Víctor, tienes una gran niña cuídala mucho.

Víctor se quedó boquiabierto y con ganas de decir algo, pero Jonás imponía por su estatura y complexión así que mejor se quedó callado, y fingiendo sorpresa contestó un tenue:

—Gracias.

Jonás se dio la vuelta para regresar por donde había llegado. Al pasar frente a Marcelo, el amigo de Víctor que estaba tomado quien junto con su chofer intentaron detenerlo con rudeza al pensar que lo que estaba pasando era cosa de pleito, pero Jonás era un toro y los despachó rapidito: a cada uno con un derechazo, fue ahí donde desahogó el coraje de tantas cosas que sentía en el momento. Comenzó a gritar con violencia, su voz resonaba adentro de mí porque yo sabía que estaba loco de despecho, y la imprudencia de Marcelo había sido el catalizador que liberó el sentir que tanto se esforzó en disimular.

—¿Qué les pasa pendejos?, los mato, ¡a mí no se atrevan a tocarme! —les gritó.

Nunca lo había visto así de descompuesto, descargó toda su furia y toda su adrenalina en las personas no indicadas, era yo quien merecía esos gritos, esos golpes. En ese momento me di cuenta de lo mucho que lo amaba y lo necesitaba. Víctor al ver la escena, instintivamente me empujó adentro de la cochera de mi casa, para entonces ya habían encendido las luces exteriores.

Jonás al ver al amigo y chofer de Víctor sometidos y que no le representaban ningún reto, siguió caminando con la dignidad maltrecha en alto, orgulloso pero roto, con los puños apretados por el coraje, y sin volver a mirar a donde yo estaba se subió a su coche y se fue para no volverlo a ver.

Y ahí estaba yo, paralizada como una estúpida por la vergüenza y el miedo, sin poder siquiera decirle adiós al hombre que amaba profundamente, quise gritarle que no se fuera, que se esperara, que me dejara explicarle, que todo había sido una tontería que era un malentendido, que no valía la pena que se afligiera ni que llorara, que yo lo amaba a él. Víctor seguía sujetando mi cuerpo paralizado pensando que me protegía.

—Quédate adentro María, deja que se vaya ese pinche loco —me decía nervioso.

Ay, Víctor, jamás lograrías hacerme sentir protegida pensaba mientras quería con todas mis ganas correr a los brazos de Jonás en donde me había sentido por primera vez segura, en ese momento no podía imaginar que se fuera de manera definitiva después de haber sido tanto, y ahora por mi error y su enojo de hombre nos estábamos devolviendo la vida que nos habíamos entregado.

Al escucharlo gritar de esa manera sin control sentí que algo se le rompió por dentro, había sido siempre tan tierno conmigo y ahora había ocasionado que perdiera el control y golpeara y gritara mal interpretando una traición que no existió.

En ese momento me preguntaba si era posible que por una tontería Jonás ahora fuera parte de mi pasado, no pude gritarle nada, y no era por Víctor que no me importaba nada, pero la magnitud involuntaria de mi error me tenía reprimida y drenada de fuerza.

Quería decirle que seguían vigentes nuestros planes, nuestros propósitos, que aceptaba su invitación de irme a vivir con él a España mientras terminaba su maestría, sin importar que solo comiéramos pan mientras también hubiera vino, como me había propuesto con tanto encanto, pero me faltaron fuerzas a pesar de que lo amaba tanto.

Por favor, Jonás, quédate, te lo ruego, deja te explico, te prometo que entenderás y después nos reiremos de esto, siempre me he portado bien, no seas malo, llévame contigo a la gran Vía, a donde hay más luz, y déjame colgarme de tu cuello para darte de nuevo un primer beso. ¡Pero el grito resonó solo en mi mente!, de mi boca no salían palabras por una extraña fuerza que me mantenía maniatada.

No pensé que en ese momento fuera posible que así terminara mi relación con el que fue mi estrella y mi vida, mi salvador y mi amante, con el que realmente había hecho el amor por primera vez. Ya no estaba, se fue sin ni siquiera intentar perdonar la escena por su mal aplicado orgullo…

Me quedé para vivir una terrible soledad en compañía de mi exnovio con quien no quería estar nunca más, y su atemorizado amigo y chofer.

—Viste qué bravo el cabrón, ¿quién era? —preguntó Marcelo aun masajeando su mandíbula que se había inflamado casi al doble.

—¿Quién es María? Más te vale que me des una explicación en este momento —dijo Víctor levantando la voz, pero no le contesté nada, no le quedaba el mínimo resquicio de autoridad sobre mí, era como si ya no existiera, sin contestarle, así como si nada me dirigí al interior de mi casa en donde mi padre a prudente distancia observó el final de la escena, Víctor lo saludó cortésmente y se fue a sabiendas que mi padre no permitía ningún escándalo, menos de él, a quien detestaba.

Jamás volví a verlo, yo sabía que también me amaba, pero Jonás era orgulloso y a esa edad sobre todo permitía que la careta del ego le gobernara el desarrollo de su vida, así que algo se quebró dentro de él. No volvió a recibir mis llamadas, ni mis ruegos, nunca abriría mis cartas, ni mis correos. Las cartas regresaban a mí sin abrir. Se hizo ojo de hormiga. Yo estúpidamente pensaba en que para retenerlo debía haberme embarazado, pero en el fondo sabía que eso hubiera sido un error catastrófico. Las personas que teníamos en común tampoco se atrevían a darle un mensaje, ir a casa de sus padres era impensable, jamás traicionarían las instrucciones precisas de su hijo.

—Él está en España, preparándose, la verdad no sé cómo contactarlo, él es quien de repente llama —me había dicho su madre en una breve y cortés llamada telefónica.

Era el comienzo apenas de un nuevo siglo y las redes sociales apenas empezaban, era mucho más difícil encontrar a las personas, a diferencia de ahora que tenemos tantas facilidades.

Fue muy duro, especialmente esa noche cuando no pude soportar pensar en él y cometí una equivocación terrible.

Fue una noche en la que había tocado fondo, llevaba horas llorando recordando cómo pude ser tan pendeja. Un dolor de cabeza me taladraba la sien, así que fui al botiquín de medicinas de mis papás y saqué un Valium, sin pensarlo me tomé varias. Afortunadamente llegó mi mamá al oír el fuerte golpe cuando me desmayé y estrellé mi cabeza con la mesa de al lado de la cama. A pesar de que estaba privada de sentido les juro que pude escuchar su grito. Cuando vio el frasco de enervantes vacío me metió el dedo en la garganta para hacerme vomitar y me llevó al hospital. Ahí me hicieron vomitar de nuevo y me aplicaron un lavado de estómago.

Mi papá estaba deshecho. Cuando le dijeron que había intentado suicidarme envejeció veinte años. Nunca lo había visto así, se le formaron unas ojeras prácticamente de inmediato y le salieron canas. Nunca lo había visto llorar, entró dando tumbos al hospital y se arrodilló frente a mi cama, le faltaba aire y me asusté pensando en que se me iba a enfermar, me apuré a consolarlo explicándole que había sido un error. Mi madre también lo abrazaba, me desvanecía explicándole que no había tratado de suicidarme que una pastilla llevó a otra pastilla, pero era porque me dolía la cabeza, no porque quisiera terminar con mi vida, aunque debo reconocer que quizá en ese preciso momento eso era lo que quería.

Tuve que obligarme a dejar de quererlo, me extirpé su imagen de la cabeza, me arranqué con pinzas el recuerdo de sus manos sobre mí, y todo lo que me hacía sentir. Tenía la obligación de seguir con mi vida por mí, por mis padres, por mi familia; no era para tanto, después de todo era sólo un estúpido romance juvenil.

Mi padre entendió poco a poco que se podía dejar de preocupar, que lo había superado, que había aprendido la lección, le tuve que explicar que no era la culpa ni de Víctor ni de Jonás, que había sido sólo una equivocación, una muy triste equivocación y que jamás lo volvería a hacer, que adoraba mi vida, que ellos no habían hecho nada mal. Debí saber que los padres constantemente se juzgan por la forma en que crían a sus hijos, poco a poco los convencí de que la vida que me esperaba iba a ser muy feliz.

Me tuve que obligar literalmente a dejar de sentir que la vida sin Jonás era un castigo, a convencerme de que la soledad que anegaba mi corazón no debía convertirse en un pantano de auto recriminaciones.

Tenía que olvidarme de lo feliz que había sido por esos pocos días junto a él y casi tres meses de ilusiones y convencerme de que había vida después de la muerte, que aun valía la pena un más allá donde no existía la idea de nosotros. Tuve que aceptar que lo que ahora se sentía solo como un lejano sueño al que imaginé infinito, había terminado completamente. A fuerza de voluntad me obligué a renunciar a su recuerdo y fingir entre risas de dientes para fuera, mostrando que no me sentía tan sola. Gracias a las amenas charlas con mis padres y amigos que me forzaron a esconder la angustia por mi arrepentimiento y tapar lo mucho que lo extrañaba con una lápida sepulcral que leía: Ahí terminó todo.

A pesar de que lo adoraba y habíamos sido tan felices, se había ido para siempre. Como lo que sucedió pareció tan terminante no me quedó de otra que aceptarlo. Sobrevivir forzándome a levantarme todos los días hasta que llegó un día en el que pude salir de la cama sin esfuerzo. Aprendí a vivir sin respiración artificial y, poco a poco, se fueron yendo de mi vida tantas cosas que me recordaban a él y que me hacían sentir tan sola. Ahora podía pensar que lo que viví había sido un privilegio y debí aceptarlo como uno de los regalos más especiales que me había dado la vida y que desgraciadamente no pudo ser. Además, objetivamente me di cuenta de que era demasiado joven para tanta melancolía, y que llevaba muy poco viviendo relaciones románticas como para sentirlas tan definitivas. Esta idea fue lo que me ayudó a superarlo.

Por lo menos ahora sabía que hacer el amor sí existe.

Cuando terminé de contar toda mi larga historia, ahí seguían mis amigos, ninguno se atrevía a interrumpirme para pronunciar palabra, ni siquiera para aclarar alguna duda, tenía toda su atención, incluso pareciera que sentían la historia tan profundamente como yo lo hacía. Al terminar mi larga narración, me di cuenta de que la mirada de todos se posaba en mí y nuestros ojos se entrelazaban en una extraña comunión de sentimientos.

Mis amigos que habían escuchado mi historia que sonaba a confesión me observaron en silencio, todas las chicas y hasta Ricardo soltaron algunas lágrimas, menos Connie que me veía con total entereza, con un gesto de solidaridad fraterna levantó su copa llena de mezcal hacia mí.

—Te queremos mucho María, eres una chingona —dijo.

Mientras le daba un sorbo a mi copa de vino me di cuenta de que yo también estaba llorando.

*

Al día siguiente, después del indulto a la chica gym, quedé de verme con Karla para comer, hubiera preferido un restaurante mexicano porque, aunque no había tomado tanto como hubiera querido, se me antojaba algo picoso, pero Karla había decidido que era mejor idea ir por un sushi, así que me propuso "El Súchil" que era uno de sus restaurantes favoritos.

Llegué antes que ella. Cuando iba en camino me llamó para disculparse porque se retrasaría por quince minutos a lo que le respondí que no se preocupara, imaginando la sabrosa Michelada que me tomaría durante esa breve espera como auxiliar en el remedio de la cruda.

Al sentarme en una de las minúsculas mesas que estaban acomodadas con disciplina Zen en la acera, noté que al lado estaba sola una atractiva mujer en ropa deportiva, tenía un chongo que se esforzaba en detener una extensa cabellera rubia que le hacía notar un poco las raíces obscuras revelando el color natural de su cabello. Estaba absorta escribiendo en un cuadernillo algunas frases que no alcancé a leer, pero su concentración absoluta fue lo que me llamó la atención.

—Tenía tiempo que no veía a nadie usando pluma y papel para escribir, ahora todo son aparatos electrónicos —comenté con mi renovada confianza.

—Ja, ja, sí, yo en ese aspecto sigo siendo a la antigua —respondió.

Me levanté de mi silla para sentarme a su lado sin solicitar su permiso y empezó una amena charla sobre sus escritos. Supe que trabajaba en un equipo creativo que estaba desarrollando una de las nuevas series para Netflix.

—Me toca escribir algunas punch lines chistosas para uno de los personajes principales, pero la verdad no se me ocurre nada, tengo bloqueo de escritor —dijo.

Después de contarme un poco sobre la serie, en realidad solo lo que podía revelar antes del estreno acerca de la trama del programa, se me vinieron a la mente algunas ideas, así que le comenté algunas sugerencias que me parecieron divertidas. Siempre he sido ocurrente y en ese momento esa parte de mi personalidad embonó como anillo al dedo. Mientras escuchaba mis aportaciones ella correspondía con una agradable risotada de agradecimiento, era evidente el apuro de la pluma sobre el papel. Yo la veía directamente a los ojos, tal y como me había aconsejado El Player a lo que ella respondía sosteniéndome la mirada por breves segundos para después desviarla con una coqueta mirada evasiva.

Para entonces ya estábamos sentados tocándonos las rodillas, y la cercanía de su rostro me permitía aspirar un poco de su aliento al que noté un ligero desaliño, suceso al que no le di trascendencia ya que al mirarla de cerca, sin importar que venía un poco sudada y descuidada en su arreglo, a todas luces estaba "buenérrima" y no me importó inhalar un poco de su pestilente exhalación a cambio de una vista privilegiada a sus firmes tetas sostenidas con mucho esfuerzo por un brasier deportivo color fosfo.

Justo cuando mis técnicas seductoras habían aflojado el camino a mis embates incitantes, logrando una reacción exageradamente favorable a mis estudiados galanteos y mientras ella respondía con un tufo de cachondez y genuina atracción, llegó Karla, que de manera nada sutil le metió un rodillazo al respaldo de mi silla con el que casi me desnuca, y sonriendo me saludó.

Recordé la vez que a mis trece años mi abuela paterna en uno de nuestros viajes familiares a una cercana y popular playa estadounidense, me había raptado del jacuzzi en el que me había introducido con mi prima mayor y sus amigas. Aquello era uno de mis pininos en cuanto a convivencia con el sexo femenino se refiere. Yo estaba sentado en el borde intentando arrimarme tanto como podía a una de las amigas, y lo que sucedió fue que mi abuela de colmillo largo, notó a lo lejos que, en mi pequeño traje de baño, que a esa edad aun escogía mi mamá, exponía una rudimentaria pero evidente erección.

A tu edad solo debes de calentarte con las cobijas, cabroncito — fueron las palabras con las que me exhortó severamente mientras me conducía de regreso a mi cuarto del hotel en donde me esperaba una ducha fría.

—Karla ¿cómo estás? —titubeé.

—No tan bien como tú, ¿pedimos? Me muero de hambre —dijo mientras me levantaba de un jalón para conducirme de la mano a una distante mesa en el interior del establecimiento.

—Espérame un segundo, te alcanzo —me zafé rápidamente de su apresador saludo para despedirme de mi descuidada conquista a la que le había aumentado el interés en mi persona la llegada de mi guapísima y recelosa amiga. Pensé que si Karla no fuera tan opuesta a mis pasajeros desliz sería una buena aliada para concretar mis perecederos romances.

La escritora me extendió una nota con su teléfono y me rechinó un provocador beso en la mejilla, deliciosamente cerca de mi boca, lo cual me alebrestó la bragueta un poco ahora que ya estaba más acostumbrado a las muestras de afecto en público.

Por fin alcancé a ver la mesa que había escogido Karla quien leía discretamente el menú. Eso era una señal de que estaba apenada por su maleducada y desconsiderada actitud al llegar. Era su restaurante favorito y ambos sabíamos que el menú lo podía recitar de memoria.

El mesero, un chico regordete con barba de candado, al que se veía le costaba trabajo vestir un kimono, se acercó y nos tomó la orden.

Esperamos en silencio a que llegara nuestra comida a la mesa, el tener casi todos los platillos semi preparados hizo que fuera rápido.

—Hoy por la noche me invitaron a una conferencia sobre la liberación femenina, ¿quieres ir? —me preguntó.

—Por más que me parezca interesantísimo el tema, no puedo Karlita, quedé de salir con una chava, voy a pasar por ella a su departamento a las siete y no sé a qué horas me desocupe. If you know what I mean —recalqué cerrando juguetonamente un ojo a mi involuntaria cómplice, mientras masticaba un mexicanísimo rollo de carne al pastor, ella respondió con un gesto de exagerada arcada, como si la sola idea de que me enredara con la maloliente chica le provocara náuseas.

Karla rodó sus ojos en señal de exasperación.

—¿Qué onda contigo y la apestosa? —me preguntó discretamente mientras masticaba un edamame con sal de mar—, ¿a poco la acabas de conocer?

—Nada, me cayó bien, estaba a mi lado y tú llegaste tarde. Una cosa llevó a la otra y me gustó —contesté.

—Bueno Javier, no se trata de que ahora que estás soltero tengas que ligarte a cuanta vieja se te atraviese. Tienes que ser selectivo, prácticamente se te estaba montando la mugrosa —comentó de manera casual—. No te vas a curar tu desengaño con María andando de pito loco con cuanta vieja se te atraviese —dijo sin inmutarse mientras le daba un trago a su té verde endulzado con Stevia.

—Deja de llamarla así, venía un poco descuidada porque no ha podido dormir por su trabajo, y solo vino a comer un sushito para regresar a su home office —protesté fingiendo estar ofendido por los motes con que bautizaba a mi nueva pretendiente, pero que internamente me causaban risa porque, efectivamente, despedía un olor desagradable—. Además, bien sabes que mi rollo con María no fue un rompimiento normal y lo que me hizo me lo tengo que exorcizar de alguna manera, así que voy a salir con y cuantas yo quiera —justifiqué.

—Entiendo que sigues muy afectado. Cuando una persona pasa por un rompimiento, hay dolor físico y mental, prácticamente estás sufriendo el síndrome de abstinencia que sufren los adictos a alguna droga. Tu cerebro está buscando desesperadamente la dopamina que te proveía tu antigua relación. Escucha lo que te digo: no estás pensando de manera normal, aunque tú creas que sí. El remedio no es andar de fuckboy, tú eres diferente y esa apestocilla no te va.

—No seas exagerada, además ¿tú qué sabes? Quizá, funcione, la chava es súper inteligente y escribe para un programa de Netflix —presumí con mentirosa ilusión—. Me encanta que sea autentica y ande sin arreglarse. Ustedes le pasan todo a sus parejas, la mayoría de los hombres les corresponden a sus chavas quienes sufren horas de arreglo y acicalamiento, con una gorra, tenis sin calcetín y encima sin bañarse —exageré sabiendo que yo era muy pulcro en mi aseo.

—Bueno, lo que hagas con tu pito es cosa tuya, pero ponte condón, no me sorprendería que una mujer tan desaseada tuviera años sin checarse y te puede pegar algo —se despidió agriamente mi adorada amiga.

Arrugué un poco el entrecejo al imaginarme víctima de alguna espantosa enfermedad venérea, pero de inmediato se desvaneció la imagen de mi mente al recordar las bien torneadas nalgas de mi hediondo ligue.

Además, me sentía muy estúpida, totalmente estúpida, había cambiado lo que había sido mi sueño y mi vida por nada absolutamente nada.

Y así fue, jamás volví a entablar conversación con Víctor, no supe si le había quedado claro que el haberme insistido en que lo acompañara había destrozado mi vida, pero lo que sí le quedó en claro fue que ahora me repugnaba. No sólo no lo quería ver con una muy normal indiferencia, sino que además la última vez que lo vi aquella noche lo miré como se mira un vómito: con asco.

No me importó romperle el corazón porque en ese momento Víctor que no comprendía lo tóxico de su andar, a su modo en verdad me quería, así que lo partí en pedazos con verdadero sadismo. No volví jamás a tomarlo en cuenta y desde ese momento lo declaré inexistente, quizá fui un poco dura, debí ser más generosa con él, a su manera me quería, mal, pero me quería.

A esa edad no sabes que nadie tiene derecho a cometer una injusticia, ni siquiera los que a su vez las hayan sufrido.

En fin, espero que la lección también le haya servido a él más que a mí. Quizá hasta ha empezado a tratar a las mujeres con respeto de la manera en que se merecen.

—Se lo merecía por gañán —dijo Ricky.

—No, él solo estaba repitiendo patrones tóxicos, porque se trasmiten por generaciones. Ahora de adulta si bien jamás andaría con alguien como él me doy cuenta de que le hice mucho daño.

—Yo ya me sabía la historia, claro que, sin los pormenores, no sabía que te había pegado tanto, y ahorita, por primera vez me llegó mucho —dijo Connie soltando una lágrima.

—¿Y no pensaste en regresar a España a buscarlo? —preguntó Sara.

—Por supuesto que quise regresar a Madrid, sabía muy bien dónde encontrarlo en la madre patria, pero la verdad en ese momento le tuve miedo. No podía enfrentarlo en aquella parte del mundo, temía lo peor y además si se lo sugería a mi padre seguramente me negaría los recursos para ir en esa a todas luces infructuosa búsqueda. En un amoroso pero comprensible arrebato protector seguramente me negaría los medios y el permiso para viajar a España, sobre todo ahora que sabía que se trataba de ir a buscar a un hombre. En ese momento no lo sentí así por mi inmadurez, pero ahora entiendo perfectamente los motivos de mi viejo protector —dije—. De haber sabido que en Madrid iban a ser mis últimas caricias con Jonás, le hubiera abrazado más.

—Ay, a huevo no te hubiera dejado —dijo Ricardo, seguramente un padre va a dejar que su hija se vaya corriendo detrás de un monito que la trae empelotada, ¡pobre de tu padre abrumarlo con esas preocupaciones…!

Asentí frunciendo los labios.

—Hay personas que van en direcciones opuestas, pero por un breve momento se intersectan y son una pareja extraordinaria, para luego cada uno seguir por su camino, sin culpas, habiendo aprendido la enseñanza y vivido la experiencia. Hasta llegué a pensar en esos momentos para consolarme un poco.

—Y Javier ¿ya sabía todo esto? —preguntó Ricardo.

—Sí, fue todo un tema cuando empezamos a salir, ya sabes la típica pregunta de que por qué era tan recatada.

Les conté toda la historia sin entrar en detalles, pero sí sabía de la parte de que me habían roto el corazón muy cabrón, y que había batallado para abrirme a raíz de lo que había sufrido. No está fácil, cuando caes en un pozo y te duele tanto el haber estado sumida ahí adentro, ya que logras salir es muy complicado que se te antoje volverte a tirar en un hoyo.

Además, ya cuando vivíamos juntos se encontró con una foto, con la única foto que tengo de Jonás en la que estamos en la Plaza Mayor de Madrid en una banca, y yo estoy sentada en sus piernas. Al verla le provocó todo tipo de inseguridades porque ambos eran muy diferentes y noté que se molestó mucho.

—Todos tenemos un pasado y no tiene por qué recriminarte nada —dijo Ricky.

Lo que me dijo sonó más chistoso que reclamo:

—O sea, pero cómo, ahí sentada en sus piernas enfrente de toda la gente, qué falta de moral y buenas costumbres me dijo, sé que en realidad eran sus celos hablando, y pensé que todo hombre que te quiera un poco puede llegar a sentirse inseguro en algún momento, así que no le di mucha importancia.

—Además, Javier me ayudó mucho a mantener los pies en la tierra —dije.

—Uy sí, porque solo de verlo da hueva, es un hombre que lo más que provoca, son bostezos —añadió Ricardo.

—Por lo que sea, con él jamás me volví a deprimir.

Todos asintieron reconociendo ese hecho.

*

Debía administrar mi tiempo y mi cuerpo para todas las chicas con las que planeaba copular, planeaba llenar mi carné de baile muy pronto, con muchas mujeres y sin ningún compromiso de por medio, y en esta ocasión como dicta el principio jurídico "Prior in tempore, potior in iure" que traducido al buen castellano significa, primero en tiempo primero en derecho, tocaba el turno de atender a mi servicial asistente de compras, la bien torneada mamá luchona, Angélica Domínguez.

Nos fuimos a cenar y a tomar una copa a un pequeño lugar de hamburguesas y cervezas artesanales convenientemente ubicado cerca de mi departamento. Era un date sin muchas pretensiones, sabía de antemano que solo quería egoístamente acostarme con ella.

Al terminar de lo que solo fue en apariencia una amistosa cena pero que en realidad fue un preámbulo para tener relaciones, empecé a insinuarme sin ningún dejo de pena. Tenía las herramientas para cambiar en automático a un escenario erótico, sabía perfectamente cómo provocar pensamientos cochinones en las mujeres y hasta cuánta lengua usar en los besos franceses. Estaba armado de mis técnicas de atracción neandertales con las que me había ilustrado José Manuel, y que de inmediato me convirtieron en un homo erecto. Al subir a mi coche me miró fijamente como evaluando si le representaba algún tipo de amenaza. Después de un momento que pareció más largo de lo que realmente fue, y antes de que pudiera arrancar el auto, aprovechando la obscuridad y poca clientela del establecimiento, buscando una intimidad que la protegiera de sentirse sola, se inclinó hacia mí para darme un beso mientras me tomaba la mano para acomodarla en medio de sus piernas, invitándome a comprobar que tan profundo podía tocarla. Ahí estuvimos un buen rato agasajándonos con un buen faje, construyendo de inmediato nuestra deseo y desclasificando cualquier parte de nuestro cuerpo como zona privada, con las ansias de los cuerpos nuevos que se conocen por primera vez. Empezaba a notar que además de conocer otros físicos también aprendía cada vez más sobre mí, como si cada episodio de diversidad sexual me aportara nueva luz sobre aspectos propios que no conocía o que había olvidado.

Después de un buen rato que incluyó cambio de manos por el agotamiento de los músculos y tendones de mis antebrazos, saqué provecho de la cercanía de mi estudio para terminar de hacerlo civilizadamente en una cama.

La llevé a su casa sintiéndose a salvo y satisfecha, pero igual de sola, rogándome sutilmente que ojalá nos volviéramos a ver pronto.

—Es muy fácil enamorarse de alguien como tú, te quiero ver de nuevo —me dijo.

—Yo también quiero, te busco pronto—contesté.

Desaviniendo una de las primeras reglas mentí porque me veía con un anhelo inalcanzable, pero yo no tenía intención de volverla a ver ...

*

María y Angustias Sada Garza

Angus se había convertido en mi amiga al comenzar la carrera, alta y delgada, de cabello negro sedoso que contrastaba con su piel blanquísima, había sido una de mis primeras amistades con quienes compartía mi vocación por la arquitectura. De inmediato nos caímos bien, compartimos el amor por los trazos y los muros que cargan, por el diseño y la estética de los espacios que habitamos. Era muy aplicada en las clases y siempre alcanzaba los mejores promedios, era reservada y de pocas palabras, lo que a veces hacía que la consideraran snob. Tenía un novio muy formal cuando la conocí, y solo esperaba con estoica paciencia a que terminara de estudiar para casarse. Por lo mismo solo nos veíamos en clase y en eventos de la universidad, ya que todas sus actividades extracurriculares gravitaban en torno a él, que al parecer también tenía una vida social bastante apolillada, se llamaba Cruz Martínez y pertenecía a una familia próspera de empresarios que le garantizaban empezar el juego de la vida desde una posición aventajada que no vislumbra sobresaltos ni carencias. Había nacido con la cama tendida y se esperaba que su vida transcurriera de manera muy formal: estudiar, casarse, tener hijos, criarlos y morir sin hacer mucho ruido. Era como si su familia representara una obra de teatro que se repetía de una forma muy bien ensayada, generación tras generación, tan solo cambiando a los protagonistas. Sus padres gozaban de una muy buena posición económica, aunque en el concierto de los verdaderamente ricos no figuraban, tenía una vida millonaria pero discreta. Angustias quería ser parte de esa obra y lo esperaba con ansias, creía convenientemente en el paradigma de que, si eres mujer, no importaban tus logros, si no te casabas y tenías hijos eras un fracaso, así que incluso se graduó antes que todos en la generación. Había adelantado materias y cursos pisando el acelerador al máximo a lo que, si bien le apasionaba como profesión, solo la consideraba como un plan B, ya que en su caso la mesa estaba servida.

—Platiqué con mi suegra, me llevo de maravilla con ella, quiere que tengamos muchos hijos, me encanta contar con su apoyo, es como si tuviera otra mamá, una que de verdad me entiende —solía decirme.

A mí me daba un poco de pena que su talento innato para la arquitectura se desperdiciara, ya que conforme iba avanzando la carrera, era obvio que en vez de emocionarse ante la idea de diseñar edificios, le llamaban más la atención los centros de mesas de la celebración de su boda que el último tomo de Architectural Digest, que su maestría en los trazos y la proporción de sus diseños lo considerara un mero trámite para que en las revistas de sociales al anunciar su boda la presentaran como la arquitecta de tal…

Su profecía había sido cumplida y llevaban un matrimonio convencional de años. Siempre salían bien peinados en las fotos que publicaban, tenía tres hijos a quienes adoraba, y no exteriorizaba sus frustraciones matrimoniales con nadie más que conmigo, detalles que aquejaban su relación que lejos de ser perfecta a veces la sumía en una profunda depresión que rayaba en la desesperanza y que solo me confiaba a mí. Yo debía mantener sus quejas en la más discreta de las confidencias porque ella nunca permitiría una filtración de sus frustraciones matrimoniales por temor a la presión social. Al parecer tanta perfección material sólo había arreglado el lado práctico del matrimonio.

—Ya no aguanto a mi suegra, pinche vieja metiche, como ellos son los del dinero quieren decidir todo, a dónde vamos de vacaciones o hasta las bolsas que uso. El otro día y solo por chingar me fui con una bolsa artesanal a una cena familiar, mandó traer de su casa una LV de inmediato y me pidió que cambiara todas mis cosas. Le hice caso nada más porque la bolsa, que además me regaló, combinaba divino con lo que traía puesto y que para colmo también ellos me habían regalado… No sé… sé que debo de estar agradecida porque no me falta nada, pero siento como si necesitara de todo, menos lo que ellos me dan —concluyó.

No era difícil entender su situación ya que su marido también vivía una vida confortablemente aburrida, pero ella no podía saber con antelación que se casaba con un hombre sin mérito propio, que la tenía rodeada de lujos solo porque estiraba la mano, y que lentamente esa inutilidad de hacerse de recursos bien ganados, le habían almidonado el alma volviéndolo prácticamente un cero a la izquierda que transitaba por la vida sin luz propia, tratando de no llamar mucho la atención. Para Angustias era muy duro tragar su compañía y no sabía exactamente el porqué, hasta el punto de que le dolía el aburrimiento de pasar tiempo con él y cada vez buscaba actividades que los mantuvieran apartados, así que frecuentemente se escapaba de su tedio matrimonial para pasar largas tardes conmigo hablando en sobremesas o en cafés.

Él también debía estar hasta la madre ya que tenía por afición el golf y pasaba largas jornadas en el campo, así como su gusto a la cacería que perseguía, gracias al dinero de papi, por todos los confines del mundo. Hobbies que ella lejos de refrenar alentaba con tal de no tenerlo tanto tiempo en casa con silencios que solo se rompían para platicarse mil veces lo mismo.

Además, seguían viviendo en la época del recato en donde la intimidad personal era motivo de pena y no de orgullo.

Angus sufría la mayor parte de su matrimonio, pero jamás se atrevería a dar el paso para terminar su relación, se habían casado ambos para siempre y la moneda aun estaba en el aire para saber si esa había sido una buena decisión. La película estaba a la mitad y seguía corriendo, pensaba que sus tristezas eran ocasionadas incongruentemente por falta de dificultades y que tarde que temprano llegarían los obstáculos que los harían probarse verdaderamente en la vida, y con eso se recuperaría la sal y la pimienta de su relación. Así que se obligaba a superar sus tristezas reintegrándose a sus actividades familiares propias de una señora de su posición, sin decepcionarse por no tener el valor para terminar su matrimonio, volvía con una sonrisa de utilería que le vestía para salir bien en las fotos y las entrevistas del Club de jardinería donde era presidenta. En eso terminó sus largas noches de quemar pestaña, si bien era una afición muy honrosa decorar plantas, su capacidad casi perfecta de diseñar rascacielos no debía haber terminado en acomodar flores en macetas. Su instinto natural de proporcionalidad en colores y medidas, iba más con construir museos de vanguardia que con recortar hojas y tallos fuera de lugar.

Pero todo sacrificio estaba justificado por su familia que estaba tapizada con perfección y normalidad, qué importaba que ella estuviera hasta la madre si ellos eran felices, pensaba. Mantenía sus aspiraciones y anhelos en regla y jamás ensuciaba la percepción de su familia política y su afición a imponer los criterios morales.

Por lo menos no era una amargada que se la pasara hablando de la paja en la vida ajena, y su vida discurría entre actividades sociales y familiares, series de televisión interminables que terminaban con ella dormida y la televisión encendida. Las pocas veces que hacía el amor con Cruz lo hacían sin ganas, como por trámite y para completar la cuota como era su deber, eran aun jóvenes, pero a ella su marido le sabía a plato frío. Ya no tenían ganas de perderse el respeto, tampoco era como que ella le pusiera mucho esfuerzo o buscara ayuda profesional, así era lo normal y se engañaba a sí misma pensando que la felicidad y estabilidad familiar debía ir siempre acompañada con ciertas frustraciones ya que no había nada perfecto.

Entre esa normalidad esperaba que su vida por sí sola diera un viraje hacia lo emocionante o bien que terminara con elegancia. Ella jamás se atrevería a faltarle a su marido, no podría aguantar el cargo de conciencia, pero eso no evitaba que tuviera fantasías que a mí me externaba frecuentemente.

—El otro día mientras trotaba en Calzada había unos albañiles en una construcción y dos de ellos me chiflaron, no sé qué me pasó porque nunca hubiera imaginado, pero al voltear vi a uno de ellos que estaba súper guapo, y con unos brazos enormes, a la mejor era un supervisor, pero me puse a pensar que quizá debiera regresar a mi carrera y construir algo, así contrataría a puro empleado buenón —dijo sonrojándose y soltando una risotada.

Así era su vida que transcurría con tanto sosiego impasible que prefería por fin desarrollar su carrera no porque fuera extremadamente buena en su profesión, por lo menos mientras estudiaba, sino porque le había despertado fantasías y la había cachondeado que la piropeara un albañil…

Javier
La calidad de tus relaciones determina la calidad de tu vida.

—Hueles a alcohol —me dijo Barbi a manera de saludo cuando le di un beso al llegar a la mesa.

—Es mi nueva fragancia —respondí y tomé mi lugar sin interrumpir más, ya que ambas estaban muy entradas en la plática

—Siempre me ha intrigado por qué muchas parejas tratan de salvar sus matrimonios si a todas luces se ve que no lo están disfrutando —dijo Bárbara, mientras ella y Martha comentaban sobre el último divorcio que había sucedido en la comunidad de amigos cercanos.

Ambas me habían invitado a desayunar, era como si mis cuates se pusieran de acuerdo para que no pasara un día en soledad, después de lo de María, yo me dejaba querer a pesar de que me comenzaba a costar levantarme temprano, porque disfrutaba estar con ellos y porque no pensaba divulgar mis actividades de ligón fiestero que por lo pronto prefería mantener en la clandestinidad.

—Ay, se me estruja el corazón al pensar en ellos —contestó Martha.

Pepín y Laura, eran una pareja que al exterior daban la impresión de ser impecables, todas sus publicaciones parecían un anuncio de familia palacio y perfección, pero una cosa muy distinta era lo que ambos compartían a sus amistades más cercanas, eran historias francamente de terror y apatía. Ya ni siquiera se toleraban con un trato civilizado, era como si fueran enemigos jurados, pero en pos de las apariencias y el buen decir, demostraran lo contrario.

—Si ya sabíamos que la estaban pasando tan mal, ¿por qué pospusieron tanto su separación? —dijo Martha a quien le dolía sinceramente cada vez que una pareja terminaba. Era como estar restando tácitamente a su teoría de que el amor verdadero y eterno existía y rondaba entre nosotros.

—Bueno, la mayoría de las parejas le sacan la vuelta al dolor del rompimiento tanto como pueden —dije—. Es por eso por lo que les echaron ganitas a terapias, darse tiempo y todo. Estamos condicionados a extender nuestras relaciones para sacarle la vuelta a la chinga que significa terminar aun a costa de darles vida artificial con toda clase de técnicas para extenderlas más allá de su vida natural —dije con conocimiento de causa—. Pero eso no significa que no existan relaciones que puedan durar toda la vida con amor y crecimiento —agregué concediéndole a Martha un pequeño abono a su ilusión.

—Laura me confesó un día que estaba harta de las infidelidades de Pepín, sobre todo porque se había enterado de que era un asiduo cliente de salas de masajes en donde los atienden con final feliz. Eso la hacía sentir que no le importaba sacrificar su relación a cambio de pequeños destellos de placer, y ella no podía hacer lo mismo porque no se podía quitar las cadenas de mujer fiel y abnegada que le había impuesto la sociedad —dijo Martha.

—Pues al final se desencadenó muy bien, creo que la gota que derramó el vaso y los hizo hacer cita con los abogados fue que Laura se estaba acostando con su instructor de yoga, teniendo una relación no solo basada en las prácticas ascéticas a la vista de todos ya cuando se quitó la careta. A mi gusto debió esperarse a estar por lo menos separada y no aun viviendo con Pepín, pero esa fue su reacción al explotar la olla de vapor que tenía en la cabeza —dijo Bárbara.

—No cabe duda de que somos los traumas que sobrevivimos, qué fuerte nos afecta en las relaciones cualquier necesidad que tuvimos cuando crecimos y que no fue satisfecha a tiempo. Todos tenemos traumas, la gravedad de ellos es la que nos permite o nos impide funcionar en nuestras relaciones —dijo Bárbara—. Además, a mí Pepín me tiró el rollo el otro día que me lo encontré en una cena en donde terminó a beso abierto con otra mujer frente a Laura. Pobre, solo le pude decir que esperaba que arreglara sus asuntos para que tuviera orden en su vida, estaba deprimido, le dolía y avergonzaba que se hubiera hablado acerca de su afición a los masajes en la relación, y pues terminar así siempre duele, pero se van a reponer, ojalá que también se quite sus traumas antes de que se hagan costra...

—Claro —dijo Martha, yo estoy segura de que van a ser más felices, además yo sigo creyendo que hay una persona en el mundo para cada uno. Una relación en donde de manera automática te salga ser la mejor versión de ti misma, no importa cuantas veces hallamos fallado en relaciones anteriores o si venimos de una familia en donde no había amor. De acuerdo con mi teoría siempre vamos a tener la oportunidad de estar en una relación de felicidad y amor.

—Claro —asentimos ambos a nuestra optimista amiga.

*

María y Sara

Se habían casado por la única razón válida para unir su vida al lado de otra persona de manera permanente, se la pasaban a toda madre juntos, ninguno se necesitaba, los dos habían sido felices por su lado, así que no machacaban la paciencia ni del uno ni del otro con necesidades afectivas infantiles. Tenían al niño interior bien atendido dándole mantenimiento propio cada uno al suyo. Ella, de personalidad encantadora, rubia y con profundos ojos azules enmarcados en profusas cejas, a pesar del flechazo que sintió tan pronto lo conoció, se dio su tiempo, se había enamorado de Mario González con paciencia y a tientas, empezando primero por ser amigos durante un periodo razonable en que, a Mario, casi quince años mayor que ella, moreno, alto y de cuerpo atlético, le apuraba por convertirla en su mujer.

—Espera, no te estoy diciendo que no, solo que no ahora —le respondía con ternura ante su cariñosa insistencia.

Sara Barragán, que además de amiga era mi comadre, me había invitado a su casa a una vinoterapia, había tenido un día particularmente difícil porque uno de mis posibles clientes me tuvo trabajando una semana en un diseño de una plaza comercial para que llegado el momento de mostrarle los planos me quisiera cambiar todo, inclusive la parte más fundamental de la obra. Quería ajustarse a un presupuesto ridículo en donde pudiera recuperar su inversión en un plazo inverosímil.

—Sí, está increíble lo que me propones Arquitecta, pero en esta economía no vale la pena arriesgar tanto, además el público no lo valora —me dijo.

—Claro que lo valoran, el estar en un lugar que trasmita belleza invita al público a pasar más tiempo ahí —comenté defendiendo mi diseño.

—Bueno quizá sí, pero eso no se traduce en utilidades, así que o se ajusta a mi presupuesto o tendré que contratar otro arquitecto —concluyó el avaro inversionista.

—Ahí mismo le dije que no podía trabajar así, le comenté a Sara, y él sin inmutarse me dio las gracias, me entregó mis planos y nos despedimos —dije y le di un trago con el que me bebí media copa del vino que Sara terapéuticamente me había servido cuando vio que llegué afectada.

—Bueno y ¿por qué no te dijo desde el principio? —me preguntó.

—Pues no hablamos de eso, solo me pidió que le propusiera un diseño que estaba concursando, quizá también yo me dejé llevar por la emoción de un trabajo que me sacara del aburrimiento —comenté—. Pero por lo menos me había servido de práctica —dije—. Utilicé las últimas actualizaciones de los software de diseño en el mercado y me di cuenta de que me sigue fascinando la arquitectura.

—Seguro pronto te van a buscar, eres muy buena —me dijo, y no se equivocaba, una firma de inversionistas inmobiliarios me había pedido una cita para exponer mi experiencia y mi estilo arquitectónico en Ciudad de México. Tenía previsto ir la siguiente semana con gastos pagados, por lo menos me iban a servir para meterle variedad a mi monótona vida.

Entre Mario y Sara había una profunda mutua admiración. Mario la admiraba porque en el momento en que se les presentaron las dificultades ella sacó la casta y se puso a trabajar para sacar adelante a su familia, ganaba bien y daba con generosidad sin discutir nunca por las necesidades de la casa, y Sara lo admiraba porque era un luchón, porque siempre estaba de buen humor y no permitía que lo negro o las turbulencias que vivía allá afuera mientras buscaba el sustento de la familia invadieran su hogar, que para él era un reino de paz, felicidad y tranquilidad. Siempre, o por lo menos lo aparentaba, estaba de buen humor y eso lo sentía ella y lo agradecía infinitamente porque veía que sus hijos iban creciendo con una seguridad y fortaleza que seguramente los iba preparar con éxito para las vicisitudes de la vida. Vivía también con ellos Camila, una hija adolescente producto de una relación anterior de Mario, y que al cumplir doce años había decidido vivir con su padre. Sara como mujer inteligente que era, la adoraba, y le tenía la misma paciencia y cariño que a sus hijos naturales. Esto me hacía admirarla aun más, era una chingona que demostraba que si se quería se podía mantener una relación hermosa sin importar las condiciones que te hubieran tocado vivir. Mario adoraba a sus hijos, cualidad que Sara admiraba y fomentaba.

—Yo veo a Camila como mi hija, pero no la trato como si fuera su madre —me confesó—. Tampoco como su amiga alcahueta que le guarda secretos, si veo algo que tenga que ser atendido en su comportamiento se lo menciono con mucho tacto a Mario, y una vez que entendió el porqué haya que ponerle atención a tal o cual cosa, juntos vemos la mejor manera de que él, que es el que debe de ser la figura de autoridad, aplique el correctivo. No sabes cómo ayuda el actuar de esa forma, Camila es un ser lleno de luz que en vez de causar conflicto nos llena de amor en la casa, y aunque está en una edad en donde de manera natural siempre hay conflictos, al resolver todo con apoyo y cariño llenamos de alegría nuestro hogar. Además, Camila adora a sus hermanos y se toma muy en serio su papel de hermana mayor, protectora, cosa que terminas agradeciendo, ya que uno debe siempre de apreciar a las personas que les profesan amor sincero a tus hijos —me contaba.

—Me encanta la relación que llevas con ella.

—Además, ayuda mucho que yo sea la que la acompañe de compras, está en la edad de niña a mujer que necesita el apoyo ahora sí de una cómplice para hacer la transición en su forma de vestir, Mario me riñe cariñosamente por eso, pero sé que en el fondo lo acepta —me dijo.

Mario también era un tipazo, y a veces cuando me escuchaba que hacía preguntas sobre el secreto de las relaciones estables, aportaba su granito de arena de sabiduría.

—Es bien fácil, los dos entendemos que cada uno tiene que poner de su lado —había dicho Mario en un ocasión—. Cualquier relación en donde uno cargue con todo el peso y responsabilidades, está destinada a fracasar.

—Cada uno pone de su parte, los dos jalamos parejo, nada de que uno se tire en un sofá a esperar que el otro le cumpla sus caprichos como si el matrimonio fuera una especie de beca. Por eso es fundamental inculcarles a nuestras hijas la educación suficiente para que además de mantenerse solas, puedan en determinado momento aportar su parte. Hay un balance muy delicado que se tiene que seguir para que la pareja sepa que los dos están poniendo su mejor parte para construir la relación, esa es la mejor muestra de amor que pueden tener.

Y manejaban su matrimonio a la perfección, como un balance general en donde no dejaban ninguna discusión abierta sin conciliar para que nunca hubiera pérdidas, sino sólo ganancias.

—El secreto —me había confesado Sara— es que nunca uso el chantaje emocional, ni él. Si tenemos algún tipo de conflicto por cualquier situación, primero la tratamos a nivel interior, por qué pasó tal o cual cosa y porqué me hace sentir de esta manera, luego veo primero si es algo que pueda cambiar y si sí, si es parte de su responsabilidad cambiar el tema en cuestión o mía, si es mía lo hago y si es de él intento con argumentos y de manera clara explicarle porqué el hecho o la actitud del que hablamos me incomoda. Cuando es parte de tu plan de vida mantener una relación longeva una le busca, amiga —me dijo.

—Sí claro —comenté—. Me encantan cómo se llevan, pero además de que babeas por Mario, y él por ti, obvio, cada día se ve que se la pasan mejor, y ya son más de diez años.

—Sí amiga —dijo Sara— pero no todo ha sido fácil, se tiene que trabajar día con día y al principio hay que echarle muchas ganas, la buena noticia es que con el tiempo se vuelve fácil y natural. Ya que tienes bien engrasada la relación todo fluye y te sientes plena.

—Te felicito —dije con nostalgia y mi pensamiento me llevó a comparar lo que vivían Mario y Sara con mi relación. Malamente, a veces tendemos involuntariamente a compararnos, la mía se estaba tornando insostenible, no había nada en particular que fuera malo, solo era el tedio de saber a ciencia cierta que no quería estar ahí, que el tedio era la señal sutil para que escapara.

Mi vida era gris al lado de Javi, pero pobre, era muy bueno, no me daba motivos para pelear o siquiera discutir, aunque a últimas fechas pensaba que las personas buenas no son las que no hacen nada malo, sino las que hacen cosas buenas, y Javier no me estaba haciendo bien. Sin hacer nada malo lo sentía como la persona que me bloqueaba los anhelos, y él sin saberlo seguía junto a mí parsimoniosamente.

Algunos días no eran peores, pero a veces me despertaba después de tener un sueño que me transportaba a otra situación donde era feliz y me daban ganas de gritar al verlo a mi lado. Necesitaba una señal, algo que me diera el valor suficiente para tomar el primer paso para terminar una relación que, si bien no había nacido muerta, hacía ya tiempo que no nos sumaba a ninguno de los dos. Mario y Sara demostraban que sí existían las relaciones felices y no eran un mito que buscáramos infructuosamente al final del arcoíris…

El interés que la apestocilla había demostrado en mí, me dio el coraje suficiente para ir directo al grano.

—Te invito a mi departamento, qué te parece si vemos una película —había dicho, lo que traducido significaba hacerlo con la televisión encendida.

Cuando llegó a mi departamento tenía puesta la misma ropa deportiva con la que me la había encontrado aquel día en que la conocí, y todo indicaba que no se había bañado, cuando la llamé me dijo que primero tendría que ir a su departamento y yo pensé que por lo menos se daría un baño y una manita de gato.

—Pásale preciosa, estás en tu mini casa —dije tratando de no respirar al abrirle la puerta.

—Oye, qué cómodo está aquí, súper bien ubicado y aunque está muy chiquito tienes todo lo que necesitas —me contestó despidiendo un vaho pestilente por la boca.

Me alejé un poco determinando una zona de exclusión aérea por su hálito oloroso ya que me había ocasionado un revoloteo en el estómago y no precisamente con mariposas.

Busqué en mi cocina alguna pastilla de menta para desodorizarle su aliento a fosa séptica. Aparentemente manejaba su escasez higiénica de manera holística, abarcando todos los aspectos de su cuerpo. Empecé a preocuparme.

Cómo decirle a una persona que tiene mal aliento sin ofenderle. No podría proponerle de manera espontánea que los dos corriéramos al baño para hacer gárgaras con enjuague bucal.

Para ese momento ya recorría mi cuerpo un profundo arrepentimiento de haberla invitado.

Ante mi titubeo la cochinona me dijo:

—Bueno Javi, ¿me vas a ofrecer algo de tomar? —dijo acomodándose en el silloncito de la sala.

—Sí claro, tengo Listerine, Oral B, Colgate Plax —pensé en decirle, pero en vez eso le convidé un tequila afloja todo, y me serví otro.

Cabrón no le hagas el feo está buenísima, los hombres de las cavernas no andaban remilgando oportunidades y menos con una chica como esta, pensé, mírala, está buenísima, me decía a mí mismo mientras trataba de sopesar en una balanza si valía la pena aventarme la faena ante la bien dispuesta, entregada y olorosa hembra que tenía frente a mí. Al verle la cabeza noté un poco de polvo blanco que resbalaba hacia sus hombros, otro detalle, tenía caspa, si así estaban las cortinas cómo tendrá el tapete pensé…

—Te molesta si me quito los zapatos, llevo horas con los tenis y como no uso calcetines me muero de ganas de quitármelos —me dijo, y sin esperar respuesta se despegó los tenis con un chasquido ayudándose con los mismos pies para después subirlos a la mesita de centro exhibiéndome sus patas.

Cuando me llegó el tufo de queso viejo concentrado causado por una muy grave "podrobromhidrosis" crónica a la nariz, todas mis ínfulas de conquistador se fueron por el drenaje.

Intenté no decir nada para no parecer grosero, pero fue en ese preciso momento que vi las garras amarillo oscuro con que terminaban los puntas de sus pies, ahí sí, ya era demasiado, si de entrada había una barrera imposible, pude imaginarme vivamente la pestilencia y el mal cuidado de sus partes privadas menos ventiladas, así no le aguantaba ni siquiera una chaquetita.

—Flaca, sabes que acabo de recordar que tengo que ir por mi madre al hospital, ahorita la dan de alta y quedé de recogerla, qué menso, cómo se me pudo pasar —dije mintiendo evidentemente, a lo que mi apestosa, pero comprensiva acompañante respondió que no me preocupara, y poniéndose los zapatos dijo que lo podíamos pasar para mañana sin problema.

Ese mañana para mí significaba nunca, ya estaba pensando en cómo desinfectar la mesita y pidiéndole que se pusiera las zapatillas con cuidado para que no me fuera rayar la duela con las uñas de los pies. La encaminé a la puerta y de lejecitos le dije adiós para no volver a verla jamás, esperando que en algún momento las reglas de la asepsia aplicaran en su vida y dejara de ser negligente en su cuidado personal.

Ya ni la chingas preciosa, deberías de bañarte al menos, pensé mientras se marchaba.

No tenía entre mis planes el aventarme ningún nauseabundo palito por buena que estuviera la chica, después de todo, las oportunidades comenzaban a sobrarme y ya tenía entre ojos a mi próxima conquista.

*

—Bueno, ¿qué esperaban los que inventaron estas madres, que unir los egos y las vanidades de millones de personas a través de satélites no iba a tener ningún efecto en la psiquis de las personas? —comentó Connie

Había sido una semana difícil en la que se había percatado de que tenía muchos haters en sus redes sociales, sobre todo personajes misteriosos que mediante perfiles clandestinos hablaban mal de ella, de su afición a brincar de cama en cama sin sentar cabeza. Aparentemente, en esta época moderna, seguía siendo una afrenta a la sociedad que Connie dispusiera de su actividad sexual con la libertad que le placiera. Nos habíamos reunido en un restaurante japonés con sobre precios, a beber sake y ordenar comida al centro para compartir. Connie vestía, como siempre, despampanante, con un pantalón sastre color beige y una blusa Chanel color hueso, Ricardo que solía vestir de lo más masculino cuando salía a lugares concurridos, había optado por jeans y botas con una camisa a cuadros abierta y su camiseta del América, protegiéndose con un notoria falta de estilo al vestir de ser juzgado por desconocidos. Aun no entendía el miedo que seguía teniendo por su identidad, pero pensaba que solo sabe lo que pesa el costal, el que lo trae cargando.

—Déjalos que hablen —dijo Ricardo—. Seguramente son o viejas envidiosas que se las han de coger una vez al año si les va bien, amas de casa frustradas que ven cómo te la pasas fenomenal o tipos que quisieron contigo y no pasaron el corte.

—Puedes denunciar, la procuraduría del estado tiene un lugar para perseguir este tipo de delitos, el cyber acoso es penado, por lo menos en Nuevo León —recomendé.

—La verdad es que no me afecta, pobres fracasados que pierden su tiempo en crear perfiles falsos. La mejor venganza es que se den cuenta desde la miseria personal en donde viven, que sus intentos de lastimar a la gente no funcionan.

—Viéndolo así hasta lástima siento por ellos o ellas —contestó Ricardo con ironía.

—Piénsalo Ricardo, la gente inteligente sabe discernir entre lo que es verdadero y lo que no. Si no está cabrón, las redes les dieron voces a todos, desde un premio Nobel hasta la persona más pendeja que conozcas. Tener la capacidad de darte cuenta qué creer, se vuelve una cualidad fundamental.

—Así es, además recuerda el dicho "No des explicaciones, tus enemigos no las creen y tus amigos no las necesitan" —dije reforzando el argumento de mi amiga.

—Por eso yo trato de no ver nada, solo tengo alguna red por compromiso, pero no estoy obsesionada revisándolas, por salud mental elemental.

—Bueno, por lo menos te sirvieron para publicitar tu trabajo, ya ves que los clientes que te citaron en Ciudad de México, dijeron que después de que te había recomendado se pusieron a navegar para ver tus diseños y les encantaron —dijo Ricky.

—Para eso sí sirven, tienen su lado positivo, uno de ellos es la actividad profesional, pero eso involucra nunca meterte a ver los comentarios de los haters, es una pérdida de tiempo —dije.

—Así es —agregó Connie.

—Y ¿sospechas de alguien? —preguntó Sara.

—Ni idea, ni me importa. Además, por lo general son las personas que de manera más hipócrita te tratan, ya sabes, a las que les da un gusto fingido cada vez que te ven, pero ya, suficiente con ese tema, en una semana queda olvidado. Es bien sabido que ni siquiera los dueños de los periódicos se acuerdan de lo que publicaron la semana anterior, menos estas páginas que por segundos te vuelven a atiborrar de información. Los frustrados comparten un rato la publicación escondiendo su morbo y malquerencia, fingiendo sorpresa y curiosidad, pero luego se cansan y ya dejas de ser tema —dijo.

—Ojalá todas las personas lo tomaran así. Veo a muchos chavitos que se deprimen con la vida de las redes sociales, han de tener papás que se toman muy en serio también lo que se publica, y sin quererlo hacen víctimas fáciles a sus hijos del cyber bullying. Debieran, así como tú hacerles entender que lo que se dice en redes es efímero y casi nunca trae substancia, sin duda eso les ayudaría a relajarse— añadió Sara

—Eso sí, ahorita los muchachitos no aguantan nada, están creciendo con una fragilidad terrible, a mí me tocó de la chingada y evidentemente no se lo deseo a nadie, pero terminas con la coraza dura, porque lo que vives de niño te termina preparando para la vida —dijo Ricky.

Volteé a ver a Connie que estaba sentada a mi lado, no cabía duda de que era una mujer fuerte que brillaba con una luz que le venia desde adentro, en el lugar que entrara lo hacía partiendo plaza, y los que la veían sabían que estaban ante la presencia de alguien importante. Al verla recordé nuestra historia juntos, y algunas de las cosas que le habían tocado vivir y la habían formado como la mujerona segura y echada para adelante que era ahora.

*

María y Constanza Coppel

Constanza no siempre había arrancado suspiros de los hombres, con su cabello castaño claro, piel dorada y ojos color miel, tenía un cuerpo bien trabajado en el gimnasio en donde practicaba box, quizá un poco andrógino pero igual hacía que muchos hombres la pretendieran con todo tipo de intenciones, pero todo eso era reciente, su rostro había salido ganando en su paso de la adolescencia a la madurez, había aprendido a exhibir sus encantos ya entrada en su edad adulta donde se había liberado de cualquiera que fuera el yugo que le oprimía para mostrar sus encantos naturales sacando provecho del maquillaje de una manera muy eficiente porque en realidad se había convertido en una mujer muy hermosa, que a pesar de contar con innumerables pretendientes, nunca había estado entre sus sueños el formar una familia y jamás incluía en sus planes el estar unida a un hombre y tener hijos, por lo menos no en la manera de una familia convencional de foto. Era por donde se le viera una mujer hermosa y vital, además era delicada en su trato, pero tenía la delicadeza de una granada que si no lo tratabas correctamente explotaba volando todo a su paso.

Había sido en la escuela una niña más de las que considerarías del montón, ni muy callada ni muy ruidosa, ni muy arreglada ni muy descuidada, no trataba de llamar la atención pero tampoco pasaba desapercibida, era aplicada en la escuela y su familia se cuidaba mucho de nunca estar en boca de nadie y le sacaban muy bien la vuelta a los chismes. Nunca hubo escándalos que valieran la pena ser repetidos por maliciosas y "desquehaceradas" personas que por lo general se distraen de la miseria de su vida ocupándose de las tribulaciones de los demás. Su padre era un prospero empresario ganadero que disfrutaba mucho pasar tiempo en el rancho con su esposa y amigos con dos hijas a las que adoraba, Constanza y Georgina. Connie como le llamábamos cariñosamente nosotras sus amigas, era la menor y solía invitarnos los fines de semana al rancho con sus padres y los amigos de sus padres los fines de semana en los que organizábamos festivas pijamadas en donde el tiempo transcurrió rápido entre juegos infantiles y excesos de antojos y comidas. Valeria y yo éramos asiduas y perpetuas invitadas a esos jolgorios de fin de semana.

Todo cambió un fin de semana en particular que coincidió con la venida de un año nuevo, en donde tanto mis padres como los de Valeria ya tenían planes y por lo mismo no fuimos, no sabemos muy bien qué pasó porque solo habíamos escuchado la versión mutilada de Constanza que para entonces ya tenía doce años, pero al parecer uno de los trabajadores más jóvenes de su padre intentó abusar de ella. En la víspera del año nuevo en donde el alcohol fluía desde la casa principal hasta las instalaciones de los trabajadores, Constanza se había aventurado un poco adentro del monte siguiendo la pista a un potro recién nacido que había tenido una de las yeguas de trabajo del rancho, al parecer el trabajador había bebido de más y aprovechando el descuido de los padres y de la niña, confundió maliciosamente la amabilidad infantil de la pequeña Constanza y trató de manosearla a lo que Constanza se defendió con gallardía, y con gritos atrajo a dos trabajadores leales y a su padre que llegaron casi de inmediato para impedir el estupro. Nos enteramos brevemente de ese episodio porque nos lo contó tímidamente Connie a mi mamá y a mí cuando el recuerdo de la afrenta estaba reciente y, solo una vez, jamás nos volvió a contar nada del suceso y yo, jamás preguntaba, me daba cuenta de que había sido un suceso por demás doloroso para Connie y su familia, especialmente para su padre que era muy protector. En el círculo social de mis padres apenas se escuchó un pequeño rumor de los hechos y jamás se volvió a saber nada del tema… Ni del trabajador aparentemente.

Lo que sí fue un hecho es que Connie se volvió un poco más retraída y le sacaba la vuelta a los eventos multitudinarios como fiestas o pijamadas que no fueran en mi casa y que por regla familiar estaban restringidas solo a nosotras. Valeria y yo, nos habíamos puesto de acuerdo en nunca preguntarle acerca de ese fatídico año nuevo, y nuestras veladas transcurrían hablando solo de cosas muy de acuerdo a nuestra incipiente adolescencia, especialmente sobre los chicos, que a partir de que empezó nuestra adolescencia se había fijado ese interés en nuestras mentes y en nuestros corazones.

—Viste que a Federico ya le está saliendo barba.

—Deja tú eso, el otro día mientras los dos estábamos escuchando al profe pegados a su escritorio, sentí que se me pegaba de más, volteé a verlo y vi que tenía un bulto duro en la parte de enfrente del pantalón, me volteó a ver con cara de baboso y vi incluso que estaba manchado de una gotita de algo por enfrente.

—Guácala —reímos.

Dejábamos de lado a compañeros insulsos que aun estaban muy aniñados y hablábamos de los hombres mayores que apenas nos llevaban un par de años, fue una etapa feliz, y en donde lentamente comenzaba a fijarse en nuestras mentes un tema que a esa edad era imposible saber que nos acarrearía felicidad y lágrimas, el azúcar y la sal de la vida, las relaciones románticas de pareja.

Al casi ya terminar la preparatoria y con diecisiete años cumplidos, Connie conoció a Valente, el flechazo fue inmediato y fulminante, lo vio por primera vez en la visita que hizo a la universidad en donde esperaba estudiar la carrera de psicología, él era uno de los estudiantes de primer año de la carrera de ingeniería pero le llevaba tres años de edad ya que se había ido un año al extranjero a estudiar inglés sin grado académico, y luego tuvo que hacer otro año remedial de estudios en matemáticas para poder acceder a la carrera de ingeniería química, se encontraron fortuitamente en la cafetería y el romance comenzó prácticamente en ese momento, inocentemente. Se presentaron mutuamente con las miradas para luego compartir la tarde hablando de todo y nada mientras degustaban un café, eran los tiempos libres de las generaciones anteriores a los teléfonos inteligentes en donde había tiempo para todo, incluyendo para dedicarle las atenciones a solo una persona por periodos prolongados de tiempo.

Su romance duró dos años, con altos y bajos, pleitos y reconciliaciones, muchos causados me imaginaba, a la reticencia que Connie tenía a subir de tono las caricias de novios.

—Me puedes tocar de la cintura para arriba todo lo que quieras, pero nada abajo del cinturón —le decía y era la regla inamovible que normaba su relación, a lo que Valente cada vez más seguido se revelaba siendo amonestado de inmediato con un manazo, que devolvía al lugar indicado a cualquiera de sus manos infractoras que osaran pasar la barrera de lo que cubrían sus jeans.

Valente resistía estoicamente el freno a sus instintos porque en verdad la quería, y a pesar de sus hormonas desbocadas y el dolor de testículos solo una vez me externó su molestia.

—Entiendo que no quiera hacerlo todo, pero tampoco está bien que no me deje ni siquiera acercarme, está todo prohibido en su mente, no sé qué le pasa, pero ni siquiera me deja hablar de eso con ella.

—Es que quiere llegar virgen a su matrimonio —mentí, porque en realidad conmigo tampoco había hablado sobre ese tema.

Todo terminó cuando Connie se dio cuenta de que Valente la engañaba con Milagros, y lo cortó de inmediato para jamás permitir de nuevo que se le acercara Mili, como le decían, era una estudiante de licenciatura de cadera ancha y nalgas voluptuosas de vedette de los años sesentas, iba un año adelante de mí en la carrera y tenía fama de ser muy democrática en sus relaciones, lo mismo salía con chicos solteros que con pareja, y existía el rumor de que también en alguna ocasión se había tirado a un profesor casado que solo dio clases un año y en donde, decía el chisme, ella aprobó con todos los honores. Al parecer Valente era su amante en turno y no se molestaban mucho en ocultar su relación. Valente, quizá cegado por el hecho de por fin ver consumados sus deseos sexuales y desfogado su presión testicular, estaba enamorado como un pendejo, se la pasaban toqueteándose y besando por toda la universidad, su misma ingenuidad desembocó en que a los tres meses de relación Mili quedó embarazada y ambos tuvieron que abandonar la universidad para comenzar un incipiente y forzado matrimonio. Hay que recordar que eran finales de los noventa y esa era la solución más aceptable a los embarazos inesperados, en defensa de Valente puedo decir que su misma ingenuidad no lo había preparado para saber ponerse con corrección un condón. De ellos, después no se sabía casi nada, solo que tuvieron un hijo. Mili engordó más de veinte kilos. Valente trabajaba intermitentemente en un taller, en donde al parecer los fines de semana y para escapar temporalmente de un matrimonio infeliz donde les faltaba casi todo, tomaba alcohol mezclado con drogas fuertes. En eso se le iba lo de por sí muy escueto dinero, al parecer iba de mal en peor y no había nada que lo sacara de ese trance enervante que le destruía la vida y lo arrastraba a la perdición.

Nunca hablábamos de eso, pero yo sé que le dolía enterarse de esa situación.

Connie nunca superó del todo a Valente, y no volvió a tener nunca una relación como esa, quizá se culpaba de que su comportamiento mojigato había orillado a Valente a buscar remedio en otras caderas lo que lo llevó a una sucesión de eventos desafortunados, las veces que llegó a salir el tema, le decía que no era su culpa y que cada quien es el arquitecto de su propio destino, pero me escuchaba sin oír.

Ella piensa hasta ahora que Valente fue quizá el amor de su vida, y a veces en su cabeza recreaba un escenario distinto, se arrepentía siempre de no haber cedido a sus avances sexuales y haber tenido un hijo con él primero, pensando que quizá eso hubiera asistido a su otrora amor a llevar una vida muy distinta de la mano de su cariñosa disciplina, porque en verdad lo quería, se sentía cómplice del lento suicidio de su viejo amor de universidad…

Javier
"Voy a dejar la puerta abierta por si quieres regresar,
más raro fue ese verano que no paró de nevar".

Estuvo Ruby Yáñez, una ejecutiva bancaria, de cuerpo delgado y bien definido por el gimnasio, piel aceitunada y cabello teñido de rubio, para quien hasta ahora yo había sido prácticamente invisible, pero después de aplicar algunos de los trucos psicológicos con los que reforzó mi autoestima el Player, la invité a salir y ella aceptó. Fue un almuerzo que terminó buscando un rincón en donde amarnos, después, cuando me fue imposible refrenar las acciones me enteraría de que estaba casada.

Después de un inverosímil para el antiguo Javier, pero la norma para la versión conquistadora en esteroides en la que me había convertido, la llevé a mi departamento, y saltándonos las reglas del juego previo me bajó el pantalón rápidamente y comenzó a chupar con la avidez de un Drácula enamorado.

Se desquitó de la indiferencia de su marido con tanta enjundia que arrojó su brasier tan lejos que al final batallamos un buen rato en encontrarlo.

Con la urgencia mandona de las mujeres casadas e insatisfechas y que ya han vencido el cargo de conciencia, la química sexual fue impresionante, el torbellino con el que destendimos las sábanas fue una prueba de eso. Después de tres no muy largos y consecutivos coitos me confesó, sin mucho sentimiento de culpa, que era casada. Su esposo Alejandro había sido su novio prácticamente desde siempre, y tenían un matrimonio cordial pero seco. No quedaba nada de la pasión juvenil con que se tocaban cada que tenían oportunidad en sus años mozos, la conexión que fomenta el deseo se había roto, se querían, sí, pero ya era una relación casi fraterna, de viejos amigos, a la que ninguno de los dos quería ponerle fin porque les aterraba la idea de separarse.

Tenían dos hijos, y a partir de la llegada del primero, raras veces se tocaron de nuevo.

—De milagro y porque un día llegó borracho y querendón me embarazó del segundo —me dijo con un dejo de ironía mientras jugaba con el vello de mi pecho.

—Las ganas de coger le empezaron en la adolescencia y se le terminaron en el matrimonio —me comentó entre otras cosas, acostada a mi lado.

El cansancio de aquellos padres trabajadores y lo azaroso que es la crianza de dos críos, convirtió su deseo sexual en un nudo gordiano al que Alejandro nunca quiso destrabar con su espada. Me contó que tenía años de involuntaria castidad.

—Trato de enfocarme en lo bueno, nos llevamos bien y eso ya es ganancia, un matrimonio cordial en estos tiempos vale la pena conservarse —me confió.

También me dijo que había estado dispuesta a afrontar su celibato obligatorio con la tenacidad de una monja hasta que se encontró conmigo y no supo qué le pasó.

Yo sí sabía, le había arrebatado la cofia y el hábito con mi arsenal de trucos de seducción recientemente adquiridos.

Nos despedimos con un poco de nostalgia, pero pude ver en su rostro un brillo radiante que no tenía antes, eso me descargó la culpa.

—Me siento de maravilla —me dijo sonriendo—. Me quitaste años de encima, fue delicioso, pero no podemos permitir que pase de nuevo.

—No puede ser tan malo si tu yo del futuro no vino a impedirlo —dije a manera de chiste —que no entendió— para aligerar su conciencia. Cuando estaba a punto de retirarse mi voluntad flaqueó al ver en sus ojos un brillo de mujer en brama desaprovechada, y le sugerí que nos volviéramos a ver pronto.

—No Javier, Alejandro no me coge, pero es celoso, y no quiero arriesgar mi matrimonio, hoy fue una ocasión única en la que me permití sentir como mujer de nuevo, pero ya no más —sentenció a manera de despedida.

Era una lástima que estuviera casada y no insistí mucho en seguirnos viendo, de todas formas, ella tenía mi número telefónico si alguna vez quisiera volver a verme.

A pesar de nuestra alquimia sexual y lo mucho que disfruté el encuentro, ya con la mente fría, al siguiente día y para evitar antojos proscritos me cambié de banco. No quería ser yo el que le clavara la puntilla a su agonizante matrimonio.

*

María, Angustias y Valeria

—No te preocupes por eso Valeria, necesitaría estar muy pendejo para pensar que una mujer de tu edad está nuevecita, salida de agencia —dijo Cruz de pasada al abrir el refrigerador y sacar una cerveza, cuando nos encontró tomando una copa de vino en la cocina en donde estábamos pasando la velada. Alcanzó a oír que Valeria estaba preocupada porque tenía una cita programada con un tipo que era amigo cercano de una de sus ex parejas.

—Mira Cruz, sé que lo dices con buenas intenciones, pero tus comentarios son muy misóginos—contestó Vale.

—Lo digo en buena onda, a tu edad si alguna mujer niega tener un pasado, sería motivo de preocupación porque o estaría loca o estaría mintiendo —alegó Cruz —. Angus, aprovechando que estás aquí me preparas un sándwich de jamón de pavo con queso, porfa — y se marchó. A últimas fecha no se llevaba tan bien con Angus y casi no toleraban estar juntos o convivir cada uno con los amigos del otro.

—Sí, claro —contestó mi amiga y no se movió de la silla mientras le brindaba una mirada glacial.

—Estoy segura de que anda de cabrón —me confesó Angus—. Está súper raro, llega y se baña, esconde su teléfono, se está poniendo cada día más irritable, discutimos por cualquier cosa y nada le parece bien acerca de mí.

—También puede ser la crisis de la edad madura, ya sabes, empiezan con la inseguridad de hacerse viejos y algunos compran convertibles o se tiran de paracaídas.

—No sé, pero me parece que sí ha estado con otras mujeres.

—Pero por qué tanta sospecha —pregunté.

—Porque si por mí fuera, haría lo mismo, el tedio en esta casa es insoportable, es como si viviéramos en un retrato perfecto que se repite eternamente y todo es una farsa, con excepción del amor a mis hijos.

—Yo me iría toda una noche con un amante y le confesaría todo al siguiente día para que, aunque se le revolviera la tripa, supiera que también tengo sangre corriendo por las venas y si quisiera podría conseguir a cualquier persona para que me cumpla la fantasía.

Valeria peló los ojos sin decir nada.

—Órale —contesté y no dije nada más, la conocía desde siempre y sabía que podíamos hablar de cualquier cosa sin perturbarnos, pero no quería comentarle lo que había escuchado de Cruz, no venía al caso hacerlo ahora. En las relaciones cada uno se da cuenta de sus cosas a su propio paso, además quizá en algunas parejas las decepciones se deban de espaciar poco a poco para que el dolor no sea tan fuerte e impida que uno deje de creer en el amor.

—Pero no te preocupes, sólo es una idea que no pienso llevar a cabo.

Bien que entendía las tribulaciones de mi amiga, pero no era mi caso, así que agradecí no tener que lidiar en mi vida con un tipo como Cruz. Seguimos platicando un buen rato, Angus seguía sin hacer el mínimo intento de preparar un sándwich de jamón de pavo con queso.

*

Javier
Bárbara, Martha Viñedo y Alex

El tequila me estaba entrando muy bien, la comida había estado fabulosa y la sobremesa pintaba de maravilla, el día estaba perfecto para disfrutar de los amigos en terraza bajo un cielo sin nubes.

Escuchar a la hermosa Bárbara en este escenario era todo un privilegio.

—Todo comenzó como empiezan la mayoría de las historias románticas: inocentemente —dijo Bárbara—. Con excepción claro de las de Alex, ya que para él la inocencia no existe, y todas sus relaciones terminan mal —continuó soltando el primer chingazo.

—Ya empezaste Bárbara, pensé que teníamos un pacto, yo no te digo que eres una zorra y tú no me atacas por mis métodos quizá conflictuados con la moral, pero efectivos para coger —sentenció Alex que gustaba de asomar cuando podía su evidente misoginia al poner adjetivos a todas las mujeres a pesar de que a Bárbara le tenía en realidad mucho cariño.

—No seas grosero Alex —sentenció Martha que esperaba atenta la historia de amor de Bárbara, quizá esperando que ya sentara cabeza —déjala que nos platique.

—Ella empezó —protestó Alex.

—Ya cállate Alex —conminé para seguir escuchando a Bárbara contar la experiencia de su romance más reciente.

—Prosigo y espero ya no más interrupciones, prometo no volver a hacer alguna referencia al que sin duda es el más patético del grupo —dijo mientras volteaba a ver a Alex quien le correspondió con una discreta pintada de dedo—. Desde que lo vi, me lo quería coger, es la neta, pero me habían dicho que se acaba de divorciar porque descubrió que su mujer le estaba poniendo el cuerno con uno de sus compadres, y ya sabes como son por lo general los recientemente divorciados que han sido adornados con cornamentas inesperadas.

—¿Inseguros? —aventuré una respuesta con conocimiento de causa.

—No solo eso, sino que también y a pesar de estar decididos a no perdonar y muy a lo macho dejar a su pareja, tienen el orgullo herido. Este tipo de personas en particular tienen arranques de ira

161

que se acentúan con un profundo insomnio seguramente pensando en las veces que su ahora ex compadre se la metía a su ex.

—Ay qué espantosa situación —añadió Martha a la que no importara lo mal que la había tratado la vida y los hombres. Ella seguía soñando con la relación perfecta de cuentos de hadas.

—En fin, todo eso se tardó en contármelo y más aún en demostrarlo, el caso es que anoche y solo después de un par de salidas y de darnos unos apretoncitos, me cortó alegando que había aflojado muy rápido.

—Uy —dije pensando en que Bárbara seguramente lo había puesto como palo de perico al esbozar el deprimido galán tan irrisorio motivo para mandarla a la chingada.

—Te digo que eres bien puta —añadió Alex con su acostumbrado mal gusto acentuado por tener tragos arriba, y que a veces me preguntaba cómo mis amigas eran capaces de tolerar, quizá porque lo conocían de hace años.

—No le digas así pendejo —sentencié un poco más serio.

—Es broma, Bárbara sabe que con todo y que es nalgas pronta la quiero bien —añadió el patán.

Bárbara ignoró el comentario y sonriendo continuó.

—El caso es que yo todo lo que quería era cogérmelo, y ya lo había hecho en un par de ocasiones, así que en vez de molestarme y a sabiendas que jamás lo volvería a ver, decidí tratar de "terapearlo" para que liberara mejor sus emociones y no la fuera cagando y haciendo víctimas de sus traumas a cuanta mujer se encontrara en el camino… ¿Qué pensaba el pendejo, que a esta edad íbamos a andar de manita sudada?

—Bueno, quizá él quería que te esforzaras un poco y le explicaras, igual y te entendería y podrían seguir juntos —comentó Martha que irremediablemente y a pesar de todos los desengaños seguía creyendo en los hombres.

—No tendría por qué explicarle ni madres, además te digo, solo quería darme el gustito que, por cierto, fue muy mediocre. Se me hace que ahora mejor me voy a fijar en chavitos, un rato con chicos que no anden buscando compromisos me vendría bien —remató.

—Okeyyy —comentó Martha.

—Hablando de manita sudada, supiste Javier que María… —empezó a comentar Alex.

—Cállate Alex, Javier no quiere saber nada de su ex —me defendió Martha que sabía previamente que había decidido cerrar el capítulo de mi ex sin enterarme de nada de sus nuevos quehaceres, hecho que había mantenido con éxito hasta ahora, y que era toda una proeza en un mundo conectado por las redes sociales.

—Bueno yo les platico —dijo Martha—. Estoy saliendo con un hombre divino, detallista y que ya sabe lo que quiere, de hecho, le pedí que me recogiera aquí con ustedes porque se los quiero presentar.

Ya me había escrito Bárbara para advertirme que el galán en cuestión con quien estaba saliendo Martha le llevaba algunos años, cosa que a mí me parecía de lo más normal.

—Excelente, Martha, lo importante es que te trate bien y te guste —dije.

—Es todo un caballero, a la antigua, súper respetuoso —dijo con una sonrisa.

—Y ¿qué tal es en la cama? —preguntó Bárbara con su curiosidad natural.

—Bueno ya saben que a mí no me gusta platicar de la intimidad, pero les puedo decir que es maravilloso, tierno y considerado.

—O sea de hueva —dijo Alex.

—Eso lo dices tú, que has de ser lo más egoísta que existe en la cama —dijo Bárbara.

—¿Y quién dijo que ellas tenían que sentir? —replicó Alex.

—Pinche Alex, eres el prototipo de bato del que todo padre debe prevenir a sus hijas —dije.

—Ay ya, estoy bromeando, sí, trato también de darles gusto, a veces, además, ya saben que lo de tener una pareja para siempre es un mito …

De pronto, Alex estrechó sus ojos hasta que solo podía ver por una rendija de sus párpados, indicando que estaba a punto de decir algo que consideraba importante.

—Tú enséñame a la mujer más guapa y buena y yo te voy a enseñar a un cabrón que ya se cansó de cogérsela —dijo.

Bárbara y yo nos volteamos a ver, estábamos acostumbrado a que, de vez en vez, Alex lanzara sus perlas de sabiduría durante nuestras reuniones, nadie le hacía mucho caso cuando esto pasaba.

Alex se recargó en su silla y empezó a beber con cara de satisfacción, parecía complacido de habernos compartido su punto de vista.

Barbi lo volteó a ver y puso el gesto adusto que indicaba que estaba a punto de lanzar unas de sus atinadas predicciones.

—Algún día muy pronto, vas a conocer a alguien que te va a traer babeando y no va a ser el tipo de mujer que tienes en mente —le dijo.

Alex que conocía cómo era de efectiva Barbi para vaticinar el futuro comenzó a beber más rápido, pero no dijo nada, no fuera a enfurecer a los dioses de la adivinación logrando solo que el presagio de Barbi se cumpliera más pronto.

—Así que esta es la palomilla —sentenció el maduro galán que despedía un aroma a estabilidad financiera —mientras abrazaba a Martha por los hombros y dándole un beso en la mejilla le entregaba una rosa roja que parecía recién cortada.

Debía de tener sesenta y tantos años que los ocultaba muy bien, estaba en mucho mejor forma física por lo menos que mi amigo La Almorrana, quien bien podía haberse vuelto millonario si hubiera patentado "la hueva".

El recién llegado tenía un brillo en los ojos que solo miraban a Martha, lo que me hizo pensar que ella había dado en el clavo en la selección de con quien sobrellevar sus avatares de pareja.

Lo que más revelaba su pertenencia a otra generación era la selección de sus palabras y muletillas, que yo sólo había escuchado antes, entre los amigos de mi papá.

—Preciosa, te tengo preparada una velada increíble —dijo—. Mucho gusto a todos.

—Amigos, les presento a Matusalén Canavati —dijo Martha con orgullo.

Matus, como ella le llamaba cariñosamente, no tardó en integrarse al grupo ya que además de divertido denotaba una cultura exquisita. Solo bebió una copa de vino, pero pagó la totalidad de la cuenta, según él para darnos las gracias.

—Martha me ha contado que ustedes siempre han estado a su lado en los momentos más difíciles, especialmente tú Javier, por lo que estoy muy agradecido por habérmela cuidado —nos dijo a todos.

—Al contrario, Martha siempre ha sido un apoyo para todos nosotros —contesté.

Bien por los garañones otoñales que nos seguían abriendo camino poniendo el ejemplo de la educación bien mamada y demostrando que a cualquier edad el que quiere puede. Me daba gusto que hiciera feliz a mi amiga, con tan solo ver sus suaves maneras me di cuenta de que la adoraba. A Martha le tocaba ser tratada con ternura, con el cariño de los modales ancestrales de los caballeros de la vieja guardia, un romance a la vieja escuela con detalles y atenciones, y no con malcriados fanfarrones que ni siquiera se bajaban del coche al pasar por ella.

Me puse a pensar en lo relativo de la edad en cuanto a romance se refiere, ahí estaba este viejón entero pensando que Martha, que bien pasaba cuarenta, era una jovencita tiernita, mientras Bárbara que para mí era un monumento de mujer, iba a ser considerada como toda una Cougar por algún chavito a quien ella estuviera bien endosarle sus necesidades sexuales.

No cabe duda de que la edad solo es un número.

*

María y Javier, antes…

¿Darte a un fuck boy te convierte en automático en una fuck girl?

—Claro que hay diferencias, tampoco se trata de que las mujeres se comporten como hombres, esa idea se la deberían de quitar de la mente —sentenció Javier.

Había llegado de su trabajo justo en el momento en que estaba yo con una botella de vino tinto Cabernet chileno y mis amigas en la sala. Nos atrapó en medio de la conversación, Connie criticaba abiertamente a los hombres que, con fingida mojigatez, hablaban mal de las mujeres que luchaban por salir adelante en un mundo de hombres. Estaba hablando del caso en particular de una vieja conocida que después de su divorcio había retomado su carrera de contadora pública en una empresa familiar mediana, escalando peldaños lentamente a base de esfuerzo en la posiciones ejecutivas de la compañía, hasta que finalmente le habían topado sus aspiraciones, supuestamente porque el dueño que era muy defensor del rol tradicional de la mujer, se había enterado de que la amiga de Connie se había acostado con tres de sus compañeros, —no a la vez—, lo que había molestado al dueño después de que se regó el chisme.

—Mi amiga Betty, que en este caso para nada está fea, era dicho por todos en la empresa la que más corazón le ponía a su trabajo y la que más merecía que la pusieran de directora —había dicho Connie.

Para colmo uno de los que había sido pareja fugaz de la mujer en cuestión, fue el que recibió el tan esperado ascenso, sin importar que no solo se había acostado con la amiga de Connie, sino con varias más, incluyendo secretarias y personal de todos los niveles, violando así las reglas de la empresa. Lo que había afectado a la mujer había convertido al hombre en una especie de héroe: le celebraban ser el cogelón galán de la compañía y como premio lo ascendieron a director.

—¿Cómo, Javier? —pregunté—. ¿Por qué tienen que ser diferente entre un hombre y una mujer? Betty está soltera y se podía acostar con cuantos hombres o mujeres quisiera mientras no violara las reglas de la compañía, no me vas a decir que está bien lo que hicieron…

—Precisamente, por lo que le pasó, se quedó sin el ascenso y si sigue haciendo ruido quizá hasta sin trabajo. Así le tocó vivir, este es el mundo en donde se desarrolla y ella debía conocer las reglas —comentó y le dio un trago a mi copa de vino mientras yo lo reprobaba con la mirada.

—Si nosotras nos permitiéramos pensar como tú, nada hubiera cambiado en México, no podríamos votar y quizá hasta seguiríamos siendo consideradas como una propiedad más de los hombres. Tendrías que ser mujer Javi para saber lo que se siente —dijo Valeria que hasta ese momento se había mantenido muy callada, quizá porque ella sí necesitaba realmente seguir jugando bajo las reglas de los hombres, porque estaba buscando uno que la apoyara con su vida, y es bien sabido que ser rebelde no atrae a ese tipo de perfil de hombre.

—Ay Javier, a veces me das mucha hueva, pero puedo entender el por qué crees que estás en lo correcto con tu manera de pensar, así que no me voy a tomar la molestia de debatirte —dijo Connie.

—Yo tampoco voy a discutir, menos si ya se acabaron toda una botella de vino tinto.

—Son cuatro copas, exagerado —dije

—Son mujeres y se les sube más —dijo en un intento de mala broma—. Ya me voy a dormir y tú también deberías hacerlo María, mañana te vas a Ciudad de México y tienes que levantarte temprano —me tronó un beso que apenas se acercó a mi mejilla y se apresuró rumbo a las escaleras.

—Tu pareja dormida a las ocho, otra noche excitante en tu reino ¿verdad María? —se burló Connie.

Y como así era siempre, mejor no dije nada, Javier era un muy buen hombre y le tenía mucho cariño, pero ya no soportaba seguir con él como pareja y no sabía por dónde empezar. Llevábamos mucho tiempo distantes, creo que en el fondo lo que buscaba era que la relación se extinguiera sola, sin exabruptos, como adultos que se dan cuenta de que algo ya no funciona simplemente porque no genera el escenario necesario para seguir buscando la felicidad en compañía y, en algún momento se dan la mano para despedirse con educación y seguir como amigos. Quizá era mucho pedir, pero no quería sacarlo totalmente de mi vida, deseaba que fuera Javier el que tomara la iniciativa para empezar a prospectar los términos de nuestra separación. En realidad, era una muy buena persona, quería que él diera el primer paso, que terminara con gratitud por todo lo que habíamos vivido… "hasta luego que te vaya bien…"

Connie cuando vio que su comentario pasó sin ser debatido y al ver que viajé en mi mente con divagaciones, cambió de tema para contarnos acerca de un tipo con el que había salido el fin de semana anterior. Su comentario era para jalar mi atención.

—Ernesto Ponce me había estado pretendiendo ya un buen rato, ya sabes, el típico teto que tan pronto te ve que estás en línea te escribe con alguna excusa. Decidí darle una oportunidad. Todo ese rollo que decía acerca de querer tener una pareja formal y encontrar el amor verdadero me sonaba a una mal estudiada táctica. La manera en la que se comportaba era un intento de Player, ya sabes, el pendejo que quiere conquistar mujeres diciéndoles que se quiere casar con ellas y que después de un acostón, casualmente les deja de hablar. De esos los que se "ghostean" tan pronto consiguen lo que quieren —dijo.

—Bueno, y si ya sabías que era así ¿por qué decidiste salir de todas maneras? —preguntó Valeria.

—Porque es lo más divertido desenmascararlos, además, recuerda que voy de avanzada para ayudarte a descartar a aquellos que no valgan la pena.

—Ay qué hueva lo que dices Connie.

—Bueno, total, le di entrada y el muy corriente después de haber estado casi rogándome por una cita, a lo más que le dio su cerebrito fue a invitarme a su departamento. Accedí solo por curiosidad.

Volteé a verla con una sonrisa, si bien no era para mí su estilo de vida, no dejaba de admirar lo mucho que le valían los convencionalismos sociales y, a veces, me dejaba llevar por sus historias para, de esa forma, vivir vicariamente episodios excitantes de la vida.

—Cuando llegué a su departamento, y decirle departamento era una exageración porque era literal un cuarto, ni siquiera un loft, vivía en una casa antigua que habían remodelado y de manera muy forzada habían intentado hacer de cada recámara un mini departamento. Su cocina era un microondas chiquito para que me entiendan, Ernesto al parecer como buen fantoche se gastaba todo su sueldo en pagar un coche de lujo pero vivía muy precariamente pagando una rentita por un cuarto, además me dijo el muy gañán que vivía ahí temporalmente porque aun no concluía su divorcio y sus abogados le indicaron que viviera de esa forma para que su casi exesposa no le pudiera comprobar ingresos porque ¡no se le hacía justo pagar los colegios y la manutención de sus hijos!, apenas ahí me enteré que era también un padre nefasto.

—Vivo aquí temporalmente, los abogados de mi ex me andan cazando para ver en qué gasto, quiero que se la pele tantito y ya después le firmo si se ajusta a lo que yo le quiero dar —me dijo.

—Bueno, no sabes completamente la historia, quizá la esposa le quiere quitar todo —dijo Valeria que cada que se presentaba una historia de divorcio trataba de comentar algo que le restara importancia al hecho de que ella había terminado con un acuerdo atroz.

—No, cada quien, de su divorcio y la manera de llevarlo no le di ni mi opinión, "solo sabe lo que pesa el costal el que lo trae cargando", pero al llegar a su "departamento" resultó que solo tenía una cama.

—Pues obvio, es un cuarto, una cama, es para él solo —dije.

—No me estoy explicando bien, solo una cama, no un sofá, no sillas, no mesas, ni siquiera un banquito, no televisión siquiera, su estrategia consistía en que como no había dónde sentarse, tenías que acostarte en la cama desde el principio para ver Netflix en la pantalla de su computadora portátil.

—Qué hueva y ¿qué hiciste? —dijo Valeria.

—La verdad sí me dio un poco de hueva y risa, así que le dije como consejo que era muy patética la forma que tenía de conseguirse chicas para darse un acostón, que debía de poner un poco más empeño a la convivencia previa, y que a pesar de que era guapo, este tipo de acciones le quitaban lo bonito a lo que pudiera ser, así fuera un acostón.

—Y ¿cómo lo tomó? —pregunté.

—Me dijo que si por favor me acostaba con él. Terminó rogándome como si mi trip fuera tener sexo por lástima.

—¿Y te lo cogiste? —preguntó Valeria.

—No, Vale, a este no, también tengo mis límites.

*

Javier
El hombre es fuego y la mujer estopa, llega el diablo y sopla.

Estaba Lisa Martell con profundos y mojados orgasmos que, aunque veía muy poco, la conocía de años atrás y casualmente me la topé en el súper. Se había divorciado de un patán de quien descubrió tenía una doble vida rellena de infidelidades, y que la quería por su dinero, además de que solo la trataba bien cuando estaba acompañada de su padre, a quien trataba de dar la impresión de ser un marido amoroso y dedicado.

Lisa era una adorable yupi que había sido educada para trabajar, sin importar que su padre fuera uno de los hombres más acaudalados de Nuevo León. Muy ordenada y formal, que después de tomarnos un café me acompañó a mi departamento, muy temprano, después de haber dejado a su hijo en el colegio, para aventarse un muy buen calentamiento antes de ir a su rutina de Pilates con instructor privado gay en un conocido estudio de la localidad.

Esa visita tempranera se volvió esporádicamente recurrente.

Era de risa fácil, pero de vida complicada, ya que el gañán ex marido insistía en seguir bajándole dinero, lo que ocasionaba muchos resquebrajos en la tranquilidad familiar cada vez que le tocaba ir a ver a su hijo. Se habían invertido los papeles, y en un desplante de equidad judicial y aprovechando la igualdad ante la ley, le había embargado unas cuentas alegando que él era el jodido, y a pesar de que Lisa se hacía cargo totalmente de su hijo, él se sentía merecedor a una cuantiosa pensión que le permitiera seguir su vida de zángano huevón.

—Me está llevando la madre de ansiedad, no puedo dormir, nunca pensé que iba a reaccionar así de bajo —me dijo.

Me ofrecí de terapeuta voluntario para saciar presto sus desatendidos y añejos deseos sexuales, que había reprimido durante la mayor parte de su asexual e incompatible matrimonio. El interesado galán se había casado solo para dar el braguetazo.

Llegaba y tan pronto le abría la puerta se me tiraba encima con un ansia redentora en donde prácticamente lo único que tenía que hacer era tirarme de espaldas para que ella se volcara en deleite con el completo control de la situación, compartiendo conmigo sus múltiples y empapados orgasmos.

—No me importa que estés saliendo con otras, lo nuestro es cien por ciento físico —me decía, y yo quería creerle.

—Además, no tengo cabeza para pensar en algo serio mientras me esté llevando este imbécil a los tribunales —me contaba en los breves intervalos en que entre montada y brinco me dejaba superar el periodo refractario para volver a empezar otro húmedo episodio como si nada hubiera pasado.

—No te preocupes, me acaba de bajar —me dijo incluso un día en donde fue tanto el ímpetu de su llegada que imprudentemente no alcancé a ponerme preservativo.

Lisa era una amiga con derechos en toda la extensión de la palabra, así que no tenía por qué desconfiar…

*

Nunca podía saber qué parásito mental invadía a la mayoría de su grupito social que homogeneizaba los gustos y aficiones criticando cualquier desviación sobre lo que consideraban lo correcto. No se valía en su círculo desviarse de los cánones ordinarios.

—Estás pendeja, ¿cómo crees que te vas a ir a la Ciudad de México a trabajar? Eres una mujer casada, tienes tus obligaciones conmigo y tus hijos, así que ni se te ocurra, eso de trabajar no es para las niñas bien de casa —le había dicho el retrograda de Cruz, que consideraba que las mujeres de su clase debían de ser todas iguales en su actuar, y se comportaran todas iguales como una especie de rebaño sin diferencias una de la otra.

Como parte de un plan para animarla, le había propuesto que en caso de que me contrataran en este nuevo proyecto que por lo menos duraría un par de años, fuera miembro de mi equipo. En parte porque su naturaleza minuciosa y detallista sería muy útil en la administración de un proyecto de construcción y en parte para que tuviera algo que la hiciera escapar de la monotonía en la que vivía. Yo tendría esta válvula de escape a mi vida fofa, y quería compartir el remedio con mi querida amiga que adolecía de una relación bastante de hueva.

—La mayor parte del trabajo lo puedes hacer desde tu casa en la computadora y tendrías la excusa perfecta para viajar a CDMX tanto como quisieras, con gastos pagados. Imagínate las dos cocteleando en Polanco —le dije, a lo que le brillaron los ojos con emoción.

—Me encanta la idea, además, obvio que me vas a pagar —dijo.

—Claro, se te asignaría un salario desde el principio, tu amiga va a ser la jefa, por eso ni te preocupes que tengo carta abierta.

—No sabes la emoción que me da ganarme mi propio dinero, así no tendría que dar cuentas de todo —me dijo.

Pero todo ese proyecto de vida se había quedado en el tintero. Cruz, como buen macho, odiaba la idea de otorgarle a su mujer independencia así fuera parcial, y le había negado la autorización que aparentemente Angus creía necesitar por motivos que ya no debieran pertenecer a estos tiempos.

—¿Qué crees que me diría mi mamá? —habría dicho Cruz—. Si se entera de que mi mujer quiere andar de casquivana en la capital.

Claro que la entrometida suegra terminó por enterarse cuando Cruz pidió refuerzos, ya que Angus lo embestía con argumentos infalibles, llegando de inmediato a su casa para dialogar con ellos como una especie de tendenciosa y canteada terapeuta matrimonial.

—Me decía que reflexionara bien, que qué tipo de mujer quería ser mientras en mi interior le daba gracias a Dios por no ser una mujer como ella. Sentí que lo que quería al final era que me sometiera por completo para no diferenciarme del modelo de mujer que ella quería, así que insistía en que difuminara todas mis aspiraciones que contravenían el buen ver y decir de la gente bien de San Pedro, me caga —me dijo.

Toda la situación deterioró en un acalorado pleito en donde Angus llevó la de perder y me dejó a mí con un sentimiento de culpa, porque lejos de aliviar la situación de mi amiga con la propuesta bien intencionada, le había ocasionado una de sus peores crisis matrimoniales que la habían dejado con los ánimos muy bajonados, aunque ella pensara que había discutido para ganar su derecho a separar su vida privada del matrimonio que llevaba en conjunto con marido y suegra. La realidad es que mientras no estuviera dispuesta a jugarse el todo por el todo, la batalla estaba perdida, dependía demasiado del cómo la vieran los demás, empezando por su familia política.

—Me da mucha vergüenza María, pero no puedo aceptarlo. Cruz se puso como loco y hasta llegó su mamá para pedirme que me sacara esas ideas de la cabeza, claro que terminó regalándonos un viaje a Los Cabos, disque para que regresara la magia a nuestra relación, ¡¿cuál magia?!, si ahora con el coraje ni me dan ganas de ir con todo y que era un hotel al que van muchos artistas y quería conocer —dijo bajando la mirada con un tono de voz que indicaba que le costaba trabajo pronunciar las palabras que no quería decir.

Bien la entendía, lejos de ser un premio, un viaje así resultaba una tortura.

*

Javier

Estuvo Victoria Santos a quien conocía por amigos en común desde hacía años. Divorciada, con una hija adolescente producto de un matrimonio al cual se había comprometido a los dieciocho años, y que terminó en un amigable divorcio en el que ambos reconocieron que se habían casado muy jóvenes y sin saber nada de relaciones o de la vida.

Frecuentemente me la encontraba cuando salía trotar para ejercitarme por Calzada Del Valle, reconociéndonos con un amistoso, pero improductivo ademán. Siempre había sido un saludo cordial, pero en un arranque de excitación al ver el vaivén de su apretado trasero, envuelto en unos pants de yoga, adornando mi visión al frente, decidí, con pretensiones sexuales, invitarla a una temprana cena.

Solo tuve que maravillarla con un par de trucos del Player envueltos en una interesante pero bien ensayada plática que, acompañados de jugos verdes y suculentos alimentos vegetarianos, pavimentaron el camino amarillo que guiaba hacia mi apartamento.

Al llegar, sin importar que estábamos bastante sudados se me tiró encima con sorprendente agilidad para quitarme los shorts, mi calzón especial para correr y la camiseta.

Fue así, que aun en tenis y calcetines empezó a mamar de mi mojado abdomen todo lo salado de mi transpiración, mientras se enfilaba a mi firme parte que presta se había preparado para la aventura.

Le bajé los pants y el sostén, que al quitárselo sonó igual que el despegar una calcomanía ante su pegajosa exudación, y con apenas tiempo para abrir de un mordisco el preservativo lubricado que, convenientemente, guardaba en una cajita al lado de mi cama. Empezamos a darle vuelo a una acrobática cópula y terminamos junto con el edredón enredados ambos en el suelo.

—No sé qué me pasó —me dijo—. Eres el mejor que me ha tocado en mi vida, no que haya habido muchos... —corrigió con aprendida vergüenza al seguramente haber conocido tipos que la juzgaran por el número de parejas sexuales anteriores—. Me encantaste —dijo al tomar mi ropa interior y pegándola a su cara, aspiró profundamente con empalagosa cara de satisfacción el agrio perfume de mi sudor al que para nada consideraba pestilente, hecho que me perturbó un poco...

—Ya me voy, tengo que llevar a mi hija al cine, pero me hiciste la tarde, ten mi número y márcame cuando quieras, no te voy a poner gorro, personas como tú seguramente tienen muchas viejas, así que por mí ni te preocupes, soy cero aprensiva —dijo, lo cual me tranquilizó ya que nunca nadie me había felicitado por el olor de mis bien trabajados calzoncillos.

Bien por las mujeres que ya se habían dado cuenta de que un poco de apretoncitos y calambres no son sinónimo de ningún compromiso perpetuo.

*

—Fermín, ¿qué opinas de que este cabrón casado quiera tener una amante? —preguntó maliciosamente La Almorrana.

Había convocado a mis amigos a una maratónica tardeada etílica, nomas porque sí, Enrique Quintanilla, "Kike", uno de mis amigos mas cercanos, pero que por su matrimonio exigente rara vez veía, nos había acompañado.

La plática había girado en torno a la monotonía que invadía a las relaciones largas y la afición de Kike de romperla buscando acción fuera de su matrimonio. Estaba mi querido amigo en un ambiente relajado por el alcohol y se sentía a gusto de emprender estas pláticas que difícilmente podía tener en otros lugares, ante el riesgo de que su feroz mujer se enterara y fuera reprendido con severidad.

—Sí, a la chingada con los falsos recatos, ya somos una generación de reprimidos, hombres y mujeres, nos enseñaron a portar una careta y a ocultar las emociones —dijo Kike.

Quizá no estaba tan errado. Sobre todo, al género femenino le habían enseñado a actuar con un recato que a veces mutilaba sus aspiraciones.

—Además, hay muchas viejas que te·dan una cara falsa para después cagarse de risa en la cofradía de las reuniones con sus amigas cercanas —dijo Alex—. Sobre todo, las divorciadas que se la dan de muy santitas para ver si alguien se enamora en serio de ellas en segunda mano —sentenció el patán.

—Bueno, dejen les cuento aprovechando que casi no hay clientes de algo que leí en algún lugar y me hizo sentido. No es Kike ni son solo los hombres los que padecen los bemoles de la costumbre matrimonial —dijo el fiel cantinero preparando la cátedra.

Fermín tendía ser uno de esos cantineros que más bien escuchan, al comienzo parecía perdido en el ámbito de sus propios pensamientos, pero una vez que nos tomó confianza a fuerza de tanto sacarle brillo a las bancas de la barra del bar con nuestros traseros sentados frente a él, bebiendo tequilas en cadena cada que se presentara una buena excusa, comenzó a departir con nosotros compartiendo su sabiduría de años, con discreción y solo cuando lo consideraba pertinente. Las lecciones que había aprendido con los años eran muy valiosas e interesantes.

—Fíjense que en los países islamitas donde la poligamia es permitida, se dio una vez un fenómeno, un grupo de mujeres de occidente empezó a abogar por lo que consideraban una afrenta a las mujeres y empezó a tratar de que la monogamia fuera la norma. Les parecía a las occidentales una aberración anacrónica el que un hombre dispusiera de varias mujeres a su antojo, siempre y cuando las pudiera mantener —agregó Fermín.

—Además, mantenerlas significa darles de comer y comprarles un cambio de burka y chador, no crean que tenerlas a toda madre con camioneta nueva y bolsas Louis Vuitton —dijo Kike ante lo que parecía una historia para confirmar su punto.

—La sorpresa fue que las mismas mujeres se opusieron a eso —continuó Fermín—, decían que en sus matrimonios y en general en su vida, el ser mujer era una carga terrible, y que era mejor que fueran varias las que soportaran ese peso dividiendo las frecuencias de actos sexuales en donde no tenían ninguna satisfacción, y las actividades de esposa en donde bien podían ser casi esclavas. Algo similar pasa con las amantes, en algunos casos, las esposas o esposos lo ven como algo positivo porque su matrimonio ya se debe a otras razones, puede ser a convencionalismos sociales, costumbre, a los hijos, y en donde ya el tema sexual quedó desfasado. Hay matrimonios en donde las relaciones pasan a segundo plano y la pareja vive un celibato matrimonial que acarrea todo tipo de problemas hasta de salud… Entonces el dividir esa carga no les parece tan mala idea y, además, como siempre hay un poco de culpa en la acción transgresora. Lo que se traduce en que el infiel llegue con regalitos, prebendas, buenos tratos y arrumacos y, por lo general, eso ofrece algunas compensaciones a la pareja ofendida…

—Yo he visto, muy seguido, cómo llegan chavas furtivamente al estacionamiento de los supermercados nada más a dejar sus coches y subirse al del gustito que se están aventando. Esto de las amantes no es exclusivo de los hombres, así que buzo Kike —comenté.

—Güey, si así se aliviana mi vieja, ¡bienvenido el Sancho! —dijo Kike no muy en serio y riéndose, seguramente por tener a su pequeño macho mexicano interior adormilado por el alcohol—. Es por eso por lo que algunas de las relaciones más largas y amorosas se dan fuera de los matrimonios… Ya sabes, brindemos por nuestras novias y esposas, ¡y porque nunca se conozcan!

*

Para no perder el tiempo
Javier

Me tuvieron esperando un par de horas groseramente mientras me atendía el director general, un viejo conocido que tenía fama de cabrón a quien desafortunadamente necesitaba ver para que me avalara un proyecto. Tuve que romper mi racha de conquistador porque también había que combinarlo con chambita para que durara…

El mandamás de esta oficina gubernamental tenía ínfulas de dictador, así que le gustaba hacer esperar a las personas que venían a verlo, como una ridícula y anacrónica forma de darse importancia. Quienes lo conocíamos de años sabíamos que en realidad se la pasaba tirando el pedo a sus asistentes, a quienes escogía maliciosamente él mismo.

Laura, su voluptuosa secretaria particular, estaba apenada ante el descortés atraso para recibirme.

—Javier, qué pena, ya en un ratito te atiende el licenciado. ¿Te ofrezco un café o algún refresco?

Era muy atractiva, de ojos grandes, negros y brillantes, su cuerpo bien formado y de carnes firmes que asomaba a través del uniforme con el que ataviaban reveladoramente y hasta con un toque misógino a todas las asistentes en este edificio. Ella debía tener mi edad y su piel morena le daba un aspecto lozano y antojable.

—No te preocupes, Laurita. Aquí estoy bien y contigo enfrente, imposible aburrirme.

Estuvimos un buen rato platicando coquetamente mientras yo le deslizaba mis frases matadoras, a lo que ella respondía acercándose sugestivamente a mi asiento.

De repente sonó su teléfono y contestó, al colgar me miró con una agrietada mueca.

—Javier, me da mucha pena contigo, pero era el director que tuvo que salir a una cita de emergencia muy importante, y me pide reprogramar tu visita; qué pena, en verdad —dijo visiblemente angustiada.

—No te preocupes Laurita, no pasa nada, disfruté mucho conversar contigo, eres una mujer muy interesante —dije.

En vez de molestarme pensé en la oportunidad que tenía frente a mí y dije: si la vida te da limones, invita al forro que tienes frente a ti por un tequila, de esta manera no habrá sido tiempo perdido.

—Laura, ya es hora de salida, vamos a tomarnos un tequila a mi departamento —dije sin rodeos y mirándola a los ojos.

Me respondió coquetamente asintiendo con la cabeza y mordiéndose el labio inferior.

Le acaricié un poco el brazo desnudo con mis dedos cabriolando el pulgar sobre su bíceps, lo cual pareció provocarla como si le hubiera lamido en medio de las piernas.

Me miró con una cara que delataba que me iba a dejar hacerle de todo sin necesidad de pedirle permiso de nada, y sin más me dispuse a subsanar con la voluptuosa Laura en la cama cualquier sentimiento negativo causado por la espera.

Tenía el poder de Eros. Cupido flechaba a quien yo le indicara a mi completa voluntad, mi moral relajada estaba más allá del bien y del mal, imparable, podía acostarme casi con cualquiera que quisiera, así que como venganza esotérica a la afrenta del impuntual y mal quedado director, decidí sumar a mi lista de conquistas a su sensual asistente.

*

María

—Acéptalo Valeria —me dijo mientras abría las persianas del hotel en donde nos estábamos quedando en Cancún—. Nunca te vas a casar con alguien que te de lo que necesitas en San Pedro, los hombres solteros de tu edad andan buscando chicas más jóvenes u odian a las mujeres. Mejor vamos a seguirle con lo que tenemos. Podemos vernos de vez en cuando sin compromisos, o ya de plano consigue un viejito de setenta años que te mantenga a cambio de que tú le hagas compañía —fue lo que me dijo Martín Barrera.

Luego se fue al baño a hacer pipí con la puerta abierta y desde ahí me gritó.

—Da gracias por lo bien que nos llevamos, porque te tengo mucha confianza, una relación abierta está de moda.

—Ay amiga, la que por su gusto es buey hasta la coyunda lame —dijo Ricardo—. Ésos eterno solteros solo están enamorados de ellos mismos. Se necesita ser uno para conocer a uno —sentenció.

—Ya lo sé, pero parecía que todo iba bien, nos habíamos abrazado después de que lo habíamos hecho. Con las endorfinas que te llegan al hacer el amor, le dije que quería platicar seriamente. Me contestó que por qué no lo hacíamos en Cancún, que me invitaba de fin de semana, que me vendría bien estar en la playa relax. Es que también era una oferta muy tentadora, llevaba años sin salir de vacaciones, y sabes cómo adoro la playa. Es muy complicado para una mujer sola con hijos salir de vacaciones, nunca sobra el dinero, y cuando puedo ahorrar algo es obvio que trato de gastarlo en mis hijos.

—Tú tienes la culpa Valeria, por portarte como si fueras esta pobrecita mujer que no puede vivir sin un hombre, y tú sabes que no es cierto, claro que puedes —dijo Connie, que a veces se desesperaba un poco con las penurias de su amiga.

—Por eso siempre hacen lo que quieren contigo, no puede ser tan dulce, no puedes dejar que jueguen así contigo. Muchos días de cuidar tu alimentación y dejas que cualquier pendejo se te meta en el corazón. Los hombres deben de tener bien claro que hay límites —añadió.

—Eso es cierto, quizá debas de discutir tu plan de vida y decir al empezar tu relación, que incluye matrimonio. Por lo menos te serviría de filtro —dije.

—Sí amiga, date cuenta, un tipo como ese, junior, que nunca le ha costado nada en su vida, que nunca se ha casado ni siquiera una novia en serio, que ya es cincuentón, el típico patán que aun les grita a sus papás si no le dan de cenar lo que le gusta... Todo eso debiera hacer sonar tus alarmas. Esos tipos apestan y si quieres algo serio necesitas apartarte de ellos. Las señales están en todos lados, son patéticos, toman demasiado, toda su vida gira en torno a pretender ser "solteros buscando una relación formal" y engañando mujeres, porque en realidad quieren seguir viviendo con sus padres y sin nada que les desarmonice su familia, en donde se sienten cómodos. Son tetos que nunca dejaron el nido —dijo Ricky.

—Sí Vale, si quieres darte un acostón mejor busca un chavito —comentó Connie.

—Ay, qué hueva andar enseñando a pubertos, tampoco...

—Además, este patético individuo me mintió desde el principio, empezó a darme regalos para mis hijos y decirme lo mucho que le gustaría ser papá. Luego me contesta los mensajes solo cuando quiere, y como ya está cincuentón una se preocupa, están en edad de que les pase algo, no deberían de desaparecerse por días así nada más.

—Y ahí vas de babosa a creerle —dijo Ricky—. Todo es una mentira, lo que publican, sus fotos; todo está diseñado para atraerte, saben que las mujeres solteras con hijos son vulnerables, casi todas necesitan apoyo y las huelen igual que las hienas, se dan cuenta de cuáles gacelas están heridas y son más débiles para cazarlas con mayor facilidad. Además, ya sabías que no hay nada más mentiroso que un hombre caliente, te pueden prometer todo con tal de acostarse contigo, están peor que políticos en campaña...

—Es que me dijo que estaba bien delgada y que moría de ganas de verme en biquini, y como además de zumba había empezado a hacer Keto, le creí.

—Se llama sesgo cognitivo —aventuré—. Crees que algo es cierto porque tienes la necesidad de creerlo como tal —dije.

—Pues sí, pero toda esa charla acerca de que quería tener a alguien a su lado que lo cuidara y que él también quería estar para alguien, que se sentía vulnerable, que si tenía fama de cabrón era porque no había encontrado nunca a la persona adecuada. Me inventan historias porque salgo con chicas, y si no funciona prefiero cortar por lo sano —decía.

—Ay Vale, así es como te ponen la trampa, hacen como que les importa y te escuchan todas tus pequeñas quejas, que si las colegiaturas, que si tu renta. Fingen interés en tus cosas y tú sin darte cuenta vas depositando las esperanzas pensando en que se van a convertir en tus salvadores, así es como les aguantas todas las mierdas que te hacen, y cuando menos te lo esperas, te das cuenta de que te empiezan a regalar cosas a cambio de blow jobs, y sigues haciendo todo lo que te piden —dijo Ricky—. Hablarle de tus necesidades significa para ellos verte de rodillas pidiendo verga. Te dejan ver su dinero con atenciones y regalos para que te enamores de su cuenta bancaria, y pierdas de vista lo poco hombres que son.

—Ay Ricky, qué duro.

—Pero cierto, aquí nadie me dejará mentir —contestó ufanándose de su respuesta.

—Exacto, primero te hacen sentir que son tus mejores amigos —dije.

—Pero ¿por qué Martín me sigue hablando? Ya le dije que no era lo que buscaba, dice que ya se siente más libre ahora que los dos estamos de acuerdo en que lo nuestro es solo para coger. ¿En qué momento acordamos eso? ¡Es un pendejo! Lo peor es que no me deja en paz, ahí está el jinco y yo le dije que ese tipo de cosas conmigo nada más no vuelan.

—¿Tú crees que les remuerda la conciencia a estos culeros? —preguntó Vale.

—Para nada —contestó Ricky.

*

—¿Así que ahora te crees Player? —me espetó apenas al entrar al establecimiento, sin ni siquiera un saludo—. Yo pensé que eras mejor que eso, y ahora me doy cuenta de que andas cogiéndote a tanta mujer puedas convencer. Cuando me llegó el chisme de Lisa pensé, bueno, acaba de sufrir una terrible decepción amorosa, pero luego me empezaron a contar de tus aventuras y dije, este cabrón ya se deschavetó, ¿qué tienes en la cabeza? ¿Crees que las mujeres no sienten?, no valoras tu salud, no sabes que no puedes andar compartiendo tu energía sexual con cuanta vieja se te atraviese. Los Players y fuckboys son una basura que se aprovechan de la vulnerabilidad de las mujeres, de todos los traumas que tienen y que su familia y la sociedad pirograbaron en su cabeza.

—Karlita perdóname, pero yo no le estoy haciendo daño a nadie —contesté sin ganas de pelear, en estos momentos solo tenía ganas de ajustar cuentas conmigo mismo y no quería discutir con una persona que quería y admiraba y que, además, lo que me estaba diciendo era cierto, y me daba una sincera vergüenza que intentaba ocultar en el tono de mi contestación a su reclamo—. Quiero vivir mi vida de soltero con toda la mano, ¿que no te has puesto a pensar que los hombres también tenemos derechos a ir disfrutando la vida sin los paradigmas que nos implantaron en la mente? Yo no estoy lastimando a nadie, y si es que no estoy con alguien de manera permanente es porque no he encontrado a la que me llene el ojo, ¿quién va a querer estar con alguien a la fuerza?, y, además, no te olvides que aquí la víctima de una traición amorosa fui yo —dije añadiendo un tono exagerado de tristeza a la última frase a manera de defensa. Nada tan revelador como que una persona que aprecias te diga la verdad a la cara, se sentía peor porque aun andaba crudo y débil—. Además, si veo que están vulnerables no les entro, también tengo ética.

—Ahora eres un perdonavidas idiota, no pues qué chingón —me interrumpió Karla. Sentí que por mi comportamiento poli amoroso, estaba molesta de más.

En ese preciso momento llegó a mi rescate Alex, el indicado defensor y santo patrono de la promiscuidad, el machismo y las causas venéreas.

—Eso es precisamente el por qué no creo en las mujeres. Tú te dices su amiga y vienes con reclamos después de lo que le hizo María. Javier está justificado para cogerse a tanta vieja quiera, no eres su mamá. Además, ahorita todas las vieja solteras treintonas están desesperadas, cada vez que las invitas a salir, casi casi, traen el vestido de bodas en la cajuela. Alguien exitoso y no psicópata como Javier es una invitación permanente a tirarle el calzón, te lo digo por experiencia, así las cosas, más tardo en abrir una botella de vino en que una madurita con estrías me abra las piernas.

—Javier, las personas como Alex son la primera causa de que muchas mujeres sufran de resequedad vaginal, a mí me das asco.

—Y las personas que piensan como Karla, las pueden usar para tratar las erecciones que duran más de cuatro horas.

—Mira Alex a mí…

En ese momento cuando apenas iba a pasar la discusión entre mis amigos de tragicómica a solamente trágica e insultativa, me atravesé como manager en rueda de prensa de presentación de contendientes a un match de boxeo.

—¡Ya los dos! —dije con un grito—, es una mamada que siempre están discutiendo el mismo tema, me queda claro que no se entienden, pero ya párenle a su pedo.

En realidad, había algo de razón en ambos reclamos, es cierto que uno se aprovecha de los traumas que tienen algunas mujeres y que fueron cocinados con brutal precisión de manera involuntaria en su familia. Un claro ejemplo es el usual trato diferenciado entre los hijos y las hijas. Lo que en un hijo es una virtud, en una hija es un pecado, y eso a la larga se convierte en una lesión subconsciente crónica, que muchos Players utilizamos a nuestro favor, reafirmando conductas para manipular los sentimientos y las emociones de las mujeres. Alex era de estos, un clásico chantajista emocional que no tenía límite en el tipo de estrategia que tuviera qué usar para lograr su cometido. Desde todo tipo de mentiras, hasta montar los escenarios adecuado para la trampa. Muy diferente a José Manuel que en todo su trato ponía en el primer lugar de la lista el ser un caballero, y tratar a las damas con la mayor delicadeza y cuidado.

Mucho ojo padres, pensé, los daddys issues eran una realidad, esa combinación de torturado y torturador impulsada por la lujuria y el juego, estaba lastimando gente. Había conocido a muchas personas en apariencia normales, que con el tiempo empezaban a mostrar sutiles pero muy reales padecimientos psicológicos que, desatendidos, se convertían en su peor enemigo, tanto para las víctimas de los chantajes emocionales como para sus victimarios. Con Alex, a pesar de ser mi entrañable amigo, nunca podría estar de acuerdo y aceptar la evidente misoginia en su andar por la vida. En realidad, él también era una víctima, Alejandro Bortoni "Alex" había quedado muy joven huérfano de madre. A cualquier edad quedarte sin tu madre es un hecho atroz, pero a los seis años es simplemente cruel. Para luego pasar a un nuevo matrimonio de su distante y frío padre con una mujer que se convirtió en una madrastra abusiva y golpeadora. Ese había sido el fundamento de su vida: tener demonios en constante conflicto entre odiar y amar a las personas que pertenecían al género femenino, que a lo largo de toda su niñez había experimentado con una radical dicotomía, como si fuera la luz y la oscuridad. De las mujeres, primero conoció el abrigado cariño con que lo vistió su madre desde que tomó conciencia, para pasar casi de inmediato y sin dejar tiempo para digerir el duelo, a los moretones y la tortura verbal a la que lo sometió su madrastra. Ese conjunto de radicales diferencias le habían hecho mucho daño. Primero su madre amorosa, al partir inesperadamente, para luego ser sustituida por una madrastra atroz que lo apuró a crecer para lograr la meta de correrlo de su casa y dejarle el espacio libre a los hijos naturales que después engendró con el padre, y a los que él asistía con verdadero cariño fraternal, sin importar que fuera una especie de cenicienta del género masculino sin el "Había una vez en un lugar muy, muy lejano" y el "Hace mucho, mucho tiempo", que se usa para proteger la psiquis de los niños de las historias que pueden ser en algunas partes tenebrosas.

No había sido el caso de mi amigo, para él fue muy real e inmediato el chingadazo, y su tiempo fue de los seis a los dieciocho años. Abuso tras abuso, eso le impidió estudiar una carrera y lo convirtió en un adolescente violento y sin rumbo. Su único refugio en esa edad tan formativa de la adolescencia era fuera de casa, con su amigos, tratando de nutrirse donde fuera del abrazo y la aprobación que le regateaban en su casa. Su hogar se convirtió en cámara de torturas sin miramientos, no importaba que fuera solo un niño, su madrastra con voracidad nazi, lo sometía a todo tipo de privaciones y vejaciones.

Ahora que lo pienso, lo que de adolescentes veíamos con normalidad, como que llegara a casa de mis padres, convenientemente a la hora de la comida y con un hambre insaciable, o muy frecuentemente a pasar fechas tan familiares con nosotros como las navidades, en realidad, detallaba una historia de violencia familiar que Alex nunca se había atrevido a relatar.

Yo tenía el dudoso privilegio de saber su historia porque la fui armando al juntar las piezas del rompecabezas cada vez que, lubricado por el tequila, soltaba algún fragmento abyecto de lo que fue su niñez, aunque para la mayoría de las personas solo revelaba a través de su trato con el sexo femenino, donde de plano era un patán.

Todos estos maltratos los apechugó sin compartirle nunca a su padre la historia de terror, ya que jamás le dio entrada a la confianza de la comunicación. Los constantes abusos de que era víctima a manos de su madrastra, que al exterior aparentaba ser una mujer dulce, y en lo profesional una exitosa profesionista, para en la intimidad de la relación con su hijastro volverse Cruella de Vil, lo habían convertido en lo que era ahora, una suma de rencor con la búsqueda imposible del sueño del amor maternal fenecido a sus seis años, haciendo culpable a todas las mujeres de su reclamo guardado tantos años por su impotencia infantil y, a la vez, buscando al final del arcoíris un amor maternal imposible… En realidad, era un esfuerzo fútil lo que en su mente lo obligaba a buscar en las mujeres: el remedio que consolara su afectada niñez y sosegara al Mefistófeles misógino que vivía permanentemente en su cabeza. Edipo se batía interminablemente en duelo bajo la costra en la que habían cicatrizado sus traumas infantiles, volviendo si no imposible, sí muy difícil que en realidad compensara con buen trato sus heridas y pudiera amar a una mujer.

José Manuel, al contrario, era pura armonía, y fuera de su donjuanesca personalidad, una persona de trato exquisito, a la que jamás se le ocurriría golpear ni física ni emocionalmente a una mujer, como si cada una de sus acciones cuidadosamente planeadas pertenecieran al feng shui de la promiscuidad.

—Solo puedes golpear a una mujer en la cama si ella te lo pide, y despacio —decía—. Uno debe dejar a su o sus exparejas mejor que como las encontró, nunca te acuestes con mujeres que tengan más problemas que tú, y si lo llegas a hacer contraviniendo la regla, ayúdalas en lo que puedas. No se trata de aguantar pendejadas sino de poner tu granito de arena para que las superen —me dijo en su tono que algunas veces lo hacía sonar como una especie de chaman pop.

A pesar de que ambos eran promiscuos consuetudinarios, la diferencia entre José Manuel y Alex era abismal.

Todas las voces y versiones de mis amigos resonaban en mi mente, pero la realidad era que en este momento el que había sido lastimado profunda y emocionalmente por una mujer era yo…

—Ya me voy Javier, no soporto a tu amigo —dijo Karla, sin importarle mínimamente que Alex estuviera enfrente.

—Que te vaya bien y a ver si ya agarras novia para que te cambie el carácter —contestó Alex haciendo énfasis en la palabra "novia", insinuando que Karla era una lesbiana de clóset, como si eso lo blindara de sentir algo porque una mujer guapa tuviera una aversión tan evidente contra él.

—Márcame cuando quieras Javier —me dio un beso en la mejilla y se fue, sentí esa tierna despedida muy cerca de mi boca, quizá fue casualidad.

María

El restaurant que habíamos escogido se caracterizaba por tener la mejor panadería artesanal de la ciudad, el aroma que salía del horno junto con el café orgánico que nos habían servido, amenizaba nuestra plática.

—Me empezó a hartar desde que me lo encontré en el restaurante, lo había conocido antes en el gimnasio y no me pareció que fuera un mal tipo, me había invitado a una fiesta que resultó ser una cena de parejas en un restaurante que lo convirtieron en antro para esa noche, me tenía hasta la madre. Me ponía la mano en la cintura, intentaba besarme como si fuéramos ya una pareja, a cada rato me decía que nos fuéramos de ahí para estar solos, así que medio empecé a ignorarlo. Pero cuando vi que se puso muy necio, en buen plan, porque si no lo hubiera mandado a volar de inmediato, aproveché que estábamos sentados en una mesa donde no se veía lo que pasaba abajo de la cintura y le hice una paja hasta que se vino. Terminó más rápido de lo que yo hubiera pensado y por error de cálculo y por lo caliente que estaba se manchó todo su pantalón que era negro, y con las luces que habían prendido brillaba como si fuera fosfo. Apenado se puso la servilleta y se fue al baño, pero no pudo limpiarse todo, regresó más enamorado que nunca y a mí me empezó a dar mucha hueva —dijo Connie.

—Es el problema de vivir aquí, nos movemos donde mismo y tarde o temprano nos topamos con los mismos hombres solteros, pero dime fuera de eso, ¿hubo algo raro o sí me recomiendas aceptar su invitación a salir?

—Déjame terminar, lo mandé a volar definitivamente porque además de que no me interesaba, esa misma noche una amiga que también estaba en la fiesta me pasó el chisme de que tenía novia, una novia muy formal que era de Chihuahua y que la iba a visitar casi todos los fines de semana para salir con ella y sus padres, una provinciana veinteañera a la que le gustaban los cuarentones, porque aparentemente pensaba que eran más maduros, cosa que ya sabemos todas que no es cierto. Y peor que eso, resulta que todavía sigue casado, no ha concluido su divorcio porque se sigue resistiendo a darle una pensión decorosa para la manutención de sus dos hijos, que casi nunca los ve, y que ni siquiera los menciona cuando sale de fiesta como si no existieran o como si quisiera borrar su pasado, y él ya está en miras de casarse de nuevo con una chihuahuita ingenua, ¿Qué si te recomiendo salir con él? Obvio no, amiga.

—Qué espanto de hombre, y pensar que me mandó flores por mi cumpleaños según él porque me tenía preparado algo increíble, ahorita mismo lo cancelo, vale más una colorada que muchas descoloridas. Y lo peor, ese día me había enterado de que una conocida divorciada se había casado, y ya ven cómo me inspiran las historias de las mujeres que se casan en segundas nupcias —dijo Vale—. Es como si conociera a alguien que me da la impresión de tener todo para enamorarme y siempre hay algo que me dice que no lo haga.

—Ya Vale, relájate, todo pasa por algo —dijo Connie.

—Sí amiga, pero a mí me pasan por pendeja.

—No, no eres nada pendeja, eres muy buena, creo que pronto vas a encontrar a alguien que va a ser justamente lo que has estado buscando, va a ser completamente nuevo, el tipo de hombre que nunca te imaginaste terminar con él, y vas a ser más feliz que nunca.

—Dios te oiga —dijo.

—Va a pasar, así es como debe de ser.

*

María y Dana
Ciudad de México

—Todo el verano enamorado, me hablaba y empezar a babear una hora antes de que llegara.

Me emocionaba sólo de pensar en él, hasta me ponía nerviosa y empiezo a preguntarme por qué Dios me había premiado al encontrar una persona tan especial como él en una ciudad de veinte millones de habitantes. Me preguntaba dónde había estado en toda mi vida porque cuando conoces a una persona así te arrepientes de no haber estado con él desde antes y, ¿sabes dónde había estado?, cuidando a su esposa y a sus hijos, ¡él era uno de los solteros de verano! Mandaba a su mujer y a sus hijos todo el verano a Valle de Bravo, Acapulco o a cualquier lado, y durante esos meses él se daba vida de soltero con toda la parafernalia, romance etcétera. Yo solo me di cuenta cuando de manera infantil fingió un enojo entre nosotros, para dejar de verme sin decirme que estaba casado, pero después de investigarlo me di cuenta de que me había dado otro nombre. Lo había planeado todo para poder hacerse el escurridizo en esta época de redes sociales y ahí estaba con su esposa que parece de trofeo y sus dos hijos. ¡Hijo de la chingada! y ni modo de hacerle un escándalo, tampoco soy así de mala y corriente —dijo Dana—. John, un amigo de Estados Unidos, me dice que eso le encanta de los mexicanos, que tienen matrimonios largos llenos de amantes mientras que ellos cada que tienen uno se divorcian y se vuelven a casar, acumulando varios matrimonios en la vida —agregó.

Ella era mi amiga porque habíamos estudiado juntas, originaria de Saltillo Coahuila, se había mudado para cursar un posgrado y después trabajar en la Ciudad de México. Había podido burlar los prejuicios de provincia que la obligaban a casarse a sus veinte años y se escapó con una buena propuesta de trabajo en CDMX, para luego darse cuenta de que había cumplido treinta años y nunca había tenido una relación en serio. A lo que se propuso en su bien organizada vida de profesionista conseguirse una pareja formal y casarse. También mientras biológicamente todavía fuera posible tendría hijos y formaría una familia.

Ese día habíamos acordado cenar en un restaurante muy coqueto y concurrido en Polanco con mesas en la calle, un lugar que se caracterizaba por servir "Cocina de barrio". Dana ya llevaba dos margaritas bien cargadas encima mientras yo bebía vodkas martinis que acompañaba con un cigarrillo, ambas estábamos relajadas y lo animoso de la plática de amigas que no se han visto en mucho tiempo nos apartaba del resto de los comensales.

—Señorita, el caballero de aquella mesa les envía estas bebidas —nos dijo el cortés mesero, volteé por instinto y vi una mesa de tres hombres sesentones pero que vestían como veinteañeros y estaban sonriendo hacia la mesa. Dana los miró y despachó con una sonrisa rápida indicando que no estaba interesada, lo que apagó de inmediato las ilusiones de los galanes.

—Gracias, allí ponlas de aquel lado —y para reafirmar que no estábamos interesadas las bebidas sin tocar quedaron en el mismo lugar en donde las había depositado el mesero. Admiré la sagacidad y experiencia que Dana, ahora convertida en toda una capitalina, tenía para resolver este tipo de situaciones.

—Los hombres son malvados y hacen comentarios respecto a tu edad y quieras o no, empiezan a salir las inseguridades. Comienzas a ponerte más maquillaje o escotes más pronunciados para desviar la atención de los primeros signos de la edad, le añades horas al gimnasio y empiezas a preocuparte de más por lo que comes y tomas. Tampoco ayuda que las mujeres, obvio no todas, pero en general, son muy envidiosas especialmente las infelices, y se la pasan haciendo comentarios sobre tu vida y tu edad porque creen, aunque no sea cierto, que lo pasas mejor que ellas; así que comienzan las indirectas en cada reunión que vas.

Le regresaron de golpe las ganas de tener una vida convencional provinciana ya que ella sentía que tenía el calendario en contra, así que se apuró y aplicando un sesgo cognitivo se enredaba cada vez más con puro gañán. Si bien se divertía, terminaba siendo engañada. No era la primera vez que salía con uno de los llamados "solteros de verano", chantajistas profesionales del amor que, con la excusa del trabajo, mandaban a su familia fuera de la ciudad de vacaciones de verano, para ellos sacrificarse de antro en antro y presentarse amigas entre ellos, haciéndose pasar por solteros que buscaban una relación seria. Por lo general eran hombres jóvenes y maduros que aparentaban tenerlo todo y se devenían en cariños y atenciones con sus conquistas, para luego al finalizar el verano y el arribo de su familia, fingir un rompimiento casual pero válido para dejar a las chicas pensando que aquello había sido un súper amor de verano bien intencionado y no una actividad extramatrimonial con la que los "angelitos" salían del tedio.

—Pero bueno, no me siento tan mal, porque he escuchado que a veces en esas aventuras una encuentra el amor verdadero y esos adúlteros de verano también tienen corazón. Y sentí que Rodrigo y yo teníamos algo, claro algo imposible, porque aún así decidiera separarse de su mujer y volver conmigo… todo lo que hicimos en nuestra relación estaba cimentada en una farsa. Además, todo es muy confuso a esta edad, puedo ir por la calle caminando sintiéndome feliz y plena, y de una cuadra a otra me llega la depresión al pensar en mi vida. Digo cosas y después casi de inmediato me arrepiento, me visto para salir y regreso a cambiarme porque no estoy a gusto, me acuesto con hombres que no me convienen y con los que no tengo ningún tipo de conexión emocional, a veces, me siento ignorada, que no me aman en serio, me peleo con mi roommate por estupideces. La verdad ya estoy un poco harta.

—Ay Dana, no te preocupes, es solo una fase.

—Lo sé, pero hay días en que no pasa nada fuera de lo mundano y al llegar a mi departamento me pongo a llorar.

Yo escuchaba con atención toda esa plática porque en circunstancias completamente distintas, a nivel emocional, muchas veces me pasaba lo mismo. Realmente me urgía que a mi vida llegara algo de misterio para rescatarme del tedio.

Tenía todo preparado para la presentación y estaba segura de que convencería a los inversionistas de mi diseño. Diseñé sin escatimar en nada que pudiera cambiar la naturaleza de mi creación, algo además de los martinis me tenía muy optimista y alegre, como si al respirar el aire contaminado de Ciudad de México me llenara de ilusión la mente y el corazón. Me invadía un sentimiento completo de seguridad en el futuro, la clase de sensación que te abriga y te dice sin ninguna razón aparente que todo va a estar bien.

*

Samanta Sansores era una buena mujer, su problema era que ella no se percataba de ello, toda su vida gritaba incongruencia, como si solo se moviera y viviera entre falsedades y medias tintas. Me pareció triste, qué clase de experiencia tiene que vivir alguien para pensar que tenía que adaptarse actuando a cualquier situación, como si le debiera algo a la vida. Sin embargo, tenía un lado divertido que mostraba esta noche y, además, estaba buenísima, era la segunda vez que salíamos después de un breve café en el Starbucks.

Éramos viejos conocidos ya que había sido novia de cuatro de mis amigos durante sus años mozos.

Caray, si los junto podemos hacer equipo de básquet —pensé.

Nunca he creído mucho en los celos retrospectivos que atormentan a las parejas a causa de la envidia de los placeres pasados de sus actuales parejas, pero era un tema muy real, producto de anacrónicas formas de pensar.

—A mí me encanta la vida de pareja —dijo mientras coquetamente se acomodaba el cabello, pienso que mi mayor placer es ver que mi hombre esté bien atendido —continuó mientras acariciaba sugerentemente con su pie desnudo mi chamorro derecho.

—Yo no estoy negado a eso, pero a estas alturas hay que andar con pies de plomo, no apresurar las cosas.

—Ay Javier, pero se supone que ya estamos mayores como para saber lo que queremos, y creo que terminar en pareja es padrísimo.

—¿Qué vas a querer tomar? —pregunté con toda la intención de sacar la plática de ese campo minado donde con la habilidad de mujer madura me había llevado a los terrenos en donde quería exponer las virtudes de los idilios prolongados.

—Nada, sabes que no tomo, me gusta cuidarme, pero no me importa que tomes, ya sabré atenderte cuando llegues pasadito de copas y querendón —dijo jalando hábilmente la conversación de nuevo a sus dominios.

—Bueno, tampoco tomo tanto, solo una copita de vez en cuando —contesté intentando escurrirme de su galante visión de nuestro inexistente romance.

Fingí que tenía una emergencia ya que La Almorrana había chocado, para con ello poderme escurrir de sus trampas. Parte del juego es saber cuando dejarlas pasar, especialmente cuando reconoces que las acompaña un colmillo bien afilado para tender emboscadas románticas que solo comprometen el fruto prohibido a cambio de una forzada relación…

*

—¿Y qué si quiere traer una recua de viejas? ¡Para eso son! Además, nunca me había sentido tan orgulloso de mi compadre como hasta ahora, déjalas Javi, si son ellas las que andan de resbalosas —dijo Alex.

—Que el solo hecho de que Alex apoye lo que estás haciendo ¿no te parece suficiente señal de que estás mal, Javi? Tú no eres así… —dijo Martha a sabiendas de que Alex era un costal de traumas.

Llevaban un buen rato discutiendo sobre lo adecuado de mi comportamiento, me habían caído ambos de gaviotazo a mi departamento sin avisar para llevarme a comer y francamente no me importaba lo que decían, estaba crudo y tenía claro que no le estaba haciendo daño a nadie como afirmaba la moralinga de Martha, y tampoco las consideraba ganado como afirmaba Alex. Mi respeto hacia la mujer no había cambiado, solo que le estaba ganando tiempo a los antojos que no me pude echar cuando era más joven, debido a mi nula capacidad de interacción con el sexo opuesto.

—Bueno y ¿cuál es el problema?, ¿que se conocen? Es obvio, si vivimos en un rancho, pueblo chico, infierno grande —les dije—, además a todas les tengo mucho cariño y así haya sido solo una noche para mí significó mucho —dije con franqueza pirata.

—Así es, déjalo, muchos fantaseamos con lo que está haciendo Javier.

—Bueno la fantasía de Alex es que las mujeres con las que se acuesta no estén fantaseando con otro cuando lo hagan con él —dije para relajar el ambiente ante lo cual Alex solo me pintó un dedo.

Martha estaba molesta porque se había encontrado a Lisa en un desayuno y le había contado con incomodidad que al salir conmigo si bien sabía que no tenía ningún derecho a reclamarme nada, tampoco sabía que era una de muchas, y que ya se había enterado de que prácticamente todas las noches desbragaba a alguien nuevo, y eso no lo consideraban un comportamiento pulcro. Me dijo que habían estado hablando un rato en la sobremesa mientras tomaban capuchinos, coincidieron en que estaba desenfrenado e hicieron una lista interminable y un poco imaginaria de los nombres de quienes Lisa y sus amigas afirmaban —con seguridad— habían estado en mi cama. Creo que en realidad lo que le molestaba a Martha era que, al ser de mis amigas más queridas, la relacionaran conmigo como si con eso se volviera cómplice de mi estilo disoluto de vida. Para su grupo social al profesarme ella tanto cariño, significaba un apoyo tácito a mi comportamiento licencioso, y eso en el círculo social en el que se movía era una falta terrible e imperdonable.

—Javi, no sé si sea cierto, pero me dicen que llevas más de siete en lo que va del mes y estamos a ocho, ¡casi una diaria!, y todas conocidas —me dijo.

—Pues sí Martha y tú aquí chingándolo evitando que se ponga al día —dijo Alex—. Déjalo disfrutar su tardío despertar sexual.

—Tampoco, es más lo que le inventan, no me acuesto con todas, algunas se me van vivas —dije intentando resquebrajar el ambiente que se había tornado tenso.

Martha no se equivocaba del todo, al estrenar mi moral porosa, le había dado prioridad a las chicas que conocía o que de alguna manera habían pasado por mi vida. Supe que debía ser más amplio de miras y expandir mis horizontes, pero ¿cómo? Quizá sea momento de utilizar las herramientas digitales a mi alcance para tener una muestra más amplia del menú de las mujeres que amablemente la vida me ofrecía.

Alex deslizó una sugerencia que decidí aprovechar, utilizar una aplicación para él ligue, Tinder ampliaría mis horizontes fuera del mundillo de mis conocidos.

Decidí crear mi perfil para ampliar mis opciones y poner la fogosa aplicación a mi servicio, escogería fotos quizá cursis y chocantes junto con frases trilladas pero matadoras, me había informado bien y eran las mejores para utilizar de carnada, después de todo, el gusano le tiene que gustar al pez y no al pescador.

Trataba de evitar pensar en una duda existencial que me abordaba a veces, si se estaba cumpliendo la profecía que me había vaticinado José Manuel. ¿Por qué entonces sentía un vacío dentro de mí, que a últimas fechas trataba de compensar tomando un poco más? ¿Por qué los justificados reclamos de mis amigos tratando de enderezar mi rumbo y que oía sin escuchar me generaban un poco de vergüenza? ¿Por qué no podían entender mis amigas que mis ganas reivindicatorias no cabían en una sola mujer?

Ya habría tiempo para analizar mis sentimientos, no podía correr ahora el riesgo de encontrarme a mí mismo, por lo pronto y en el nombre de la promiscuidad le pedí a Martha que cesara con sus reclamos y a Alex le dije que no me comparara con él, ya que yo sí respetaba al género femenino, así que partimos a lo que esperaba fuera una agradable comida con dos de mis amigos más queridos.

*

María

Las casualidades que se nos presentan son, en el mejor de los casos inexplicables, por eso no se cuestionan. Había tenido con mucho éxito la reunión en la Ciudad de México para analizar el proyecto en donde el inversionista estaba dispuesto a financiar mis ideas sin interferir.

—Mi participación consistirá solo en meter los billetes —me había dicho—, quiero que no te sientas atrapada por un presupuesto y le des rienda suelta a toda tu imaginación artística en la construcción de mi edificio. A mí solo me vas enseñando el diseño que elegiste y me explicas los avances, que lo mío va a ser comercializar tu obra de arte. Me han contado que solo trabajas así, y debe de ser por algo, así que no pienso interferir en tu trabajo de la misma manera que jamás le diría a un médico la forma en que quisiera que me operara. Zapatero a sus zapatos, y tú eres la experta.

La oferta era tan tentadora que me fue imposible rechazarla. En unas horas tendría lugar la segunda reunión para conocer al resto de sus inversionistas que tenían tan a bien convertirse en los mecenas de mi arte, y me aseguraban que eran unos creyentes en no refrenar la estética con el presupuesto, esa fue la primera casualidad.

Decidí salir a correr de último momento, sin importar la hora. Fue un capricho, nada particular, lo hice para aclimatarme más rápido a la altura y que no me fuera a faltar aire en el momento de la presentación que debía hacer ante ellos, y que tendría lugar en el centro de negocios del hotel JW Marriot de Polanco. Mismo lugar donde me habían hospedado con todos los gastos pagados. Me vestí con ropa deportiva y calzándome los tenis, salí a la calle. Al dejar la seguridad del hotel y adentrarme en las calles de la zona, se acercó a mí, en una breve parada en una esquina antes de cruzar la calle, una gitana de las que leen la suerte de manera ambulante, de las que recorren Polanco ofertando sus servicios de clarividentes a los muchos comensales de los restaurantes de la zona que creen en esa clase de vaticinios.

—Hija, ¿me puedes decir la hora? —me preguntó.
—Son las 11:38, señora —le respondí.

—Muchas gracias niña linda, ya no sé ni en qué día vivo —me dijo y se dio la media vuelta, pero antes de retirarse volteó de nuevo y viendo fijamente a mis ojos me comentó.

—Tienes una energía muy buena, hoy va a ser un día muy importante y feliz para ti —y sonrió con los labios apretados, se dio la vuelta y se marchó.

El vaticinio me llenó de optimismo porque en realidad si me sentía bien seguramente iba a convencer a los inversionistas y me contratarían de inmediato.

Seguí mi camino entre haciendo ejercicio y descubriendo las maravillas que la zona nos presenta: el gentío que se movía de manera sincronizada como si cada una de las muchas personas que pululan la zona estuvieran obligados a cumplir su misión del día, y el panorama de los muchos restaurantes que congregan grupitos animados que se sientan en las mesas que colocan en la calle. No cabía duda de que Polanco era una de mis zonas favorita, así que la recorrí sin rumbo cierto y sin apegarme a una agenda de tiempo o de distancia. Más bien salí a pasear con leves intervalos de trote en donde se prestaba, así llegué de manera intermite al parque Lincoln. Al llegar y detenerme un momento para cambiar de canción en mi teléfono y admirar los bellos árboles que tenía enfrente, jamás ni en mil años me hubiera imaginado la visión que se presentó frente a mí.

Al principio solo era una silueta que venía trotando hacia mí a buen paso, pero era indiscutible la fisionomía de ese hombre, era un cuerpo que si bien un poco más robusto, había llegado a conocer íntimamente de tal forma que podía adivinar sus movimientos. Su figura y contorno me eran inconfundibles, él no me había notado, ensimismado en sus pensamientos. Antes de que mi mente le pusiera nombre a la figura, mi corazón se quería salir del pecho adivinando primero a la persona que venía corriendo rumbo a mí. Vestía unos pants negros, camiseta sin mangas también negra que revelaban sus fuertes e inconfundibles brazos, tenis blancos que contrastaban con lo oscuro de su vestimenta. A todavía más de treinta pasos de distancia se percató de la chica que lo miraba estupefacta y se detuvo en seco, clavando sus ojos negros, y que había abierto al máximo en señal de sorpresa. Esbozó la palabra María con sus labios para después recetarme su devastadora sonrisa que tanto poder tenía sobre mí, y siguió caminando, esta vez a paso lento, recetando a cuentagotas la anticipación nerviosa que sentía por haberlo encontrado después de tantos años.

Y mientras, temblando, esperaba que se acercara, porque de nuevo se presentó ese extraño poder que me inmovilizaba, se me fueron olvidando todas las mentiras que me convencí como ciertas. Todo lo que me había contado acerca de haberlo superado.

Segunda casualidad.

Al quedar frente a frente también se quedó mudo al comienzo, y con un gesto amistoso abrió los brazos invitándome a acercarme para fusionarnos en un abrazo redentor en que por breve que fue sirvió para remontarme a otra época. Un tiempo en el que sentíamos todo el uno por el otro, ahí entre los demás corredores e insistentes vendedores ambulantes, me había reencontrado con Jonás después de tantos años.

Mientras yo que apenas empezaba a entender de los infinitos misterio de la ley de la relatividad del amor, ya había regresado de modo intempestivo todo el sentimiento de golpe.

—María —dijo y exhalando, se quedó mudo sin pronunciar palabra un instante, pero en seguida se recompuso—. María, qué gusto, qué sorpresa encontrarte —.

Yo también enmudecí y me tardé un par de segundos en contestar, con un esfuerzo sobrehumano tratando de sonar casual.

—Tú, qué bárbaro estás igualito, qué haces aquí, yo juraba que te habías quedado en Madrid —.

—Así fue, solo que larga historia abreviada… después de tantos años ahora estoy regresando a México. Pedí el cambio en mi despacho y regreso a mi país… pero qué cosas, estás hermosa como siempre, ¿qué ha sido de tu vida? —me preguntó a mí que quería preguntarle lo mismo, pero se me arremolinaban las frases, las preguntas y las respuestas en mi cabeza. Era demasiado ante un encuentro que se dio de una manera tan inesperada, así que sin pronunciar nada, solo viéndolo fijamente a esos ojos obscuros que me seguían hechizando, y que me contagió de improviso de sentimientos juveniles, provoqué, sin quererlo, un silencio que lejos de ser incómodo Jonás endulzó con una comprensiva sonrisa que significaba que sentía lo mismo.

La gitana quien me había preguntado la hora pasó a nuestro lado y se detuvo de repente como llamada por una extraña fuerza, y clavando sus penetrantes ojos turquesa en nosotros, en lo que apenas fue un instante largo y que pareció aprovechar para leer nuestros pensamientos. Nosotros la miramos divertidos y nos recetó una sonrisa amplia de dientes estropeados, y sin pedir un poco de dinero a cambio, espetó dos palabras mientras nos tomaba a ambos de los hombros.

—El reencuentro —dijo y siguió su camino.

Tercera señal, empezaba a convertirme en una creyente de las profesionales de la adivinación.

*

Javier

Cada vez pasaba más tiempo acostado reposando mis crudas sin poderme levantar por las mañanas, tiempo en que me sumía en reflexiones profundas acerca de todo y de nada, como si un hueco se alojara permanentemente en mi pecho, había veces en que solo conseguía ponerme de pie con la auto promesa de tomarme un fogonazo de tequila para poder arrancar el día.

Cuando tienes por tiempo toda la eternidad, no hay excusa posible para no empezar de nuevo, para tratar de ser feliz, para recuperar eso que parece tan distante a veces con nuestros auto sabotajes mentales, recuperar el amor propio, la autoestima que aun herida debería de ser prioridad en nuestras relaciones amorosas. Extrañaba tener una pareja de planta. ¿Y si no funcionaba de nuevo? ¿Seguiría luchando por una relación por miedo a estar solo? ¿Cuántas personas están con la pareja equivocada por miedo e inseguridad? Está bien que se valga luchar contra todo por tu pareja, pero solo cuando hay amor, verdadero amor, si al menos fuéramos fuertes… y decidieran dejar de sufrir y aguantar, podrían terminar cualquier relación que no soportan. Conozco parejas que siguen juntas a pesar de que, no solo no se aman, se odian profundamente. Cada vez que se pueden hacer daño no desaprovechan la oportunidad y eso es verdaderamente triste. A veces, se quedan juntos por los hijos, sin saber que si están tan a disgusto en su relación pueden convertirse en unos padres tiranos por amargura, en lugar de ser excelentes padres siendo felices. Claro, hay razones muy banales para divorciarse o separarse de una relación, motivos que quizá sí valga la pena luchar por superar y mantenerse unidos, pero hay parejas que resulta inexplicable el porqué siguen juntas.

Conocía realmente pocas parejas con relaciones largas y estables, y que en verdad se llevaran bien. Luis Garza R era uno de ellos, él y su pareja Flora siempre andaban derramando miel.

—¿Qué va a querer mi Rey de cenar?

—Lo que quiera mi reina preparar con sus manitas santas seguro me encantará.

Siempre era incómodo escucharlos, pero ahora después de lo que había vivido me preguntaba cuál era el secreto para mantenerse juntos y con, en apariencia, la llama de la pasión aun encendida después de más de casi dos décadas de estar juntos.

Claro que él, exitoso empresario la colmaba de atenciones y lujos, quizá como un bálsamo para sosegar su conciencia por sus múltiples infidelidades. Luis no era particularmente bien parecido y hasta sufría de sobrepeso, pero era muy simpático, culto, y sabía cómo utilizar muy bien la cartera para el bien colocado regalo en tiros de precisión ya una vez seleccionada su próxima conquista, mismas que eran de un variopinto muy general, podían ir desde la mesera guapa de la cafetería, hasta la alta ejecutiva bancaria que tenía a bien encontrarse en su camino.

Con todo y esas actividades mutivaginales y que pensaba no podían pasar desapercibidas a su mujer, su relación era magnifica. Quizá Flora, educada a la antigua, había escuchado alguno de los viejos consejos que daban las abuelas como el de que antes de casarte, "abre bien los ojos y luego, cuando te cases, ciérralos un poco" o el de "no me importa que tenga capillitas mientras yo siga siendo su catedral".

Cómo cobraba sentido esa antigua sabiduría de nuestros antepasados, ahora la infidelidad en la época de las redes sociales pareciera el pan de todos los días. Una encuesta muestra porcentajes escandalosos, aparentemente el 87% de los hombres y el 72% de las mujeres había sido infiel, a lo cual ponía una nota al pie de página que dos de cada tres mujeres se habían negado a contestar esa pregunta en la encuesta. Claro que la fidelidad era un tema no impermeable al llamado sexo débil (que en realidad debiera ser el fuerte). Quién más que yo para confirmar esa afirmación, aun caminaba con la daga bien clavada de lo que vi aquel día al abrir la puerta.

De todas maneras, es interesante preguntarse qué es lo que mantiene a una pareja unida, con amor y con una relación sana tanto tiempo.

Una vez al calor de unos tequilas le pregunté a Luis, que si en verdad la amaba tanto, cómo era tan adepto a la conquista extramarital.

—A mi esposa la amo profundamente, siempre voy a estar para ella. Si necesitara un trasplante de algún órgano yo le daba los míos, es solo que en mi caso se cumple la máxima de que "cuerpo que se conoce mucho se desea poco, y viceversa" y para mí mis relaciones extramaritales no significan nada, solo el momento. Trato de no hacer daño, claro, soy un caballero, y siento que con las mujeres que salgo también necesitan un respiro de su vida abrumada por el eterno "Nunca pasa nada". Con las que salgo, trato de hacerles por lo menos, los momentos que están a mi lado, un episodio extraordinario, que salgan de la rutina en la que están inmersas y que como a la rana y el agua caliente, las está matando lentamente sin que se den cuenta. Mi esposa me puede llamar un día con el problema más atroz y ahí estaré de inmediato, con mis conquistas difícilmente haría un esfuerzo que pasara de una transferencia bancaria.

Este tipo de comentarios lo había escuchado en diferentes versiones y con diferentes actores, muchas veces a lo largo de mi vida. ¿Sería la norma? Quizá yo tuve la culpa de lo que hizo María al tratar de serle fiel, pero monótono y aburrido. La había sometido a un cuasi celibato obligado cuando ella era una mujer llena de vida y de retos.

¿Podrá existir en realidad el amor monógamo que dure toda la vida aun y con la longevidad extendida que aporta la era moderna?

Decidí dejar de pensar y tomé mi teléfono, mis conquistas digitales no dejaban de repiquetear, mi perfil de Tinder, había sido todo un éxito.

*

La segunda exposición preliminar de mi proyecto salió de maravilla, los inversionistas que antes tenían dudas sobre la rentabilidad del Proyecto escucharon muy atentos mi explicación y quedaron convencidos.

—Nos encanta la manera en la que estás sacando el máximo provecho de los espacios, en una ciudad ya tan compacta como esta, eso vale oro. Le estás añadiendo rentabilidad centímetro por centímetro al desarrollo —dijo el inversionista.

Todo había girado en torno a que me dieran el sí en este proyecto, y no cabía duda, estaba muy contenta y me sentía satisfecha con mi éxito profesional en algo que me importaba, pero sólo tenía cabeza para ver a Jonás más tarde, habíamos acordado beber algo en uno de los restaurantes de su hotel y ponernos al día, de antemano ya sabía que esa reunión significaba jugar con fuego, había sido un milagro que no se me olvidaran los detalles de mi presentación recordando al amor de mi vida.

María

—Madrid no me parecía el mismo ahora que tú no estabas, ya ves cómo uno a tiende romantizar los lugares en donde te pasó algo increíble, así que todo me recordaba a ti, tuve que poner aparte el Madrid contigo y el Madrid sin ti, porque en realidad lo que extrañaba era el tiempo que habíamos pasado juntos, así que me fabriqué un algoritmo mental para poder salir adelante también.

Era como si no hubiera pasado el tiempo, un escalofrío recorrió mi espalda mientras lo escuchaba.

El primer año lo dediqué a mi internado y a trabajar como loco. No era fácil mantenerme con un sueldo de becario, pero, poco a poco, y con mérito propio me fueron incrementando el sueldo y empecé a darme pequeños lujos.

Al segundo año conocí a Beatriz, una abogada portuguesa que trabajaba también en el mismo despacho en donde estaba haciendo mi práctica, y decidimos irnos a vivir juntos. Si bien nuestro encuentro no fue espectacular como el tuyo, ella era una buena mujer que me entendía. Nos acompañábamos en un país que no era el nuestro. Después de algunos años quedó embarazada de imprevisto, fue un descuido, ya que ella nunca había querido ser madre y me lo había dejado en claro. Al principio tampoco estaba entre mis planes la paternidad, pero cuando me dio la noticia apesadumbrada, en realidad, yo me puse muy contento, pero ella insistió en que no quería ser madre. Fue una discusión muy fuerte, terminé convenciéndola de no abortar, pero me dijo que no quería ninguna de las responsabilidades de ser madre, que el mundo no necesitaba más personas y una serie de razones en las que ella creía, yo ingenuamente pensaba que al nacer Jonás se iba a enternecer y encariñar con el bebe.

Cuando nació cayó en una profunda depresión postparto, solo se ocupó del bebe unos cuantos días, me pidió que contratara una nodriza y así lo hice, Beatriz habló conmigo y de una manera en que jamás podría entender se marchó. Así, de un día para otro regresó a Lisboa y me pidió que no la buscara nunca, ni que le dijera nada a Jonás acerca de ella.

Fue impactante que se marchara de esa forma, aun no lo creo y sigo pensando que tarde que temprano va a recapacitar y regresar a la vida de su hijo.

Aun estoy trabajando en la forma de manejar el hecho de que su madre lo abandonara, es algo que no cabe en mi comprensión, así que una terapeuta me ha ayudado al planteamiento de lo sucedido para no incrementar el síndrome de abandono.

—No puedo creer que haya abandonado a su hijo así, ¿no la has buscado en todo este tiempo?

—Claro, intenté por todos los medios hasta que me di cuenta de que ella estaba haciendo un esfuerzo consciente por sacarme la vuelta, con una frialdad imposible de entender ni siquiera en un europeo, así que, poco a poco, fui aceptando que ya no quería formar parte de nuestra vida y me hice a la idea de ser un padre soltero por el resto de mi existencia. No quiero entrar más en detalles porque ya fue hace años, tardé mucho en superarlo —me dijo mientras yo posaba una mano sobre su antebrazo—. Pero básicamente me quedé con Jonás Junior que ya tiene ocho años y es un tipazo. Ni modo, me tocó empezar a criarlo solo, allá no es como aquí, y tener ayuda doméstica implica una fortuna, así que después de algunos años y desde cuando ya no estaba en edad de guardería, comencé a pedir mi cambio a México en la empresa donde había ya establecido una buena carrera y tenía el grado de director. Viví como padre soltero en Madrid ocho años, hice lo mejor que pude, pero al principio al ser extranjero no creas que tenía muchos amigos y también me pegó duro la depresión por un rato, solo que trataba de ocultarlo para no afectar a Jonás. Se me olvidaban las fechas inclusive de sus cumpleaños. Hubo una ocasión en donde me acordé el mero día que Jonás iba cumplir cuatro años y lo llevé a un McDonald's, aprovechando que tenían área de niños con juegos infantiles. Había unas cuantas mamás que acompañaban a sus hijos y les pedí de favor que fingieran que sus niños eran los invitados a una fiesta, les compré a todos nieves y pastelillos y ahí estaban esos niños desconocidos cantándole cumpleaños feliz a mi hijo para obviar el descuido de su olvidadizo padre.

—Qué duro, Jonás —le dije, inmediatamente me dieron ganas de abrazarlo y consolarlo, pero él estaba firme y si bien el recuerdo le traía amarga sensaciones se mantuvo en su postura contándome lo que había vivido—. Bueno seguramente un padre soltero como tú y que cuidaba de tal manera a su hijo no habrá pasado desapercibido a las demás madres solteras que te encontrabas en tu camino.

Mi comentario aligeró un poco la atmósfera que se había tornado un poco pesada, Jonás sonrió.

—No, con decirte que me empezaron a llamar para ofrecerme hacer fiestas cuando yo quisiera, y luego también me buscaban para ayudarme a cuidar el niño o me pedían de plano que lo llevara hacer una pijamada a sus casas, para una vez dormidos los chamacos poder nosotros proseguir la velada. Nunca acepté, no tenía tiempo para el romance —dijo eso con nostalgia y me volteó a ver añadiendo—: Y quizá ya me había dado cuenta de que en esta vida me sonreía muy poco la fortuna en el amor, porque de una u otra forma, siempre terminaba con el corazón roto.

Esas palabras hicieron eco en mi mente y me retumbaron en el corazón, ahí seguía la culpa de haberlo lastimado. Puse mi mano sobre la suya y le dije:

—Ojalá algún día te pueda explicar lo mucho que sufrí por algo que no había significado nada.

Jonás le dio un largo sorbo a su copa de vino y viéndome directamente a los ojos contestó:

—Quizá María, ahora lo entiendo, ya estoy más maduro, pero en ese momento para mí significó todo, y me arrepentí y recriminé mucho tiempo por mis celos egoístas.

*

—Kike, aunque seas un infiel ocasional, sigues siendo un garbanzo de a libra para tu pareja, estoy segura de que ella sospecha que a veces te vas por ahí, pero sabe que es la columna vertebral de tu vida. Así que no te aflijas tanto que tu esposa es una mujer inteligente que sabe que en este México donde el machismo es soberano, una persona como tú que la amas y que, de repente y puertas adentro, te avientas una indiscreción para regresar inconscientemente con la cola entre las patas, que jamás te largarías con otra —dijo Barbi, a lo que Kike asentía.

Barbi estaba segura de que a pesar de lo estricta, Natalia se daba cuenta de las experiencias ajenas del matrimonio de su marido.

Kike Quintanilla, uno de nuestros amigos entrañables, nos había caído de sorpresa a casi todos a nuestra comida que se convirtió en tardeada, ya que a mí me había avisado que probablemente pasaría a saludar, llegó y de golpe se bebió un mezcal doble como intentando alcanzarnos en nuestra consagración etílica.

—Mi vieja se va a poner uñas y pestañas en la misma plaza, la voy a acompañar y los paso a saludar, pero no avises porque no es seguro, puede cambiar de opinión, ya ves cómo es ella —me había dicho.

De inmediato pidió otro doble cuando aun le hacía gestos al primero con un movimiento de su mano.

—Suena duro para muchas mujeres sin experiencia esta realidad, pero ella que en verdad es inteligente sabe que si te deja, la tómbola de la fortuna la puede sorprender con otra pareja que no solo no la quiera, sino que la trate mal —culminó Bárbara que tenía el buen tino de hacer sentir bien a sus amigos, quizá dándoles un poquito más por su lado.

Kike había llegado y sin más espetó que creía que su mujer lo había cachado en una movida.

—Estuvo muy fría en la mañana y me di cuenta de que me había esculcado los bolsillos, siempre soy muy cuidadoso, pero realmente no me acuerdo si tiré la tarjeta de una chava que me atendió en el banco —había dicho.

—De eso se trata mi Kike —dijo Alex.—Ahorita mismo me estoy chingando a un culito recién separado y que está de rechupete, pero la muy ilusa piensa que me voy a quedar con ella para cuidarla junto con sus bendiciones. Nada tan fácil como ligarte a una recién separada descuidada y de venidas fáciles, pero en mi mente le hago un favor ya que al comprobar que somos así de cabrones, seguro regresa amorosa con su marido ahora con una relación más fuerte y a prueba de balas —dijo Alex con un torcido sentido del deber—. Así pongo de mi parte —dijo agarrando levemente su bulto sobre el pantalón de mezclilla —para que baje la tasa de divorcios…

—Alex, de neta, ojalá que alguien haga un blog donde señalen a los psicópatas como tú como advertencia para las demás mujeres vulnerables, no te acuestas con ellas por caliente, te las coges por vanidad, estás enfermo —dijo Martha torciendo la boca tomando el comentario de manera personal por alguna herida pasada que aun le supuraba.

—Ay, Marthita, no es para tanto, o a poco crees que el marido separado no anda de caliente, de seguro anda metiéndosela a la primera que le haga un guiño, no odies a los jugadores, odia al juego —sentenció Alex dándole un trago a su cerveza.

—Tienes razón Barbi, mis canitas al aire no significan nada para mí, pero me ayudan mucho a soportar mi matrimonio. Yo sé que mi relación no debería de ser una prueba de resistencia y quisiera no desear a otras mujeres, mi esposa si bien ya está en la tarde de su juventud, me gusta y disfruto estar con ella, pero es como si una fuerza me doblegara cada vez que tengo la oportunidad con toda discreción de darme un gustito —dijo Kike mientras revisaba su teléfono por si había algún mensaje, ya que su esposa lo tenía sometido a una estrecha vigilancia en donde estaba obligado a reportarse al pase de lista con inmediatez, so pena de que su señora se apersonara en cualquier restaurante o bar donde se encontrara. Era casi un milagro que el vigilado Kike hubiera encontrado la oportunidad para un desliz y en lo particular dudaba que lo hubiera conseguido, pero podía entender sin conceder su sensación de triunfo cada vez que se aventaba una canita al aire que le quitara la comezón de los calzones y lo liberara de su escudriñada vida.

—La ocasión hace al ladrón —dijo Alex siempre presto a defender a su género en temas de faldas—, y ¿a quién le dan pan que llore? —dijo con alegatos refraneros mientras le cerraba un ojo a su amigo.

—Claro, no tiene nada que ver con que te guste o no, es la manera en que la evolución a cableado el cerebro de los hombres. Por siglos, tener relaciones sexuales con muchas mujeres significaba una mayor descendencia y propagación de genes promiscuos, además de que en el clan masculino siempre se ha aplaudido este tipo de comportamiento, no solo misóginos como Alex, sino que celebran a las personas "exitosas" con las mujeres. Una buena parte de la población general piensa así: mientras que a las mujeres se les ha condenado por siglos y, por lo general, las que mantenían una actitud monogamia tenían más hijos. En conjunto con las normas sociales que ustedes los machos impusieron a las mujeres, hicieron que se propagara un conjunto de cualidades que los hombres consideraban deseables como la fidelidad femenina, pero eso está cambiando y ahora les estamos dando la batalla en su cancha, pagándoles con la misma moneda de la libertad para disfrutar nuestra sexualidad —dijo Bárbara.

—Bueno esa eres tú —dijo Alex atemorizado ante la posibilidad de que sus conquistas se empezaran a poner respondonas—, las chavas que están conmigo, solo están conmigo, ¿me entiendes? —dijo trastabillando porque en el fondo seguía siendo el niño maltratado.

—Tú sigue creyendo en eso si así eres feliz —dijo Barbi.

—Obvio que te cachan tus mentiras —dijo Martha—. ¿Recuerdas a Karina?, ella me confió después de que se dio cuenta de lo atascado que eras, que te seguía viendo solo porque le caías bien, pero que en realidad tenía a otro amante que sí calzaba grande, con el que disfrutaba mucho hacer el amor —.

—¡Ah cabrón!, no sabía que les importaba tanto el tamaño —dijo Alex tomando personal la afrenta hacia la devaluada medianía de su pene y los avatares de su desempeño sexual.

—El tamaño no importa para casi nada —lo tranquilizó Bárbara intentando rescatarlo.

—Para casi nada, solo importa para coger —dijo Kike.

*

Au Pied de Cochon
María

—Ahora que pienso en la escena que te monté no sabes la pena que me da—me dijo.

—Le rompiste la mandíbula a Marcelo, tuvieron que ajustársela con cables, después me enteré y creo que también el chofer les renunció al siguiente día.

—Qué pena, ya no me digas más.

Jonás se arrellanó en la silla, le incomodaba el recuerdo de aquel momento.

No podía estar más de acuerdo en cambiar de tema, esta noche solo hablaríamos de cosas que enriquecieran la hermosa velada que estábamos teniendo…

—Y bueno dime, ¿en realidad has estado enamorado?

Jonás suspiro y apretó la mandíbula antes de contestar.

—Claro y muy cabrón, de ti María, cuando terminamos no pude dormir en mucho tiempo, me salía a caminar en las madrugadas y en muchas de esas veces lloraba, luego, te empecé a ver en todas partes, te confundía con otras personas, y así fue por mucho tiempo hasta que me obligué a olvidarte para poder seguir mi vida —le dio un trago a su copa de vino tinto que por el gesto debió saberle a melancolía, incluso le brillaron los ojos de más, como si el recuerdo luchara por estallarle en lágrimas.

Las horas pasaron fáciles y nos habíamos mudado a la terraza del restaurante, en un encuentro que secretamente ambos habíamos deseado por años y también, convenientemente, era la noche más hermosa que me había tocado vivir en la ciudad de México. El cielo estaba despejado, se veían las estrellas y el clima estaba lo suficientemente cálido para permitir estar completamente a gusto sin el abrigo puesto. Utilicé la muletilla de darle un largo trago en mi copa de vino para darme tiempo a interpretar y sentir lo que debía contestar. Pero me di cuenta de que necesitaba más tiempo, por lo que me excusé para ir al baño y caminar entre las mesas de gente, ya que el lugar estaba siempre atiborrado sobre todo por la noche. Mientras caminaba puse atención a las muchas parejas que se encontraban, unas que ya indicaban que eran parejas viejas por su evidente desgaste del tiempo y que demostraban al sentarse muy separados pero parejas el fin. También pude observar a algunos amores novedosos que se apuraban por estar cerca el uno del otro, y una que otra pareja clandestina que se acercaban uno al otro aún más. Esta reflexión me regresó el golpe a mi situación, con un nudo en la garganta porque yo caía en esta clasificación, por lo menos hasta este momento.

Lo que dijo me pegó más fuerte de lo que debiera, fue muy duro el haber sufrido tanto, a mí me pasó igual, caí en depresión y dejé de comer hasta que mis padres preocupados me llevaron con un especialista. Moríamos el uno por el otro, solo que éramos muy jóvenes para saber amar con el amor que construye una relación y no con el que te obsesiona deteriorando tu vida. Supe hacia dónde —peligrosamente— me llevaba esa conversación, así que decidí que ya era hora de marcharme, antes de que la mirada fija que posaba en mí el hombre que más he amado en mi vida me obligara hacer una locura.

Regresé a la mesa, Jonás me sonrió y se puso de pie para acomodar y empujar mi silla tan pronto me vio, sentí una fuerza magnética que me atraía hacia él. Removí nerviosamente con una cucharita lo último que quedaba de una tarta de zarzamoras que habíamos pedido por glotones, y dejé caer delicadamente el cubierto al lado del plato. Lo miré y dije fingiendo desinterés:

—Me encantó verte, pero ya me tengo que ir, tengo una junta temprano y creo que ya tenté de más a mi suerte estando aquí contigo —agregué mientras me empezaba a levantar de la silla, estirándome para tomar mi abrigo y mi bolsa del perchero.

—Son las cuatro de mañana María, no te voy a dejar ir a tu hotel a esta hora —me dijo Jonás mientras ponía su mano sobre mi antebrazo con cariño y delicadeza lo que me enchinó la piel. En el Au Pied de Cochon, nuestra plática se había vuelto eterna acorde con este restaurante que no cerraba nunca. Así que nosotros, mientras siguiera fluyendo comida y el vino tinto seguíamos. Ahora estaba hambrienta, pero de otra clase de hambre.

—Vamos a mi cuarto, quédate conmigo, te presto un bóxer y una camiseta y duérmete aquí, te prometo que no va a pasar nada que tú no quieras, me conoces muy bien —comentó Jonás que de antemano me había comentado que estaba alojado en el Hotel Presidente en donde convenientemente estaba nuestro restaurant y mañosamente propuso nuestra reunión.

Y vaya que lo conocía muy bien y sabía que era un caballero, pero a la que conocía también muy bien era a mí misma y en las últimas horas me había dado cuenta de que los sentimientos que había intentado reprimir seguían vigentes. Todos, y con la última botella de Tempranillo habían regresado de golpe a mi corazón. Era como si el tiempo no hubiera pasado y la combinación de sentimientos y sensaciones jamás se hubieran marchado. Luchaba por no demostrarlo, pero Jonás me tenía babeando, él no era tan bueno en ocultar sus sentimientos porque sus ojos brillaban de manera espectacular y cada vez que se acercaba para decirme algo importante que no quería que se distorsionara por el sonido de la música y el bullicio, notaba que le temblaba la voz, como si siguiera siendo el chico que conocí en España y no hubieran pasado los años. Mi corazón borró el presente y me remontó al pasado y tuve que apoyarme en todo lo que representaba mi vida actual para tener la fuerza suficiente para no besarlo, todo me decía que esa era la ruta adecuada menos una cosa: no estaba soltera….

—Bueno va, porque tengo que dormir un par de horas antes de mi junta mañana, pero conste, estoy confiando en ti…

Las palabras salieron de mi boca de manera automática e involuntaria. Sólo eso me faltaba, al estar con él no tenía dominio de lo que decía, menos de lo que podría hacer. Además, mi hotel estaba literal a lado, pero la fuerza que me llevaba a seguir la velada en otro escenario me dominaba. Me apresuré a declarar en mi mente una emergencia para idear un plan que previniera que manchara mi relación con Javier que para este momento y en el estado en que me encontraba solo lo veía como un distante amigo, pero que invariablemente merecía respeto y representaba un inconveniente bloqueo a mis deseos, no podía permitir que mis ganas se impusieran a mi realidad pero parecía que esta noche no tenía dominio de nada y estaba segura de que Jonás tampoco respetaría el pacto mutuo de anestesiar los sentimientos y portarnos bien.

Jonás pidió la cuenta con su acostumbrado gesto que me divirtió aun más. Seguía usando el ademán que estrenó conmigo en Madrid donde al tener muy escaso el presupuesto, me contó que le dolía cada vez que pagaba una cuenta y en vez de pedirlo con un gesto que asemejaba una firma, hacía otro en donde con su mano dibujaba un pene con bolas en el aire.

—Qué risa que sigas pidiendo la cuenta de la misma forma —le dije.

—La fuerza del hábito mi cielo —me dijo tomándome de la cintura y ese gesto fue como si le hubiera picado el botón a la máquina del tiempo y ahí estuviéramos de nuevo en Madrid y de nuevo con el corazón saltando de mi pecho por un shock eléctrico. Tenía que actuar de inmediato, en ese momento parecía que todas mis acciones fueran en contra de mi voluntad. "Mi cielo" como siempre me decía, eso significaba tanto para mí. Qué fuerte es el significado que le damos a algunas palabras y "Mi cielo" era una clave que abría todos mis cerrojos.

A fuerza de voluntad reprimí mis ganas de colgarme en su cuello y besarlo, Jonás al ver la cuenta dejó unos billetes que ya incluían una generosa propina, como gratificando al mesero de manera exagerada por lo feliz que se sentía. Tomé mi bolsa y abrigo y juntos nos enfilamos entre las mesas donde el bullicio se mantenía. A esta hora cada mesa era un mundo en donde los comensales trataban temas trascendentales imposibles de esperar hasta el siguiente día. Jonás me acompañaba en el camino tomándome por la cintura, muy pegado a mi cuerpo, se sentía completamente natural, como si estuviéramos diseñados el uno para el otro, haciéndonos encajar como dos piezas de rompecabezas que embonan a la perfección. Él sonreía sin atreverse a más, seguro sentía lo mismo que yo, pensaba, y si nos fundíamos en una caricia de más con toda seguridad no íbamos a poder parar. Habían sido muchos años de sufrimiento al estar separados, y la potencialidad de disfrutarnos era abrumadora.

—Estoy en el piso siete —me dijo y sacó su llave de la bolsa del saco. Ambos habíamos bebido y el esfuerzo para refrenarme y besarlo me estaba resultando imposible, pero no quería caer en falta o, mejor dicho, agravar mi crimen antes de cerrar ciclos, tenía que actuar rápido.

Al entrar a su habitación me dio una camiseta y uno de sus bóxer, seguía usando los mismos.

—Sigues usando la misma marca y de colores —le dije.

—Me he acostumbrado a esa marca y si funciona para que cambiarlo —me dijo—. Voy a pasar al baño mi cielo.

En mi mente supe que él esperaba todo en esta noche, pero no lo podía permitir, no aún. Me vestí de inmediato con su ropa y me acosté en la cama que por cierto estaba deliciosa y suave. Cerré los ojos y me imaginé en sus brazos para toda la vida, pero no todavía. Cuando salió del baño ya estaba completamente dormida.

Javier

Quedamos de vernos en uno de mis bares de confianza, la idea era tomar un par de tragos, la quería jugar de la manera más prudente, era mi primera tinderela y al igual que primero metes un pie en la alberca para tantear la temperatura, solo acordé beber algo para medirle el agua a los camotes, no pensaba arriesgarme con ninguna desconocida a una larga cena con postre y sobremesa. Así que opté por la apuesta segura de un par de tequilas y si todo fluía como esperaba, siempre cabría la opción de pasarnos a cenar.

El lugar que escogí se llamaba Ámbar y era un Sport bar con ínfulas de grandeza. El lugar tenía una larga barra de madera color ámbar que remataba con un muy bien surtido bar y espejos, además, el personal era muy amable. Era un lugar concurrido por solteras, ya que en algunas ocasiones me habían buscado sacar plática mujeres que respiraban soledad…

Como acostumbro, llegué antes para analizar el lugar, había algunas personas, grupos que parecía venían de una oficina, algunas parejas y unos padres con sus dos niños pequeños.

En ese momento me sentí feliz de haber escogido ese lugar, las fotos de Tatiana en Tinder, me dieron la impresión de que era una chava muy conservadora, el típico traje sastre, la falda larga, dos dedos a la rodilla como recomiendan las monjas de los colegios católicos. Me senté en la barra, pedí un mezcal blanco para elevar la química del cuerpo y me apresté a esperar a mi date de esa noche.

No acababa de agotar la idea en mi mente de mi date como mujer conservadora cuando un súbito chillido de rechinar de sillas simultáneas me hizo voltear hacia la entrada del restaurante. Lo que vi casi hace que se me saliera el mezcal por la nariz, pero lo retuve porque sabía que necesitaría su efecto tranquilizador para lo que me esperaba el resto de la velada.

Entró Tatiana con una minifalda de los ahora llamados putivestidos también conocidos como falda cinturón, ajustado cual calcomanía a su cuerpo lo que le hacía resaltar todo tipo de atributos, pecados, gustos pasados y ranuras que acompañaban su cuerpo, lo cual revelaban un físico de teibolera jubilada. No era vieja, pero es bien sabido que el negocio del tubo y el desnudismo está reservado para mujeres jóvenes, no era que yo fuera espantado ni mucho menos, solo que el atuendo era demasiado revelador para ese lugar, es más, para casi cualquier lugar. Inmediatamente me di cuenta de que me había equivocado de locación y también de que no era nada recomendable invitarla a sentarse en uno de los banquillos de la barra del bar, de haber sabido que venía ataviada con tan provocativa vestimenta hubiera escogido una mesa rinconera…

Después de digerir el impacto visual de su presencia atrevida le ofrecí algo de tomar.

—Me muero de sed, qué tal una cerveza bien fría —contestó.

(Algo hay en las mujeres que piden una cerveza que me gusta), al llegar su fermentada bebida, le dio un trago enorme de universitario en calor, casi se la acaba de golpe, lo que me reveló que estaba nerviosa y que no se sentía del todo relajada.

—Está deli, refrescante, me va trayendo otra joven, por favor —dijo ante el atónito mesero que se había quedado parado a lado esperando servirle la cerveza en un vaso.

—Enseguida señorita —contestó.

Después de un par de silencios incómodos y que aproveché para apreciar el excelente trabajo que había hecho el cirujano con sus pechos que despuntaban en un doloroso y notorio piercing en cada uno de los pezones, empezamos a platicar. El básico chit chat que según Cris Rock no importaba realmente porque todo lo que dices en la primera cita de Tinder se puede traducir en un: ¿Qué tal si cogemos?

Resultó que Tatiana no era ni cerca la impresión que me había formulado la primera vez que vi su perfil en la sexosa aplicación, tampoco nada comparado a lo que su atuendo actual sugería, era una mujer bastante centrada y adaptada a la realidad.

—Ya no me visto para darle gusto a nadie más que a mí, si me siento con ganas de enseñar lo hago —bien por ella, pensé.

Después de pasar de las nimiedades me contó que era divorciada, como tantas se había casado muy joven, tenía dos hijos preadolescentes que adoraba profundamente pero que no la dejaban ni respirar durante el día.

—Los adoro, pero, a veces, los quisiera desterrar de mi casa con todo y que se supone que estoy genéticamente programada para quererlos —me dijo.

Las responsabilidades familiares combinadas con su trabajo de agente de seguros y planificadora financiera, actividad que había tenido que aprender después de su divorcio ya que durante un largo y soso matrimonio solo se había dedicado a cuidar la casa, esposo y familia.

—Tengo que estar súper movida y andar en todo, mis hijitos necesitan ropa y buena educación —dijo mientras le daba sorbos avalanchados a su cerveza.

La realidad financiera la azotó en la cara al concluir su divorcio que en parte fue motivado por la escasez financiera que sufrió al lado de su ex marido.

—Nadie te prepara para la realidad, o por lo menos yo no recibí ese tipo de educación, muchas mujeres divorciadas al empezar nuestra nueva soltería pasamos muy rápido del alivio de alejar a un marido nefasto a la desesperación económica.

Cuando su exesposo perdió el trabajo y se dedicó a actividades informales que apenas le daban para sostenerse en lo básico y sin ningún tipo de cancha para dejar dinero para el esparcimiento.

Se dio cuenta al culminar su divorcio y después de dieciséis años de matrimonio que en la ley ya no ahí distingos entre hombres y mujeres y que su exmarido al no tener ingresos ni propiedades, terminó por dejarla a ella y a sus hijos en la nada.

—Me ayuda esporádicamente, claro, no se había desatendido del todo, pero la verdad es que, si él apenas puede sostenerse, difícilmente puede aportar la pensión.

Noté un poco de nostalgia en ese comentario, como si se recriminara por no haber hecho lo suficiente para ayudar a su ex a superar la crisis financiera.

Ahora entiendo más que nunca a las mujeres que están con su pareja por dinero, el dinero significa seguridad y protección, si antes era alguien que pudiera ir de cacería tras comida ahora es alguien que pueda darte el sustento para mantener a la familia.

Tenía razón, y pensé que no era tan malo que una mujer viera a una persona con medios como una pareja más viable y quizá lo verdaderamente triste sean las parejas que abandonan a su cónyuge cuando la suerte monetaria cambia, y ya no pueden pagarles sus caprichos.

Como a muchas, la habían educado en casa para pasar del cuidado de sus padres al de su marido, preparación que tiene el pequeño inconveniente de que falla al momento en el que las promesas que juraron frente al altar se disuelven, cuando resulta que el juramento de "Hasta que la muerte nos separe" resulta no ser a prueba de tiempo. A no ser que se refiera a "Hasta que seas un muerto de hambre nos separaremos" como hasta ese momento infería que había pasado en su matrimonio. Y pensar que muchas mujeres siguen creyendo que los problemas que tienen a causa de la precariedad financiera se van a resolver mágicamente divorciándose, cuando lo que en realidad pasa es que se incrementan las penurias y la estreches financiera de manera exponencial.

En fin, su manera de vestirse para sus salidas románticas era sin duda una escapatoria a la desesperación de sentirse a veces, sin salida. Atrapada en un día que se repite eternamente y que consiste en correr y trabajar frenéticamente para seguir en el mismo lugar, o sea estar en chinga solo para mantenerse asomando la cabeza fuera del agua, vivir al día era su nueva realidad.

Tomé una nota mental de que, si alguna vez tenía una hija, la iba a educar para valerse por sí misma; cuando llegara a la edad adecuada le dejaría de contar cuentos de hadas para pasar a la cruda verdad de la vida real incluyendo educación financiera y esta sería la mejor forma de mandarla a la jungla social: con un fusil y no con una varita mágica.

Mi date tenía dos años soltera, pero hablaba de su divorcio como si hubiera sido ayer, síntoma de que no lo había superado ni de cerca, todos las experiencias que se siguen platicando con vehemencia demuestran una incapacidad subconsciente a pasar la etapa.

En fin, no era mi papel gestionarle recuerdos y soluciones a sus problemas financieros así que dirigí la conversación a terrenos más conocidos y para los cuales me había a últimas fechas preparado José Manuel. Me había sumergido muy profundamente en mi papel de Player que algunos aspectos básicos de la empatía humana se habían escondido muy bien detrás de la lujuria...

Me quedó claro que a todas las educaron para esperar la llegada un príncipe azul (o valiente) dependiendo de lo grave de la situación, para resolverles la vida.

—Pues te felicito, se ve que te adaptas y emprendiste un rumbo positivo en tu vida, no todas tienen esa fortaleza mental para salir adelante.

El halago bien colocado pareció hacerla bajar la guardia un poco, vi que se acomodó el cabello y le dio un trago pequeño —de catador— a su cerveza, me contó que tenía treinta y seis años (aunque yo había pensado que podría tener cuarenta), y que después de su divorcio decidió hacer ejercicio y ponerse a dieta buscando trasformar su vida.

—Leí un libro buenísimo justo en el momento más adecuado, los 7 hábitos de la gente altamente efectiva y cambió mi vida: disciplina y más disciplina.

Pensé en muchos hombres y mujeres que hacen lo mismo al divorciarse, se ponen en la mejor condición física de sus vidas, tratando de mejorar la apuesta y sus posibilidades en la nueva aventura solteril que están a punto de emprender. No veo el porqué no hacerlo también cuando estás en una relación, tener pareja estable en muchos casos pareciera una licencia a la fodongués y al valemadrismo estético. De mañanas despeinadas y con mal aliento pasan a la flacidez generada a base de inmovilidad y antojitos.

Vaya que el ejercicio y la buena alimentación debe de ser un estilo de vida y no una herramienta de ocasión.

Después de varias salidas y dates, añadió, sin mucho éxito ya que todos solo buscaban un acostón, decidió tomarse las cosas con calma y no tener sexo con nadie hasta que hubiera una conexión profunda y estable.

—Ahora me doy cuenta que tengo que estar segura de mi pareja antes de entregarme, así que pasará tiempo para que vuelva a atreverme a hacer el amor, espero que no me hayas invitado solo buscando eso, el sexo se volvió común y el amor raro, yo creo que cuando vale la pena lo que encuentras en una persona bien vale la espera…

Esa noche lo hicimos en el estacionamiento…

Y cuando desperté tenía en mi teléfono un mensaje de Tatiana, la frase que todo soltero teme escuchar después de una relación de una sola noche.

"Te Amo".

*

Qué tiene la vida al repetir situaciones, como si en realidad fuera cierto todo lo que se dice acerca de las segundas oportunidades.

Cuando desperté, él ya estaba sentado en su escritorio trabajando en una computadora portátil. Abrí los ojos y al verlo tuve el recuerdo más hermoso de nuestra primera noche juntos. Ahora tantos años después sólo nos habíamos acostado el uno al lado del otro para simplemente dormir. El escenario también había cambiado, ya no estábamos en el avejentado pequeño departamento que tenía en Madrid y que tenía que abrir las ventanas para refrescar un poco. Era un lujoso hotel gran turismo con edredones esponjosos de pluma de ganso y sábanas de miles de hilos.

Involuntariamente revisé mi vestimenta y ahí seguían bien puestos la camiseta y el bóxer que Jonás me había prestado, no era que dudara de mí y de él, se había mantenido firme la idea de no hacer nada mientras no pusiera en orden mis asuntos. Recordaba una lección que había aprendido con sangre y no pensaba cometer el mismo error.

Ensimismada en mis pensamientos Jonás me miró y sonrió con un aire de complicidad.

—Hola mi cielo ¿cómo dormiste?, ¿bien? No he pedido nada para desayunar porque no quería despertarte, y traté de terminar este recurso que tengo que enviar a la oficina sin hacer ruido. Como lo hicimos en España quiero pasar todo el día contigo —me dijo.

Le sonreí, pero tuve a bien cuidarme de responderle algo, estiré la mano para tomar mi teléfono que estaba en la mesita de al lado, para checar la hora y ahí estaba el recordatorio de la realidad: siete llamadas perdidas más un mensaje que se alcanzaba a leer que Javier me preguntaba si estaba todo bien ya que no había sabido nada de mí.

De golpe se amontonaron las responsabilidades de mi agenda en mi mente: terminar de aceptar las condiciones del proyecto que me proponían, ver a Dana porque había quedado de almorzar con ella, organizar mi vuelo de regreso porque lo había dejado abierto, terminar con Javier de manera definitiva antes de siquiera empezar a comenzar algo nuevo. Encontrar a Jonás me había hecho darme cuenta de que mi relación con Javier se había convertido en un veneno lento que poco a poco me iba matando, por eso ya no le encontraba sabor a mis días ni disfrutaba mis noches. Necesitaba poner mis asuntos en orden sin cobardía y ejercer mi derecho a quitarme lo que me hiciera daño para volver a ser feliz en mi vida. Por miedo a los sobresaltos habían transcurrido años en los que no había pasado nada que valiera la pena, mis días transcurrían mientras veía horas y horas de series en la televisión.

Tener a Jonás en mi vida no solo me halagaba, sino que me llenaba de emoción el potencial de posibilidades que con él se me presentaban. Si fuera más valiente ya lo debería de tener por lo menos en mi cama, me dije.

—Tengo muchas cosas que hacer, Jonás. Me encantas y lo sabes, ahora que nos reencontramos no pienso perder contacto contigo, solo dame tiempo, tengo que atender varias responsabilidades.

—Yo tampoco mi cielo, no pienso dejarte ir, toma tu tiempo, esta hermosa casualidad nos tomo a los dos desprevenidos, además, ahora nos será fácil seguir en comunicación, te mando un mensajito cada vez que te vaya a marcar y prométeme que me vas a contestar —rogó.

Asentí con la cabeza mientras me vestía apresuradamente, de nuevo y exactamente igual como cuándo lo conocí en Madrid, por mí, ahí me le hubiera lanzado encima, él pareció leer mi pensamiento porque sonrió y apuntalando mi prisa añadió.

—Yo también tengo mucho qué hacer y qué acomodar antes de regresar a España.

*

—Javi, me tienes que acompañar a una cena, me invitó la asociación de abogadas defensoras feministas y quiero aprovechar que por fin mi amigo más querido está soltero, ahora que según tú volviste a hacerle caso a tu conciencia, para que conozcan a un hombre integro y de una vez por todas se den cuenta de que no son todos unos patanes —me dijo aun creyendo lo que le había contado de que me estaba tomando con tranquilidad mi salida con las chicas. La hubiera acompañado, pero tenía mucho camino que recorrer para recuperar el tiempo que había perdido con María y ya estaba lista mi cita secreta de esa noche, mi maratón de conquistas era pleno, el frenesí sexual que había arrancado a espaldas de mis amigos me tenía bastante ocupado.

—Esta vez te voy a quedar mal, no puedo, tengo una junta de trabajo, por qué no invitas a La Almorrana, seguro te la pasas bien —dije.

—Me cae muy bien pero no es su auditorio, una palabra equivocada y se las echa a todas encima, además, ya me dijo Bárbara que cuando toma se pone cariñoso y no tengo ganas de tener que ponerle un alto si se pone pulpo.

—Jamás intentaría eso contigo, te tiene un respeto que raya en el temor, además sabe que tú eres mía —dije.

*

Al regresar a mi realidad, solo había una cosa que me ilusionaba, recibir un mensaje de mi amado desde el otro lado del mundo.

Apurada con el corazón saliendo de mi pecho, corrí al cuarto de baño y me senté en la tina, el mensaje no dejó dudas, mi adorado Jonás estaba pasado de copas y me extrañaba a morir, debían de ser las 3 de la mañana en Madrid y Javier se preparaba en pijamas un sándwich en la cocina.

—Tardé en darme cuenta lo mucho que me importas, y lo infantil de mi comportamiento como te digo, estaba profundamente enamorado de ti sólo que no sabía amarte como tú lo mereces. Necesito que me digas que ya vamos a estar juntos, que podemos comenzar de nuevo y justamente donde lo dejamos, estamos los dos en nuestro mejor momento, por favor no te alejes de mí porque yo te quiero —decía, y en su borrachera se desesperaba por hacerme entender que aun me amaba.

Yo lo sabía, pero aún así adoraba que me lo dijera, no quería abrumarlo con mis sentimientos tan actuales de atracción hacia él que nunca habían cambiado. Su amor y lo que sentía por él se había quedado discreta pero permanentemente haciendo guardia en mi corazón como una lucecita que de repente recobraba su brillo iluminando desde el interior todo mi cuerpo.

Sí, tuve que soltarlo, para agarrarme a mí misma y poder seguir viviendo, pero definitivamente estaba ahora de regreso. Percibía que él ya lo sabía, pero en honor y en el nombre del amor seguí jugando a negarlo porque me gustaba que luchara.

Cómo podía haber pensado que me iba a cansar de esperarlo, si ahora no me cansaba de mirarlo, a él que al igual que yo, había subestimado la fuerza del arrepentimiento, pero la buena fortuna nos había premiado con una segunda oportunidad.

Estaba de vuelta, y de golpe había alimentado a mi corazón que sufría de desnutrición amorosa. Era como si me estuviera diciendo te lo dije, ya ves que sí era yo el amor de tu vida.

—Vete a dormir, lo nuestro será y muy pronto —le dije.

—Conste mi cielo, porque yo sin ti no puedo vivir.

Al colgar me quedé sosteniendo el teléfono junto a mi pecho por varios minutos pensando en él.

Sentía que si él estaba a mi lado, la vida ya no iba pasar en automático, y yo, no la iba seguir viviendo como autómata.

Le colgué, pero pensé en las ganas de tenerlo a mi lado, entre las sábanas blancas y el edredón de pluma de mi cama al mismo tiempo que entraba Javier a la habitación con sus pijamas de cuadritos masticando un sándwich.

*

Javier

—Bien dicen que Dios cuando quiere enloquecer a los hombres, les cumple sus deseos, ahora que ando de Player y estoy teniendo éxito con las mujeres me toca pura intensa.

Fermín no se molestó en contestarme, solo me volteó a ver con mirada comprensiva y me sirvió un tequila, pero se quedó enfrente de mí, señal inequívoca de que esperaba que le siguiera contando.

—La vez pasada salí con una chava que conocí en Tinder, todo cuadraba, sus fotos eran bastante decentes y no había ninguna indicación de que sufriera algún tipo de desequilibrio mental —dije antes de darle de manera mecánica un trago al percherón doble que tenía en mi mano—. La charla normal, un poco exuberante, pero nada fuera de lo normal, hablamos de su divorcio, de su vida, ni siquiera la estaba tratando de conquistar, nada de trucos psicológicos de mi parte, ni de verme demasiado impaciente en mi cita, solo una buena plática. Al salir del restaurante y con solo unos pocos tragos encima, la acompañé a su coche, que acababa de comprar a crédito con el producto de su trabajo, y la hacía sentir a pesar de ser un modelo económico, todopoderosa. Me pidió que me sentara en el asiento del copiloto para enseñarme ya no recuerdo que función de la pantalla de su compacto y en ese momento se me abalanzó encima, beso y beso, y agarrones en la entrepierna como si estuviera revolviendo colores de plastilina, después de tan solo abrirme la bragueta se me montó encima con apenas tiempo para ponerme a la mitad un condón que además ella me dio, te soy sincero, si no fuera por todas las historias que nos contamos los hombres de que hacerlo con cuantas podamos es la ratificación de la masculinidad, me rajo. Aquello se convirtió en una amalgama de apretones, vaivenes, chupetones y ruidos en un estacionamiento atiborrado.

Terminamos, lo cual fue toda una hazaña porque yo no podía dejar de pensar en que alguien podía vernos, era el estacionamiento bien iluminado de un restaurante familiar, y en tiempos de cámaras y redes sociales no quería ser conocido como "Lord estacionamientos" o "Lord calenturas" o qué sé yo…

Fermín me seguía viendo sin mostrar ninguna emoción, con su permanente cara de póker, quizá solo una pequeña y casi imperceptible mueca de desaprobación, seguí contando.

—Terminamos y de inmediato todo volvió a la normalidad, como si nada hubiera pasado y lo que acabábamos de hacer fuera lo más normal y natural del mundo, nos despedimos con un beso y en la mejilla, y quedamos de hablar. Cuál fue mi sorpresa al encontrarme en la mañana con un mensaje que decía TE AMO, ¿cómo ves? No sabe ni siquiera mi apellido o si soy un asesino en serie y ya me dice que me ama.

Fermín con su acostumbrada parsimonia me contestó:

—Seguramente es una mujer que sigue con el corazón roto, muchas veces, las personas a las que les rompen el corazón se apresuran a repartir los pedazos, verás, el corazón puede ser roto de muchas y variadas formas, de todas esas maneras existe una forma correcta y positiva de que sea roto y es una forma que te permite sanar y ser más fuerte, aprender de la experiencia y usarla para tu crecimiento mental, espiritual y, a veces, hasta físico.

Fermín con su repuesta había logrado cautivar mi atención y continuó.

—Cuando alguien tiene un tema inconcluso como me imagino sin asegurar que es el caso de esta dama, las hace actuar de manera poco convencional, verás, el corazón tiene una característica especial y es que su capacidad de dar y almacenar amor es infinita, y tiene varios compartimentos, todos con un espacio inagotable para acumular amor. Uno para los padres, los amigos, los hijos y otro para el amor de pareja, supongo que tu date está en esa fase de que necesita amar a alguien, no significa que te ame a ti, solo que esa parte de su corazón se siente tan vacía que necesita decirle a alguien, y aun más después de un episodio como el del estacionamiento, que lo ama.

*

María

—Creo que, en el fondo, Cruz se siente lastimado también porque como no es muy alivianado, en el fondo lo educaron bajo el patriarcado y siente su ego muy afectado —dijo Angustias.

El comentario vino porque Angustias que nos había estado acompañando en la velada, se había tenido que ir de inmediato cuando le llamó su marido y se alcanzaron a escuchar algunos gritos.

—Pero ¿por qué te pones así?, solo estoy con mis amigas, no te avise porque pensé que ibas a estar jugando golf y siempre te quedas con tus amigos hasta tarde, ya no hables así, ahorita voy, ya estoy pagando mi parte de la cuenta, sí, sí, perdón, ya cálmate por favor… —se alcanzó a escuchar.

—Ya me voy amigas, no sé qué le pasa a Cruz, pero de repente se volvió muy inseguro y me cela cada vez que salgo, ahorita se puso como loco porque no le avisé, ¿de cuando acá?, pero bueno, tiene razón en molestarse, llegó a la casa y no dejé instrucciones de que le hicieran de cenar y Agripina ya se fue a dormir. Tengo que ir para hacerle por lo menos un sándwich. Está muy cambiado, la otra noche, olvidé poner mi iPhone en silencio y me llegó un mensaje sin importancia y se puso como loco preguntando que quién era, que por qué no contestaba, que si era algo que quería esconder, insistió en ver mi teléfono, no lo dejé porque es mi privacidad, y eso ocasionó un gran pleito. Al final le dije que, si quería ver mi teléfono que lo hiciera, que no tenía nada que ocultar, pero él se negó y me dijo que mejor así, para que luego yo no le pidiera ver el de él, fue una discusión muy tonta, pero me dejó emocionalmente exhausta, me dio miedo, no quiero vivir mi vida bajo escrutinio siempre —dijo y se marchó.

A todas nos sorprendió el cambio tan repentino de actitud de Cruz que anteriormente hasta parecía que le daba gusto que Angustias saliera con nosotras, Angus pensaba que era la crisis de los cuarenta y que las inseguridades le pegaron duro pretendiendo ahora tenerla siempre a su lado por miedo a perderla ahora en lo que Cruz consideraba el comienzo del ocaso de su vida. Connie no era tan indulgente y me había confiado solo a mí que pensaba que Cruz se estaba acostando con otra, y eso le despertaba todo tipo de miedos y fobias. Después de que Angus se había marchado seguimos con el mismo tema, pero Connie fue muy cuidadosa de siquiera mencionar la idea de Cruz teniendo un affaire.

—Eso es cierto, cuando estaba casada con Roberto, se aprovechaba de mis inseguridades que tenía a raíz de cómo había sido criada, no me podía separar porque me llegué a sentir cómo mercancía dañada, como si debiera echarle ganas a ese matrimonio. Era para mí una oportunidad para no ser un fracaso ante los ojos de mis padres y la sociedad. Por supuesto algunas de las enseñanzas y consejos que me decían estaban en contra mía y me hacían sentir culpable, como si la carga de que mi matrimonio hubiera tronado fuese toda mía, y en automático pasaba a ser una mujer degradada. Cada vez que me decían que tenía que ser una mujer decente para poderme casar bien ahora lo interpretaba como que ya no lo era, el cuídate para que no andes en boca de todos me daba un temor increíble que no me permitía atreverme a buscar hacer las cosas que me hacían feliz. Sé que mis padres lo hicieron pensando en mi bienestar, pero a veces también los hombres se aprovechan de esa educación para jugar con el miedo que nos da contravenir a esas enseñanzas, y ahí es donde sin quererlo nuestros padres nos ponen en desventaja, ¿sí me expliqué? —dijo Valeria.

—Sí claro, y muchos siguen preparando a sus hijas con la única meta de que se casen bien y pasen ahora a ser responsabilidad de sus maridos. El problema es que no se dan cuenta de que los hombres que manejen la idea también del marido ideal fiel y decente ya escasea demasiado, pero sí siguen muchos gandules que en su mente ven a la mujer como de su propiedad y con derechos a hacerle de todo, empezando por negarle la libertad —dijo Connie.

—A mí, mi padre me educó como hombre, y cuando vio que la presión social me empezaba a empujar a los roles a la antigua, me mandó de viaje para que me desapendejara y ya ven cómo me fue —dije fingiendo amargura, porque lo que acababa de pasar en la ciudad de México y mi relación a distancia con Jonás me tenía aun cacheteando la banqueta.

—Sí, María, y ¿qué habrá pasado con Jonás?, con ese te debiste de haber quedado, estaba como tú dices para chuparle los pies —dijo Connie cerrándome un ojo como si se sospechara algo.

—No nada más los pies —comentó Valeria.

—Eit, Jonás no es tema —sentencié.

Si supieran, pero por lo menos ahora, la idea de Jonás iba ser solo para mí, aunque le había comentado a Ricky de mi reencuentro, pero le pedí que no dijera nada. No estaba entre mis planes hacerlo público todavía, aun era muy temprano en este reencuentro como para adelantar vísperas y contarles a mis amigas, por lo pronto, la imagen y el recuerdo de Jonás era un plato exquisito que me iba a comer sola.

*

Empezaba a tener problemas para recordar los nombres, ya todas eran: flaca, chiquita, hermosa, muñeca, era imposible cuando intentaba recordarlas en específico, incluso sus rostros evanecían en mi mente.

No recordaba bien qué tanto le había chupado a la última chica con la que me acababa de acostar, pero mi boca me sabía a plastilina.

Entre mi nebulosa alcohólica y haciendo el ojo chiquito para enfocar mejor mi mirada de borracho, comencé a revisar los mensajes que tenía pendientes en mi aplicación, había una que debía de ser disléxica porque prometía —se leía en el mensaje —que quería amármela bien rico mientras hacíamos el 96.

Al mismo tiempo que me tomaba un trago de tequila del pico de la botella para enjuagarme los resabios del cuerpo de la última y casi desconocida chica que se acababa de marchar de mi departamento, le mandé mi ubicación.

*

—Te digo que me lastimé mientras corría —contesté con mentirosa seguridad mientras enjuagaba los resabios del café de un vaso de Starbucks que era lo más limpio que tenía en mi minidepartamento y servirme un trago de tequila para curarme la cruda.

La Almorrana me observaba con suspicacia, ya tenía tiempo riñéndome acerca de mi comportamiento contraproducente.

—Este pinche estudio huele a lo que deben de oler las jaulas de los zoológicos a donde llevan a los primates para que se reproduzcan —dijo.

—A nadie parece molestarle el olor más que a ti, a la mejor lo que huele es tu boca, ya sabes, la tienes muy cerca de la nariz —contesté.

—Son las diez de la mañana Javier, todavía no se cruzan las manecillas para tomar alcohol —dijo endureciendo el semblante para fingir severidad.

—Ahora tú aconsejándome, el más pedote de mis amigos.

—Pues sí, seré pedote, pero tengo control de mi vida, y una de las reglas es no tomar mientras no sea el horario adecuado y puedas declarar juego legal… a menos de que estés de vacaciones.

—Pues yo soy mi propio jefe así que puedo declarar vacaciones cuando quiera —dije.

—Sabes a lo que me refiero. A ver, dime de nuevo ¿por qué estás madreado?

—Ayer, mientras hacía ejercicio, traté de correr diez kilómetros más de lo que corro habitualmente —mentí mientras le daba un trago a mi tequila que me supo a madres—, y pues me di un tirón, aquí en la nalga, debe ser la ciática, ya sabes, les pasa mucho a los aficionados al ejercicio.

—Ah ok, quisiste correr diez kilómetros adicionales a los que corres todos los días —contestó Almo dándome cuerda.

—Aja, tú deberías de acompañarme a hacer ejercicio, aun estás a tiempo de ponerte en forma, además viene un triatlón en donde pienso competir, ya ves hace algunos años que me fue muy bien, deberías de entrenar tú también para que participes. Además, siempre te gustó andar en bicicleta y aquí nada más son cuarenta kilómetros.

—Quedaste en el lugar 574 de 578 de la categoría amateur veterano, y en cuanto a los cuarenta kilómetros de bicicleta ni con todo lo que anduve de niño te los completo, pero a ver, ¿estás seguro de que te lastimaste corriendo? —preguntó pelándome los ojos con lo que ya me aseguré de que sólo me estaba soltando el sedal para atraparme más con el anzuelo.

—Bueno cabrón, tuve un accidente, me caí, pero no pasó nada.

—Te tiraste de un balcón de bombita a la alberca y caíste afuera rompiéndote las nalgas en el suelo porque no alcanzaste a llegar… —dijo mientras me pelaba los ojos— ¿Quieres saber cómo lo sé?

Almo vio que las palabras no me llegaban a la boca y se respondió solo.

—Primero, porque era la peda milenial en casa de Karim Medrano que es un amigo mío, la peda era de su hijo, y segundo porque hay hasta un video, mira pendejo cómo te desculas por brincar.

La vergüenza me dejó mudo un segundo que disimulé muy bien mientras me tomaba un trago más de tequila, para hacer tiempo y deglutir la vergüenza de que mi pifia hubiera quedado documentada.

—¿Qué chingados estabas haciendo en una reunión de chavitos, completamente alcoholizado?

—Renata… —dije.

—¿Renata? —me preguntó.

—Pues sí, una chavita de veintitantos que me ligué bajándole el rango de edad a Tinder y que me salió insaciable cabrón, entonces me la traje aquí y pues como no he descansado bien y tengo rato sin tomarme mi jugo verde con espinaca… pues después de cuatro rounds, para hacer un break, accedí a acompañarla un ratito a una reunión que la habían invitado. Está buenísima, con todo en su lugar todavía, pero es insaciable y a esa edad pues quién le apaga la braza… —dije ya confesándole todo a mi viejo amigo.

—Bueno eso lo comprendo, pero por qué te tiras del balcón y lo peor, por qué caíste afuera —preguntó alarmado.

—Pinches chavitos Almo, están cabrones, primero un pendejito nomás llegando le preguntó a Renata que si yo era su papá, luego ya que vieron que yo era buena onda y que la traía bien controlada empezaron a tratarme a toda madre; me convidaron unos pistitos y pues ya sabes, yo ya venía carburado de la comida y pues con unos entres más la conecté, luego se pusieron a jugar Beer pong y me invitaron, me pusieron una chinga porque a nosotros nunca nos tocó jugar esa mamada y luego alguien gritó: ¡albercada!

—¿Beer pong?

—Sí, ya sabes, el vasito y la pelotita. Total, de desmadre se empezaron a tirar desde el balcón a la alberca y yo, por no quedarme atrás les seguí el juego y les iba a enseñar cómo se avienta uno de bombita para sacar el máximo de agua con el chapuzón, nomás que no me dieron las piernas y no llegué, caí afuera y mira... —dije bajando un poco el bóxer para enseñarle mis nalgas inflamadas que ya habían adquirido una coloración entre morado y verde.

La Almorrana se veía que hacía un esfuerzo sobrehumano para contener la risa, pero no podía con mi comportamiento, estaba ahí como los buenos amigos para amonestarme.

—Javier, escúchame dos cosas, solamente dos, primero, creo que estás tomando mucho, la bebida es maravillosa si la haces con moderación y combinándola con chamba.

—Ay sí, ahora tú predicándole al coro —dije fingiendo indignación mientras me preguntaba a mí mismo cuál era la razón de estar tomando tequila tan temprano y en un vaso desechable de Starbucks estando en mi departamento.

—Y la otra —contestó sin amilanarse por mi comentario ofensivo—. El hecho de que haya un video que está siendo trending que se llama "Lord nalgas se desmadra", y eres tú cuando te "caíste" mira... —dijo mientras me alcanzaba su teléfono portátil—. Significa que ya tus desmadres están volviéndose muy riesgosos.

—A ver —dije mientras tomaba el teléfono, y ahí estaba la caída con mi grito de "Jerónimo" y luego mi grito de dolor cuando me desguacé el trasero en la orilla de la alberca ante la risa de todos los asistentes que, en vez de acudir a mi auxilio, se carcajeaban en voz alta.

—Javier, te digo, ya ahorita todo filman estos culeros, en nuestros tiempos, quién iba a estar pensando en documentar estas mamadas —dijo mi amigo.

Volví a ver el video una vez más, ya en frío y, sin el calorcito de las copas, se veía aun más patético. Pinches millenials, nadie me ayudó, ni Renata que estaba atacada de la risa a un lado sin hacer el mínimo esfuerzo por levantarme.

No lo iba reconocer, pero tenía que disciplinar mi vida, y también tenía razón mi amigo, con tanta fiesta estaba descuidando mi trabajo. Además, ya estaba experimentado episodios que bien podían ser un cuadro de depresión, me daban ganas de llorar por cualquier cosa, se lo aludía a que no quería estar solo, sin pareja, porque aun no era tiempo de estar sufriendo el climaterio masculino, ya que en ese departamento todo me funcionaba muy bien.

—Ya Javi, bájale un poquito al pedo, mira para que te lo diga yo, es que ya estás muy cabrón.

—Bueno ya, muy mi bronca, ¿no? —contesté, aunque ya empezaba a darme cuenta de que una conciencia amplia no era suficiente para aguantar los trotes de esta vida.

—Así es, es tu pedo, pero cualquier cosa que estés pasando, cuentas con nosotros —me dijo poniendo una mano solidaria en mi hombro.

Ricky resultó pésimo para guardar secretos como pude comprobar en nuestra siguiente vinoterapia.

—Te recomiendo que aun no le digas nada, todavía no sabes adónde te llevará esto —dijo Connie—. No le rompas la madre de golpe, si ya tomaste una determinación hazlo poco a poco, Javier no se merece un golpe de este tipo.

—No puedo, tengo que decirle ya —contesté mientras destapaba la segunda botella de un merlot muy sabroso.

—Amiga no seas pendeja —dijo Ricardo—, Connie tiene razón, te diste un gusto, a la mejor y eso va a ser todo, no le des tanta importancia.

Lo que ellos no sabían es que no había sido tan solo gusto, se había reconectado la relación que tenía con Jonás justo donde la habíamos dejado hace tantos años, como si más de una década y media de mi vida no hubiera existido al no generar nada de importancia que valiera la pena ser conservado… o recordado. Supe que lo nuestro era fuerte y real, y eso le imprimía una doble urgencia a poner en claro y terminar mi relación con Javier. No quería lastimar a un hombre bueno que no había tenido la culpa de nada, y la urgencia que tenía para poder ahora sí, con toda la libertad que te da el ser un adulto autosuficiente, continuar mi vida junto a Jonás. Tenía sentimientos encontrados, los pensamientos que invadían mi mente viajaban de lado a lado, de la preocupación total a la felicidad absoluta, me dolía la plática pendiente con Javi, sabía que lo iba a reventar por dentro, él tan bueno y sentimental, tenía que planear bien cómo decirle que ya no quería, más bien ya no podía estar con él. Debía esgrimir razones ambiguas, nada en particular, le diría, solo que ya no le veía el caso a seguir en una relación que no le aportaba nada a ninguno de los dos. Tenía que planear bien el momento justo y las palabras correctas, todo antes de que se enterara que había regresado el amor de mi vida, porque él lo interpretaría como que en vez de regresar era que en realidad nunca se había ido, y sus peores temores que lo atormentaban al principio de la relación y que, poco a poco, se acostumbró a sobrellevarlos estaban bien fundamentados. No es que Jonás hubiera regresado, es que siempre lo habías amado y yo nunca signifiqué realmente nada para ti más que alguien que mal que bien te hacía compañía, pensaría.

Sé que te lastimaron mucho, pero dame la oportunidad de mostrarte que se puede amar de nuevo, a mí me encantas María y verás que con solo un poco de tiempo vas a aprender a quererme. Me había dicho al comenzar nuestra relación, no ayudaba que conocía a Jonás por fotos y no podía evitar compararse, eso mellaba su masculinidad.

Javi le puso corazón a la tarea de enamorarme y, poco a poco, me convenció de que estar con él era la ruta correcta, me ayudo a superar mis ataques de ansiedad y depresión, de eso no cabía duda, pero el llevar una vida tranquila casi como en pausa en donde ni siquiera tenía ganas de trabajar como arquitecta cuando antes había sido mi pasión no era lo que quería.

Debía apurarme a terminar de una buena vez con mi relación caduca.

—¿Por qué siempre queremos más de lo que podemos obtener, Fermín? —espeté de golpe mientras mi fiel bar tender me servía un doble de tequila añejo—. ¿No debería en un mundo ideal que las relaciones que tan bien nos vende el cine y los libros de ficción, en realidad funcionaran?

Fermín con la parsimonia que años de experiencia en el escuchar pacientemente a borrachos tenía me contestó:

—Las relaciones no siempre son como queremos, pareciera que estamos destinados a sabotear nuestras vidas buscando algo que en realidad no existe —dijo con su tranquilidad habitual mientras acomodaba unos vasos.

Fermín tenía años atendiendo la barra del bar, y siempre me había caído bien. Era callado, pero cuando tenía algo que decir lo decía, si bien era muy discreto con su vida privada, en alguna ocasión me había confesado que era homosexual, hecho que casi nunca le comunicaba a nadie porque aun en estos tiempos había personas que reaccionaban mal ante su involuntaria orientación sexual. Me contó que nunca pudo confesarles a sus padres su situación y que se habían ido a la tumba sin saber que su hijo varón tenía predilección por los hombres, y que se había enseñado a ser muy discreto sobre su condición al haber encontrado muchas reacciones violentas en el pasado cuando había tenido necesidad de mostrar su verdadera cara, lo que lo hizo muy prudente y reservado.

Fermín nunca juzgaba a nadie, jamás lo había escuchado decir nada negativo ni siquiera cuando le tocaba algún cliente afrentoso o cuando algún borracho impertinente perturbara la calma de este tranquilo y ameno lugar.

Podías hablar de todo con él y si se enraizaba en alguna plática donde le había interesado el tema, sólo comentaba datos interesantes y útiles sobre el mismo.

—No es casualidad que en México el 30% de los crímenes tengan que ver con la violencia doméstica y la tasa de divorcios vaya más allá del 50%, ponte a pensar, la mayoría de la gente tiene varias relaciones en su vida que no funcionan y esos son los que se conforman con una relación a la vez, hay muchos que tienen varias velas prendas al mismo tiempo, hombres y mujeres —dijo completando su idea anterior.

Una de las frases que papaloteaban en mi mente era algo que había mencionado mi date juvenil del otro día mientras nos tomamos un tequila, cuando dijo:

—No creo en el matrimonio, mis padres se trataban peor entre ellos de lo que alguien sería capaz de tratar a un extraño —comentó.

En ese momento pensé, antes las mujeres se divorciaban porque eran infelices, ahora porque quieren ser más felices, y recordé cómo en muchas pláticas donde estaban las amigas de María mi ahora ex hablaban de cómo reprimían a sus amigas casadas con ominosos consejos del tipo de: porque no dejas a tu marido, ya no te ha sacado a bailar, ya no te lleva a cenar, no te está comprando tal cosa, te trata mal, ya perdió interés, ya no es detallista… Se quejaban entre ellas con la mala vibra de divorciadas resentidas sin pensar en que el mundo era mucho más complejo.

A los adultos les dejan de gustar los cuentos de hadas porque en la vida real los villanos son realmente malos y el bien absoluto rara vez triunfa, por lo que hay que conformarse con algún tono de gris que se acomode con nuestras necesidades más básicas.

—Aparentemente antes a las mujeres les daba vergüenza divorciarse y ahora les da vergüenza no divorciarse —comenté.

Es un poco ingenuo pensar que un nuevo matrimonio va a funcionar solo por el hecho de haber firmado un papel o jurado en el altar o en una ceremonia maya. Si una persona viene de cinco noviazgos que terminaron en mentadas de madre y bloqueos digitales, ¿por qué ahora va a funcionar si siguen haciendo lo mismo y riñendo por las mismas mamadas? —dije.

—Además —añadió Fermín—, una nueva relación en la mayoría de los casos implica una carga económica extra y responsabilidades adicionales.

—Sí, me preocupa que apenas estoy saliendo con alguien y algunas de ellas ya se ven casadas con hijos en común y todo, no entiendo cuál es la prisa, además, ahora más que nunca y después de mi suceso con María, sé que nunca terminas de conocer a una persona. El tomarte tiempo para ver cuál va a ser tu siguiente paso en una relación siempre es adecuado —dije con reafirmada autoridad mientras Fermín solo me veía con su rostro impasible, que rara vez te confirmaba si te daba o no la razón.

María y Angus

—Ay amiga, a mí se me hace que apenas te estás dando cuenta, nunca te lo había dicho, pero yo estaba segura de que Cruz tenía una nalga —dijo Ricardo arrellanado con incomodidad en la silla—. Así son la mayoría de esos hijos y nietos de abarroteros, panaderos, y obreros que ahora se sienten esculpidos a mano y que, olvidando los valores integrales de sus padres y abuelos, encima creen que pertenecen a una realeza imaginaria que sólo le respetan sus vividores y las cazafortunas —agregó arrepintiéndose de inmediato de sus palabras al ver la cara de vergüenza que tenía Valeria.

Angus nos había pedido sorpresivamente que la acompañáramos a desayunar en uno de los restaurantes de una plaza comercial que se encontraba prácticamente a la vuelta de su casa, sin embargo, habíamos llegado todos antes que ella arribara al lugar vestida con un conjunto deportivo que más parecía de los que una se pone para quedarse en casa. Sus ojos los cubría con unas gafas de sol marca Chanel.

—Lo que más me molestó fue que el mugroso asqueroso cochino llegó todavía oliendo a sexo y sin más por más me lo confesó —lloraba Angus, lo precipitado de la convocatoria era debido a que Cruz, su esposo le había confesado entre copas que se había acostado con una chica de paga y que no era la primera ocasión que lo hacía.

Angus tenía tiempo sintiendo que era un rehén en su vida, en donde lo mejor era que no se tenía que preocupar por dinero, quizá secretamente, seguía angustiada ante la posibilidad de perderlo y regresar a una vida de incertidumbre y carencias, eso parecía ser el pegamento de su matrimonio, pero de lo que se acababa de enterar parecía cruzar la barrera de lo que estaba dispuesta a soportar.

—Mira amiguis, una vez leí sobre un experimento que hicieron con monos, en donde a unos bebés de chango los separaron de sus madres biológicas y les pusieron unas madres sustitutas, una era de peluche que asemejaba la madre de verdad y la otra elaborada de alambre. Las dos tenía la función de darles una tetera con leche a cada mono, después de un rato todas los changuitos terminaban abrazados de la madre que tenía peluche porque se les hacía más suavecito el pelambre, sin importar que la de metal hasta tenía un foco adentro que les daba más calorcito. Que te quiero decir con esto, que al final seguimos siendo changos que buscamos donde nos reciban suavecito, todo este pedo de la monogamia, de casarte, de tener una pareja y respetarla es una novedad. Si lo pones en perspectiva de toda la historia, durante millones de años de evolución quieren que nos controlen sólo un par de centurias que no nos han enseñado ni madres sólo a lastimarnos mutuamente —dijo Ricardo confuso, intentando aportar un supuesto estudio científico que apuntalara sus argumentos tranquilizadores.

—Sin llegar a una reflexión tan profunda como la de Ricardo, te tengo que decir que yo también me lo esperaba, prácticamente todos los hombres lo hacen, y no te preocupes cualquiera que sea tu decisión cuentas conmigo para apoyarte —dijo Connie que escuchaba con atención toda la plática.

—O sea el pendejo llegó todo pedo y sin más me confesó que había estado con otra vieja, que después del torneo de golf alguien "se cooperó para las putas", así me dijo y se fueron a seguirle a la quinta de quién sabe quién.

—Pero no significa nada Angustias, todo el mundo lo hace, créeme no significa nada —le dijo Cruz mientras le seguía dando largos y ruidosos tragos a un jaibol que había pedido para llevar en un vaso desechable, donde por cierto no le quedaba ya ningún hielo.

—¿Cómo que no significa nada?, si para mí significó todo —le había dicho Angus.

—Ya, es solo una cosa que hacemos de repente —añadió Cruz ahogado en alcohol—, es una fiesta que le llamamos "Putopia": el mundo perfecto, pero con putas. Supuestamente había dicho en su borrachera confesional antes de tirarse en la cama con la ropa y los zapatos puestos para quedarse dormido de inmediato.

Constanza se adelantó para abrazarla en su silla incorporándose de su asiento y arrodillándose frente a ella mientras le decía que ya no llorara.

—Ya no llores mi reina, no te pongas así, vas a estar bien, cuentas conmigo preciosa —le decía Connie de cerquita con cariño mientras le acariciaba el lacio cabello que traía un poco descompuesto, seguramente por haber salido a las prisas después de haber convocado este almuerzo de emergencia para compartirnos sus tribulaciones.

—Lo sé, pero es que no se vale, es antihigiénico —lloraba.

Siempre habían tenido una relación muy cercana y especial que a últimas fechas se había fortalecido porque pasaban mucho tiempo juntas y solas. Era evidente que las lágrimas de Angus le dolían como si fueran suyas.

Yo también me adelanté a juntarme en ese abrazo de tres para consolarla, pero no dije nada, ya hacía tiempo que me sospechaba que Cruz andaba de cabrón y también hacía tiempo que sabía que no le faltan motivos para hacerlo, pero cada quien entiende a su paso y Angustias apenas se estaba dando cuenta de que su matrimonio moría lentamente en una prolongada agonía.

—Yo que pensaba que jamás iba a andar en esos teatritos con él ansia por buscar pistas, pero con ganas de no encontrar nada. Me daba miedo atraparlo en la maroma, y el idiota en vez de estar avergonzado por su "debilidad" como le llamó, me lo escupió en la cara. Hubiera preferido que me negara todo jurando que era un chisme como los que les levantan a todos o no sé qué, porque además de dolerte la certeza de que anda de cabrón, es también el agobio de andar de boca en boca de todos sus amigos quienes saben de sus "fiestecitas", se los juro que hubiera preferido que lo negara todo como hombre y seguir la fiesta en paz.

—Quiero que entiendas Angus —dijo Connie tomándola con las dos manos de la cara y acercando la suya a su rostro para quedar frente a frente—. Esto no tiene nada que ver contigo tú no fallaste nada, tú eres una chingona, son cosas que pasan porque son parte de la vida, pero no te preocupes, te garantizo que lo vas a superar y aquí voy a estar contigo amiga, no me voy a separar de ti hasta asegurarme de que estés bien, y si te quieres quedar conmigo, en mi casa eres bienvenida y por el tiempo que gustes —sentenció.

—Gracias Connie, sé que cuento contigo —dijo Angus abrazándola bien fuerte y dándole un discreto beso en la mejilla, pero sólo me puedo dar el lujo de sufrir y de estar así un ratito porque tengo que regresar para atender a mis hijos, ellos siguen y seguirán siendo lo más importante en mi vida —dijo obligándose a componer su estado de ánimo.

Sonreí y le puse la mano en el hombro, la entendía, el no querer regresar a la casa en donde tenías tu hogar es uno de los perores sentimientos del mundo, y me dolía verla así pero era muy difícil sufrir cuando por mi parte, en mí mundo, acababa de reencontrarme con Jonás, y eso estaba todavía dominando completamente mi mente como para ponerle la atención debida a los sentimientos de mi amiga, pero de todas maneras ahí estaba fingiendo tristeza solidaria porque la verdad, Jonás me tenía muy empelotada.

—Angus todos te queremos mucho y estamos contigo para lo que necesites —comentó Sara que hasta ese momento se había mantenido callada y al margen de las opiniones, quizá porque no sabía qué decir ya que ella mantenía una relación de confianza absoluta con su marido.

—Gracias por escucharme, ya me tengo que regresar a la casa, me voy dando cuenta en las fachas que ando, qué pena, además seguramente Cruz sigue dormido y qué bueno porque no quiero ni verlo, seguramente cuando se despierte si se acuerda lo que me dijo va andar con la cola entre las patas, y si se hace pendejo se lo voy a recordar en su cruda —comentó mientras acercaba su bolsa para sacar dinero y pagar su parte de la cuenta.

—Así déjalo, Angus, nosotros te invitamos —habló por todos Connie.

—¿En serio?

—Sí, claro, vete a cambiar y a lavarte la cara —dijo Ricardo.

—Gracias, los quiero mucho.

—El matrimonio es como los Estados Unidos, la mitad del mundo quiere entrar a ellos y la otra mitad los quiere destruir —añadió Ricardo.

—Además, hay demasiado odio en el mundo, la gente está muy alterada, como para tener al enemigo en casa. Qué hueva que tu refugio se vuelve un infierno.

*

—Yo no batallo, cuando me tocan los match les pregunto si quieren ir a coger, de cada diez tres me dicen que sí y con eso tengo para entretenerme el fin de semana —dijo Alex.

—Le puedes poner el rango de edad y distancia que quieres y vas a terminar chingándote viejas por toda el área metropolitana o incluso puedes abarcar algunas rancherías si traes ganas de tirarte una nativa —dijo—. Todas saben en esa aplicación que solo las quieres para coger, esa es la clave para que luego no te estén chingue y chingue.

—Alex, sí sabes que muchas de tus actitudes ya no vuelan, las nuevas generaciones no las van a permitir, todos tus prejuicios cada vez son menos bien recibidas, lo interesante es que con sólo una generación de padres de familia que eduquen a sus hijos diferente, todos estos siglos de sumisión van a cambiar —dijo Bárbara que ya se había molestado con los comentarios de Alex.

El problema de Alex, es que él creía que sus argumentos eran válidos, pensaba realmente que las mujeres eran objetos para usarse y desecharse, realmente necesitaba terapia.

—Mira, yo trato de buscar mujeres que no tengan un alto nivel cultural, esa es la neta, y si vieras cuántas hay así… —dijo Alex.

—No cabe duda de que eres todo lo que un padre quiere para sus hijas Alex, —dijo Barbi.

—Es mejor así, que sepan de una vez que si estás en esa aplicación es para aflojar de bote pronto, nada de que una relación, madres, además quién va a querer traer de novia a alguien que conoció ahí, Tinder es para el desmadre y la cogedera —sentenció.

—Dices eso porque eres de otra generación, además tu capacidad limitada de entendimiento en cuestiones femeninas te impide ver que las mujeres y los hombres tienen exactamente los mismos derechos a hacer lo que quieran sin ser juzgados.

—Claro que no es lo mismo, a nosotros los hombres con un buen baño se nos quita y ni nos acordamos con quién estuvimos, mientras que a ustedes sí las marca para toda la vida sus relaciones —dijo

Alex verdaderamente convencido de que su falta de memoria y misoginia lo dejaban impoluto sin el pecado original a voluntad.

—Mira Alex, Bárbara y yo coincidimos en que estás muy pendejo, así que tu sigue con tus creencias antediluvianas tratando a las mujeres como si no fueran tu igual —dije llamando a la cordura y poniendo fin a sus peroratas cargada de prejuicios.

—Necesitas terapia —sentenció Bárbara.

—Tinder nomás es para coger —alcanzó a decir antes de callarse y seguir tomando su cerveza.

Había aprendido desde hace tiempo a nunca seguir los consejos de mi traumatizado amigo, ni siquiera cuando arengaba mi nuevo estilo de vida, pero en esta ocasión había sido una buena idea su consejo de intentar Tinder. Ya era un experto en la famosa aplicación y tenía un porcentaje de éxito hasta el momento del cien por ciento, chica que salía conmigo, copula asegurada, estaba soltero y si bien no pensaba acotar los términos de todas las relaciones de manera groseramente abrupta como Alex, sí quería seguir saliendo con chicas que fueran más propensas a entender los bemoles de una relación fugaz sin tanto pedo. Las chicas con las que había salido antes de Tinder que eran muchas, sí me buscaban con actitud acosadora y sentía en sus mensajes un profundos anhelo por volverme a ver al notar en sus palabras una nostalgia por la breve relación pasada, y eso me entristecía sutilmente. No había sido educado para dañar a las personas y aunque hubiera tratado con pincitas todas las terminaciones de relación, seguía existiendo un sentimiento de abandono en ellas que podía leer entre líneas cada vez que me escribían algún mensaje en apariencia trivial, como si no hubiera estado muy en claro que lo que queríamos ambos era tan solo un acostón.

Tinder parecía la solución adecuada a seguir con mi promiscuidad selectiva de manera segura.

*

Nos habíamos quedado de ver en un restaurante japonés de una conocida plaza comercial de San Pedro, para ese momento tratábamos de ir a lugares de precios moderados, porque a esta edad ya habíamos adquirido todos la habilidad de estar en restaurantes por horas. Angus se había estado quejando de que se sentía vieja ahora que se acercaba a los cuarenta y le preocupaba que su marido al que aparentemente había perdonado, hiciera comentarios muy seguido que lo ubicaban como un adorador de las virtudes físicas de la juventud. Se estaba poniendo pesada reclamando que su copa tenía una mancha de lipstick de alguna comensal anterior, mientras yo trataba de hacerla entender que todo estaba en su mente ya que desde los veinticinco se empezó a traumar por su edad. Connie la consolaba diciéndole que estaba súper hermosa, a lo que Ricardo empezó a contar una de sus historias de ligue que tenían por efecto acaparar nuestra atención y hacernos olvidar por un momento las preocupaciones de la vida.

—En el gimnasio es súper fácil darte cuenta a quién le urge salir del clóset. Hay algo en cómo se visten y cómo actúan, como si les urgiera decir que no son gay. El caso es que Valdemar, que es un chavo que no faltaba todos los días a su clase de box, que ahí no es más que aeróbics y zumba con guantes, cada vez que me veía que estaba entrenando en el área de pesas se acercaba a entrenar él también y se ponía a levantar pesas a mi lado con poses sugerentes, pero nunca me dirigía la palabra. Obvio yo soy muy discreto y casi no hablo con nadie, pero cada vez que estábamos cerca bajaba la mirada y se me insinuaba con discretas sonrisas, e imagino que por dentro gritaba: Ay que alguien le diga que se puede, que se relaje. Así que me decidí a hablarle y le pedí ayuda para que vigilara que no se me fuera a caer la barra en el bench press porque le iba a meter pesado —dijo Ricardo al que siempre le poníamos atención cuando nos contaba de sus ligues por interesantes y sorpresivos—. Se acercó de forma tosca como queriendo validar que no era gay, pero se puso flojito ya una vez que comenzamos a platicar, definitivamente me di cuenta de que le urgía decidirse, y su actitud me demostraba que yo era totalmente su tipo.

—Conozco a Valdemar —dijo Angus—. Estaba casado, no te creo que es gay.

—Al terminar de entrenar, que por cierto fue una sesión de casi dos horas por lo animado de la plática, lo invité a cenar al Vegetarian para reponer los electrolitos perdidos con jugos naturales energéticos y porque ahí no hay alcohol, no quería que si iba a ser su primera vez con hombre, pudiera culpar a que anduviera borracho, ya ves lo que dicen "hombre borracho pide macho" y él tenía que tomar su alternativa de manera consciente, porque yo ya sabía dónde íbamos a terminar: en mi departamento, donde después de un regaderazo juntos, en donde nos lavamos las cazuelas los dos al mismo tiempo y no precisamente para ahorrar agua. Pasamos toda la tarde y toda la noche sin pegar el ojo haciendo turnos para morder la Almohada. Para terminar, muy temprano en la mañana volvimos a reponer energía en el mismo restaurante —dijo Ricardo exagerando adjetivos majaderos para escandalizar aun más a Angustias que en esta ocasión hacía honor a su nombre al escuchar la narración al detalle. Ella, en su malentendido recato, le sacaba la vuelta a llamar las cosas por su nombre, y eso incluía una sempiterna aversión a los apodos grotescos con los que se denominaban ciertos actos o partes del cuerpo.

—No te creo, Ricky, ¿Valdemar? —dijo Angustias verdaderamente curiosa ya que conocía a su ex esposa.

—Claro que es verdad mira, aquí tengo el ticket del desayuno porque, además, yo pagué.

—Desde entonces inventa cualquier excusa para ir a visitarme, me cae bien, pero ya le dejé en claro que no quiero nada de largo plazo.

—Primero arregla tu vida, date cuenta de quién eres y acéptalo — le aconsejé para darle un poco de esperanza, porque como sigue llegando, aprovecho para ponerlo a cuidar mis plantas porque le sabe a la jardinería y de repente también le pido que me lave el carro — concluyó orgulloso.

La historia solo la capté en pedazos, porque en mi mente se había alojado Jonás para no salir, me reí junto con todos, pero sin ganas, las ganas que tenía eran de otro tipo y con Jonás, con solo acordarme se me acalambraba el estomago y sentía una opresión en el pecho.

Debía apurarme en hablar con Javier, tenía tarea pendiente, ¿porque era tan difícil dar ese primer paso?, me había hecho a la idea de que él era el que iba a tomar la iniciativa, pero ahora a mí era a la que apuraba el tiempo, su viaje a la Ciudad de México se había extendido mucho. La vida me había dado una segunda oportunidad y quería hacer las cosas bien, esta vez para en realidad merecer la oportunidad de ser feliz junto al hombre que amaba.

¡Ay, Javier!, ojalá que me comprendas y sepas que siempre estarás en mi corazón, pero al que amo verdaderamente y siempre lo fue es a Jonás… Tenía que idear un plan porque si bien intuía que él también ya quería terminar sin saber cómo, si no lo hacía de la manera correcta podía afectarlo permanentemente. Javier es una hombre inteligente y si empleaba la forma correcta para separarnos seguramente iba a comprender que ambos habíamos cambiado, ya no éramos los de antes, nos hicimos bien un rato y ahora cada cual debía seguir buscando porqué de eso se trata, de buscar ser feliz y no quedarte en donde te sientas atascada como en un pantano de tedio e infelicidad. No se trataba de seguir por seguir, estar así solo es una falsa sensación de malentendida seguridad.

Tomé la decisión terminante de hablar con él tan pronto regresara de su viaje de trabajo a la Ciudad de México.

*

Quedé de verme con Carolina en el bar de siempre, ya no estaba nervioso, no era mi primera conquista de Tinder, me gustó su perfil en donde se calificaba como una mujer alegre y segura, además de que incluía fotos de cuerpo completo para evitar incómodas sorpresas. Ya me había advertido Alex de las llamadas "Chicas iceberg" que se toman solo fotos de la mitad de arriba para esconder un trasero descomunal...

—¿Por qué le diste a la derecha cuando me viste? —preguntó.

—Se ve que eres bien alivianada e interesante —mentí. ¿Qué se puede responder a esa altura del ligue?, ¿qué tanto te puede decir de una persona unas cuantas fotos y frases rebuscadas aparte de antojarte las carnes?

Llegué primero y me senté estratégicamente en una mesa baja de cuatro personas, rinconera, alejada del grueso de los comensales, me pedí mi tradicional tequila y me puse a reflexionar acerca de cómo había cambiado nuestra manera de interactuar con las personas a raíz de las redes sociales. No era un fan particular de Facebook o Instagram, ya que por lo general pensaba que la gente abusaba de ellas, y que las redes sociales a veces nos daban pequeñas aspirinas para evitar el dolor que acompaña a la falta de profundidad en nuestro sistema de vida actual. Cuando te pone a llenar un espacio que dice, cuéntanos cómo te sientes, qué opinas de tal cosa, la mayoría por lo general contesta: me siento fantástico, estoy muy bien, feliz como nunca, etcétera. Nunca te toca ver respuestas del tipo de: no sé qué hacer, estoy luchando, no sé hacia dónde voy, en fin, cuestiones que se acercan más a la vida que por lo general llevamos...

Aun me encontraba perdido en mis divagaciones, con el pensamiento en otro lugar, cuando de pronto apareció a mi espalda una mujer despampanante, alta, delgada, de cabello castaño y actitud retadora. Su rostro quizá no el más bello, pero reflejaba una personalidad que decía, soy la reina del mundo, volteen a verme. No cabía duda de que esta mujer llevaba sus treinta y cinco con todo el garbo de una artista de cine intentando conquistar un papel...

—Hola, Carolina —titubee poniéndome de pie como un caballero cuando ella se acercó a la mesa.

—Sí, Javier ¿cómo estás? Perdona por la tardanza, había mucho tráfico y no encontré dónde estacionarme —dijo.

Excusas que como todo hombre sabemos, cuando una mujer llega tarde a una cita es porque se tardan en arreglarse, lo cual indica nerviosismo, casi como si supieran que su primera cita era una entrevista para, si todo salía bien, comenzar una relación…

—Yo ya me instalé con un tequila, ¿quieres algo de tomar?

—Sí, lo mismo, qué rico tequila —contestó.

Esa actitud de tomar lo mismo que uno en vez de pedir un Martini o un Cosmopolitan, me gustó. Además de que siempre he pensado que tomarte un trago directo de cualquier alcohol que sea tu favorito es un acto de sinceridad.

—Yo nunca había estado en Tinder, me lo recomendó una amiga que también esta divorciada —me dijo.

—Yo tampoco —contesté—. En mi caso no era cierto, pero no quise salirme del tono, me di cuenta de que era una mujer muy interesante, franca y decidida. Mis temores acerca de usar las redes sociales para ligar se habían disipado, no sabía nada de ella además de lo que iba averiguando poco a poco, así, sabroso, a la antigua. Nunca he entendido a la gente que antes de salir con alguien investigan, stalkean, preguntan santo y seña antes de verla por primera vez. En mi caso, prefería el misterio a saberme la historia completa, poco sabía yo que, en el caso del ligue exponencial al que me estaba habituando, un poco de cautela investigadora no salía sobrando.

El plan estaba caminando a pedir de boca, pero justo cuando se empezaba a poner cómoda la situación, un nubarrón negro se posó sobre nosotros.

Mientras me estaba narrando el proceso de su divorcio con su exmarido el ogro, y sus esfuerzos abnegados por mantener la unión familiar a toda costa, y prácticamente narrándome un episodio de "Sobreviví", tuve un pequeño lapsus en donde le retiré la atención para voltear a ver a una chica que me llamó la atención justo cuando iba saliendo del baño. Era una chiquilla en sus tempranos veinte, tenía como decían mis amigos "Todo en su lugar ", venía con un mini vestido dorado en donde parece que se les olvidó ponerse el pantalón, y un cuerpo atlético que seguramente a esa edad con solo un poco de ejercicio mantenía, y para mí que siempre fui medio ojo alegre, me fue imposible pasarla por boba.

Solo bastó un pequeño vistazo, que realmente fue un lapsus de distracción refleja por la costumbre de verle el culo a las mujeres, para que el rostro de mi acompañante cambiara abruptamente, de bella hada a bruja que te quiere dar a morder una manzana a la fuerza, se le descarapeló el maquillaje y con el entrecejo resquebrajado me espetó con violencia.

—Así que eres igual a todos —me dijo cargando de hostilidad la atmósfera.

—¿Qué hice? —dije ante lo injusto de la acusación.

—No puedo creer la falta de respeto que acabas de hacer —atacó ante mi sorpresa.

Las mujeres deberían entender que a veces volteamos solo por curiosidad, no tiene nada que ver con una falta de respeto una inocente mirada de escasos segundos, además, llevaba treinta minutos de conocerla como para que pidiera derechos adquiridos.

Todo lo que siguió después fue un monte calvario, como si el tequila y el suceso se hubieran confabulado en mi contra para que arremetiera en cascada con todo lo que había salido mal en su vida, que yo ante mi inocencia culpable no pude hacer más que escuchar estoicamente mientras me llegaba la cuenta, que pedí con un movimiento ágil de ojos y mano, al mesero que misericordiosamente pasó a mi lado.

Me habló de cómo su ex le tiraba el pedo a lo que se moviera, incluyendo a la servidumbre, y como ella estaba decidida a que nunca más se la volvieran a hacer y que acabar con cualquier comportamiento que involucrara la mera sugerencia de lujuria extracurricular o fuera de la relación era su cruzada personal. Me advirtió que, en caso de que lo nuestro funcionara, tendría que cambiar de número telefónico (celular y casa), además de otras recomendaciones que involucraban mi aspecto y mi manera de ver la vida…

Había escuchado antes del tipo de mujer insegura y celosa, de esas que si estás viendo una película en el cine en donde el protagonista le pone el cuerno a la protagonista y la película no termina con una granada explotándole las bolas al infiel, se ponen de mal humor una semana entera.

Agradecí con mentirosa caballerosidad sus atinados consejos de cómo tratar a una mujer, del respeto, del cuidado que una flor delicada merece y después de pedir disculpas a nombre de todo el género masculino (pasado y futuro), pagué la cuenta. Necesitaba terminar la velada lo más pronto posible toda vez que ya me estaba sintiendo muy incómodo. Si cuando acabas de conocer a una persona, en el momento en que por lo general cada quien pone su mejor lado y su mejor cara, descubres un aspecto de su personalidad que sabes es una bomba de tiempo, es mejor cortar por lo sano, más vale una colorada que muchas descoloridas decía mi abuela, y casi siempre es mejor quitarte el curita de un tirón.

Fui muy inocente al pensar que me iba a librar tan fácilmente de mi date de Tinder.

*

María

—Sólo tú y yo sabemos lo que pasó, lo que sentimos, no permitas que nadie te diga otra cosa, ni siquiera tú misma te intentes convencer de que lo nuestro no es real y que ya no puede funcionar, porque de alguna manera extraña caducó lo que sentimos. Y sabes muy bien que sólo hubo una cosa de la que nos arrepentimos los dos: fue el habernos separado, no debimos hacerlo y te consta, habiendo tantas cosas que no valen la pena le rompemos la madre a lo que nos hacía sentir infinitos, y algo que se sintió tan fuerte con emociones tan certeras, tiene por obligación que ser eterno, ya quiero que estés conmigo, yo llegué primero, tengo derecho de antigüedad. Sabes que te tengo grabada en la piel en la mente en todo el cuerpo — comentaba con la cursilería de los borrachos, todas sus emociones.

Me encantaban las llamadas de Jonás cuando estaba bebido.

La esperanza que creía pérdida de la idea de un nosotros, se defendió y regresó a mi vida.

—Perdóname, pero cuando por fin entré en razón de que no era aquel tipo tu verdadero amor, el daño ya estaba hecho, y aunque mi corazón te amara y muriera por volver no sabía cómo empezar a regresar —me decía por el teléfono.

—Jonás yo siento lo mismo, déjame poner mis asuntos en orden, ahora que volvimos a encontrarnos no pienso dejarte ir, pero ya duérmete, estás muy ebrio —estoy en mi casa, a mí también me urge —comentaba escondida en el baño y hablando bajito.

—Sí, mi cielo, ya voy a dormir, buenas noches.

De nuevo a falta de él, apreté el teléfono junto a mi pecho.

*

—¿Por qué pides la cuenta? ¿No vamos a cenar? —dijo Carolina. Pensé que me habías invitado a cenar, ¿dije algo malo? Si fue así, perdóname, no fue mi intención, ya cambió de actitud, es más yo pago, ¿crees en las segundas oportunidades?, yo sí, vas a ver cómo a partir de ahora lo pasaremos bien —dijo.

La actitud desconcertada de Carolina y sus promesas que parecían francas, lo sabroso del tequila y lo antojable de su cuerpo, hicieron que obviara a la razón y decidí quedarme otro ratito.

—Va, pero vamos a tratar de pasarlo bien —dije.

Cómo es cierto que muchas veces los hombres no pensamos con la cabeza correcta.

La velada, a partir de ahí, transcurrió agradablemente, haciendo caso a la primera amonestación por andar de mirindinga. Así fue como la plática tomó matices más interesantes, era una mujer inteligente, divertida y fuera de sus celos enfermizos, bastante normal, eso aunado a un cuerpo escultural que me llevó a pensar irracionalmente que todo podía funcionar, por lo menos una noche fugaz y solamente para lo que tenía planeado.

Al salir del bar, la acompañé a su coche y justo cuando le iba proponer la última copa en mi departamento, se acercó sensualmente a darme un beso en los labios mientras en mi mente ya hacía planes de cómo la iba a poner al llegar a mi depa, pero todo se enfrió de golpe al escucharla pronunciar unas cuantas frases.

—Sabes, nunca me había pasado, pero he decidido ser sincera conmigo misma y pues, siento que te amo, es la primera vez que me pasa y quiero que sepas desde ahorita cómo me siento —dijo colgándose de mi cuello previniendo mi escape.

No supe qué contestar ante las inoportunas palabras, así que corté por lo sano.

—Gracias, fue una buena velada, yo te llamo, contesté con toda la veracidad con que puedes vestir una mentira.

—¿Por qué no me dices nada, tienes miedo de hablar de amor? —preguntó con sobrado interés.

Yo por dentro pensaba, ¿amor? ¡Te acabo de conocer, psicópata! ¿Cómo puedes amarme? Pero solo me atreví a decir un tibio:

—Vamos a ver a dónde nos lleva esto —y ante su evidente decepción y antes de que me atacara por todos los pecados del hombre incluyendo a Adán por haber aceptado la manzana prohibida, de manera ágil la subí a su coche y la despedí con amabilidad.

Regresé al bar a meditar con un trago la inapropiada declaración de afecto que acababa de recibir, esta vez al sentarme en la barra a ver si se acercaba Fermín, tenía ganas de contarle a alguien mi experiencia y quién mejor que ese costal de sabiduría.

Cuando me vio, sin preguntar me refaccionó con un percherón de tequila, se acercó y me lo puso enfrente, no era una noche particularmente llena del lugar, pero estaba lo suficientemente concurrido como para que me dedicara su atención a medias.

—Qué pasó Javier, ¿cómo te fue con la dama que cenó contigo? —me dijo.

—Dos palabras: psicópata y celosa, todo me gritaba, huye de allí, pero me quedé, me armó una escena solo porque volteé a ver a una chava que pasó y al final que la subí a su coche me dijo después de besarme —te amo— qué tal la loca, es más, avísame si se regresa, me dio todo el tipo de las que terminan hirviéndote el conejo en la cocina.

—Mmm... —dijo Fermín—, celosa y amorosa... Recién divorciada, no, ¿menos de seis meses? —preguntó con sabiduría.

—Sí, ¿cómo supiste? —contesté asombrado ante la afirmación de mi cantinero convertido en adivino.

—Mira Javier, no creo que sea una psicópata ni mucho menos, hay veces en que las relaciones que vivieron esas mujeres son tan peculiares que aun siguen reflejando las emociones que sentían. Aun y después de haber terminado su relación, el recuerdo en su mente y su cuerpo está muy fresco, no han dejado que llegue la cicatriz del tiempo, la escena de celos no era para ti en particular, fue una reacción reflejo a sus heridas anteriores, tu acto solo fue un catalizador que descubrió un dolor que aun no ha podido eliminar y que probablemente la persiga toda su vida —dijo con una mueca de tristeza solidaria.

—Ok, bueno, pensemos que así es, después de todo no lo hizo de nuevo y eso que creo que de manera involuntaria estuve revisando a varias de la concurrencia, pero, el tema de decirme que me ama y que estaba lista para hablar de amor, eso sí es de locos, ¿no? —pregunté.

—Tampoco Javier, los paradigmas que acompañan a una ruptura matrimonial, el terminar una relación en donde antes había amor, pasión, cariño, a veces, dejan un hueco en el corazón, uno que sienten la necesidad de llenar. Cuando ella te dijo que te amaba, estaba confundida en cuanto a un te amo a ti Javier, con un te amo general, con una necesidad de amar a alguien, el que sea que le permita llenar ese hueco vacío que en realidad jamás podrá llenar. Aun no han cerrado ese capítulo, pero cuando lo haga quedará como un raspón en su corazón y abrirá otros que llenará de nuevo cuando el momento llegue —dijo poniendo otro tequila enfrente.

Fermín se fue a servirle a una pareja que se sentó en la esquina de la barra, me quedé meditando sobre sus palabras y de repente sentí tristeza, lástima por esa mujer y por su aun insuperable dolor, le desee suerte mentalmente mientras la borraba de mi aplicación, no podía mentirle como un chantajista emocional a alguien tan inestable, era mucho riesgo solo para tenerla en la cama diez minutos, necesitaba que el común acuerdo para la relación casual incluyera estabilidad emocional, definitivamente no era lo que yo buscaba ahora que había decidido ser un mujeriego inconquistable y debía ser muy cauteloso con quién me llevaba a la cama para no recibir más "te amo" adelantados.

La infalibilidad de Tinder me mostró su primera resquebrajadura.

*

—María necesitamos hablar contigo, pasó algo y Connie y yo te vamos a esperar en el bar, pero no le digas a nadie, es algo que primero queremos consultar contigo y luego tú sabrás, llega puntual a las seis por favor.

El lugar me pareció un poco extraño, era un restaurante bar increíble, pero lo complicado de los accesos a ese hotel lo convertían en un lugar poco frecuentado por los habitantes de San Pedro, era más bien el lugar en donde podías recibir a algunos clientes potenciales para tener una reunión discreta con una vista panorámica de la ciudad y en la que podías explayar perfectamente algún proyecto.

La invitación tan inusual me dejó con un aire de misterio, qué sería lo que me querían contar, claro que con Ricardo y Connie podía ser cualquier cosa, ambos vivían su vida al máximo y no era inusual que se les presentaran dificultades en su andar

—Claro, ahí llego puntual —dije.

—Pero no te vayas a venir toda fachosa, aquí está súper nice y ya sabes que no me gusta que piensen que mis amigas son vaquetonas —dijo Ricardo.

—Ok, prometo darme una manita de gato —contesté sin ofenderme, pero pensando que Ricardo finalmente también había adquirido el gusto por la estética tan cliché en personas con su orientación—, pero tú vas a invitar la primera botella de tinto.

—Ay claro, yo la pago.

Y colgó sin dar más detalle ni adelantar nada de qué se trataba la misteriosa reunión.

A las 5:30 ya estaba terminando de arreglarme, había andado todo el día en ropa deportiva, pero me cambié por unos jeans formales y un top Donna Karan negro que hacía lucir mis bubis de manera coqueta. Revisé los mensajes de mi chat secreto en donde me comunicaba con Jonás y no había cambio, sólo estaba ahí el último chat en donde acordamos que yo lo buscaría cuando concluyera mi relación con Javier, tema espinoso que esperaba tratar al día siguiente por la noche cuando regresara de la Ciudad de México. No podía dilatar más esa charla, necesitaba tener a Jonás en mi vida. No sabía por dónde empezar, aunque el mensaje invariablemente iba a ser un me perdonas Javier, pero no eres la persona que amo y no puedo seguir contigo en mi vida, sin decir nada acerca de que estoy enamorada de Jonás.

Al entrar al hotel y después de subir al elevador y bajarme en el piso donde se encontraba el bar, pasó a mi lado una pareja. El hombre ataviado con un traje que se veía caro, sin discreción, me miró revisándome de pies a cabeza, hecho que no pasó por desapercibido por su pareja que lo jaló del brazo.

—¿Qué le ves a esa vieja? —alcancé a escuchar, a lo que su reprimida pareja contestó con evasivas.

No me gustaba en particular llamar la atención de esa forma para todos incómoda, pero corroboraba que había cumplido el objetivo de venir lo suficientemente arreglada tal y como lo pidió Ricky.

Ya me esperaban en una mesa alta para cuatro, que se encontraba pegada a uno de los ventanales en donde la vista era inmejorable y, afortunadamente, había una botella de vino tinto abierta enfrente de ellos con el servicio de cuatro copas.

Nos saludamos con un beso y, rápidamente, Ricardo siguió contando la historia de un pretendiente que había tenido y que aparentemente tenía muy interesada Connie.

—Él es de los que andan en bicicleta y me invitó a dar una vuelta, inclusive me dijo que me prestaba una bicicleta de las suyas, total llego y nada más de ver que venía vestido como ciclista profesional, con marcas y todo como si anunciara productos en el Tour de Francia me dio hueva inmediatamente y ahí le di el cortón. No sé, me parece súper teto que se vistan así para ir a dar la vuelta en la cuadra, además, no sé qué tanto presumía porque está súper en mala forma y vestido así con licra parecía un refresco en bolsa— concluyó.

—Pobre de Manolo, yo pensé que te iba a gustar —dijo Connie y voltearon a verme los dos con cara de complicidad.

Ricardo llenó mi copa sin preguntar y me dijo:

—Amiga estuvimos pensando Connie y yo acerca de todo lo que nos contaste de Jonás y nos dio mucho gusto de que hayas encontrado a un hombre que realmente se dé cuenta de lo súper valiosa que eres, como nos lo describiste teníamos que comprobar que realmente te consideraba como la mujerona que eres y todo lo que vales la pena, que coincidiera con lo chingona que tus amigos te consideramos —me dijo Ricky.

—Ok —contesté— ¿Y cómo pensaban comprobar que mi historia no la había inventado y fuera todo producto de mi imaginación sexualmente frustrada? —dije.

—Tuvimos que contactarlo —respondió Connie.

—¡¿Qué?! —grité— ¿y cómo hicieron eso?

—Ay manita te quedaste clavada en el pasado, seguramente sigues esperando que te llame de un teléfono público o de que te envíe una carta, en estas épocas encontrar a alguien es lo más sencillo del planeta, ya sabes, FB, Insta, en este caso fue LinkedIn... María, le marcamos en conferencia y nos presentamos.

—Ok, sólo porque los quiero de verdad no me levanto de esta silla, pero no tenían ningún derecho de hacer eso.

—Cállate, no es como que te lo quería bajar, aunque si fuera gay ya nos estuviéramos dando, y lo sabes —bromeó Ricky.

Realmente no era gran cosa, son mis amigos y estaban naturalmente curiosos, así que me relajé.

—Y, ¿qué les dijo?

—Comprobamos que te ama de una forma descomunal, cada palabra que uso para describirte coincide con cómo te vemos nosotros que te adoramos, se le desgarraba la voz de las ganas que tenía de estar contigo —dijo Connie.

—Todo lo que decía, era lo mismo que tú traes, son dos piezas que encajan del mismo rompecabezas amiga, está loco por ti —dijo Ricky.

—Lo sé, yo también muero por él y voy a estar con él, pero todo a su tiempo, tengo que poner en orden los asuntos aquí primero, no pienso cometer el mismo error dos veces que me costó sangre y lágrimas superar.

—Ay, de hueva esperar, María, qué ansia contigo, ya son otros tiempos y ni tú ni él son los niñitos pendejos que se peleaban por tonterías, sólo las personas muy estúpidas siguen drameando en sus relaciones por lo mismo que cuando eran chavitos, ahora es todo mucho más relax.

—Claro, estoy de acuerdo, pero eso no implica que una haga las cosas con las patas, además si esperé tantos años no pasa nada por unos días.

—Es que eso no es cierto, un día, un minuto puede ser toda una vida, y ambos creímos que no había tiempo que perder.

—Ok, gracias, el mensaje está entendido, le voy a apurar, solo estoy esperando un par de días a que regrese Javier de la CDMX para tratar este asunto en persona, fueron años Connie, no es un tipo que pasó desapercibido en mi vida, me importa, quizá no como pareja, pero no pienso hacerle daño, para mí, ser leal es primordial.

—No nos estás entendiendo amiga —dijo Ricardo y sentí que me abrazaron por la espalda, no tuve que voltear sino solo sentir esos brazos venudos para darme cuenta de quién era, y un calorcito fulminante recorrió mi espina dorsal.

Nerviosa por la anticipación y el deseo, empujé sin querer la botella de vino tinto que el mesero apenas estaba depositando en la mesa para poder cambiarnos de copas, en un descuido tire más de un cuarto de la botella de vino sobre Jonás, que también por estar en la baba reaccionó tarde, ya gran parte del contenido se había derramado sobre su cuerpo. El camarero intentó usar una jerga que tenía en la mano para limpiarlo, a lo que Jonás con buen humor le dijo que así lo dejara, que por favor solo le trajera servilletas de papel.

Apenas sobreponiéndome de la sorpresa, dije:

—Qué pena, te manché todo el pantalón y la camisa.

Mis amigos sonrieron por el pequeño accidente, y con una exagerada reverencia se retiraron sonrientes del lugar, se fueron abrazados con la simpleza de dos niños que acaban de cometer una travesura, no pude evitar amarlos en ese momento.

Jonás, con el rostro brillante que a mí me recordó una colina iluminada por el sol, me veía divertido.

—No importa, en este momento no hay nada que pueda ponerme de mal humor.

Quise preguntar mil cosas, pero las palabras batallaban en llegar a mi boca, por fin dije:

—¿Te estás hospedando en este hotel?

—No, no sabía bien qué onda con la reunión porque tus amigos manejaron la ubicación con mucho sigilo como si se tratara de una conspiración muy secreta, pero pensaba hospedarme en el Quinta Real.

—Vamos a mi casa, estoy sola y puedo lavar tu ropa de volada —dije casi sin pensarlo.

—¿Segura que no es el viejo truco? —preguntó.

—¿Te molestaría que lo fuera? —contesté.

—María, crucé el atlántico sólo para verte un día, ten la certeza de que te acompañaría a cualquier parte.

Poco a poco iba perdiendo el orgullo a mi voluntad férrea que me había marginado por tanto tiempo del amor de mi vida, obligándome a seguir una relación en donde no pasaba nada, solo los años, donde el ayer era igual al hoy y también al mañana, ya me iba quedando sin pretextos para tolerar un amor mediocre y Jonás me estaba demostrando que se puede amar sin miedos, como la primera vez...

Quizá, ahora sí, era el momento de empezar una relación colmada de emociones y terminar a la brevedad la que llevaba con Javier que si había durado tanto tiempo era nada más por necesidad de afecto.

*

Javier
"La mula no era arisca, la hicieron arisca a palos"

Tenía un poco de pinta de rijosa, como si recelara del mundo que la rodeaba.

Le había tocado una mano difícil cuando la vida repartió sus barajas nupciales.

Ya la había conocido anteriormente por Karla en una reunión en que la acompañé al lugar donde se les brindaba apoyo a las mujeres que habían tenido matrimonios en donde se presentaba violencia, Karla solía dedicar su tiempo en ayudar a las víctimas, y con su diligente atención jurídica las canalizaba a buscar la ayuda que cada una necesitaba.

Al entrar al auditorio que era un lugar frecuentado mayoritariamente por mujeres, todas voltearon extrañadas ante mi presencia, pero solo una persona objetó mi visita.

—¿Y éste, Karla?, no se supone que aquí somos puras mujeres —había comentado con dureza.

Karla la había tranquilizado diciendo que yo únicamente la había llevado ya que su coche estaba descompuesto, recordándole, además, que los hombres no son el enemigo.

—Solo estamos en contra de los hombres golpeadores, Javier es una dulzura de tipo —había dicho mi defensora amiga ante la única voz discordante que protestó mi curiosa llegada.

—Pues me sentiría mucho mejor, y creo que no soy la única, si no estuviera él aquí.

—No te preocupes Karlita, me voy, y ya que vayas a salir me marcas para pasar por ti —dije a sabiendas de que había sido un error entrar a un refugio a donde escapaban las mujeres huyendo de los miembros de mi género. Le di un rápido beso en la mejilla y tomé la sugerencia de partir.

Karla a pesar de su frecuente hermetismo, me confió tratando de justificar la reticencia con que fui tratado, que el rechazo de Débora se debía a que había vivido una relación matrimonial espantosa, donde el marido cada vez que se le pasaban las copas (que era muy seguido) la golpeaba con brutalidad, ella había buscado en muchas ocasiones divorciarse, pero la tenía amenazada.

—Si me llego a enterar de que andas buscando un abogado te mato —le había advertido.

—Después de vivir muchos años de martirio decidió pagarle con la misma moneda así que cuando estaba durmiendo la borrachera su cónyuge, tomó el libro más pesado de la biblioteca y con todas las fuerzas de que disponía se lo estrelló en la cara con la furia reprimida por años de haberle servido al abusivo marido de punching bag.

Su esposo despertó medio noqueado, escupiendo sangre por nariz y boca porque, al parecer, el madrazo estuvo muy cabrón, al reponerse, dispuesto a responder con creces la afrenta, se lanzó sobre ella, pero ya tenía preparada su respuesta.

—Pégame —le había dicho Débora— pero si lo haces me vas a tener que matar porque si no a la siguiente no voy a usar un libro, voy a usar una piedra, tienes que dormir en algún momento y así te voy a reventar la cabeza —le gritó al marido que como todo macho abusivo en realidad era un cobarde.

Así, que cagado se fue a mal dormir a otra habitación, me imagino que con un ojo abierto, para el siguiente día y de común acuerdo ir, esta vez de manera civilizada el pusilánime crudo y golpeado marido que no estaba dispuesto a vivir una relación de democracia matrimonial, a firmar el divorcio con la esperanza de encontrar alguna mujer que no fuera respondona, para así él tener el monopolio de la fuerza.

Ese tipo de historia por lo general deja profundas cicatrices emocionales, pero eso no había disuadido a Débora, ahora divorciada, a seguir buscando una relación en donde los golpes no fueran la norma.

Era muy guapa, tenía formas naturales atractivas de mujer, que acentuaba haciendo ejercicio de manera regular, tenía el cabello castaño y lacio, y una nariz de pellizco un poco pequeña, que diseñó apresuradamente un cirujano plástico cuando llegó con la nariz rota después de uno de los episodios con su brutal cónyuge. Éste, apenado como siempre cuando se le bajaban las copas, había permitido que aprovechara esa visita al médico para agrandarse las tetas, mismas que le realzaban simétricamente su atractivo.

Como medio la conocía, agarré confianza, cuando me la topé en Tinder le di de inmediato a la derecha pensando que era un buen cambio ligarme a una mujer de la que por lo menos supiera algo de su vida. La lujuriosa aplicación respondió que había obtenido un match.

De inmediato me texteó y me pidió que cuándo nos podríamos ver.

Era temprano, y en mi bóxer pude notar que se alborotó mi vitalidad matutina con desamodorro fálico.

—¿Por qué no pasas por mi departamento? —sugerí—. Te invito un café, tienes que probar el nuevo sabor de cápsula que estoy usando en mi nueva cafetera Nesspreso —añadí a sabiendas que cuando alguien quiere hacer algo no necesita una razón, solo una excusa.

—Perfecto te caigo en un ratito, solo deja voy a cambiarme porque estoy en pants.

—Vente así, casual deli, yo estoy igual en ropa deportiva, traigo shorts y camiseta porque me disponía a ir al gimnasio —mentí.

En menos de veinte minutos ya la tenía tocando a la puerta de mi departamento que afortunadamente para mí, era un edificio muy laxo en seguridad, había pedido con antelación que a mi estudio subieran sin tocar baranda cualquiera que quisiera hacerlo y no tenían que avisarme en la entrada que había llegado alguna persona. Eso hacía más furtivas mis múltiples aventuras sin tener que dar explicaciones a ningún administrador entrometido sobre la llegada de mis visitas.

Apuré en terminar de vestirme con atuendo deportivo tal y cómo le había dicho que estaba, y corrí con presura los cinco pasos que me separaban de la puerta.

—Hola Débora —dije al abrir la puerta con verdadero gusto y anticipación.

—Javier no sabes lo feliz que estoy de estar aquí, desde la vez que acompañaste a Karla a la sesión tenía ganas de verte, además el hecho de que seas amigo de alguien como mi abogada me da la seguridad de que eres un hombre bueno y no como la escoria que anda afuera que trata a las mujeres divorciadas como basura —dijo con una mueca provocada seguramente por alguna recuerdo doloroso causado por alguna alma carroñera que pensaba que las mujeres divorciadas devaluaban su categoría al separase de sus maridos.

—No tendría por qué tratarte mal, yo soy un caballero —comenté reculando un poco ante tan intempestivo entusiasmo.

Comencé a preguntarme si esta mujer gozaba de completa salud mental mientras me alejaba un poco con la excusa de prepararle un café, meditando si se lo hacía espresso para que se lo acabara rapidito, o americano para que se quedara un buen rato mientras aplicaba mis conocidas técnicas y encamarla.

Mientras curioseaba con brevedad por mi pequeño departamento, clavé la mirada en su apetitoso trasero que emanaba de una cinturita de avispa, de inmediato se aminoraron estúpidamente mis temores acerca de su condición psicológica, pensando que una mujer con un trasero de durazno tan provocador no podía ser inestable. Ella, al darse cuenta de que le miraba absorto las nalgas, me brindó una pícara sonrisa mientras se agachaba a estudiar una revista que tenía en la mesa de centro aun de espaldas, para mostrarme la versión dilatada de sus glúteos, sorbí un poco de aire por la boca de manera automática e involuntaria.

—Esa es la única revista que aun sigo comprando en papel, Men's Health —le dije mientras le alcanzaba su café que había decidido hacerlo americano y doble, ante la perspectiva de sus muy apetecibles posaderas.

—Gracias flaco —me dijo apenas aspirando un poco el aroma a buen café y poniéndolo en la misma mesita en donde estaba mi revista, se acercó a abrazarme.

—No quiero tener aliento a café en nuestro primer beso —me dijo colgando sus brazos de mi cuello mientras yo pensaba que quizá debería haberme lavado los dientes.

Despegó una mano de mi nuca para canastearme las testes mientras me besaba profundamente en la boca hilvanando sincronizadamente su lengua con la mía.

Me distraje un momento para dejar mi café en la misma mesa y ya la tenía metida en mi cama, buscando mis placeres venéreos.

—Te tengo que confesar que me tomé media pastilla de Tafil, es una secuela que me dejó mi matrimonio, no puedo disfrutar mi sexualidad con un hombre a menos que lo haga —me confió.

—Estás a salvo aquí, conmigo no corres ningún peligro no te preocupes —contesté sin notar la bandera roja, ya cachondo ante la seguridad de la proximidad del acto acostándome a su lado.

—Al escuchar eso sonrió, y cubriéndose con la sábana de la cama destendida, con otro sorpresivo movimiento se enfiló sensualmente entre mis piernas aparcando la cabeza sobre mi pene duro donde a continuación empezó a rumorear una tonada que yo conocía, pero que en boca de ella sonaba como un rottweiler bebiendo agua.

Al terminar una efusiva copula, nos acurrucamos un rato haciéndonos los reglamentarios mimos hasta que conté en mi mente el tiempo justo para declarar juego legal, por lo que llegó la hora de despedirla para seguir con las actividades de mi día, tenía preparada una comida con la raza.

—Bueno flaca, me encantó —era cierto—. Yo te hablo para vernos de nuevo —mentí con naturalidad.

Ella levantó un poco una ceja al escuchar estas palabras como si se hubiera activado su detector de mentiras, pero sonrió benévolamente como mujercita abnegada mientras se levantaba de la cama para vestirse en un dos por tres con su ropa deportiva.

—Conste que me vas a hablar —me advirtió un poco más severa.

—Por supuesto, yo te mando un mensaje y nos vemos —dije sin intenciones de hacerlo.

—Va, tenemos un trato —dijo agachándose para darme un beso en la boca y sugestivamente un último agarrón en mi entrepierna y que me dio la impresión de que lo hacía como tomando simbólicamente posesión de mi miembro, plantando eróticamente su bandera sugestiva y reclamando esa parte como territorio conquistado.

Lo cachondo de su tacto me indujo un calenturiento valemadrismo que casi logra ablandar mis intenciones de no volverla a ver nunca.

A pesar de que me había gustado mucho la parte física del episodio, decidí que ya no la invitaría de nuevo porque, ahora que ya me había sacado el veneno, me percaté de un par de síntomas de inestabilidad mental que me alarmaron un poco, aunque quizá estaba equivocado.

Ella sentía riesgo al comenzar una relación, debí saber que él que corría peligro era yo...

*

María

—Te voy a confesar algo, aquella noche en México me moría de ganas de estar contigo, no había nada que quisiera más que eso, pero me contuve primero porque tenía que rendirle respeto a mi pareja de ese momento, y segundo porque estaba en mis días.

Jonás soltó una risotada y cerró la puerta de mi casa tras de sí.

—Créeme que por como me sentía no me hubiera importado, ahí mismo te hubiera metido a la regadera para darnos gusto sin mancharnos —dijo mientras me tomaba de la mano.

La forma tan sugerente en que me acariciaba los dedos significó para mí una promesa de obscenidades mayores y la idea me prendió como lumbre.

Jonás seguía siendo un caballero de pies a cabeza, pero empezaba también a doblegarse a su naturaleza viril como si adivinara lo que en verdad estaba deseando ya que mi mente iba por el tercer orgasmo, cada vez se me hacía más difícil fingir lo mucho que me excitaba y no podía ocultar que me tenía ardiendo.

—Me lanzó una mirada cargada de significado, pero era obvio que sobraban las palabras, ya no había nada que impidiera que traspasáramos la raya, a quién quería engañar...

Mi actitud era una declaración, ya no era una pregunta.

Poco a poco y deslizándome con mis manos sobre su cuerpo me arrodillé frente a él, como señal de que le daba luz verde a que me perdiera el respeto.

De nuevo como antes, le desabroché el pantalón, saqué su pene y me lo puse en la boca, no había olvidado la sensación de chuparlo sin que me cupiera en la boca a causa de su tamaño, sentí el sabor ligeramente salado de su erección caliente en mi lengua, no había diferencia a pesar de los años, sentí cómo crecía aun más en mi boca y cuando estuvo a punto de terminar me detuvo.

—Espérate, espérate por favor —dijo temblando mientras trataba de recuperar el aliento.

Me levantó suavemente para empezar a quitarme la ropa.

—Espera, vamos arriba a la habitación —le dije mientras yo enrollaba mis piernas alrededor de su cintura para aligerarle la carga y subiera las escaleras con más facilidad.

Ya en el cuarto me quitó la blusa y le quité la camisa mientras nos besábamos, como rayo ambos nos deshicimos de nuestros pantalones y ropa interior. Apenas sin importarme que no me había puesto ningún calzón bueno, pero como quiera me deshice de mi calzón de abuelita rápidamente, hizo que me acostara en la cama y puso su mano en la tibieza húmeda de mi vagina y empezó a meter los dedos y sentí su boca caliente entre mis piernas, su barba me raspaba un poco mientras él, con su lengua, lentamente me sacaba gemidos de placer, de emoción, de agradecimiento de que supiera tocarme y besarme en los lugares correctos. Me despertó sensaciones inusuales de placer, de amor y de gratitud, por hacerme sentir algo como esto después de tantos años. Éramos los mismos, pero algo había cambiado, los dos teníamos más experiencia y aunque lo sentía que estaba trepidando de excitación, se tomó su tiempo como el amante con más experiencia en que se había convertido.

—Te amo María, siempre fuiste tú —me dijo en un momento que aproveché para sentarme empujándome de sus hombros y acariciando su cabello.

Luché contra mis ganas prendidas como flama y sin importar que ya estaba a punto de llegar al orgasmo lo despegué con cariño porque sus caricias habían despertado en mí un hambre y no quería venirme en su boca.

Lo acosté a mi lado y con mi mano apreté su pene con fuerza hasta que mis dedos se pusieron blancos, atraje su parte para sentarme sobre ella, y al tenerlo dentro sentí que crecía aun más, separaba la grieta de mi cuerpo, podía tocar el relieve de la cabeza de su miembro en la parte externa de mi bajo vientre, sentí lo especial y hermoso que tenía en el interior de mi vagina, ahí estaban todas las sensaciones que tenía reprimidas.

—Me voy a venir.

—Espérate Jonás, un minuto, casi estoy ahí —y bajé una velocidad en mi ritmo para prolongar el increíble placer del momento, Jonás mordió con fuerza su carnoso labio interior mientras me tomaba con una mano de la cintura y la otra en mi pecho, me lastimaba con un delicioso dolor del que no podía tener suficiente, quería más, unos segundos más, unos minutos, unas horas, toda una vida…

Me tenía partida en dos mientras yo hacía presión con mi peso hacia él, quería sentirlo todo y de golpe, de repente los dos al mismo tiempo explotamos en una sensación sincronizada y hermosa que nos desbordó a ambos. Mientras languidecía nuestro orgasmo, me acosté sobre él y Jonás empezó a besar mis pechos, seguía completamente duro.

—Me encantas, solo contigo siento esto, me prendes muy cabrón —me dijo.

Y se despegó para cambiar de posición mientras que yo me dejé llevar, me acomodó para tomarme por detrás mientras mi cuerpo seguía muy caliente, lo sentí en toda su magnitud lo que hizo que tuviera que apretar con la fuerza de mi mano una de las almohadas que tenía a lado, dejé caer mi pecho en la cama mientras espigaba mis nalgas hacia él, su energía me penetraba con frenesí atrayendo mi cintura hacia el acto con las dos manos, pensaba divertida que ya no era el chico tímido del que me había enamorado en Madrid, y justo cuando empezaba a gemir de placer, me percaté con espanto de que alguien más nos observaba...

*

—María, espérate, no bajes, déjame voy contigo —gritó Jonás mientras protectoramente me tomaba de la cintura con vigor.

—Déjame, tengo que explicarle —protesté y traté de liberarme.

—No, ahora no te voy a dejar ir, por pendejo y por callado no defendí lo nuestro y ahora no pienso dejarte, además no sabes cómo pueda reaccionar un hombre despechado, se puede poner violento.

—No te preocupes por eso Jonás, Javier es un caballero, jamás ni siquiera me ha gritado, mucho menos agredirme.

—Sea lo que sea, déjame acompañarte —dijo soltándome para buscar su ropa que en la enjundia del momento había quedado regada por todas partes, momento en que aproveché poniéndome mi bata que guardaba doblada en el sillón de mi habitación para rápidamente bajar las escaleras tratando de alcanzar a Javier, pero había desaparecido. Se fue en un instante sin decir nada, como por arte de magia, era muy extraño lo que sentía, sí había pena, pero más que nada tenía un coraje hacia mí misma por no haber sido lo suficientemente valiente para decirle que lo nuestro hacía mucho que no era una relación, que tenía tiempo de haber caducado avejentándonos a ambos antes de tiempo, desperdiciando la vida ahora en nuestra edad madura, sin el complemento de un amor romántico, que nuestra relación lejos de aportarnos alegrías nos mantenía sumidos en una sutil pero real depresión crónica. Si no a ambos, por lo menos a mí que me la había auto diagnosticado al comparar lo radicalmente feliz que me sentía al lado de Jonás, la diferencia era abismal. Jonás era para mí y yo para él, punto, pero ahora tenía coraje porque por estúpida no sólo le acababa de romper la madre a un buen hombre, ya que rara vez superan este tipo de situaciones, sino que también era muy incómodo haber manchado el reencuentro con Jonás con esta vergonzosa escena. Debí oponer más resistencia, pero ¿a quién quería engañar?, Jonás me entraba como cuchillo caliente en mantequilla.

—¡María, espera, metete, por favor! —dijo Jonás que llegó para abrazarme. El calor al sentir su cuerpo de nuevo tan cerca me dio una reconfortante fuerza que disipó el miedo al futuro, me dejé arropar por sus brazos por unos instantes.

—Vamos adentro —le dije, y al verlo en bóxer rojos con su camisa desabotonada y las botas puestas me sorprendió la risa, lo que aminoró en mucho la vergüenza.

—Se fue, ¿así como si nada? —me preguntó—. Perdóname María por ponerte en esta situación, y ojalá que también él lo haga.

—No es tu culpa Jonás, es mía, debí hablar con él desde hace tiempo, pero pienso hacerlo ahora, por favor, necesito que te vayas —le dije forzando mis palabras.

—No pienso dejarte María, que tal si regresa y se pone violento, además no quiero separarme de tu lado, te amo demasiado, mucho, muchísimo —me dijo, y yo también compartía el sentimiento, nos encontrábamos en esos momentos en que se necesitaban exagerar los te amo, ante lo abrumador del sentimiento yo también quería decirle que lo amaba mucho, muchísimo, demasiado, pero ahora tenía que resolver mis asuntos pendientes.

—Lo conozco bien y no va a regresar y jamás se atrevería a alguna grosería sin importar la situación, pero es mi deber cerrar bien el capítulo, no te preocupes mi amor por lo demás, quiero estar contigo y eso lo sé con certeza absoluta.

Jonás me volteó a ver, y su mirada brillante reflejaba dolor al saber que debía darme en estos momentos mi espacio y se tenía que marchar, aunque fuera brevemente, como si el recuerdo de cada vez que nos separábamos no hubiera cicatrizado nunca y le empezara a supurar a pesar de que esta era una separación temporal, inofensiva. Lo abracé y le di un beso largo, nos reconfortamos juntos por un rato mientras le aseguraba con mi boca, sin palabras que esta vez nada ni nadie nos podría separar.

El asunto en ciernes que necesitaba resolver era aclarar los puntos con Javier, no sabía exactamente qué le iba a decir, pero era mi deber encontrarlo.

*

Jonás dio un paso para salir por la puerta, ya convenientemente vestido.

—¿Estás segura de que Javier no va a regresar a intentar hacer algo? —dijo

—Claro que no, él es una persona súper educada —dije confiando en que lo conocía—. Él no es de los violentos, seguramente ahorita está en casa de su mamá.

—Además, esto es algo que tengo que afrontar sola, así que tú vete, que tienes que ir a recoger a tu hijo y aquí yo te voy a esperar, para cuando regreses todo va a estar en calma. No necesito pensar nada porque estoy decidida. Tú y yo somos lo correcto, lo único es que tengo que arreglar mis asuntos porque al final del día las reglas de convivencia social exigen que cierre ciclos.

—Me voy preocupado mi amor —me dijo y en verdad sentía pena por los hechos—, pero ya ve preparando todo, si bien mi cambio es en la ciudad de México, tú no tardas en empezar tu proyecto, así que ve a buscar un departamento suficientemente grande y cómodo para ambos. No te tardes porque te tocará a ti decorarlo. El tiempo que estés en la Ciudad de México quiero que te quedes conmigo.

La ilusión de compartir mi vida con Jonás apagó un poco el sentimiento de vergüenza y culpa que sentía por los acontecimientos. No me habían educado de esa forma, no cabe duda que la vida te sorprende, y te encuentras haciendo cosas siguiendo los dictados de tu corazón… cosas que pensaste que nunca harías, y esto en particular no debía haber sido de esa manera, pero las cosas pasan por algo; ese pensamiento me consolaba.

Estaba tan enculada que ya me moría por platicarle a mis amigos todos nuestros planes y presumirlo.

*

Javier

—Sabes que te respeto mucho y soy la persona más alivianada respecto al sexo, pero te quiero comentar que estoy un poco preocupada, el otro día me tomé un café con Almo y también le preocupas —me dijo con un verdadero gesto de desasosiego.

—Y ahora tú, ¿la libertad encarnada? No se suponía que la recomendación era ser tan abierto a la vida como se pudiera— reclamé sin muchas ganas, porque la verdad es que no eran sus palabras sino algo más, pero no podía identificar lo que me tenía tan intranquilo.

—Sí Javier, claro que se vale, me preocupas tú, deja de lado el tema de que algo estás haciendo mal porque ya hay personas que creen que están formando algo contigo y les puedes hacer daño, quizá debas de ser más claro en eso también, pero ahorita lo que me compete, porque eres mi amigo, es que te veo descuidado. Estás tomando mucho y, además, no sé si sea tu cambio tan abrupto, pero recuerda que aquí es un rancho y estás en boca de todos. A mí, sabes que eso me vale, pero te conozco y creo que si vas a seguir por este camino por lo menos tienes que mentalizarte sobre qué quieres y serte fiel a ti mismo.

—Bárbara me vale lo que digan, ahorita parece que a la gente le pagan por criticar, además con las redes sociales lo hacen desde la comodidad de su miseria personal y cada quien enseña más de sí mismo con lo que critica que con lo que publica…

—Bueno, ahí sí tienes razón.

—Así es, traen a todos como pendejos entre envidiando y odiando lo que tienen o viven los demás.

—Eso sí, y regateando likes y retweets, pero bueno, lo que quería decirte es que trata de no andar como niño malcriado en juguetería, y sé más pulcro en tus relaciones, así que también sé claro con ellas sobre tus intenciones, siempre te he dicho que es muy bajo ser un estafador sentimental.

Las palabras de Bárbara me hacían eco en la mente, no me sentía mejor que cuando empecé con este rol de vida. Ahora me sentía muy inquieto, además, era cierto que andaba como niño en juguetería, pero tan solo acordarme de los juguetes que había a mi disposición se me olvidaron las sabias amonestaciones de mi querida amiga.

*

María

—Hola Martha —saludé a la distancia a una de las mejores amigas de Javier. Me volteó a ver con cara de reprobación y sin responderme el saludo se fue, nunca me había sentido así. Y Martha, la santurrona amiga de Javier me acababa de dar tratamiento de paria.

Me pregunto qué tanto impacto tendrá en mi vida la situación que acababa de pasar, las inseguridades permean desde cualquier grieta, después de la situación me daba mucha pena con Jonás, me incomodaba mucho, mis sentimientos me llevan desde la tristeza hasta la pena y luego de regreso.

Odiaba lo que se había presentado porque me hacía sentir muy culpable, también porque le había roto el corazón a alguien que no lo merecía y cuya personalidad frágil no lo estaba tolerando muy bien.

Me odié por no decir nada antes, me odié por sufrir en silencio, me odié por no ver las señales, me odié por haberle ocasionado dolor a Javier y no tener en cuenta sus sentimientos, me odié por necesitar pensar en mis propias necesidades. Hasta me odié por tanto amor que sentía Jonás por mí y que en este momento no creía merecer. Esa mañana, en ese café de la esquina, yo temblando por mis emociones, debía apurarme a mi clase de yoga, meditar me iba ayudar a ubicarme de nuevo en el presente.

*

—Perdónanos María, juramos que te íbamos a hacer un bien —se disculpó Ricardo.

—No fue mi mejor momento, pero lo hecho, hecho está y ahora ya no quiero hablar de eso, lo voy a buscar para aclarar las cosas, pero estoy segura de que él al igual que yo, sabía que nuestra relación se había terminado hace mucho —dije.

—Te respetamos que no quieras seguir hablando de eso, pero yo no estaría tan seguro de que no le haya afectado muy duro toda la situación —dijo Sara—. Ese tipo de cosas les afecta muy cabrón a los hombres —añadió.

—Ya no me mortifiques Sara —dije.

El tono áspero de mi voz me sorprendió a mí misma, pero en verdad no quería hablar del tema, me sentía avergonzada y ni siquiera tenía apetito para desayunar, Sara solo sonrió benévolamente, ahora que lo pensaba, nunca la había visto enojada o respondona.

—Sí, Sara, mejor dale una cátedra aquí a Angus de cómo se mantiene un matrimonio feliz ahora que según ella quiere echarle ganitas a su relación —sugirió Ricardo.

Le agradecí con la mirada que desviara la plática, Ricardo me apretó la mano que no me había soltado desde que llegamos, seguía siendo el protector y seguramente se sentía culpable por andar de alcahuete.

—¿Cómo le haces tú Sara, para mantener tu matrimonio feliz?, perdón, voy a ser específica, ¿con qué frecuencia deben de hacer el amor las parejas casadas? —preguntó Angus.

—Ay, Angustias, cada quien, depende.

—¿Depende de qué? —preguntó.

—De todo, la edad, el estado de ánimo, cuanto tiempo llevan juntos, el acuerdo que tengan especialmente entre ellos dos, es natural que las parejas longevos también le bajen a la frecuencia.

—Claro que se baja la frecuencia, no es lo mismo cuando empezaste a después de tantos años, sin embargo, nosotros seguimos manteniendo nuestra vida sexual lo suficientemente activa como para sentirnos felices, no tiene que ser la gran cosa, de repente un rapidito o después de una buena salida a cenar regresar y hacer el amor tranquilamente en la cama, también es necesario hacer cosas nada más porque sí, sin razón.

—Ay, amiga ¿cómo qué? —preguntó Ricardo.

—Bueno, de repente y cuando coincidimos en la recámara después de que se acaba de bañar, sin preguntarle a Mario se la chupo hasta que termine, sin pedirle nada a cambio, sólo porque sé que le encanta, y la verdad a mí me gusta dejarlo con las piernas flojitas —nos confesó coquetamente.

*

—Barbi, tenemos que hacer algo, casi todos los días se abre una botella de tequila y sin importar si está frío se lo toma en un vaso de café de Starbucks. El otro día me encontré el vaso lleno de tequila en su baño, está pisteando hasta cuando zurra —dijo Almo al oído de su amiga.

—Almo, Barbi —dije al verlos, venían entrando a la terraza del restaurante donde nos habíamos reunido para comer unos taquitos de camarón a las brazas que se le había antojado a Ricky. La invitación había sido solo para Barbi que era también mi amiga, Almo seguramente decidió acompañarla de último momento y venía bien entonado, porque le brillaban los ojos y traía en la mano una cuba caminera servida en vaso desechable, ya sabía por Javier que era cliente habitual de este bar, así que le permitían pequeñas indulgencias como entrar con bebida de otros lugares, e incluso mandar por botana como chicharrones a otro lugar para comerlos en el sitio.

—Hi Almo —dijo Ricky.

—Épale, quedamos de que tú no me podías decir así, no se te fuera a antojar darme algún tratamiento.

—Ni loco, tendré malos ratos, como por ejemplo cada vez que te veo, pero no malos gustos, así que no te preocupes, tu horrible y sobre dilatado ano peludo está a salvo conmigo.

—Bueno, uno nunca sabe, llevo muchos años cuidando con cariño a mi chiquito, que no me gustaría perder, porque te provoque la semántica.

—Se me hace que haces todos esos comentarios para agarrar distancia conmigo porque secretamente has de imaginar que la verga es deliciosa y te hace agua la canoa —añadió Ricky.

La Almorrana escupió un poco de cuba cuando soltó una carcajada, Ricardo celebró su pequeño triunfo en el intercambio de bullas con una sonrisa de oreja a oreja, a pesar de su orientación, él seguía siendo uno de los muchachos y le divertían los mismos albures y bromas.

Almo ya un poco recompuesto, cambió de táctica ya que no era del tipo que se dejaba vencer tan fácilmente.

—Oiga joven —dijo Almo dirigiéndose al mesero —cuidado aquí con el muchacho, es gay oruga, cuando toma le sale la mariposa que lleva dentro.

Después viendo fijamente a Ricardo le explicó con ánimo docente y socarrón.

—El mesero no es puto, Ricardo, no te lo vayas a querer ligar —a lo que Ricky le pintó un dedo divertido, no se ofendía con Almo, se llevaban pesado y entendía que lo hacía por hacerse el chistoso, tenía la sangre liviana que impedía que lo que decía sonara insolente, ya que no tenía un gramo de homofóbico. A mí me daba gusto que Ricardo fuera gay de la vieja escuela, con la coraza dura e imperturbable que a pesar de lo mucho que ha avanzado la sociedad seguía siendo tan necesaria.

—Me avisas cuando ya te decidas a dejar de ser aspirante a joto, tengo un amigo enanito con el que harías una pareja estupenda, tú serías por primera vez el alto de la relación.

—Y yo tengo una amiga que hace milagros y le encanta enderezar maricones, avísame si ya quieres dejar de irte por el lado oscuro… del cuerpo.

—Odio interrumpir un intercambio de ideas tan inteligentes —les dije.

—Pero Almo, ¿cómo va todo?, ya te pusiste de acuerdo con Bárbara para que convenzas a Javi, ya quiero quitarme esa piedra del zapato, hay que cerrar ciclos, ayúdame a que acepte verme.

—Sí María, pero no es fácil, no sabes cómo ha cambiado, anda de cabrón y le ha ido como en feria.

—Sí, estoy enterada de ese lapso, vivimos en un rancho — contesté con sonrisa de resignación.

—Yo también, por lo menos no anduvo de bi curioso, porque seguro y me buscaba —dijo Ricky que no le gustaba sentirse excluido de las conversaciones.

—Bárbara te adora, y ya puso a Javi como palo de perico, así que no dudes que pronto se puedan reunir para que le den carpetazo a las cosas —dijo y al terminar, dándole un largo trago a su cuba caminera, con la otra mano le hacía una seña al mesero para que le trajera otra, esta vez en un vaso de vidrio.

—Los dejo, me están esperando en aquella mesa —se despidió con la mano ya sin vaso desechable, mientras se enfilaba al fondo de la terraza.

Alcancé a ver que lo estaba esperando una chica guapa en una mesa rinconera, seguramente un ligue, Ricardo alcanzó a gritarle quedito.

—Suerte, ojalá que no sea de las que les importe el tamaño —dijo al no poder evitar ser el último burlón. Almo no lo escuchó o fingió no hacerlo, ignorándolo quizá por pena, porque en la mesa de a lado, habían dejado de ver sus teléfonos para poner atención al intercambio que se suscitaba en la nuestra.

—Tan feo él y la chica no se ve nada mal —dijo Ricardo.

—Ay, pero es muy simpático —contesté.

—Claro, es un baboso el tapón, y bien dicen "Donde entra la risa entra la longaniza" —dijo Ricky, Bárbara y yo reímos.

*

A pesar de que no salí a ningún lado, ya que ahora me llegaban los ligues a domicilio, toda la noche no pude dormir, y lo peor, tenía una cita temprano para seguir avanzando en un negocio que no terminaba por cuajarse, me di un baño que me regresó en algo la fuerza y me tumbó las lagañas, pero aun me sentía aturdido y con los párpados pesados, así que me enfilé a una cafetería que se encontraba convenientemente colocada afuera de un gimnasio al que acudían desde temprana hora solteras maduras y fogosas amas de casa, que se ejercitaban desde temprano para gastar la energía que les sobraba de la cama. Llegué con la pecaminosa ilusión de deleitarme un poco la mirada, ya que el calor regio en esta época hacía que las enérgicas chicas se ataviaran de manera muy ventilada, ofreciendo un espectáculo deleitoso.

Después de pedir un espresso doble y mientras le vaciaba un sobrecito de azúcar morena, sentí un apretón en la parte de arriba de la nalga derecha, al voltear la vi, era Silvana, la mejor amiga de Lisa que me saludaba con excesiva confianza.

—Épa, si no compras no mallugues —protesté.

—Hola Javi, qué gusto verte aquí —me dijo con una mirada que podía interpretar con que me quería en su cama o que me quería muerto, Lisa estuvo hablando mucho de ti en nuestro juntadita…

—Espero que puras cosas buenas —respondí.

—Sí, claro, le encantas, a ver cuando nos vamos tú y yo a tomar algo, tengo ganas de diversión de adulto.

Me volteó a ver como si yo fuera una mercancía, sentí la mirada pesada posándose en mis partes pudendas.

—Este, sí, claro qué padre, yo te hablo.

Se despidió con ganas de seguir platicando, pero venía con un grupo de amigas que pude notar le reprobaban con la mirada el estar conmigo. ¿Qué tanto se platicaría de mí en esas veladas de vino terapia solteril? Era un misterio, pero seguro al calor del alcohol se hablaba de muchas intimidades y quizá ya me hubieran asignado la etiqueta de "Manwore". No sentí que me importara mucho que me catalogaran así, y me quedé pensando si salir con ella no era estar tentando mucho a la suerte. No sabía si Silvana podría servir de sándwich de queso emocional para salir de la inquietud que sentía o solo le iba a echar más gasolina al fuego de mis emociones perturbadas.

Ya tenía demasiadas visitas que solo llegaban con la intención de fornicar, incluidas algunas que de manera intempestiva buscaban repetir la experiencia de estar en mis brazos temblando de emoción, como Angélica que, de manera sorpresiva, una noche de copas llegó a mi departamento o Lisa, que seguía llegando a visitarme por las mañana cada que se le alborotaba la hormona.

Necesitaba poner tierra de por medio para aclarar mi mente y recobrar fuerzas.

Qué mejor que un viaje para apaciguar las aguas…

*

Javier en Tulum

A invitación expresa de José Manuel, decidí acompañarlo el siguiente fin de semana a Tulum, estaba pasando mucho tiempo allá, ya que pensaba invertir por esos lugares.

—No es que me quiera escapar de San Pedro que me encanta, pero sé que voy a terminar viviendo en el caribe mexicano —me confesó una vez.

Pensé en invitar a alguna de mis conquistas actuales, pero me disuadió de ese propósito con una pregunta lapidaria.

—¿Para qué quieres llevar piedras al río?

La pregunta me hizo mucho sentido por lo que me dispuse a salir de mi área de confort, y me preparé para expandir mis horizontes de conquistas, después de todo, poner un poco de distancia entre algunas de mis amigas despechadas que me seguían buscando, me vendría bien.

El bar de roca viva del Hotel Papaya Project de Tulum era un ideal por sí solo, no se podía pedir más, la combinación de un mar prístino, tequila, música de buen gusto y una zona tapizada de estructuras cósmicas precolombinas montaban un escenario inigualable.

José Manuel, si bien me había recibido con efusividad, solo estuvo un momento conmigo, dedicado como estaba a enamorar una despampanante turista a la que podía observar desde mi butaca.

—La conocí durante el desayuno, viene con un par de amigas, una de ellas tiene una pareja que la acompañó a este viaje y no se le despega, la otra está soltera o tiene una relación de hueva a distancia, la verdad ya no me acuerdo bien, pero si aun necesitas guajes para nadar me avisas, y más tarde invento una ocasión para que la conozcas, está guapísima.

Y sí que lo estaba, desde mi butaca podía ver a la hermosura veinteañera que a pesar de que trotaba con agilidad en la playa, no sufría ninguna parte de su cuerpo de ninguna vibración maliciosa ni del peso de la gravedad gracias a la firmeza de sus carnes, con todo, a esa tierna edad, en su lugar, ya había adquirido un resplandeciente tono dorado acentuado por el aceite bronceador. Ya tenía pensado relajarme y que José Manuel me regalara medio gol presentándomela, aquí, aislados, en este ambiente selecto, prácticamente me la estaría envolviendo para regalo, solo tenía que seguir las reglas del juego un rato, y antes de que terminara la noche ya estaríamos destendiendo la cama de mi búngalo.

—Otro doble, es más, tráigase toda la botella —le dije al diligente y joven mesero con acento argentino que me estaba atendiendo, lucía una camiseta trasparente sin mangas que apenas le escondían su cuerpo de deportista.

—Enseguida señor —me contestó con una sonrisa de oreja a oreja, que indicaba su felicidad de encontrarse con un bebedor pesado que le auguraba una fuerte propina.

También, con la botella enfrente, me aseguraba de que no nos estuviera importunando en las importantísimas primeras fases de la conquista con su presencia mucho más joven de adolescente extendido y su acento chillón, pensaba, mientras veía a mi próxima conquista a la distancia, pero ya contorsionándose en mis pensamientos.

—Aquí está, ¿se la abro?

—No, yo me encargo, es más, toma —dije extendiéndole un quinientón—. Carga todo a mi habitación y esto es para ti, no te quiero cerca, si necesitamos algo yo te aviso.

—Como guste señor —dijo guiñándome un ojo como si adivinara mis intenciones mientras me arrebataba con ansia el billete de la mano.

—Espera, tráenos porfa otros colchoncitos para sentarnos —pedí antes de que se alcanzara a marchar al notar que la dura piedra de la butaca que podía sentir a través de mi pantalón blanco de lino, solo iría aumentando su dureza con el tiempo.

—En un momento, mi señor.

Decidí prescindir de mi camisa para ponerme a tono con los escasos visitantes de este bar, que en temporada baja como ahora, le daba un toque más que de soledad, de cómoda selección. Cada pareja o pequeño grupo disfrutaba la compañía de ellos mismos sin necesitar multitudes de turistas para divertirse, el lugar ideal para un joven cuarentón como yo. A lo lejos seguía viendo a José Manuel, y era imposible no admirar su desenvoltura y seguridad, a sus cincuenta años muy bien llevados todo en él era una máquina de precisión para enamorar, su postura que abarcaba todo, su risa contagiosa, incluso su olor que jamás diría, pero provocaba todo tipo de reacciones positivas a los que tuviera cerca, qué importante es oler bien —pensé.

Y justo cuando estaba en mis meditaciones sobre el aroma y su importancia, llegó el mesero intruso.

—Señor, ¿le acomodo los cojines? —preguntó con acento cuentacuentos.

—Sí, adelante —le contesté con mi duro acento norteño aderezado por los tequilas que ya me habían entonado el ritmo de la voz. Levanté una bolsa de playa que José Manuel había dejado a mi lado cuando me instaló en esta mesa antes de ir a la cama de playa en donde departía con su conquista y nuevos amigos. Al levantar la bolsa salió un pequeño frasco.

"La Vie Est Belle Florale" by Lancome Eau De Toilette.

Su loción, pensé, es una señal para que me ponga un poco, al recordar que al llegar al hotel y con la premura de cambiarme mis ropas citadinas por mi atuendo de playa escogido y comprado precisamente para la ocasión, pantalón de lino, calzón blanco, camisa de tonos cálidos especial para el caribe, lentes marca Fendi que combinaban con mis zapatos de mimbre y mi coqueto sombrero panameño, así como una pañoleta de vivos colores celeste que en el catalogo de la foto que vi en la revista y que inspiró mi atuendo se veía muy bien. Mi mente conservadora me previno de no ponérmela, aunque ahora, en este ambiente, al calor de los tequilas y la música, escuchando el vaivén de las olas, quizá no era una mala idea completar mi atuendo usando todo el ajuar que había traído directo desde el Palacio de Hierro.

—No creo que se moleste si me pongo un poco —pensé mientras me vaciaba medio frasco de la loción en mi cuerpo, de inmediato un profundo olor a flores impregnó mi entorno. El aroma era muy estridente, pero lo rebajé con otro fondo blanco de mi caballito percherón de tequila añejo, entre el perfume y los resabios del agave gravitaba ya en una atmósfera que se sentía dulcemente de otro mundo.

Lo que noté de inmediato fue que a mi mesa se empezaron a acercar unos molestos insectos voladores, que sin ningún respeto al espacio personal revoloteaban con su molesto zumbido, peligrosamente cerca de las partes de mi cuerpo que estaban descubiertas.

No mames pendejo, huelen a las flores de la pinche loción de José Manuel, pensé mientras intentaba espantarlos abanicando mi sombrero, sin lograr ganarles a su terquedad invencible, por lo que me puse de inmediato la pañoleta alrededor del cuello que até con un moño que a mi entequilado ser le pareció de un muy buen gusto, un toque europeo afirmé. También, enfundé mi cabeza lo más que pude en el sombrero panameño, tratando de proteger mis orejas del molesto zumbido de lo que parecían unas moscas salvajes en esteroides.

Y de repente, ¡madres!, sin verla llegar y dándome apenas tiempo de parpadear, una de ellas fue directamente por mi ojo, clavando su potente aguijón en mi párpado, que afortunadamente alcancé a cerrar, si no me hubiera alcanzado en la pupila.

—Mi señor, ¿gusta que le traiga algún repelente? —se acercó el insolente mesero cuando vio que menté madres en voz alta mientras me trataba de sobar el párpado, revisando que no hubiera ningún residuo de aguijón.

—No necesito nada, gracias, yo estoy muy bien con mi tequila, tú aléjate de esta zona —le contesté más airado y con molestia por la interrupción.

—Son los tábanos señor, pueden generar reacciones alérgicas cuando pican —dijo sin moverse de su lugar al ver que mi párpado se empezaba a inflamar como si me hubiera golpeado Rocky con la fuerza que usó en la película donde venció al ruso. La sabiduría entomológica del joven mesero que además ya se había quitado la camisa y estaba mamadísimo, me molestó de sobremanera, pero me rebajé el coraje con un trago.

—Ya sé que son tábanos —mentí, ya que no tenía idea de qué insecto era—. No es mi primera vez aquí, no necesito nada —.

—Gracias Bernabé, yo me encargo —dijo José Manuel al llegar a mi lado, a lo que el joven le respondió con una sonrisa de oreja a oreja al ver que alguien como José Manuel recordara su nombre.

—Estoy para servirle, señor José Manuel —dijo mientras se retiraba de la mesa haciendo caravanas el muchacho lambiscón.

—Y ahora tú ¿por qué estás disfrazado de Ken Malibú? —dijo al señalar la pañoleta que traía puesta—. Y quítate el sombrero, ya no hay sol, pareces Aníbal Lecter antes de cenarse al doctor del psiquiátrico.

—Es que llegaron los pinches rábanos —dije ya arrastrando las palabras.

—Tábanos, sí, son una molestia, pero aquí tienen repelente muy bueno, además, se te acercaron porque te vaciaste el frasco del perfume de Denisse encima, ¿por qué hiciste eso? —preguntó.

—Es que hoy no me puse loción y pensé que era tuyo —contesté.

—Bueno, y el frasco completamente rosa con flores no te dio una pista de que quizá fuera un perfume de mujer.

—Bueno yo tengo mis razones —dije intentando ponerle punto final a la discusión sobre el error de ponerme perfume femenino con poderosa fragancia de flores en medio de la selva tropical.

José Manuel rio de buena gana y de inmediato me cambió el humor; qué poder ejercía en mí esta persona.

—Bueno Javier, ya estás medio enjarrado, se vale, estás en la playa y es un fin de relax, pero ya no tomes más, que ya estás telegrafiando las palabras. Estás en un punto en donde ya crees que no se necesitan pronunciar todas las letras y no es el estado más conveniente. Daniela, ya preguntó por ti y me encargué de que fuera ella la que me pidiera conocerte, así que te encargo mucho, ella ya sabe que estás aquí con la intención de vivir el momento sin ninguna aseguranza sobre el futuro, además, ella también quiere solo disfrutar el fin de semana, si te gusta, tienes asegurado el éxito, pero recuerda: no las engañes en tus intenciones nunca, sé un caballero y no te pongas tan ebrio para que disfrutes bien, con moderación mi amigo.

—Sí claro, ando bien, es que se me subió porque no he comido nada, pero ahorita me pido un mango para que se me baje —dije sin percatarme que ya arrastraba las frases.

—Mejor bájale al ritmo de ingesta de tequila, disfrútalo, es una bebida espectacular y más, combinada con este entorno maravilloso y mágico —dijo convenciéndome de inmediato, mientras lo veía con mi ojo bueno y me ponía un hielo en el párpado del otro—. Vente, sé valiente con todo y tu párpado inflamado.

El resto de la noche no lo recuerdo, solo sé que no seguí el consejo de tomar con moderación. Daniela se cansó de tratar de traducir mi lenguaje de beodo para entender mi plática, y me quedó un recuerdo nebuloso de Bernabé cargándome rumbo a mi habitación, como jugador lesionado, mientras yo le preguntaba rutinas de ejercicio para desarrollar los pectorales y me caía en palabras de agradecimiento por tomarse la molestia de acompañarme hasta mi bungaló. Definitivamente, debería de empezar a beber con moderación aunque protestaba a las amistosas amonestaciones de José Manuel de que ya no era mi mejor edad para salir de los restaurantes y los bares justo cuando empezaban a poner las sillas al revés sobre las mesas, y yo, le aludía el haberme quedado dormido en la silla al carácter soporífero de la conversación de Daniela.

*

María y Bárbara

Ricardo nos había dejado solas, no sin antes despedirse de La Almorrana con un fuerte abrazo, sus ánimos divertidos contrarrestaban totalmente con el tema que tratábamos Bárbara y yo.

—Sabes perfectamente lo mucho que lo quiero, pero a veces me siento abrumada por su comportamiento, te voy a confesar algo, María, le hiciste más daño de lo que él quiere reconocer y ahorita francamente me da vergüenza. Me dijo La Almorrana que lo peor es que después de cada conquista sufre de síndrome de post coito —comentó Bárbara—. Ya sabes, el nuevo campo de estudio en donde se supone que más de la mitad de los hombres sienten depresión y ansiedad después de eyacular.

—Nunca había escuchado de eso —contesté y seguimos hablando sobre Javier—. Sí, ya me había enterado, y a mí también me da mucha pena, pero no es que yo la echara a perder, te juro que esa relación ya estaba muerta, obvio me descuidé, no le conté lo que le debía de contar, pero estaba buscando siempre el momento oportuno que nunca llegó, y ahí fue donde me cachó con Jonás. Antes de su cambio de comportamiento tan abrupto, lo más que pasaba tiempo con una mujer era cuando le cortaban el cabello —dije.

—Bueno si te contara cómo está ahorita, a diario cambia de pareja, rentó un departamento donde entrando hay una cama, y ahí recibe a sus invitadas. Olvídate, ya no queda nada del nerd dulce que era, de repente todo cambió, como si se sintiera el hombre más conquistador y Player. Aparentemente tiene demasiada confianza en sí mismo, si bien eso no es nada malo, pero la está usando para tener sexo y, además, engañando a las chicas. Las hace pensar que quiere tener una relación con ellas con tal de cumplir sus deseos, y eso no está nada bien, lo convierte en un abusivo, él trata de parecer muy alivianado, pero se está desquitando con todas, anda lo que le sigue de promiscuo, incluso supe que salió con una chica que tiene fama de violenta y con la que no puede estar jugando.

Mi cara de preocupación le debió de comunicar todo mi sentimiento a Barbi que comenzó a ponerse propositiva.

—Pero sé que a pesar de todo te respeta mucho María, así que yo apoyo completamente la idea que tienes de que se junten más adelante para cerrar el ciclo. Sigue muy dolido porque nada más al tocar tu nombre nos pide que cambiemos de tema, así es él de orgulloso, y no se percata de lo mucho que se está haciendo daño.

—Ay qué horror Barbi, Javier no sabe estar solo, yo creo que trae hasta algo de depresión, pero no lo manifiesta como la gente normal lo hace. Ayúdame Barbarita, habla con él, dile que lo quiero ver, necesito cerrar círculos, él es un buen hombre.

—Traté de hacerlo entender, la última vez, después de que vinieron a contarme que lo habían visto con una chica montada en faje en el estacionamiento de un restaurante a la vista de todos. Le pregunté por qué trataba de acostarse tan rápido con las mujeres que salía y me contestó que era un tipo de misión que se había propuesto y que, además, no tenía nada de malo ya que estaba soltero y podía hacer lo que quisiera. Se vale, solo que no le está haciendo bien; en una persona como Javi, este tipo de comportamiento se convierte en una adicción y como toda adicción es progresiva, va de mal en peor, y no por los chismes que sabes que tanto a él como a mí me valen, sino porque se le nota triste, sin rumbo.

—Ay Barbi, ahorita es cuando más necesita de ustedes, ya sabes lo importante que son para él sus amigos, más ahora que está confundido, ya sabes, cuando menos merezcas que te quieran es cuando más lo necesitas…

—Así es, su conducta sexual compulsiva la usa para escapar de lo que verdaderamente siente, como la soledad, ansiedad, depresión o el mismo estrés. Ya le recomendé que buscara ayuda para controlarse, pero insiste en que su conducta sexual es adecuada y sabes que yo soy la más alivianada, pero su comportamiento no es normal, no le está haciendo bien, tiene culpa y vergüenza, además, me preocuparía que se enferme.

—Dile que quiero verlo, donde él prefiera.

*

Javier

Con el ojo inflamado, la vergüenza con José Manuel que me dijo que vomité encima de Daniela y la cruda trepidando la cabeza, no aguanté más tiempo en el paradisíaco Tulum y regresé a mi base con la intención de descansar y dormir hasta que se me quitara el sueño.

El repiqueteo de mi celular al que olvidé silenciar interrumpió mis planes.

Contesté el teléfono con un sobresalto, ya medio me empezaban a crispar los nervios tantas llamadas de mis conquistas, sólo me tranquilicé al ver que era La Almorrana.

—Qiubo Almorrana, ¿cómo estás, cabrón, qué milagro? —dije.

—Oye, te hablo nada más para decirte que me encontré a Victoria y me volteó la cara, no vaya a ser que también esté encabronada conmigo porque tú no le contestas los mensajes —me recriminó mi regordete amigo.

—No, hombre, Victoria es lo más decente que existe en el mundo, traigo otras que en verdad sí están chingue y chingue, se me hace que voy a dejar de ser tan sutil para mandarlas a la chingada y les voy a decir abiertamente que no quiero volver a verlas.

—Pues abusado cabrón, no se te vaya hacer bolas el ganado y te metes en un pedo, está bien que sí, pero tampoco andes mojando la brocha con tanta vieja se te atraviese, ya te vale madre si te coges a cualquiera así sea un mandril con buena cola —me recriminó confianzudamente.

—No te olvides, mi fiel Almorrana, que el taquito de frijol también quita el hambre. Y te dejo porque están tocando a la puerta, me pedí una a domicilio ja, ja —dije provocándolo.

—Se te va a caer el pito, pendejo, adiós —se despidió con una profecía ominosa La Almorrana.

—Eit, qué sorpresa —comenté al ver qué era Débora la que tocaba mi puerta, y no Karla que había quedado de venir a traerme una pomada para mi ojo y de paso mostrarme un proyecto en el que estaba trabajando y que le entusiasmaba mucho.

—Hola perdido, vine porque no me contestabas los mensajes y, además, realmente estaba preocupada por ti —dijo mezclando un reclamo con buenos deseos—. Pero no me digas nada, vengo bien cachonda y empapada pensando en montarme arriba de ti hasta que te quedes seco.

Débora me condujo coquetamente con leves empujones hasta la cama.

La prontitud de su cachondez y lo cariñoso que te ponen las ganas de coger, me obligó a no oponer ninguna resistencia de romper mi decisión que no fue tan final de no volverla a ver, me cae bien y está hecha un culo, me sugestioné de manera convincentemente irresponsable.

El momento fue inesperado, pero sin duda bien recibido por mi parte, porque de inmediato me sentí listo a atender el llamado de mi promiscua naturaleza y hasta se me desinflamó el párpado.

Nos dimos un breve, pero muy satisfactorio para ambos, acostón.

Al terminar se recostó a mi lado con la delicadeza de un gato, mientras yo concedía que se acomodara para hacerle piojito un ratito, y luego despedirla cortésmente con alguna excusa trivial. Pero en vez de eso, se levantó con sus brazos un poco para quedar completamente de frente a mí, y apuntando la mirada que se empataba con su generoso busto que se me ofrecía campaneando a mis manos, comenzó con sus infundados reclamos.

—¿Qué pasa?, ¿te hice algo o qué, por qué ya no me llamas?, ¿que no te gustó?, pensé que nos habíamos entendido muy bien, llevo toda la semana esperando que me llames y no me he querido ver muy insistente contigo para darte tu espacio y tu lugar, yo respeto —me dijo—, pero no te pases de lanzado sin ni siquiera tener la dignidad de hablar para preguntar cómo estoy, ¿que no soy buena en la cama o qué?

—No para nada, estuvo bien padre, lo disfruté mucho, pero tú sabías que yo no estaba buscando nada serio, ahorita estoy dedicándome a vivir la vida y a tratar de ser feliz —contesté brindándole una sonrisa.

—Bueno, no es que tenga que haber algo serio, pero de perdido deberías de tener la cortesía de contestarme para vernos de vez en cuando, no es justo que nada más así de repente y por tus huevos me saques de tu vida —me dijo subiéndole de tono al reclamo.

—A ver, vámonos entendiendo, no tenemos ningún compromiso y, además, no quedamos en nada formal, así que no puedo haberte fallado en nada más que en tus ilusiones mentales —le dije un poco grosero y haciendo caso omiso al par de hermosos senos que me campaneaban enfrente—. Ahora, si quieres que sigamos siendo amigos y que nos veamos de vez en cuando, sin ningún compromiso, yo jalo —comenté extendiéndole una alternativa motivada por el espectáculo de su belleza y esperando que aceptara el comodino trato, ya que estaba buenísima.

—A ver pendejo —gritó—, yo no voy a ser tu nalga, te dije cuando te conocí que yo estaba harta de la basura de los hombres y tú deberías de ser diferente, así que si lo pones no lo frunzas —dijo con odio de barrio y, de repente, con un movimiento rápido de mano me dio un apretón de huevos que me ennegreció la mirada.

—¡Ay cabrón! —grité con dolor, ante el súbito agarrón que me tomó desprevenido en mis tiernas bolas—. ¿Qué te pasa, estás loca o qué? —reclamé mientras alejaba mi parte expuesta del peligro de su alcance, ante otro inminente apretón al que le combinó una sonora bofetada intentando meterme en cintura.

Me levanté apresuradamente de la cama en donde plácidamente, unos instantes atrás reposaba el coito, y pasé a defensivamente ponerme el pantalón, mientras ella de rodillas se abalanzaba amenazadoramente hacia mí.

—¿Crees que me vas a dejar así, cogida y sola? ¡Estás pendejo si crees que te vas a librar de mí tan fácil, no conoces de lo que soy capaz! —amenazó y me aventó un libro que tenía en la mesa al lado de la cama, con tan atinada puntería, que se estampó en la esquina de mi sien.

Abriendo de par en par los ojos ante tan sombría y sorpresiva amenaza, me armé con una toalla usada que estaba colgada en el respaldo del sillón para poner red a cualquier otro objeto que volara hacia mí y respondí:

—No entiendo porqué estás reaccionando de esa manera, te pido por favor que te retires de mi departamento no quiero saber nada de ti —dije de manera firme, pero sin muchos huevos, no fuera a alebrestar su furia.

Mi tono sosegado pareció calmarla, como si se diera cuenta de que sus reacciones violentas exageradas y compulsivas no estaban justificadas conmigo, sentí un poco de compasión por ella con todo y que aún me repiqueteaban los testículos a causa del malicioso apretón.

—Pues no es así Javier, yo ya le platiqué a mis amigas de ti y de que por fin había encontrado una pareja decente, y no permitiré que termines así conmigo, menos cuando aún estoy embarrada de tu esperma —dijo recordando el hecho de que al final para terminar me había quitado el condón para acabar vaciándome en su pecho, el recuerdo casi apartó de mi cabeza el dolor que seguía trepidándome los huevos.

—Yo no quedé en eso contigo, somos adultos los dos y bien sabías lo que estabas haciendo, yo no te prometí ningún compromiso —dije con argumentos muy válidos.

—Pues mira estúpido, quieras o no, me vas a cumplir… —dijo empezando a elevar el tono cuando tocaron a la puerta que abrí de inmediato a sabiendas de que había llegado Karla a salvarme y escudándome de librazos y apretones de huevos, detrás de mi protectora amiga, tomándola de los hombros como un escudo redentor rogué.

—Karlita, por favor dile a tu amiga que se salga de aquí.

Mi amiga sorprendida a bote pronto ante la virulencia de la escena volteó a vernos las caras intentando evaluar la situación.

—¿Qué pasó?

—Nada, que el pendejo de tu amigo me prometió amor eterno y ahora después de que me dio una cogida de poca madre, me está mandando a la chingada.

El grito áspero y mentiroso de Débora apelando al buen amor y al prestigio de la monogamia resquebrajó mi paz interior.

—Yo no te prometí ni madres, nada, ¡tú sola te hiciste tus figuraciones mentales y aquí enfrente de nuestra amiga te voy a decir que no me interesa salir contigo, que no me interesa verte y por favor te pido que te vayas de mi departamento! Karlita, ella me aventó un libro muy recio que casi me descalabra y me apretó los testículos. Dile que la puedo acusar por atacarme, además, me dijo muchas groserías —dije como un niño llorón mientras movía las piernas para que se me desarrugarán los escrotos—. Yo no tengo la culpa de que por adelantada te hayas hecho falsas ilusiones —rematé.

Con furia contenida pero impedida a atacarme gracias a mi queridísima amiga, volteó a ver a Karla que con la seguridad de un domador de tigres se mantenía firme arriesgando el cuerpo entre nosotros.

—Débora —dijo Karla con serenidad—, hemos hablado de esto en sesión, respira profundo y acompáñame afuera, este es el lugar de Javier y si te está pidiendo que te salgas está en todo su derecho, además, cualquier cosa que haya pasado por un desacuerdo no amerita que lo golpees, eres una dama, así que acompáñame afuera —a lo que Débora rumiando mentadas de madre, pero obediente toleró con mansedumbre las indicaciones de su abogada y cumplió.

Karla me miró con desprecio, como nunca lo había hecho y me dijo:

—Ponte una camisa —mientras alcanzaba a escuchar sonidos guturales en el pasillo, de mujer furibunda. Me dispuse a salvar la situación contándole a Karlita todo lo que había pasado, ya que en mi cabeza yo no tenía ninguna culpa y mis excusas de sátiro libidinosamente hacían sentido, pero Karla ya estaba afuera, tratando de calmar a la iracunda mujer que reclamaba por mi trato.

Este tipo de situaciones me hacían replantear seriamente las bondades del celibato.

*

—A pesar de que francamente la cagaste, no te puedes culpar de todo, diste un rebote como cuando los alcohólicos en pausa vuelven a caer en el vicio, y tú pasaste de francamente un nerd casi invisible para las mujeres, a conquistador irresistible en tu mente, y te tenía que pasar algo así para que entendieras, como los focos que dan más luz antes de fundirse, es más, cuando vi que empezaste a tener una vida romántica más variada, me sorprendí un poco e intenté advertirte, pero estabas con el pendejo de tu amigo Alex y preferiste escucharlo a él. Al principio, francamente pensaba que si te agarrabas a alguien ibas a terminar llorando en la cama antes de hacer nada —dijo Karla en un sosegado discurso, pero claramente con su típica ironía—. Eres generación X y como tal, te enseñaron a guardarte tus sentimientos por mucho tiempo, como dijeron en aquella película de los 90, el club de la pelea, son la generación X, los hijos de en medio de la historia, sin propósito ni lugar, no les tocó vivir cuando crecían, ninguna guerra, así que volvieron de su vida una guerra espiritual en donde se guardaban todo —dijo mientras yo la escuchaba a la vez atento y sorprendido. Karla era una de las mujeres más inteligente que conocía y nunca dejaba de sorprenderme, tenía siempre el buen tino de chingar donde te duele con su comentario, pero a la vez te hacía reflexionar.

—Tuvimos que llegar los millenials para enseñarles que no se necesitan las grandes crisis, ni las grandes guerras para tener una causa y luchar por lo que eres, no hay batalla pequeña y, en particular en tu caso, te regresaste dos casillas en la historia al cosificar a las mujeres. Esos temas ya no vuelan, nosotras luchamos por lo que creemos, eres una persona valiosa, Javier, eres bueno, no puedes andar por la vida culpando a María por lo que te pasó, como es arriba es abajo, se lee en la biblia, y nosotras también sentimos, por eso tendemos a entender más y no juzgamos tanto, porque la historia nos ha juzgado con demasiada dureza siempre, por eso las víctimas de las purgas y de la inquisición fueron en su mayoría mujeres, porque la sociedad occidental vinculó desde siempre a la sexualidad con el pecado y sorpresa, nosotras éramos las culpables —continuó, y yo, desoyendo la voz que me decía que no era prudente interrumpirla cuando me declamaba sus acostumbrados sermones que a fecha reciente se habían vuelto más comunes dije:

—Sí, convirtieron lo más delicioso en un crimen.

—Bueeeno, Javier, no estás viendo tu desmadre y sales con tus mamadas...

—Bueno es que quería reafirmar tu punto —protesté—. Tienes razón, la cagué, estoy mal, lo acepto y no te voy a mentir diciéndote que ahora me doy cuenta, etcétera, siempre he tenido muy en claro lo que está bien y lo que está mal, por lo menos para mí, quería divertirme y, a la vez, buscar a alguien de quién enamorarme. Me conoces, soy de casa, me gusta tener una pareja y cuidarla, tenía la espinita de andar de cabrón, se me pasó, ya, estoy muy nervioso, no supuse que iba a reaccionar de esa forma, no quiero decirlo porque me vas a pedorrear, pero igual y tu amiga está bien pinche loca.

—¿Cómo no va a estar alterada?, nomás ve las mamadas con las que le saliste, ella siente y no te conoce lo suficiente como para darse cuenta de que si bien estás medio pendejo, para estos temas no eres un completo ojete —ese último comentario primero me dolió en el alma, así era ella siempre, sabía colocar el insulto preciso que ella tenía a bien decidir que necesitaba escuchar.

—Voy afuera a ver si Débora ya está bien y va a ser la última vez que meto las manos por ti, ya abusaste de nuestra amistad y ahorita me tienes harta, adiós.

Me quedé callado como idiota, pero noté en su tono algo extraño. ¿Celos?, me pregunté, como si realmente le agraviara a nivel sentimental mi vida disoluta y no solo lo estuviera tomando personal por su sempiterna lucha en favor de las mujeres.

Me puse a pensar en todas las veces que habíamos estado juntos, sí, éramos amigos entrañables, pero existía un verdadero y especial cariño entre ambos, yo como perro fiel nunca había intentado ser nada más, me había programado para serlo después de conocerla, quizá tenía razón, nuestra generación no se caracterizaba por ser muy abiertos al demostrar nuestros sentimientos. Karla había estado conmigo siempre en mis momentos complicados, y yo trataba siempre de estar a su lado cuando tenía dificultades, una vez me dio un beso en una borrachera lo que yo interpreté como un desliz fraternal. María nunca la quiso, siempre se molestaba cuando se enteraba de que me había llamado o que nos habíamos encontrado en algún sitio, ¿y si Karla me quería?

Decían que las parejas se dan cuenta cuando una amiga o un amigo realmente tienen otras intenciones, hasta Emanuel cantaba la canción Pobre diablo, al respecto.

Volví a mi depa sintiéndome a salvo gracias a mi abnegada Karla, que ahora la empezaba a ver diferente. ¿Sería posible que sus duros reclamos fueran un grito desesperado para que la notara como mujer, para que me convirtiera en su pareja? Realmente la quería, y había puesto en pausa mi atracción sexual hacia ella por tanto tiempo, que me parecía natural no desearla, pero ahora la veía diferente, había tenido frente a mí todo el tiempo a un mujerón, ¿qué tal si la razón de todo el dolor que habíamos sufrido, cada uno por su lado, era porque estábamos destinados a estar juntos?

Seguramente eran solo figuraciones mías provocadas por las ganas de chuparme un tequilón.

*

Se quedó mudo de la risa mi donjuán amigo, trató de carcajearse en silencio, pero pude escuchar las arcadas jalando aire a través de la auricular de mi teléfono, debería de ofenderme, pero realmente ya a toro pasado hasta a mí me daba risa nerviosa, pero risa al fin.

—Qué bueno que te cagas de risa, mira lo que está pasando, aun me duelen los huevos, hoy que me desperté se me había subido uno y tuve que dar unos brinquitos para que se acomodara —seguía riéndose mi conquistador amigo.

—No te molestes conmigo, te advertí que esto podía pasar, necesitas poner algo de distancia entre tú y cualquier pareja que te esté mortificando, pero calma, no pasa nada, es solo uno de los efectos secundarios de la falta de previsión al conquistarlas. Te advertí que, si no hacías esto con cuidado, no sólo te ibas a sentir mal contigo mismo, sino que ibas a desordenar completamente tu vida. Te aprecio y por eso te recomiendo que te des el tiempo para meditar y darte cuenta qué es lo que realmente quieres, te lo dije, este estilo de vida no es para todos, si abusas de tu poder de conquista sobre exponiendo tus cualidades deseables vas a activar en ellas la necesidad de mantenerte a su lado, es evolución recuerda, y hay una fase en donde la mujer a través de la historia ha necesitado tener a un hombre a su lado para que la proteja de los riesgos y la ayude a sobrevivir, tener hijos, alimentarse, etcétera. El secreto es no terminar nunca de despertar ese sentimiento, ni que las hagas sentirse avergonzadas de lo que sienten por ti, te repito, se trata de que las dejes mejor de como las encontraste, no que te vuelvas esencial en sus vidas si no estás dispuesto a serlo. A las mujeres se les protege así sea a costa de tu vida, no se les lastima nunca — concluyo.

Debí saberlo, así lo sentía desde el principio, este estilo de vida difícilmente me va a hacer mejor persona, vaya ni siquiera me sentía bien. Así que lejos de acercarme al nirvana de la paz que buscaba, había alebrestado a los demonios que ya sin saberlo habían sido conjurados y rondaban cerca de mí.

Javier

Cada vez más me mortificaban mis reflexiones de la cruda, viendo el techo, los pensamientos compulsivos no dejaban de revolotear en mi mente, descuidaba a mi trabajo y a mis amigos y apenas tenía ánimos para llegar a beber algo acompañado de mi fiel cantinero que jamás me juzgaba.

—¿Por qué el sexo tiene que ser señal de una relación? —le pregunté dándole sorbos apresurados a un tequilita.

—¿No será que lo que realmente te tenía emocionado era la espontaneidad de las relaciones? —comentó mi fiel cantinero.

—Pues sí, no te voy a negar que quise estar de Player, una parte por rencor; te lo digo solo a ti, pero estaba convencido de que era lo que quería y ahora no estoy tan seguro de qué es lo que busco en la vida.

—Es natural que te guste tener múltiples dates, las citas interminables y con muchas parejas donde nada sale mal y, al día siguiente o después de muy esporádicas ocasiones, las descartas antes de que te des cuenta de que son seres humanos igual que todos y que por consiguiente no son perfectos —dijo un excesivamente platicador Fermín—. Quizá lo que realmente te esté haciendo perseguir ese tipo de comportamiento, es que en realidad tienes miedo de que vean las fallas que hay en ti, al darte sólo acostones casuales, no les das tiempo de que se percaten de los detalles quizá no tan deseables de tu personalidad, y eso te aterra.

Tenía razón mi cantinero, y mientras me servía otro doble, me puse a pensar que quizá tuviera una adicción a las relaciones espontáneas, y eso como toda adición no podría terminar bien, me empezaba a hacer mucho más sentido la idea de generar una conexión profunda con alguna persona, ¿tendría realmente miedo a que me fueran a lastimar? Me la daba de macho sin emociones, ¿pero estaría aun con el corazón roto? ¿Qué tal si ya había desarrollado una imposibilidad crónica para mantener una relación a largo plazo?

Aparentemente no bastaba con especificar que sólo se trataba de un acostón, ¿se formaba tácitamente una relación cuántica invisible que me vinculaba a mis acostones esporádicos?, ¿me había ganado a pulso las reacciones que ahora me tenían tan nervioso?

—Mira Javier, llevo mucho tiempo sirviendo bebidas, ¿te has preguntado por qué algunas persona, hombres y mujeres, toman en exceso para luego darse un acostón con alguna pareja casual?

—Bueno, porque está súper rico, salir de reventón y terminar encamado, es todo un ritual de la juventud —contesté.

—No lo creo —respondió Fermín.

—Entonces porque Hollywood y la publicidad nos han llevado a creer que ese es el desenlace deseable de una noche de reventón — aventuré otra respuesta.

—Yo he desarrollado una teoría —dijo sin avalar o desechar mi respuesta—. Creo que muchas personas se emborrachan, tienen sexo y luego pretenden que nunca pasó, como si quisieran olvidarlo de inmediato.

Al ver que lo miraba con curiosidad prosiguió:

—Es como si quisieran hacerlo y no, a la vez, así sin ningún tipo de responsabilidad, como si aun no tuvieran el descargo moral suficiente para ese tipo de comportamiento y quisieran tomar en exceso para ensordecer la conciencia, como si solo fuera un episodio que los ayudara a evadir algunas cuestiones más profundas de su subconsciente. Quizá, haya que preguntarse en algún momento de reflexión ¿qué significa el sexo para cada uno de nosotros? ¿Cómo se trataba el tema del sexo en nuestras familias? ¿Qué eventos importantes le dieron forma a la manera en que cada uno de nosotros explota su sexualidad? ¿Consideras al sexo como algo vergonzoso? Para al final preguntarnos a qué es realmente a lo que le tenemos miedo. Culminó sin definir nada, porque para este momento yo ya me había dado cuenta de que a Fermín le gustaba dejar sembrada solo la semilla de una idea para que yo formara mis propias conclusiones.

Pensé en sus acertadas palabras mientras le daba sorbitos a mi tequila, porque a mí me pasaba algo similar. Si el sexo impregnaba mi mente como algo tan delicioso, por qué al otro día prefería no recordar el evento ni a la participante, ¿no debería en realidad si es algo tan valioso por lo menos motivarme a involucrar más emoción y querer recordarlo?

Claro que me excitaba la espontaneidad y lo variado como dice Alex de mi "ganado" pero realmente quería evitar volver a verlas y, además, que tal si esta vida desordenada que definitivamente no me iba traer nada nuevo eran una última celebración de la carne antes de que mi edad me obligara a ir de bajada. O era que realmente aun no había superado el evento con María y el rencor me obligaba a actuar de esta manera, aunque pareciera el comportamiento típico de un macho, en realidad servía para ocultar mis miedos de estar con una sola persona ante el riesgo de salir lastimado. Está claro que, si te metes a una relación, te expones a que te lastimen, pero ¿qué no se trata de eso?... De arriesgar para si tienes suerte encontrar el premio anhelado de la pareja adecuada, porque está claro que no hay parejas perfectas, el amor romántico existe, eso es obvio, lo que no es tan claro es cuanto dura, ¿y si lo que viví con María había ocasionado una pérdida total en mi corazón y tanta miscelánea sexual era mi manera de protegerme?

Lo que estaba claro es que esta ansiedad que sentía indicaba que no iba por buen camino.

Definitivamente este nomadismo sexual me estaba haciendo daño, pensé mientras me acomodaba con la mano discretamente mis aun atemorizados cojones.

Decidí viajar a la Ciudad de México para poner tierra de por medio para que se enfriaran las cosas, unos días en la atestada capital me vendrían bien a mí, a mi negocio y a mis testículos.

*

—Si te los tragas te llevo de compras a McAllen, me dijo el estúpido, que más le da si me los paso o los escupo, él ya se vino, qué le importa lo que haga con su cosa —compartió Valeria.

No le importaba tanto el hecho de cumplir el capricho de su última conquista, sino el tipo de recompensa que le ofrecían, se había dado cuenta que hablar de sus problemas económicos le habían dado la idea equivocada a Genaro, un padre de familia divorciado y que había conocido en una reunión de padres y maestros del colegio donde daba clases. Al terminar la reunión el papá conquistador la había invitado a salir a cenar, y la velada había estado tan agradable que Vale, de manera preventiva, había aceptado la sugerencia de Genaro de involucrarse en ese tipo de acto al llegar a dejarla a su casa. En la cochera, antes de bajarse del auto, se fundieron en un buen faje con la intensidad de la primera vez y él a base de ruegos le pidió que lo aliviara con sus caricias bucales.

—Póntelo en la boca preciosa, me encantas y quiero que este sea el comienzo de algo súper chingón entre los dos. Ándale, para acordarme siempre de nuestra primera salida —le había dicho Genaro con sinceridad calenturienta, y Vale consiente de lo inofensivo del acto se dejó llevar por solidaridad.

Además, soy la maestra de su hijo, debí ser más cuidadosa, no me importa el tragármelos o no, sino cómo me lo pidió, poniéndose de inmediato en una posición de poder, el problema también es que, si bien ya lo conocía del colegio, me llamaba la atención porque se vestía siempre con pantalones kakis como si anduviera de safari en la ciudad, y si bien debe de tener alrededor de cuarenta y cinco años, está casi completamente canoso, pero es muy guapo y con el cuerpo en forma. Sospechaba que le interesaba, porque su ex que siempre traía puesto algo Hermes como si fuera su sello, actuaba raro conmigo, aunque se portaba con cortesía, cada que teníamos una reunión me trataba con ese sutil y particular desprecio con que solo las mujeres que rivalizamos por alguna razón nos podemos tratar. Yo ya tenía experiencia en eso, ya que muchos padres casados y solteros solían dedicarme miradas indiscretas y hasta proposiciones indecorosas, a lo que yo tenía que actuar con naturalidad para no ponerle gasolina a la lumbre, la mayoría de las casadas inseguras te ven como una potencial destructora de hogares, hay veces en que lo mejor es hacerse pendeja —nos dijo.

Por desgracia lo que decía hacía sentido, muchas mujeres le tenían aversión a las solteras ante el miedo de perder a sus maridos por la posibilidad de que les abrieran un segundo frente. No era el caso de Vale, pero hoy en día a muchas mujeres no les importa salir con casados o comprometidos.

—El sábado pasado en una fiesta de un amigo chavo ruco de mi marido, que fue en un antro, una chavita que no podía tener más de veinte años se le sentó en las piernas a Mario —No te preocupes amiga solo estoy descansando un rato —me dijo ebria—, fue un segundo, pero hay que aprender a lidiar con eso —dijo Sara.

—Okey, en fin —siguió contando Valeria—. Además, sabía que Ramirito era hijo único, habían batallado mucho para tenerlo y a pesar de que querían más hijos, Balbina, así se llama la mamá, no podía tenerlos. Se supone que se sometió a todo tipo de tratamientos hormonales que terminaron por cambiarle el ánimo, lo que generó muchos conflictos en su relación y por eso se divorciaron.

—Le tenía coraje a cualquier mujer fértil —agregó Connie—. Y él ha de haber quedado hasta la madre de siempre tener que terminar o de manera convencional o en un frasquito, por eso ahora quería que su semilla fuera dispuesta de otra manera.

—Eso no lo sé —dijo Vale—. La primera vez que se acercó a mí fue en una reunión en donde además de que venía vestida con unos jeans viejitos y no me había podido cambiar una camiseta que uso abajo de la del uniforme para dar clases y que estaba un poco amarilla de las axilas, me estaba atragantado con canapés porque no había comido y moría de hambre, literal tenía mi cara embarrada de queso y mayonesa porque prácticamente la hundí en la charola de la comida cuando la trajeron, y cuando me estaba metiendo un rectángulo gigante de canapé de queso con aceitunas en la boca, ahí fue cuando llegó, debí saber cuando escogió llevarme a cenar a un lugar con bufete que se le había quedado una imagen errónea sobre mi persona…

—Es horrible tener hambre, fue lo primero que me comentó, y estoy segura de que en su mente se fijó la idea de que estaba bien jodida —comentó Vale— ya que me tardé en responderle porque traía la boca atiborrada de comida y entre que quería decir algo y me lo quería pasar, transcurrieron muchos embarazosos segundos.

—Bueno —dijo Connie—, ya ves que en la vida casi todo es relativo al sexo, menos el sexo en sí, el sexo es casi siempre sobre quién puede más que el otro, es un ajuste de poder, él al sentir que estaba literal poniendo su placer en tus manos y boca, lo quiso retomar con esa petición, para que te quedara claro subconscientemente que él es el que manda, bueno esa es mi hipótesis —concluyó.

—Qué pesado y barbaján, ¿y qué le contestaste al comentario grosero del hambre? —preguntó Angustias que estaba apretando el brazo de Connie como si la plática le causara mucho estrés. Últimamente se habían vuelto inseparables y cada vez que nos reuníamos llegaban juntas, sin importar que fueran desayunos a muy temprana hora, lo cual me daba gusto, la relación matrimonial de Angus fue irreparable y se había deteriorado completamente, pero tomaron la decisión de seguir juntos, una especie de roommates incómodos pero que fuera de nosotros daban la impresión de ser una pareja estable convencional.

—Que ese día no había tenido oportunidad de ir a mi casa a comer por quedarme en la escuela preparando la reunión de la tarde, obvio omití que no tenía dinero para pedirme un sushi o ni siquiera comprarme algo de la tiendita, era un día antes de la quincena.

Valeria encogió los hombros mientras le daba pequeños sorbos a su café, como intentando que le durara eternamente, pensé en decirle que si quería otro yo se lo invitaba.

—Amiga, desde el principio marcas la pauta sobre cómo te deben de tratar, es al comienzo cuando conoces a alguien que debes de poner reglas y límites —comentó Sara.

Vale la volteó a ver y soltó un suspiro que le relajó la tensión de los hombros y bajó la mirada en señal de rendición.

—La verdad acepté a salir con esperanza, ya estaba cansada de ir a reuniones acompañada de mis amigas treintonas solteras en donde había hombres solteros y con posición económica acomodada a buscar pareja, pero actuando como si no lo hiciera. Hay tanta competencia que los hombres terminan dándose el gusto de escoger, dándose su taco, como si olieran las intenciones. Se les mete la idea de solo darse un acostón, huelen nuestra desesperación como los perros huelen el miedo, así que en su momento me pareció una buena idea un papá responsable que me pretendía. Genaro me llamó la atención y jalé, ¿qué otras opciones tengo? Voy a cumplir treinta y ocho y ya sabes que a la mayoría de los hombres les gustan las jóvenes. Necesito alguien que me apoye, no estoy casada y quiero estar con alguien, no es como que me sobran las opciones, quiero salir con alguien y empezar algo bien mientras aun el cuerpo me responda —justificó.

Por mi parte me era imposible tener sentimientos solidarios ya que mi vida estaba tomando sentido, me sentía plena, no tardaría en aclarar las cosas con mi ex, y Jonás me amaba y yo lo hacía de sobremanera, a veces me encontraba cantando y hablando sola como loca cuando pensaba en él, y recreaba en mi mente palabras que le quería decir cuando lo viera a pesar de que hablábamos por teléfono a cada rato.

—Y ¿qué pasó con el grosero, a poco le seguiste dando sexo oral? —preguntó Angus que seguía teniendo reticencia a usar leguaje corriente para denominar actos sexuales.

El comentario me devolvió a través de la risa a situarme en el presente y me acomodé un poco deslizando mi cuerpo hacia abajo en la silla para escucharlas con mayor comodidad. En verdad disfrutaba y quería a mis amigas, eran una necesidad en mi vida, pero también un deleite contar con ellas, pocos grupos tan solidarios había encontrado, y el mío era uno que si bien de todos colores y sabores, había sabido mantenerse juntos a pesar de todo, convirtiéndose en uno de los pilares fundamentales de mi vida, y ahora con Jonás que me traía de un ala enamorada como estúpida, mi vida pintaba perfecta.

—Pues terminó en mi boca y me los tragué porque ya estábamos en eso y no quería que ni él ni yo nos mancháramos porque ya me iba a bajar, y en mi casa, a pesar de la hora, podía seguir alguien despierto. Además, no es algo que me moleste, me cagó que me quisiera pagar con un viaje si lo hacía, así que le dejé en claro que no me tenía que llevar a ningún lado ni comprar nada en agradecimiento —dijo.

Valeria torció la boca y volteó a ver el techo al darse cuenta de que esa idea sonaba mejor en el momento, que ahora mismo que la contaba en frio, y ahora sí le dio un trago grande a su café, que para ese momento ya debía estar tibio, haciendo un poco de gesto amargo como para enjuagarse los resabios del momento que platicaba en cuestión.

Bajé la mirada para evitar que se notara la sonrisa fuera de lugar que me había generado el comentario y la idea de que se quería lavar con café la afrenta a su garganta y no dije nada, pero Angustias completó la idea.

—Así que le cumpliste y te quedaste sin viaje de compritas — preguntó Angus.

—Así es amiga, bien pendeja.

*

Javier
No hay peor diablo que el que no huele a azufre.

Uno de los edificios coloniales más bonitos y mejor conservados de la Ciudad de México, que está ubicado en el centro histórico y en algún momento en la época virreinal se le conocía como el palacio de los condes del Valle de Orizaba y que ahora simplemente se le llama la casa de los azulejos, es actualmente un Sanborns, cadena de cafetería y tiendas que habían introducido los hermanos Sanborns en México con un éxito espectacular, llegando a ser uno de los lugares más concurridos en la capital, y que hoy en día, como muchas tantas cosas, pertenecían a una cadena, esta en particular, en manos de un multimillonario local y uno de los hombres más ricos del mundo…

Aquí, por extraño que parezca la selección de localización es en donde me había citado Lucrecia Peralta, una conocida de una entrañable pareja de amigos y que me habían propuesto una de las actividades más arma de dos filos como son los famosos blind dates.

De Tinder ya no quería saber nada, especialmente con el episodio de Débora que me dejó descojonado.

Me había propuesto jugármela a la antigua y no investigar nada de ella, ahora que la intimidad en tiempos de las redes sociales es tan escasa, vencí el instinto que me pedía buscar alguna foto de mi date en la red, ya que, en parte, no quería formarme una idea sesgada de esta persona, prefería el misterio que la historia, después de todo, quién da su verdadera cara y personalidad en las redes sociales en estos tiempos de hipocresía y filtros…

Si bien el lugar me pareció bastante extraño, me agradó la selección y me picó la curiosidad, yo era un asiduo visitante de esta cadena de restaurantes, más que nada porque tenía una de las pocas librerías de México, mi querido pueblo que no se caracteriza mucho por la afición a la lectura…

Además, este lugar tenía una graciosa historia que me caía como anillo al dedo después de mis numerosas aventuras.

Contaba la leyenda que uno de los descendientes del Conde de Orizaba, típico junior confiado en que su futuro era garantizado por la herencia venidera, se entregó al despilfarro y a la vida de placeres

311

mundanos, en lugar de ponerle atención a sus negocios familiares y trabajar, al cual su padre desesperado de tanto regañarlo le decía.

"Hijo, así nunca llegarás lejos, ni harás casa de azulejos".

Y de acuerdo a la sabiduría popular, el joven enderezó su camino. Conoció a una mujer que le apaciguó sus demonios y se volvió un hombre de probada rectitud y moralidad, y entonces como prueba de su esfuerzo, decidió construir completamente la fachada de la propiedad recubierta de azulejos.

Precisamente eso intentaba, después de mi nula conexión emocional tras salir con varias Tinderelas, que están buscando su príncipe azul en una aplicación que es más de satisfacción inmediata que otra cosa. Volví a lo conservador y qué hay más que eso que un date preparado por amigos entrañables y que, además, como plus vivían uno de los pocos matrimonios exitosos que conocía. Cada que podían, hacían un intento feroz para regresarme al mundo de las relaciones estables para poder compartir reuniones de pareja y viajes en donde podríamos debatir avatares de las parejas estables por estar todos en la misma división.

Llegué al sitio quince minutos antes, lo cual siempre es recomendable, entre otras cosas, para asegurarte de que el lugar esté abierto, que haya mesas disponibles y, en caso extremo, localizar la salida de emergencia, en estas épocas nunca sabes con lo que te vas a encontrar, y después de lo que había vivido ya estaba bastante escamado.

El lugar estaba aun semivacío a las seis de la tarde y Sanborns era por lo general más concurrido por las mañanas al servir golosos desayunos mexicanos con interminable buen café, decidí tomar una mesa en la esquina derecha y me pedí una cerveza, si bien era un día entre semana, la hora ya permitía en juego legal tomar y, además, siempre he pensado que uno al conocer una persona nueva no debe de esconder sus hábitos y costumbres a menos que quiera desaparecerlos permanentemente. Cuántas relaciones serían más sinceras si uno se presentara tal y cómo es durante el principio de los noviazgos, con defectos y virtudes, y no usando una careta para esconder los aspectos menos deseables de su personalidad solo para revelarlos más adelante, cuando ya es demasiado tarde y estás inmerso en una relación de la que ya es muy complicado escapar. Tomé nota mental de algo que debería ser una regla, si bien no puedes enamorarte de una persona a voluntad, sí puedes escoger a quién empezar a hacer objeto de tu afecto, y si desde el comienzo supieras los aspectos indeseables de esa persona podrías cortar desde un principio por lo sano, y no ya cuando los lazos son fuertes, hay hijos de por medio o hasta matrimonio…

En fin, volví a situar mi mente en el momento presente muy a la técnica del poder del ahora, para no volver a permitir que mi falta de concentración arruinara otro de mis prospectos amorosos.

El lugar que escogí me permitía tener una vista amplia de la entrada para saber exactamente en el momento que llegara mi date.

Lucrecia llegó puntual y la reconocí de inmediato por la descripción que me habían dado mis amigos, me localizó y enfocó su mirada a donde estaba sentado y sonrió, como si me reconociera de inmediato, demasiado rápido me pareció, pero no dejé que mi mente suspicaz me hiciera ninguna jugarreta que pusiera en duda alguna razón que arruinara la ocasión.

Era alta casi un metro ochenta, caballo negro y lacio que le acariciaba los hombros que enmarcaban un rostro que cantaba inocencia, ojos enormes y la boca pequeña. Llegó ataviada con un discreto traje sastre azul, de los que usan comúnmente las mujeres ejecutivas, y zapatos de plataforma baja. Había algo en ella en la manera en que se acercó a la mesa, como si con paso firme pudiera esconder una inseguridad que se asomaba a la superficie de manera muy tenue, casi, como si una parte de su personalidad interior quisiera germinar y aun no lo había hecho.

Me pareció interesante de inmediato, me la habían brevemente descrito como alguien con quien de igual forma pudiera tomar tequila e ir a fiestas, así como tranquilamente pasar una tarde discutiendo la obra de García Márquez, quién sabe, quizá Lucrecia sería la mujer que apaciguara mis chamucos internos, aunque, por el momento, no tenía ningún plan seguro además de conocer a una bella chica que sin saber de mí, había accedido a salir en una cita a ciegas.

Antes de que llegara a la mesa me puse de pie para recibirla, era aun más bella de cerca y su aplomo imponía, casi con un caminar militar, recto y digno, pero al acercarse noté que su corazón latía muy rápido, como si hubiera corrido en sprint completo los últimos cien metros para llegar al restaurante. Al encontrarnos uno frente al otro, volteó a ver su reloj, como si temiera haber llegado tarde, señales que me parecieron un poco extrañas, pero no iba a dejar que mis dudas arruinaran la ocasión.

La saludé con una sonrisa amplia a lo que ella correspondió relajando los hombros y sonriendo también.

Había decidido no utilizar ninguno de los trucos aprendidos con José Manuel con la esperanza de que Lucrecia fuera lo que buscaba para empezar una relación, ya no quería queso sino salir de la ratonera, es decir, ya no quería andar de player. Había aceptado la cátedra de José Manuel para agarrar confianza, no para convertirme en un experto de la manipulación mental, ya que cada estrategia aplicada sin sinceridad, se convertían en un arma de dos filos, si le estaba apostando al futuro y ahora aquí tenía ante mis ojos a un excelente prospecto de mujer quizá hasta para compartir mi vida, y no lo iba a desaprovechar, esperaba en serio que Lucrecia no tuviera un lado oscuro que previniera cualquier intento de relación larga y apacible.

—Lucrecia I Presume? —dije volviendo a usar mis frases típicas de mi etapa de teto.

—Hola Javier, eres más alto en persona —comentó revelando que por lo pronto ya me había visto en foto y el hecho de que aquí estaba significaba que no le había parecido mal.

Hablamos prácticamente toda la tarde mientras bebíamos —yo un poco más que ella— de algo que teníamos en común: el porqué habían salido mal nuestras relaciones anteriores.

—Quizá no funcionó ninguna de ellas porque la vida estaba esperando que nos conociéramos —me dijo apresurándose a sacar concusiones románticas a nuestra amena velada.

Me sentí halagado por el precoz comentario respondiendo con otro famoso cliché.

—Es verdad y cuando te das cuenta de que quieres pasar el resto de tu vida con una persona, quieres que el resto de tu vida empiece lo antes posible, así que no hay tiempo que perder —rematé con ridícula y prematura esperanza.

Nuestra conversación fluyó fácil y era claro que nos atraíamos mutuamente, cada vez nos sentíamos más cerca.

—Te voy a confesar que llegué con muchas dudas porque no quise investigar nada sobre ti, pero me sorprendiste, no esperaba que me gustaras tanto —dije.

—Vámonos de aquí —sentenció.

Comenzó a hacer el swing de tomar su bolsa, con ganas de apoquinar para la cuenta, y la detuve con un gesto para pagar yo, un poco preocupado de que mi última frase de inoportuno romanticismo le había caído como balde de agua fría.

—Deja le llamo a mi chofer, te dejo en tu hotel y de ahí me voy a mi casa.

La voz de Lucrecia revelaba el tono de una persona que estaba acostumbrada a dar órdenes.

Se encaminó hacia la salida con paso redoblado, y yo traté de igualar su velocidad para que no se alejara mucho de mí.

Ya en la calle, una camioneta Suburban blindada último modelo se estacionó frente a nosotros y Lucrecia me hizo una señal discreta con los ojos para que abordara.

Obediente me subí con ella a su lujoso vehículo, la cual era manejada por un gigantón y moreno chofer con cuello de toro que mal encarado apenas volteó a verme.

—Se llama Baldo y es mi chofer desde que tengo memoria, me cuida como un padre —comentó.

No pude interpretar en el tono si era un inocente comentario o una amenaza.

—Qué bueno, no puede andar uno descuidado en una ciudad como México —contesté.

—¿A dónde la llevo señorita? —preguntó el mastodonte guarura sin dirigirme siquiera la mirada, pude apreciar un bulto bajo su sobaco que revelaba que venía armado.

—Al Hyatt de Polanco, Javier es de Monterey, está aquí de visita.

Aceleró el chofer por las estridentes calles de la capital y con habilidad burló el trafico y nos llevó en cortos minutos a mi destino.

—Me la pasé bruto Lucrecia, quiero que se repita ahora en mi ciudad para que veas cómo sabemos atender los regios —dije.

—Me encantaría, tengo ganas de visitar provincia.

—Monterrey no es provincia —protesté.

—Pero qué Javier, a poco no me vas a invitar a ver dónde te estás hospedando —dijo sugestivamente mientras se desabrochaba el cinturón del coche, y sin esperar respuesta se bajó de la camioneta a lo que su chofer guardaespaldas exclamó un discreto gruñido.

La coquetería con que enunció esas palabras me prendió el boiler de inmediato.

Javier

Al entrar al hotel todo fue un poco raro, coquetamente me acerqué a darle un beso al abordar el elevador que nos llevaría a mi cuarto, si bien permitió que nuestros labios se encontraran brevemente, me apartó bruscamente la mano con la que buscaba estrujar su nalga.

No me molestó en lo absoluto, ya que ella era de la capital y debía cuidarse de curiosos conocidos indiscretos, además, aplaudí mentalmente su comportamiento tan decente y apegado a la moral.

Nos empezamos a besar suave y discretamente antes de abrir la puerta de la habitación y a lo que yo pensaba proseguir con una cachonda escena de sexo alborotado.

No se la va acabar conmigo, voy a dejar huella en este primero de muchos episodios sexuales. Pero, al contrario de mi acelerada excitación, Lucrecia al abrir la puerta se dirigió al baño tranquilamente.

—Si quieres desvístete, voy al baño a quitarme la ropa —dijo.

Me pareció un poco extraña su actitud, pero no perdí el tiempo en repasar la frase en mi cabeza, me quité la ropa cual rayo que esparcí desordenadamente en toda la habitación y me senté en la cama a esperar a que saliera del baño la chica con la que estuve fantaseando toda la tarde y que, seguramente, se despegó de mis besos al tener que acudir al retrete a satisfacer una necesidad menor para sentirse más ligera en lo que iba a ser nuestra primera cópula.

A los pocos minutos salió del baño envuelta en una toalla que le cubría sus partes más apetitosas y con su ropa impecablemente doblada en las manos, mismas que acomodó limpiamente en el taburete reservado para sostener las maletas.

—Ay Javier, mira toda tu ropa regada en el suelo, deja la recojo espérame un segundito porfa —me dijo con desesperante serenidad.

—Ahí déjala flaca, mira cómo me pones, vente ya —comenté enseñando el duro apéndice en que previsivamente se había trasformado mi pene.

—Espérate tantito, no me tardo.

Lucrecia acomodó mi ropa inclusive colgando mis camisas con los ganchos que sacó del clóset.

—Apaga la luz, deja solo prendida una lamparita —comentó calculando el escenario a lo que obedecí siguiendo al pie de la letra sus instrucciones, porque ya estaba muy caliente y no quería postergar innecesariamente el acto.

Lo que siguió fue un amoroso fornicio, que si bien sin estridencias ni novedades, al ser estrictamente reglamentario y en posiciones muy convencionales, resultó muy satisfactorio, fue como si nos conociéramos de años, muchos, me recordó a las veces que hacía el amor con María, rico, pero no desbocadamente pasional, efectivo, pero sin ningún exabrupto morboso.

En resumen, fue agradable.

Con la misma serenidad me dio un beso, me quitó el condón con un pañuelo desechable y cuidando que todo el esperma se recogiera meticulosamente en el receptáculo, lo envolvió con cuidado, se volvió a colocar la toalla que estaba bien doblada en el sillón a un lado de la cama. De la misma forma en que había salido antes y tomando su bien acomodada ropa se enfiló al baño, alcancé a oír que le jaló al excusado no sé si deshaciéndose higiénicamente del profiláctico usado que ya había cumplido su razón de existir y que segundos antes yo había visto cómo, con el mismo cuidado con que se traslada material radioactivo, se lo había llevado, quizá orinó, seguramente acatando buenas recomendaciones sobre sexualidad para evitar infecciones.

—Me encantaste, Javier —dijo con al salir del baño, impecablemente vestida y arreglada mientras yo yacía plácidamente en la cama con el pecho hinchado ante el elogio.

—No te levantes, ya me voy, mi chofer está esperando abajo así que no te preocupes, yo te marco mañana.

Y después de darme un tierno beso en los labios abrió la puerta y se fue sigilosamente.

Pensé en qué higiénica y adorable persona era Lucrecia, que se fue sin mayor aspaviento, mientras sacaba del mini bar unas botellitas de tequila, si bien no era muy pasional y siempre había creído que si al comienzo de una relación no echas fuego las primeras veces que lo haces, seguramente con el tiempo van a llegar a ser muy monótonas, pero no me importaba, seguramente obedecía a su exquisita y fina personalidad y no necesariamente a una falta de pasión, porque bien sabía lo que había hecho y, tres veces, en medio del acto, se alcanzó a descomponer un poco de manera casi imperceptible, seguramente cuando se estaba viniendo.

Me sentí muy afortunado y ya que estaba satisfecho y cansado, con una cama king size para mí solo, me dispuse a dormir un reconfortante sueño con la conciencia tranquila de que este día había estado de maravilla.

Me dispuse a descansar en el sueño justo del seductor bueno.

María

Jonás había llegado por fin y prácticamente no salimos de la cama, incluso, pusimos una pequeña hielera con suero y Gatorade en mi habitación para rehidratarnos después de nuestras maratónicas sesiones de sexo.

Solo dos noches y dos días muy breves pero que nos mostraron un vistazo de lo espectacular que sería nuestra vida juntos a partir de ahora, tocaba llevarlo de nuevo al aeropuerto, manejaba con una angustia que se me atoraba en la garganta por dejarlo de ver, cuando pidió que me orillara a medio camino en la autopista.

—María, una vez tuve el dolor más terrible, estaba en Madrid en el aeropuerto de Barajas diciéndole adiós a la mujer que por primera vez me había hecho sentir invencible, infinito, no quiero que vuelva pasar, no es presión, sé cómo te sientes tú respecto al matrimonio, pero toda princesa debe de recibir uno y todo hombre debe entregárselo a la mujer que ama.

Diciendo esto y poniéndose con una rodilla en el suelo sacó una cajita y al abrirla brilló con los rayos del sol un diamante enorme, cuadrado, en una montura de oro blanco coronada por pequeños diamantes, yo me quedé muda, solo se escuchaban los coches que pasaban a lado nuestro a alta velocidad.

Habían pasado tantas cosas que este tipo de tradiciones ya no ocupaban un lugar en mi mente, pero ahora que se me presentaba la situación me daba cuenta por primera vez en mi vida porqué este es uno de los momentos más importantes para una mujer.

Ahora que éramos mayores, sabíamos que nos habíamos separado por una razón estúpida, daba gracias a la formación que nos había dado la vida para encajar de esta manera perfectamente en una nueva y maravillosa segunda oportunidad.

—No es ningún tipo de presión y es para cuando tú estés lista, creo que es una buena idea vivir juntos antes también, ya no me trago la idea de los cuentos de hadas y vivieron felices para siempre, pero te prometo que voy a poner lo mejor de mi parte para que funcionemos porque yo te amo —dijo al ver que no le contestaba nada—. Ten y úsalo, quiero que sepas que si tú me dices que nos casamos ahorita voy a la iglesia en este mismo instante. Estoy convencido de que quiero pasar la vida contigo, pero también con calma, cuando tú estés lista, sólo dilo y yo me encargaré de todo o tú, como quieras.

Sacó el anillo de la cajita y permití que lo pusiera en mi mano izquierda en mi dedo anular, lo abracé y nos dimos un beso apasionado, de lo más hermoso, con la frescura del reencuentro aun reciente.

En un segundo vi cómo me miraba el hombre que yo amaba y confirmé que lo nuestro que había trascendido épocas, no era algo pasajero, con mis manos acaricié su cara y contesté:

—¡Claro que me quiero casar contigo! —grité mientras se me salían las lágrimas.

Habían pasado muchas cosas que sirvieron para moldear nuestro corazón que ahora encajábamos juntos de mejor forma, embonábamos perfecto ahora de adultos, sin las presiones juveniles que ya estaban por mucho superadas. Viviríamos un amor maduro que latía con intensidad y fuego.

Me di cuenta de que había conservado intacta mi capacidad de soñar.

—Me haces muy feliz, me voy para regresar pronto, no es como la última vez que nos despedimos en el aeropuerto y tú te ibas y yo entraba en depresión. Ahora regreso por mi hijo para volver ilusionado a mi patria, a mi México querido y a los brazos de la mujer que siempre he amado, porque quiero que lo sepas María, siempre fuiste tú, sólo tú.

Javier

Habían pasado dos días desde la reunión de los azulejos, en donde Lucrecia me demostró que era lo que yo andaba buscando, una centrada y apacible dama; me había enviado algunos mensajes, mismos que respondí diligentemente, estableciendo una divertida y prometedora relación epistolar.

"Cuídate de quien sepa escribir, porque te puede enamorar sin tocarte" dijo el poeta.

Aquí se confirmaba esa historia habiendo establecido una cordial, pero sabrosa relación en medios electrónicos.

—Voy a San Pedro a verte Javi. Mi vuelo sale a las 1:30 de la tarde y llego a las 2:45. Viajo por Aeroméxico porque sé que allá también aterrizan en otra terminal, pero me tomo un Uber, no tienes que venir por mí.

—Claro que voy por ti, con las ganas que tengo de verte y enseñarte mi ciudad, paso por ti puntual y te espero en la puerta de llegada, vaya hasta me voy a estacionar, te quiero abrazar tan pronto te vea —le contesté.

—Me encantas porque eres un caballero —respondió mientras yo sonreía al reconocer en ella a la representante de la mujer tranquila, sin sobresaltos, que necesitaba para apaciguar la tensión que me había generado andar tanto tiempo de cabrón. La vida había hecho caso omiso a mis transgresiones al código monógamo y moral de la sexualidad, haciendo el karma de la decencia la vista gorda ante mis excesos románticos que, en vez de hacerme pagar, me había premiado conociendo a una excelente, madura y tranquila dama.

No consideré la cantidad de tráfico a esa hora, que en estas épocas ya le hacía par a la Ciudad de México, por lo que llegué casi cuarenta minutos tarde. Decidí dar una vuelta por la acera que da al exterior y ahí estaba ya esperando la paciente Lucrecia, con un poco arrugado el gesto que debía de ser producto del sol que a esa hora pega muy fuerte en la sultana del norte.

—Flaca aquí estoy —dije mientras me bajaba del coche para ayudarla con sus cuatro maletas, más equipaje de mano, viajaba como María Félix, solo le faltaban los xoloscuincles, pensé.

La cantidad de bagaje era un poco excesivo ya que en teoría venía solo por un par de noches, pero adiviné que quizá estaba un poco nerviosa en cuanto a qué ponerse y antes su indecisión había traído varios cambios buscando agradarme.

—Llevo media hora afuera, pensé que me ibas a esperar adentro y te busqué, pero nada —me dijo a manera de saludo.

—Sí, flaca, es que había mucho trafico, no calculé la hora — minimicé.

—Qué rarito, se supone que eres de aquí ¿no? A lo mejor andabas haciendo otra cosa y de repente te acordaste de que llegaba tu novia —dijo con fingida sonrisa, frase que culminó dándome un beso en la boca por lo que aseguré que estaba bromeando.

Partimos en lo que fue un traslado muy callado, por más que intentaba sacarle plática a lo que ella respondía con monosílabos cariñosos, como conteniendo lo que quería decir. Decidí modificar un poco la ruta rumbo a San Pedro para mostrarle de pasada algunos puntos de mi grandiosa ciudad.

—Esta es la Macroplaza —dije mientras circulábamos a un costado—, mide cuarenta hectáreas y es la quinta más grande del mundo, claro que para lograr esto le partieron la madre a todo el patrimonio histórico de la zona y, además, el gobernador de ese tiempo tuvo que contratar mafiosos para que "convencieran" a casi trescientas familias y a muchos negocios de reubicarse, lo cual lograron a base de amenazas y sobornos, pero bueno, está padre la plaza y le sirve a muchas personas como lugar de esparcimiento por lo menos… Mira, ese el faro del comercio —comenté con orgullo exagerado señalando al pinche edificio naranja que está situado frente a la catedral de Monterrey—. La catedral tiene unos candiles muy bonitos que originalmente adornaban el techo del casino Monterrey, pero cuando fue la revolución, los quitaron los administradores y los escondieron en la catedral, para evitar que los revoltosos se los robaran, así que esas luces han testificado la gloria y el infierno —culminé.

Nada de lo que decía suscitaba el interés de Lucrecia por lo que empecé a sospechar que quizá estuviera un poco molesta por mi desfase de horario a la hora de recogerla.

—Me dejas en mi hotel por favor, me estoy quedando en el Quinta Real —espetó.

—Claro, flaca, te dejo para que te refresques, pero paso por ti en la tarde para ir por unos drinks y a cenar, quiero consentir a mi reina —dije.

—Mmmju —contestó.

Mientras maniobraba para estacionarme en el valet de su hotel, entró una llamada en mi teléfono, vi que era Martha y decidí dejar que entrara el buzón para llamarla más tarde, el gesto no pasó desapercibido por Lucrecia que de inmediato me cuestionó.

—¿Quién era? —dijo.

—Nada, una amiga —contesté.

—¿Por qué no me quieres decir?

—Te acabo de decir, es una amiga.

—Bueno como quieras —dijo cerrando el tema fríamente mientras me daba un beso duro en la mejilla.

—Te veo más tarde, ya el botones me acompaña a partir de aquí, trata de ser puntual.

—Sí claro, flaca, paso por ti a las seis puntualísimo —.

—Muy bien, así vas a tener bastante tiempo para ver a tu amiguita que te acaba de llamar —culminó dándose la media vuelta y caminando apresuradamente, con dos botones detrás que apurados con el extra-equipaje intentaban mantener el paso.

¡Ah cabrón!, pensé, ¿estaría celosa? Seguramente no, ella como mujer inteligente sabía que la curiosidad ha matado más relaciones que a gatos, y si tenía dudas acerca de mi situación sentimental actual lo único que tenía que hacer era preguntarme, ya que en ese momento me encontraba limpio y puro, como recién salido de agencia me sentía, además, en la Ciudad de México no me dio ninguna señal de toxicidad que invitara a alejarme, claro seguramente estaba jugando, sí… así bromeaba ella, me autosugestionaba con evidente sesgo cognitivo. Quizá como era muy inteligente tenía un extraño sentido del humor que tarde que temprano entendería, y su escena fue a causa de ese chocarrero humor, y la finalidad era hacerme reír, pensé ya más tranquilo y con una sonrisa aterrizando mi mente en lo bien y lo tranquilo que me la iba a pasar con ella. Me moría de ganas de presentársela a Karla para que, ya con su aval al ver que estaba sentando cabeza con una mujer tranquila y sosegada que seguramente me ayudaría a dar pie con bola en las actividades de mi vida, dejara de estar amonestándome constantemente y podríamos volver a tener nuestra amistad impoluta.

Me enfilé rumbo a mi departamento antes pasando por una hamburguesa para llevar, en una conocida cadena de comidas rápidas, quería dormir una siestecita.

Después de comer y de haber hecho una reservación para tres personas en el Gallo 71, uno de mis restaurantes favoritos, me quité la ropa con toda la intención de echarme una mega jeta para agarrar fuerza y reposar los alimentos.

Javier

—¡Vergas, pendejo!

Se me fue la sombra cuando vi que el reloj de mi celular marcaba las 5:48 —¿Por qué no sonó la alarma? —me recriminé, ya que quería darme un baño para refrescarme y acicalarme un poco antes de recoger a Lucrecia, y ¿si la llamo para decirle que voy tarde?... Mejor así me voy —dije obedeciendo al subconsciente que indicaba que ser dos veces en el día impuntual, con la estricta y formal Lucrecia no era buena idea, así que vistiéndome deprisa y resguardando mi aroma con una buena perfumada me dispuse a ir por ella.

Aceleré mi coche rumbo al hotel y sin saber por qué mi corazón palpitaba muy de prisa, estaba un poco nervioso ante la idea de llegar tarde, ¿será esto a lo que se referían los mayores que con sabiduría popular afirmaban que "El culo avisa" cuando había un inminente peligro?

Cambié mi mente y puse un poco de música para no estar pensando en pendejadas tóxicas y así estar a tono con lo que tenía planeado iba a ser una excelente velada.

Pisé el acelerador a fondo cual pista de carreras cuyo premio, si llegaba en primer lugar, era evitar la molestia de mi rigurosa pretendida.

¡6:17 pendejo!, pensé apurado mientras el valet tomaba las llaves de mi coche.

—Déjalo cerquita porfa, no me tardo —le dije a la vez que le extendía un billete.

—Sí, jefe. Aquí se lo voy a poner a un lado —contestó.

Mientras malabareaba corriendo para ponerme el saco, me encontré a Lucrecia tranquilamente sentada en uno de los frondosos sillones del lobby.

—Flaca perdóname, me quedé dormido, había trafico, me tardé de más lo siento, no había dónde estacionarme… —me justifiqué arremolinando excusas a lo que la ahora tranquila Lucrecia respondió.

—No pasa nada Javi, cálmate, aquí estaba muy a gusto poniéndome al día con mis mensajes, perdón si te hice pensar que estaba molesta cuando pasaste por mí, estaba jugando contigo, te estaba tan solo dando lata.

Lo sabía ¡eran figuraciones mías que mi mente me jugó gracias a que aun tenía los nervios un poco maltrechos por mis experiencias pasadas, cómo iba Lucrecia a ser una loca si exudaba dulzura.

—Nos vamos mi amor, tengo mucha hambre.

"Mi amor" dijo y pensé que quizá estaba adelantando un poco el cariñoso mote, pero no me importó, en ese momento y al ver que su personalidad no estaba trastornada por ningún efluvio de toxicidad me había devuelto el alma al cuerpo.

—Vámonos flaquita, reservé una mesa en mi restaurante favorito que sé te va a encantar, ya nos debe de estar esperando Karla, traigo un antojo de un filete que sirven con salsa de chile piquín con limón que te chupas los dedos.

—¿Qué dijiste?

La pregunta sonó con una frialdad polar y me clavó una mirada con la misma intensidad de la mamá de la película Sexto sentido cuando su hijo le confiesa que ve gente muerta.

—También sirven mariscos muy ricos si no te gusta la carne de res —dije con la esperanza de desviar el tema.

—¿Cómo que invitaste a Karla? —gruñó.

Lucrecia raspó el nombre de mi amiga con la fiereza de un Bull terrier al que se le traban las mandíbulas con las que afianza a su presa, yo la miré desconcertado.

—¿A poco invitaste a tu amiga la guapita a nuestra primera noche en tu ciudad? —dijo con un gesto espeluznante.

Chingado, ahí vamos de nuevo, pensé mientras se me desdibujaba el antojo del famoso filete.

María

Era igualito a su padre, con la diferencia de que tenía el cabello rubio. Ahí estaba, parado abrazado a la pierna de Jonás mientras él le pasaba una mano por el hombro, y me sonreía con sus dientes que brillaban como perlas a la luz del sol, se habían vestido iguales, con pantalones de mezclilla y camisa Polo azul claro.

—¿Y éste niño tan apuesto?

—María, te presento a Jonás Cantú —dijo.

El niño me miró, y como un caballero me extendió la mano, era muy alto para su edad, me puse en cuclillas frente a él, y prácticamente me sacaba media cabeza, lo atraje hacia mí y le di un sincero abrazo. Todo respecto a él me conmovía, y había decidido amarlo, no como un mal necesario, igual que muchas personas acogen a los hijos anteriores de su pareja, sino como lo más cercano a una madre, él pareció adivinar mis intenciones porque se dejó llevar seguramente por el abrazo y me dio dos besos en las mejillas, y con un marcado acento español me dijo:

—Pero qué bella eres, a mi padre le debes de gustar mucho, no deja de hablar de ti.

—Y yo de él, bienvenido a México Jonás —el niño me sonrió, tenía la misma sonrisa magnética de su papá, hicimos clic de inmediato.

Qué balance tan exquisito conlleva la vida una vez que se empiezan a acomodar las cosas, todo iba a estar bien.

Lucrecia se la pasó apresurada e inmerecidamente reclamándome el hecho de haber invitado a mi entrañable amiga para que la conociera, espaciando solo sus reclamos mientras excesivamente de prisa se daba otra mano de maquillaje y pintura utilizando el espejo en la visera.

—Ay sí, Karlita solo va ser tu amiga, con lo cogelón que eres, si ya me enteré, a quién quieres engañar, pero bueno, que te quede claro que a partir de ahorita se acabó y vas a estar solo conmigo, te guste o no —sentenciaba en un tono que ya francamente me tenía muy arrugado.

De nada valieron mis protestas y alegatos acerca de la pureza blanca que acompañaba mi amistad con Karla, ella estaba convencida de que era una mamada, dándome argumentos infalibles de que la había cagado de una manera catastrófica. Para ese entonces un hilo de acidez recorría mi esófago.

—Bueno, si quieres la cancelo, no pasa nada, es mi amiga, va a entender —contesté ya a medio convencer de que mi transgresión a sus reglas, merecían un castigo ejemplar y tratando de recomponer la situación.

—Ay sí, la vas a cancelar y tu "amiguita" que seguro también te cogiste como a tantas, se va a reír pensando que soy una insegura, nada qué ver, quiero que me vea y sepa que ahora eres mío para que ya entienda de una vez que jamás te la vas a volver a coger.

—Lucrecia, te juro que entre Karla y yo solo existe una amistad, ya quisiera haberme metido con ella como afirmas —dije de inmediato arrepintiéndome de mis palabras que habían abonado a calmar sus celos de la misma manera que echar gasolina para apagar un incendio, me lanzó una mirada que me traspasó los huesos y se me alojo en el tuétano provocándome un escalofrío. Afortunadamente ya estaba el valet de involuntario testigo tomando las llaves de mi mano y evitando que pasara a mayores su reclamo porque se le habían inyectado de sangre los ojos justo cuando se tenía que bajar.

Esperé dispuesto a afrontar lo que viniera mientras se llevaban mi coche y un poco apenado porque me se había acercado a saludarme una pareja de amigos cuando Lucrecia se presentó sola con una sonrisa encantadora y en aparente calma.

—Hola, soy Lucrecia Peralta, la novia de Javier.

Para ese momento escuchar la palabra novia fue como recibir un latigazo en los meros huevos.

Lucrecia entró al restaurante partiendo plaza, como si conociera el lugar de toda la vida, se adelantó a mi paso relevándome a calidad de príncipe consorte rumbo adonde no sé cómo ya sabía que tenía mi mesa reservada en la terraza. Iba en un vestido beige que le cubría solamente hasta tres dedos abajo del derrière, traía un coqueto saco de piel color crema que le dibujaba muy bien la cintura, y caminaba sobre unas botas marrón que le llegaban a la rodilla. Era guapa, y su estatura y aplomo con el caminado imponía, algunas mesas en donde estaban comensales masculinos voltearon a verla sin importar que estuvieran acompañados de sus respectivas parejas. Así son los repentinos arranques de infidelidad mental...

Saludé al capitán de meseros con un billetito en la mano lo que en automático hizo que me acompañaran a mi mesa, mientras yo me apuraba para igualar el paso marcial de mi dignificada acompañante y poder llegar al mismo tiempo.

Karla ya nos estaba esperando, iba vestida con un ajustado pantalón blanco que mostraba sus bien trabajadas piernas, dándole un aire sensual, a juego con un suéter ligero a sabiendas de que en ese lugar le meten duro al aire acondicionado, y que además le quedaba a la perfección remarcando su bonito cuerpo. Vaya que era hermosa y ahora que iba arreglada estaba en verdad impactante. A Lucrecia se le cuarteó la sonrisa cuando la vio, pero avanzó hacia ella de manera impecable.

—Hola Karla —dijo—, soy Lucrecia la novia de Javier, me ha platicado muchísimo de ti —comentó mintiendo por partida doble, ya que con la excepción de intentar justificar que saliera con una amiga en realidad no le había platicado nada sobre ella—. Me dice Javier que nos vas a acompañar un ratito —continuó hablando, abreviando en automático el tiempo esperado que mi amiga nos acompañaría durante la noche.

Karla, que la miraba desconcertada porque era la primera vez que se conocían, sólo alcanzó a responder con un sencillo:

—Mucho gusto Lucrecia, qué bueno que Javier te ha platicado tanto sobre mí porque a mí casi no me cuenta nada, por ejemplo, que ya eran novios, así que felicidades a ambos —dijo.

—Sí, estamos muy contentos, aunque llevamos poco nos entendemos de maravilla, Javier es el hombre que siempre había buscado —comentó.

Sin importar la regla del que calla otorga, quise cambiar el rumbo que estaba tomando la conversación. Si las miradas pudieran matar, aquí estaba a punto de darse un encontronazo.

—Y ¿qué onda amiga? —dije haciendo énfasis en la palabra "amiga", ya que quería llevar la fiesta en paz y empezaba a darme cuenta de que Lucrecia tenía todo el potencial para convertirse en la versión masculina de Otelo—. ¿Llevas mucho esperando?, se nos hizo un poquito tarde, ¿ya te pediste algo de tomar?, a mí me urge un tequila, ¿cómo ves Lucre, nos echamos unos? —comenté.

—No, Javier, y mi nombre es Lucrecia, que no te de flojera pronunciar todas las letras, y hoy vamos a tomar vino ¿recuerdas? Me estabas hablando de una carne deliciosa que te morías de ganas de que probara y la carne va con vino tinto, háblale al somelier para que nos recomiende una botella —ordenó.

Lucrecia sentada con la espalda recta como un juez, lanzó su veredicto inapelable sobre lo que tomaríamos, ante la mirada de incredulidad de Karla que sabía que mis bebidas favoritas eran el tequila o el mezcal.

—Pues bienvenida a San Pedro, ¿qué te ha parecido nuestro municipio hasta ahora? —dijo Karla con ánimos de romper el hielo.

—Bien, está simpático, chiquito pero padre —contestó Lucrecia, y de inmediato me abrazó embarrándose a mi lado, mientras con su mano me acariciaba el cabello como si Karla no existiera en la mesa.

Karla se arrellanó incómoda en su asiento.

—Este, bueno Javi, es tu primera noche con Lucrecia en Monterrey, no es justo que esté yo de mal tercio, mejor los dejo solos para que puedan vivir su "noviazgo" sin personas entrometidas.

—Sí ¿verdad?, súper gusto de conocerte —dijo Lucrecia sardónicamente para hacer aun más notorio que su presencia en la mesa salía sobrando.

Entre Karla y yo había demasiada confianza, teníamos un acuerdo tácito: se valía que en estos casos se fuera sin sentirse ofendida, en otras circunstancias hubiera protestado pero la neta preferí llevar la fiesta en paz porque mi tracto digestivo afectado crónicamente ya no aguantaba ningún sobresalto. Lucrecia pasó de darme una sensación de agradable cachondez a otra que al principio no pude interpretar, pero era miedo, pura precaución a sus arranques de celos, así que le sonreí a Karla mientras me volteaba a ver con comprensión, entendiendo mi querida amiga que necesitaba una tranquila y romántica velada después de lo que había vivido, así que, misericordiosamente no le importó verse escatimada de una sabrosa cena y se estiro para alcanzar su bolsa que estaba en el perchero para preparar su salida.

Fue en ese momento al enfocar la mirada atrás de mi amiga que vi que se venía acercando una mujer a paso firme a la mesa. ¡En la madre! Era Débora que avanzaba con toda la intención de integrarse al grupo.

Karla al darse cuenta que su rijosa amiga se acercaba como un toro de lidia a punto de embestir intentando disimular su furia mordisqueando con gesto hosco una cereza que venía acompañando a la bebida rosa que tomaba, volteó a verme con cara de mortificación al darse cuenta que Débora, además, venía con tragos encima a lo que contesté con una mirada de terror enmarcada en un rictus de pánico implorando que se quedara.

Mientras de manera preventiva se me encogían los tompeates. Sentí como todos mis planes para esa noche se iban al desagüe y la atmósfera del restaurante se tornó luctuosa.

*

—Si bien es prácticamente lo mismo que te recomiendo la diferencia es que Jonás junior no cuenta con su mamá y en mi caso aun hay una madre a la que le respeto su lugar y autoridad, quizás tú debas de abrirte a la posibilidad de que te vea como su principal figura materna, pero tanto como él quiera, y con inteligencia para ir a su paso. Lo más importante es nunca criticarlo, no hables mal de él con su padre jamás, así haya hecho algo catastrófico, todos los padres se van a poner en automático a la defensiva en caso de ataque, ya sabes, la historia de la cenicienta acabó por dañar la imagen de las madrastras —dijo y sonrió—. Recuerda que cada conflicto le abrirá la puerta para recordar ofensas pasadas y se abren heridas viejas que se vuelven a sentir como nuevas.

—Entonces ¿qué debo hacer si por ejemplo cambia la sal por el azúcar y me equivoco con mi café? —pregunté.

—De eso en particular, reírte porque es una broma, pero si pasa algo que en verdad debas atender como que te falte al respeto de manera reiterada lo que tienes que hacer es con mucho tacto comentarle a Jonás que te gustaría mejorar la relación con él y mencionarle lo que consideras que está mal y preguntarle si él también lo ve mal, ahí, en esos casos el padre es el que tiene que poner orden y tú vas a querer siempre de aliado a Jonás en esos temas —dijo—. Debes entender que los hijos a veces nos hacen la vida difícil a todos los padres, no es nada personal, solo que inclusive a los que estamos programados genéticamente para quererlos nos parece una chinga, más a una madrastra, pero, obvio con límites, se vale que haya malos días, pero no debes dejar que marquen toda tu relación, sé inteligente en eso María, Jonás lo va a valorar mucho.

—Claro.

—María, vas a unirte al amor de tu vida, eso significa que ames su entorno y eso incluye, por supuesto, a su familia, más a su hijo, debes entender que tú estás aceptando las condiciones, nadie te está obligando y por eso vale la pena. Ayudar a criar a ese hijo va a ser tan enriquecedor y padre como tú quieras, te recomiendo que lo pongas en la lista de prioridad y hacerlo lo mejor posible, ser padre es eso, no solo haberlos engendrado —comentó Sara.

—Obvio, lo voy a hacer, quiero ser la mejor madrastra posible —contesté.

—No me esperaba menos de ti, eres una mujer inteligente, pero se ve cada caso de padrastro o madrastra con poco cerebro que hacen de todo…

—No va a ser mi caso, yo estoy lista, además, el niño es un tipazo y está hermoso, educarlo bien va a hacer que, si más adelante tengo hijos, le regale un hermano mayor adorable.

—Así es amiga, qué bueno que lo veas de esa forma.

*

Javier

—Hola Karlita, hola Javier, a ti no te conozco, soy Débora mucho gusto —dijo afrentosamente envolviendo sus palabras en un halo tóxico.

—¿Cómo estás Débora?, soy Lucrecia la novia de Javier — contestó gélida pero cortésmente a pesar de su altanería, como si tuviera prohibido saltarse las trancas para odiar en voz alta.

Por abajo de la mesa me empezó a temblar la pierna presagiando el problema que se me avecinaba mientras tensando los músculos de la espalda y subiendo las manos a la altura de mi pecho intentaba ponerme en guardia por puro instinto de conservación.

—Ah caray, ¿ya novia y todo Javi? ¡Qué lindos huevos los tuyos! ¿Pues cuanto llevan? —preguntó con una mirada que destilaba ponzoña.

—Bueno este, mira novia, novia … —respondí con el gaznate atorado mientras un escalofrío le chupaba la vitalidad a mi sangre.

—Sí, bien padre, fíjate, nos conocimos en Ciudad de México y estamos celebrando aquí nuestra primera noche juntos en Monterey —contestó la pudorosa y celosa Lucrecia relevándome con rencor ante mi titubeante actitud.

—Ah qué bonito y qué padre, súper bien —farfulló Débora con encono entre dientes—, ¿y ya le contaste Javi a tu novia que te acostaste conmigo la semana pasada? —dijo alevosamente y con saña, sosteniéndome la mirada mientras Karla se tapaba la cara de vergüenza y pena ajena por las circunstancias que estaba viviendo por culpa de su amigo el cogelón, ella se había convertido en el auditorio cautivo de sus impertinentes sandeces.

Lucrecia me miró con odio y los ojos a punto de estallar de sangre, mientras hacía cuentas mentales para cuantificar la gravedad de mi afrenta. Meticulosamente midiendo el deshonor y vergüenza que le provocaban tales afirmaciones, para saber exactamente cuál debía de ser la pena que me terminaría imponiendo, pero sin declararse en rebeldía ante su formalidad impasible lo cual sinceramente pasaba a segundo plano ante el peligro inminente que representaba Débora en esos momentos.

Pensé en mentir con énfasis sobre el verídico suceso o esgrimir en mi defensa que solo fue un rapidito para minimizar la falta, pero me arrepentí de inmediato ante la mirada fulminante con la que me apuntaba Débora.

Me di cuenta que no había ninguna respuesta adecuada, pero lo peor era quedarme callado así que contesté:

—Este, mmm, bueno Débora, es que esas cosas no se platican, son íntimas vaya —dije.

Me arrepentí de inmediato de mis palabras que las dejaron pasmadas y en silencio por breves momentos, tanto Lucrecia como a Débora quienes ante lo descarado de mi alegato intercambiaron miradas de sorpresa con los ojos bien pelones, mientras mi sacrificada Karlita solo agachaba la cabeza a tal grado que su barbilla ya rozaba la mesa, como si estuviera rogando que se la tragara la tierra. Inteligente como era, precautoriamente había retirado los cuchillos que estaban cerca de su pendenciera amiga.

Lo inesperado del manotazo en la nuca que chasqueó como látigo me tomó por sorpresa, y un poco de ardor recorrió la parte de arriba de mi espalda. Mientras me refrescaba la bebida rosa que arrojó a mi cara con ambidiestra agilidad, no había obviado la forma tan particular que tenía Débora de redimir sus diferencias con exabruptos y metiendo las manos, pero de todas formas no pude adivinar el lado del madrazo.

Afortunadamente el capitán de meseros que había empapelado al entrar y que me conocía muy bien, al escuchar el sonido de conflicto con rechinados de sillas y vasos cayendo al suelo, actuó de inmediato con su larga experiencia restaurantera interponiendo dos meseros y un ayudante que estaba limpiando una mesa contigua para evitar que la violencia proliferara en contra mía, en ese lugar que era su jurisdicción.

—No durante mi guardia, cálmese señorita —gritó con el diligente capitán, pero Débora seguía con las manos arriba intentando driblar la marca para propinarme otro golpe, mientras me gritaba entre otras cosas obscenas, que ojalá que no se me volviera a parar la verga más nunca.

Preocupado por cómo iba a reaccionar Lucrecia, volteé a verla, pero solo miraba apresuradamente de lado a lado, maniatada por su estatus social, como revisando que no hubiera cámaras indiscretas que pudieran abochornarla con un malicioso video que algún desocupado filtrara a la red y la involucrará en algún tipo de escándalo.

—Vámonos de aquí Javier, qué vieja tan corriente —me dijo con firme suavidad, y mientras me llevaba de la mano rumbo a la salida, le eché un vistazo a Karla que parecía aliviada de que me fuera, mientras misericordiosamente se entregaba en la cancha tratando de calmar a su amiga.

—¿Qué le pasa a esa mujer?, qué oso, cómo se le ocurre agredirte enfrente de todos —comentó la pudorosa Lucrecia, que para ese momento ya la estaba conociendo, confirmé que solo la hacía de pedo en la intimidad, lejos de miradas indiscretas.

—Llévame de regreso a mi hotel, sé que estabas soltero y no me conocías en el momento que saliste con esa mujer, pero no creo conveniente ni se me antoja que hagamos algo hoy tú y yo —me dijo, a lo que respondí con una muy breve protesta porque me sentía muy vapuleado y ya quería terminar la noche. Regresar a la seguridad de mi departamento me parecía una muy buena idea. Además, me tenía que tomar algo para las agruras que ya se habían alojado permanentemente, haciendo su residencia en mi gaznate.

Llegando al Quinta Real, Lucrecia se bajó del coche sin hacerla de pedo, solo orientándome un poco sobre el decoro sexual y las reglas del buen coger que había definido para mí en lo que sería su imaginaria relación, mientras, atentamente, yo escuchaba sus recomendaciones sin hacer ningún tipo de reproche.

Al bajar del auto me chasqueó un beso quedito y cerró la puerta, para luego caminar rumbo al hotel sin voltear a verme. Estaba ofendida, pero de algún modo y, por fortuna, socialmente impedida para mostrar sus sentimientos.

—Ya habrá tiempo para hablar bien de esto, la ropa sucia se lava en casa —me había advertido ominosamente viéndome a los ojos y con una indiferencia gélida que me enfrió los huevos. Sus palabras me regresaron a la infancia como cuando mi madre me decía que cuando llegáramos a la casa hablaríamos, lo que significaba que me esperaba una chinga. No contesté nada porque estaba un poco sorprendido de su aparente calma y de que no hubiera hecho causa común con Débora para romperme la madre en la cena, así que solo asentí a sus suaves reproches con el estoicismo de un voluntario penitente—. Por cierto, ya no quiero que vuelvas a ver a Karla ni que le llames, pero también luego hablaremos de eso —había sermoneado con precisión como parte de su intento por reeducarme para que antepusiera sus deseos a cualquier comportamiento potencialmente promiscuo de mi parte, para reasignarme con férreas cadenas solo a ella, lo cual evidentemente no iba a hacer porque tan pronto se relajara el aura de culpabilidad que sentía, la iba a mandar caballerosamente a la chingada.

Aceleré tan pronto entró al edificio, con prisa moral para alejarme de todo, y de todas. El camino de player solo me arrancó la dignidad, llevándome a un quebranto nervioso que me tenía sin fuerza, muy inquieto y con inesperadas ganas de cagar. Estaba furioso por haber creído que necesitaba andar de promiscuo para enriquecer mi vida, sin controlar mis caprichos hormonales.

—Qué pendejo estoy, cómo fui a El Gallo, si ahí le gusta ir a Débora, hubiera ido a cualquier otro —me sorprendí con preocupación hablando solo, mientras me sobaba la nuca que me había quedado roja del manotazo... nada más eso me faltaba: monólogos esquizoides a causa de los nervios, por andar de cogelón.

*

Todos mis amigos aplaudieron que hubiera aceptado la propuesta de Jonás, estaban felices y radiantes, y Ricardo hasta soltó unas lágrimas de emoción cuando vio el anillo, les aclaré que no había una fecha definida para casarnos y que eso significaba que, por el momento, no quería hablar de despedidas ni de nada que tuviera que ver con la futura boda, esto lo hice con la intención de que nuestras reuniones siguieran como siempre y no las afectara en nada el hecho de que me iba a casar.

Sobre todo, porque Constancia andaba muy misteriosa y queríamos averiguar a qué se debía.

—Y bueno Constancia Coppel, ¿qué te ha pasado últimamente que no escucho nada de ti?, ¿ya te acabaste a todos los chavitos sampetrinos o qué sucede? —preguntó Ricardo, dando lata a Connie, que las últimas semanas había estado inusualmente callada en cuanto a sus conquistas se refería. Había llegado un poco tarde a comer con nosotros al sushi, y antes de su llegada tuvimos un rato para platicar Ricky y yo acerca de cómo Connie se había mantenido sospechosamente muy reservada.

Llegó vestida impecablemente con una blusa Carolina Herrera original y una falda hermosa y brillante de Rapsodia, Ricardo la abordó con la pregunta antes de que se sentara y se quitara sus gafas Fendi de sol, la cuestión también había despertado mi curiosidad, además de que estaba de un humor excelente que ahora era la norma.

—¿No será que ya estás entablando algún tipo de relación formal? —preguntó con un guiño.

Ricardo era uno de los que se le permitían ciertas impertinencias con Connie, pero no lo hacía muy seguido, la respetaba mucho y entre ambos había un entendimiento que rayaba en complicidad.

Connie lo volteó a ver retadora.

—¿Y qué si lo estoy haciendo? —dijo.

—Nada, qué padre por ti, pero no nos has platicado quién es, te veo muy contenta por cierto…

Yo solo seguía la plática con los ojos sin opinar, pero sonriendo por dentro ante la perspectiva de que mi querida amiga por fin hubiera decidido sentar cabeza.

—¿No será que no nos lo has presentado porque es casado? — siguió insistiendo Ricky.

—¿Y qué si lo fuera? —sentenció Connie.

—Naaada, se respeta amiga, solo es curiosidad porque te queremos y nos preocupa tu felicidad, sabes que nos puedes contar de todo.

—Esto en particular aun no, no están listos para esta plática — dijo dejándonos demasiado curiosos, pero fiel a su decisión de no contar nada.

*

Javier

¿Lucrecia era mi novia? ¿Qué había pasado?, definitivamente esas vinculantes palabras de "Quieres ser mi novia" no habían salido nunca de mi boca, ¿tendría ahora sin darme cuenta una mala copa que me hiciera proponer noviazgos sin darme cuenta? Era evidente que algo no estaba bien, y especialmente en estos momentos de mi vida no tenía la menor intención de comprometerme con nadie, y menos con una celosa loca. Había sido muy cuidadoso en mi lenguaje, ¿y si en realidad por caliente no había sido claro? Vino a mi mente una antigua película de 1957 que, en la época de mi niñez, repetían con frecuencia en la televisión nacional, en ella actuaban María Félix y Pedro Infante como protagonistas, en donde él, Tizóc, habitante de los pueblos originarios y poseedor de unas costumbres muy endémicas a su gente, había malinterpretado una señal de amabilidad por parte de María, quien le entrego un pañuelo y el confundió esto como una prueba irrestricta de su amor. Ambos estaban comprometidos con sus respectivas y socialmente aceptables parejas, y eso había desatado una serie consecutiva de tragedias que terminaron muy al estilo de Romeo y Julieta: con los amorosos protagonistas muertos. Quizá con la excepción de que la versión mexicana era aun más dramática por donde se viera, y en la obra maestra de Shakespeare aun con algunos difuntos familiares todo les había funcionado relativamente bien hasta llegado el momento del veneno y el cuchillo.

¿Y si para Lucrecia lo que habíamos hecho constituía un inequívoco signo de compromiso con sus respectivos derechos y obligaciones?

Sabía que debía apechugar y tener el valor para aclarar la situación, pero ahora que la conocía más y veía la manera exponencial en la que reaccionaba, me daba un poco de temor acercarme a ella. Preferí, ya que había regresado a la Ciudad de México, postergar la aclaración. Pateando el bote de cortarla y aprovechando que estaba a salvo con la distancia, dejaría que algunos días enfriaran la situación, qué lástima ese aspecto de su personalidad, quizá hubiéramos logrado algo.

*

—Finalmente encontré una persona con la que hacer el amor suena muy parecido a lo que nos contaste —dijo Connie acomodándose el cabello—. Encontré de nuevo sentimientos que tenía en mí y ahora tengo que hacerlos completamente míos. Nunca había sentido tan poderosamente los besos que nos damos en la boca. Nos estamos permitiendo cruzar los límites.

—Me da mucho gusto por ti Connie, y no necesito que me digas quién es, tengo plena confianza en que tú sabrás hacer lo correcto y a su tiempo, cuando quieras aquí estaré para escucharte todo lo que me tengas que decir, te quiero mucho amiga y puedes contar conmigo para lo que sea, incluyendo mi discreción que ahorita parece estar tan escasa —dije guiñando un ojo, a raíz de que cualquier cosa que pasaba en este pueblo y en esta época de redes sociales, no había nada que pasara desapercibido, cualquier chisme se regaba como pólvora.

—Lo sé, y gracias amiga por la confianza, tienes mucha razón, es una persona casada y tengo que tener mucho cuidado, por eso siempre tuve mis dudas del compromiso, todas esas expectativas de que ya no deseas a nadie más cuando estás en una relación, son falsas, y lo peor, te convence el sentimiento de que es verdad y cuando invariablemente llega el deseo de nuevo, muchas personas se sienten mal por eso. A mí me da mucho gusto amiga, cómo manejaste tu historia, a pesar de que no fue la mejor manera de terminar con Javier, aceptaste el sentimiento con una fidelidad a ti misma muy fuerte y eso me hace sentir orgulloso de ti. Javier debe entender qué es lo que pasó, y que no tiene nada que ver con él.

—Sé que mi pareja está en un matrimonio, pero no nos resignamos a seguirnos amando solo con el pensamiento, es una decisión consciente y madura, tan pronto esté en condiciones su familia y pueda separarse nos vamos a reunir, y esta vez será para siempre, la expectativa de una pareja para toda la vida bien vale un poco de paciencia.

—Connie, yo te apoyo en lo que tú decidas.

*

—De eso debes cuidarte mucho, Vale —dijo Ricardo—, los hombres son así, si de repente te acuestas con uno que es amigo de otro con el que ya te habías acostado y se dan cuenta, los celebran y se llaman hermanos de leche, guácala, pero así se dice, es como un club y eso mientras ellos sean amigos y dependiendo de qué tanto se vean los imposibilita a que tengas una relación seria, es como si tuvieran prohibido estar con una mujer que ya haya embarrado alguno de sus cuates, por eso siempre fíjate bien que sean muy discretos.

—Así es —asentí—, eso más lo que exageran, es un tema de ego —dije.

—Sí, pero también hay unos tan pendejos, el otro día estuve con uno que incluso me presumió que él se había acostado con una niña en Acapulco a la que también se había cogido Luis Miguel y él se sentía especial por eso, como si se pudiera contagiar la fama y el talento por transmisión sexual —dijo Connie—. Por cierto, en la tarde me entregan los resultados de los exámenes —me dijo mientras Angus le apretaba la mano con cariño. Ricardo y Vale no nos escucharon porque seguían enfrascados en los alcances que podían tener las consecuencias de buscar algo serio con algún tipo después de haberlos hermanado de esa forma con alguno de sus amigos.

Connie lo estaba tomando con demasiada tranquilidad, yo en su caso estaría aterrada, un chico de su pasado con el que se acostó en el baño de una fiesta hace un par de años, había resultado positivo de VIH, el chico en cuestión había tenido a bien llamarles a todas las que habían sido sus parejas y si bien Connie no encajaba en la definición de pareja, habían tenido sexo espontáneo en una reunión y no había usado condón.

Connie nos confesó a ambas la situación y discretamente le acompañamos de inmediato a hacerse los análisis al mejor laboratorio y con una batería de test que incluían de todo.

—De una vez, quiero descartar cualquier cosa para empezar de nuevo impoluta —dijo preocupada por su vida como solo se puede estar cuando ves a tu salud amenazada por una terrible enfermedad. Angus la abrazaba por los hombros de manera cariñosa y solidaria.

—Pase lo que pase, lo afrontaremos juntas —parecía decirle con la mirada.

*

Javier
"No puedes comprar el amor, pero sí puedes pagar un terrible precio por él".

—Javier necesitas controlarte —me dijo mi querida amiga fríamente—. Tienes que aprender que vivimos en una sociedad y que no puedes estar de caliente con tantas viejas para saciar tus egoístas apetitos sexuales —dijo como si yo fuera un animal salvaje que hubiera que amarrar.

Habían pasado ya unos días desde los ominosos sucesos del Gallo 71.

—A ver Karla, ella está loca, yo estoy soltero, no estoy haciendo nada malo, además ya viste que intente salir con alguien en exclusiva, aunque te aclaro que ya terminó —dije sin revelar que mi noviazgo con Lucrecia había nacido muerto.

—Bueno, tú sabes, arregla tus temas con Lucrecia porque aunque me pareció un poco celosa para nada se merece ese trato y, además, ya Débora hasta habló de ti en el grupo de apoyo, ya eres famoso, afortunadamente me preguntó primero y le dije que podía hacerlo siempre y cuando no revelara tu nombre, mintiendo que podías demandarla, fue una mentira piadosa, porque realmente puede decir lo que quiera, pero no tenía ganas de escuchar que trapearan el piso contigo, todo el staff sabe que eres mi amigo.

—Gracias Karlita, esa vieja argüendera y habladora me trae mucha tirria y yo no le hice nada —dije a mi sempiterna defensora, porque realmente no abonaba a mi salud nerviosa el estar en boca de todos.

—Creo que le sirvió, porque la vi mucho más tranquila cuando se desahogó, me dio un poco de asco cuando contó cómo la engañaste, pero como te conozco sé que exageró mucho, además, también provocó algunas risas cuando habló de tu desempeño en la cama— dijo lastimando mi amor propio.

—Bueno, lo importante es que ya se acabó, y ella sabe que no somos nada.

—Así es, si hubiera sabido que te gustaba te hubiera prevenido de que era de armas tomar, pero ahí vas con tu nulo criterio para escoger con quién te metes en la cama.

—Ya no me digas, te juro que estoy todavía con los nervios de punta, ahora quiero arreglar todo para volver a estar tranquilo, mira cómo estoy de ojeroso y no me ha dado hambre, ahorita me voy a parar por una Maruchan a ver si me entra por lo menos el caldito…

—Maruchan madres, necesitas comer bien —dijo con maternal cariño— vamos a Las Moritas, a ver si no se te despierta el apetito con unos buenos tequilas, además, ahí está la botana deliciosa.

—Jalo —contesté.

Nos fuimos los dos en mi coche, mi dulce amiga que siempre me estaba reprochando cosas con razón me dio un respiro, y todo el camino estuvo poniendo música, entre canción y canción me volteaba a ver y sonreía, realmente era afortunado de tenerla a mi lado, su cara era una reafirmación dulce de que todo iba a estar bien, ya no tenía ganas de estar con nadie más que con ella quien conocía todos mis secretos más profundos y así me había aceptado. La generosa Karla. Al verla sonriente y solidaria empecé a sentir algo, como si ella fuera un sueño que había soñado tiempo atrás, fue como un calorcito que empezó a germinar desde alguna de las grietas de mi corazón. Comencé a ver el cielo más azul, las nubes más blancas, la tonada de la canción que ella había escogido y que bailaba con suaves y sonrientes balanceos hizo que una idea empezara a plantarse en mi cabeza, me miró dulcemente como si adivinara mis pensamientos, fue ahí que noté que sus ojos brillaban de manera especial cada vez que se cruzaban nuestras miradas, pensé en quizá, a pesar de que no era un buen momento, plantearle la pregunta sobre qué opinaba acerca de un futuro distante pero juntos, hacía mucho sentido, era ella, siempre lo fue. Karla era lo que nunca supe que siempre había querido, nunca había sido de la idea de tener miedo a morir solo, como si necesitaras a alguien para que te echara el último llanto en el momento final, pero la idea de estar con alguien como Karla me tranquilizaba. Ella me cuidaba y era todo un bálsamo que aliviaba lo tormentoso de los últimos sucesos. Habían quedado atrás las consecuencias de haber tomado tan malas decisiones cada vez que se me solidificaba el miembro, pero Karla había estado ahí siempre para rescatarme graciosamente de mis predicamentos y pendejadas.

Esos pensamientos de tranquila ensoñación me acompañaron un buen rato hasta que llegamos a la cantina, se veía que había gente afuera, pero nos conocían a ambos muy bien, así que le pedí que se bajara para que fuera pidiendo mesa mientras yo iba a estacionar el coche.

—Busca al capitán, dile que somos dos y pide un par de tequilas bien fríos —le dije.

—Va, te espero adentro —me contestó y dándose la vuelta coquetamente se enfiló rumbo a la cantina.

Le di la vuelta a la plaza pensando en cómo sería la mejor forma de declararle mi interés romántico, ya que el suceso en El Gallo aun estaba muy fresco y, además, el detalle de que Lucrecia quizá seguía pensando que era mi pareja oficial… pequeños inconvenientes que mi inteligente y madura amiga seguramente sabría sopesar a mi favor.

De entrada, sólo plantearía la idea, como poniendo el firme para más adelante, y ya con las cosas bien aclaradas con Lucrecia declararle mi amor para, poco a poco, ir construyéndolo sobre la base solida del respeto mutuo y la verdad absoluta. Mientras que construía mis románticos castillos en el aire con la esperanza de que Karlita aceptara, claro para habitarlos a su debido tiempo, pensé en que quizá habían tenido que pasar en mi vida todas estas vicisitudes para darme cuenta de que la pareja ideal y la felicidad amorosa la tenía frente a mí.

Todo eso se revolvía en mi mente con ensoñada esperanza mientras buscaba algún lugar cercano para estacionarme y justo cuando agradecía a la vida lo bien que se estaba resolviendo todo y al encontrar el lugar perfecto, muy cerca de la puerta de entrada y en sombrita sonó mi teléfono, era Lisa.

—Lisa, cuanto tiempo… —contesté con una actitud positiva que seguramente se podía escuchar.

—Javier, discúlpame, tenía mucho miedo de llamarte —dijo con un tono que logró erizarme la piel de la nuca—. No hay forma de decir esto más que directamente, así que va: no me ha bajado, aun no voy al médico, pero, por lo general, soy muy regular y ya llevo diez días de retraso, no quiero que te preocupes y también quiero que sepas que no espero nada de ti —dijo—, pero haciendo mis cuentas con las fechas quería ponerte al tanto porque nada más he estado contigo —dijo la bien educada Lisa Martell.

Por mi frente rodaron gotas de sudor frío, que se acumularon abajo de mis ojos.

—Javier, ¿estás ahí? Bueno, bueno…

—Sí Lisa, aquí estoy, claro —carraspee—, no te preocupes y claro que voy a estar para ti si se confirma que estás embarazada, haz tus análisis a la brevedad, ya somos adultos los dos, así que no te preocupes, qué padre —dije sin mucho convencimiento y verdaderamente intentando ocultar el tono terror en mi voz.

—Ay Javier, eres un rey, tenía miedo de cómo ibas a reaccionar, pero tienes razón, ya somos adultos y tenemos ambos los medios para hacernos cargo de un bebé —dijo—, pero te repito, no espero nada, obvio que participes tanto cómo quieras, pero no que te sientas forzado a salir conmigo o tener cualquier tipo de relación, además de ser el padre.

—Claro, qué emoción, pero no adelantemos vísperas, primero tienes que confirmarlo —dije aun sudando frío.

—Sí, te aviso más tarde, voy a hacer cita.

Me quedé por un largo instante con el teléfono mudo en la mano, mirando la pantalla, mientras intentaba digerir lo que acababa de escuchar.

Caminé con las rodillas flojas, la breve distancia rumbo al bar donde me recibió el capitán de meseros, avisándome que ya me esperaba la señorita en la mesa del fondo de la terraza, había pedido una mesa rinconera para estar más a gusto y poder platicar.

Al entrar en la terraza la vi, se le había ido todo vestigio de sonrisa y de inmediato noté la tensión en su gesto descompuesto, pero ¿cómo se había enterado?, ¿qué poder de conexión cuántica me unía a ella?, ¿cómo podía sentir mi preocupación aun antes de que le comunicara la noticia?

Me volteó a ver reprobándome con la mirada, su aspecto era fúnebre y tenía el ceño fruncido. La mesa en donde estaba sentada parecía gravitar en una atmósfera repleta de nubarrones negros que la apartaba de toda la jovialidad del lugar.

Me quedé quieto, más bien petrificado por varios segundos.

Caminé cautelosamente rumbo a la rústica mesa, como un venadito que finalmente decide acercarse a tomar agua ante la presencia de un león, al llegar, Karla me analizó fijamente con la mirada convulsa, sin pronunciar ninguna palabra, tomé el respaldo de la silla para alejarla de la mesa con el mismo cuidado con el que desactivaría un explosivo y antes de poder sentarme me dijo como bomba:

—Me acaba de llamar Débora para que te de un mensaje, además, quiere saber cuáles son sus derechos para vincularte, dice que está embarazada…

Al detonar el fulminante, con esas palabras, se fugó la saliva de mi boca al mismo tiempo que se me iba la fuerza en las piernas aflojando las corvas y de sentón meteórico me desplomé en el asiento.

Con el páncreas retorcido me puse analizar mis opciones, mientras Karla me estrellaba una mirada ya sin ningún brillo especial, hecho que con un profundo escalofrío me erizó la piel.

*

—Todo está perfecto, recibí los resultados y tengo todo dentro de los límites y además ninguna enfermedad —dijo Connie.

—Ay mi reina no sabes lo feliz que me hace escuchar esto, estaba muy preocupado por ti, qué trauma con eso y ya nadie habla de enfermedades tan espantosas como esa, como si de repente quisieran echar la basura bajo la alfombra y ya no existiera.

—Así es, sólo se vuelve hablar de VIH cuando algún famoso se infecta, yo no estaba muy preocupada porque en el interior sabía que estaba bien, pero ahora ya una vez que descarté todo me hace replantearme mi forma de vida, te lo juro que voy a cambiar. Me recordó que era una historia muy vacía la mía teniendo ese tipo de encuentros sin importancia, y a los que no les añade ningún valor, sin embargo, sé puede traer consecuencias muy nefastas. Quién sabe, a lo mejor a todos nos llega una llamada divina para que del susto nos empecemos a cuidar, pero bueno ese tema ya es cosa del pasado, ahora estoy empezando una nueva vida.

—Pues sí, cómo no, se pudo convertir en una tragedia personal, pero ahora hay que ver el futuro con esperanza, espero que te sientes tan bien como yo.

—Sí, fue sólo un episodio, así es como debe de ser. Este episodio me dio una lección que jamás hubiera sospechado, me cambió la vida, nos la cambió, Angus.

—Ya me tengo que ir —se despidió Angus—, voy a una piñata con los niños.

Connie se puso de pie y la abrazó, hubo algo en ese abrazo que llamó mi atención, Connie pareció notarlo.

Connie y yo nos quedamos un rato en silencio, finalmente, suspiró, se acomodó el cabello que le caía sobre la frente y me comenzó a contar.

—Tenemos el plan de que una vez que sus niños crezcan, estén bien formados y se salgan de casa se va a divorciar y vamos estar juntas.

—¿Juntas? —pregunté solo medio sorprendida porque me sospechaba algo.

—Sí, es una mujer, la conoces muy bien. Y no hablo aun de mi relación por miedo, sabes que me vale y me llevo cercas, lo hago para protegerla a ella.

—No me tienes que decir más amiga —dije y le guiñé un ojo.

*

Javier

—Qué asco me das, eres un verdadero pendejo, Javier. ¿Cómo se te ocurre no cuidarte?, eres un irresponsable y asquerosos fuck boy, ¿cómo crees que van a reaccionar ellas al saber que embarazaste a las dos al mismo tiempo? Les va a romper la madre grandísimo estúpido —espetó.

Karla explotó con un coraje sorprendente al responder con recriminaciones en vez del esperado consejo amistoso sobre qué hacer y quizá también, un hombro para recargarme de manera tranquilizadora.

—Bueno Karla, no fue adrede, las cosas pasan, obvio intenté cuidarme, pero alguno de mis nadadores debe de haberse salido, no me grites por favor que estoy muy nervioso, ahorita necesito a mi amiga.

Me sentía con el orgullo aplastado por los suelos, ante lo grotesco de mi situación, protestando infructuosamente ante la indignación que provoqué.

—¿Es que eres mil veces pendejo?, ¿cómo es posible?, ¡dos viejas! —dijo, y soltó un bufido, visiblemente afectada—. ¿Crees que el mundo gira alrededor de ti y te importa un pito lo que sientan los demás? —agregó—. De por sí un embarazo inesperado genera todo tipo de reacciones, pero cuando se den cuenta las pobres que te creyeron tus mentiras, que las traías nada más de nalguitas, te garantizo que se van a amotinar para lincharte —vaticinó ominosamente Karla—. ¿Qué van a decir sus familias? Tienen padres y hasta hijos, qué vergüenza tan abominable las vas a hacer sentir y Débora, en lo particular, te va a joder la vida, no la conoces verdaderamente enojada y cuando sepa que además de ella traes a otra mujer con encargo, te van a faltar manos para los chingazos con que se te va a aventar. Eres un imbécil, Javier.

—Bueno flaca, por favor, necesito tu apoyo, qué hago, eres mi amiga más querida, dime algo positivo.

—¿Qué quieres pendejo, que te felicite? Qué padre que vas a ser papá, qué bonito momento, un sueño más cumplido, ¡estúpido! —dijo—. No Javier, te desconozco y a partir de ahora te rascas la sarna de tus problemas con tus propias uñas, no te quiero volver a ver —sentenció.

Karla al levantarse ruidosamente derribó la silla del bar que estaba atestado. La mayoría de los comensales para ese momento y con los gritos ya de manera descarada estaban muy metidos en nuestra conversación con morbosa curiosidad.

—Karla, espérame, por favor, a ti no te hice nada —protesté.

—Me decepcionaste, ya no te reconozco y aunque lo trate de ocultar de verdad me revuelve el estomago la versión asquerosa en la que te convertiste, no quiero que me vuelvas a llamar nunca y, en serio, deseo que puedas arreglar tu vida, y afrontar con responsabilidad el lio en que por caliente te metiste. No te desearía jamás el mal, pero necesitas equilibrar tu mente y poner orden en tu vida. Adiós, y por favor si en algo te importa nuestra amistad no me busques, no me llames… —utilizó en esa última frase una mirada que jamás le había visto, era de lástima, pero también de determinación en lo que acaba de decidir, la misma dureza que la había sacado adelante a ella y a su madre cuando murió su papá, solo que esta vez la usaría para arrancarme de su vida, sin darme derecho a resarcirme en una segunda instancia.

La vi alejarse junto con la posibilidad de que ella y yo nos convirtiéramos en algo más, por mi parte con tristeza infinita vi cómo se iba caminando sin voltear quizá por última vez a la que consideré siempre como mi más querida amiga. Sentí cómo el corazón se me estrujaba. Me invadió un profundo sentimiento de orfandad, no quería estar solo en este momento, pero se había ido la única persona que me hacía fuerte, cómo no se me ocurrió que le iba a romper la madre después de todas las amonestaciones que me había dicho para que cambiara mi comportamiento viciosamente cachondo. Estaba evidentemente preocupado por la responsabilidad que iba a afrontar con el tema de los embarazos, pero por encima de todo me dolía en el alma haberla lastimado… ¿Y ahora a quién le llamo para poder hacer una lluvia de ideas que me calmaran la cabeza y ayudaran a enfrentar mi tumultuosa paternidad futura? La Almorrana se iba a cagar de risa diciendo que iba a ser una leyenda entre sus cuates, el ser mejor amigo de un cabrón que había embarazado a dos forros de vieja al mismo tiempo, él no aportaría nada útil, aunque quizá sí me sacara algo de risa. Alex me diría que se lo merecían por no cuidarse, las pendejas. Martha se pondría a preparar los respectivos baby shower pidiendo ser madrina, y Bárbara me arrojaría un monologo sobre principios a la educación sexual porque al parecer no había aprendido nada sobre los pájaros y las abejas.

Kike, pensé en mi viejo amigo, el único de mis amigos súper cercanos que estaba casado y que vivía la paternidad día a día, con quien, además, tenía toda la confianza para hablar de cualquier cosa…

Llegó el mesero con una bandeja y poniendo unos taquitos sudados enfrente dijo:

—De la casa joven, para que se le vaya despertando el apetito.

—Apetito, ¿qué es eso? No tenía ni un ápice de hambre desde la última llamada que recibí anunciando un ominoso retraso que rompió la regla. Así que solo le di un último sorbo a mi tequila tibio, mientras pensaba que el ayuno me iba a venir bien para ahorrar, ahora que aparentemente se me iban a incrementar los gastos en cuidados obstetras. En ese momento mi teléfono que estaba sobre la mesa, anunció la llegada de mensajes. La configuración de mi aplicación solo permitía mostrar unas cuantas palabras, para evitar miradas curiosas y entrometidas al estar con más personas, así que alcancé a ver que uno era de Lucrecia y decía algo de amorosa novia. En este momento ya ni me acordaba de ella y de la ilusoria relación de noviazgo que solo existía en su mente. Era obvio que esa plática pendiente para aclararle la situación podía esperar ante lo apremiante de tener a dos conocidas, porque en realidad no sabía nada de ellas, con la regla suspendida.

Mientras tanto, en el Palacio de Hierro, una joven madre luchona revisaba su calendario intentando recordar cuando fue la última vez que le había bajado.

*

María

—Toda la situación fue un desastre, el trio de hombres está sobrevalorado —comentó Ricardo, se disponía a contarnos sus aventuras del fin de semana, se había reencontrado con un viejo amigo en una exhibición de arte en MARCO, era un pintor de mediano éxito que lo convenció después de varios mezcales de irse a su hotel con él y su novio.

—Obvio cuando me invitó me dieron ganas de ir a verlo, me llama mucho la atención cómo lo veía en su hábitat social, eso es lo increíble de su transformación, ya no era el muchacho gordito y que a causa del sobrepeso y el estrógeno excesivo en su cuerpo había desarrollado sus glándulas mamarias y los compañeros de la escuela lo "buleaban" llamándolo "El tetas". Ahora se había convertido en un ciudadano del mundo, se había cambiado el color de cabello a un castaño con luces. Ahora viste exageradamente sofisticado, con colores muy llamativos —dijo Ricky—. Al principio Julio me tenía encantado con la plática, había viajado mucho y era un maestro para el story telling, me contó que había conocido a Elton John (probablemente cierto) y que Elton le había rogado que lo pintara, pero él no había aceptado porque no hacía retratos (probablemente eso no era cierto), el caso es que dentro de la charla sugirió que nos fuéramos todos a la suite del Quinta Real donde se estaban hospedando, dentro de la plática, de manera casual ya había aventado la idea de hacer un trio y cuando vio que no le hice gestos se entusiasmó con la posibilidad de hacerlo, y no me soltaron ni él ni el muchachito que traía de pareja y que se le colgaba como arete. A Julio lo conocía desde que estábamos en la preparatoria en Monterrey, pero él a diferencia de mí, no lo quisieron en su casa y le dieron todo el dinero que necesitara, con tal de que se fuera de San Pedro para que no los abochornara con sus joterías, pero ahora había regresado y ya es un hombre de mundo. Se había dedicado a la pintura y esperaba regresar con cierto éxito para que todo el mundo lo recibiera con los brazos abiertos, y se dio cuenta de que la mayoría de los sampetrinos seguían siendo tan intolerantes y homofóbicos como eran antes. Pero a mí me caía bien, o por lo menos cuando lo conocí antes, ahorita la versión mamona y loca en esteroides me daba un poco de hueva.

Connie lo veía sonriente con un martini de pepino en la mano y un cigarrillo en la otra, en donde ya se le estaba acumulando la ceniza y peligraba con caerle en sus pantalones de lino blancos o en sus sandalias Jimmy Choo, yo a pesar de seguir preocupada por Javier, su vida disoluta y su reticencia a reunirse para aclarar las cosas como adultos también estaba interesada en el resultado del fin de semana de Ricardo.

—Ya sabes, yo veo la vida como un campo para que cumplas tus sueños, tu carrera, tus éxitos y logros y por qué no, estar con dos hombres a la vez, no era parte de mis fantasías, pero tampoco la idea me disgustaba —continuó.

—Bueno —dijo Connie— para mí la idea de un trio implica muy bien la selección de los participantes, tiene que estar bien equilibrado si no se corre el riesgo de que alguien salga lastimado por dejarlo fuera de la acción, así que tienes que escoger muy bien a la amiga que te va a acompañar en el trio y al hombre, porque ese es el tipo de trio que funciona más, dos mujeres y un hombre.

La miré con cara de sorpresa porque nunca me había enterado que ella fuera no se diga una experta en el tema, sino que ya hubiera vivido esa experiencia.

—¿Qué María?, tampoco te tengo que andar contando todas mis aventuras —y me sonrió, además, para nosotras es más fácil, podemos estar en la misma cama dos mujeres y no nos afecta para nada, los hombres etéreos al llegar a cierta edad no podrían acostarse en una cama ni siquiera para dormir, se les despiertan todo tipo de complejos —añadió—, así que tener a dos juntos desnudos, rozando y salpicado nunca es una buena idea.

—A menos de que sean bi curiosos y disfruten la variedad —añadió Ricardo ligeramente ofendido por el comentario sin malicia de Connie.

—Sí, claro Ricky, esta esa alternativa —confirmó Connie.

—Bueno —dije—, vivimos una vida tan saturada de diferentes sensaciones, que quizá para algunos las cosas simples ya no sean tan divertidas, bien por ti Ricky, y ¿cómo te fue?

—Espantoso es la respuesta, el aretito no quería para nada hacer el trio, Julio lo había presionado y se las ingenió para convencerme a mí en solo una noche, éramos muchos gays en esa exhibición, pero tuve la mala fortuna de ser yo el elegido para sus experimentos. Horrible, y eso que nuestra manera de sabrosear hace perfecto el disfrutar entre tres de igual manera, el arete se convirtió en una loca posesiva que me tiraba un manotazo cada vez que quería participar en la acción. Julio lo veía divertido y nunca le dijo nada, pinche Tetas, como si fuera su trip el provocarle celos, además, estaba inmamable, creía que por haber pintado unos cuadros que se vendieron, ya merecía que pusieran su cara en los billetes de quinientos pesos, así que, tras solo unos minutos, me volví a poner la camisa porque ni siquiera alcancé a desvestirme completamente y mentando madres me fui. El Tetas, nada más prendió el boiler sin querer de verdad meterse a bañar, Julio debía saber que si quería decepcionar a dos personas al mismo tiempo era mejor que se fuera a cenar con sus papás.

—Los tríos, por lo general son un desmadre, solo si los participantes reúnen todos los requisitos son divertidos, todos queremos ser el foco de atención y es un balance muy delicado — comentó Connie.

—Bueno, hablando de desmadre, ¿supieron el escándalo en El Gallo con Javier y una loca que lo atacó a golpes?, me parece que no la está pasando tan mal —añadió.

—Cero su personalidad, y después de investigar un poco, confirmé que anda desbocado, ojalá que ya y por su bien se aplaque ese hombre —dijo Ricardo.

Estaba enterada de su comportamiento y del episodio en cuestión, así que preferí no decir nada.

*

Javier

Deslicé rápidamente con el pulgar el mensaje de Lucrecia para pasar al siguiente que era de Angélica, la bella dependienta de Palacio de Hierro con la que volví a salir hacía casi un mes, lo primero que alcancé a leer y en donde se centró mi mirada fue la palabra "Período"

De inmediato vomité un poco adentro de mi boca, mientras se me cerraba nerviosamente un ojo y se me retorcía un poco el cuerpo en incipiente y auto infligido síndrome de Tourette.

¿Otra, pendejo?, pensé antes de siquiera abrir completamente el mensaje.

Por andar de libertino deslizándome entre las piernas de tantas mujeres, resulté aplastado.

Me pedí un doble que en ese momento requería urgentemente para enjuagarme la boca y quitarme el gustillo a vasca que invadía mi paladar, un tequila bien cargado con fines terapéuticos y no recreativos seguramente me aclararía la mente para poder buscar una solución a la inminente tempestad que se adivinaba en mi futuro...

Javier

Al tomar el coche ahora solo, me tuve que detener en una farmacia, tenía una agrura que me estaba taladrando el esternón.

—Joven, deme lo más fuerte que tenga para la acidez, me falta pescuezo para estas agruras que traigo —le dije al dependiente.

—Estas pastillas son muy buenas, pero tómese sólo una cada ocho horas —me contestó el diligente boticario mientras me acercaba una cajita.

Antes de seguir mi rumbo y subirme al coche, ya me había masticado tres, así derecho y sin agua, para ver si se apagaba la sensación de lava que corroía mi gaznate.

Me puse a meditar sobre los probables escenarios que se me avecinaban, primero: ¿cómo darles la noticia al respecto de que sus gestantes criaturitas iban a compartir padre?

Angélica, a quien prácticamente no conocía sería la más fácil, su personalidad madura y el hecho de que siempre supo que lo nuestro era solo un acostón casual producto de la calentura, no le daba derecho a reclamarme nada por andar revolcándome en otras camas, además, seguramente iba a querer llevar la fiesta en paz, por sus otras bendiciones y para que la ayudara a sobrellevar su precaria situación económica.

Lisa, si bien era un poco más cercana y de personalidad sentimental, quizá me reclamaría un poco, pero de manera educada. Como toda niña rica, después se tranquilizaría, porque era una dama y al poco tiempo cambiaría de actitud. Venir de familia acaudalada evitaría que ella me reclamara por dinero, aunque de todas formas yo pensaba aportar, ya que quería participar activamente en la crianza de todos mis sorpresivos vástagos, quién sabe, quizá hasta me dejara alguna de las dos escoger el nombre.

Débora era otra cosa muy distinta, estaba seguro de que hasta le iban a salir ronchas. Su agrio carácter y la afición que tenía de encolerizarse y resolver diferencias a manotazos, sin derecho a réplica, me preocupaba, además, podía hasta sugerir empezar una relación sobre la base del desprecio mutuo lo que haría todo mucho más complicado. Para aminorar el efecto de las agruras que infestaban mi gaznate, preferí no pensar en ella, ni en mi imprevisto heredero que crecía en su vientre. El mejor plan de acción en este caso particular, era dejar que se enterara sola de sus compañeras gestantes, y acercarme acompañado y en un lugar público, cuando fuera el momento indicado, con la vana esperanza de que pudiera comportarse civilizadamente.

Quién sabe, dicen que el tiempo cura todo y quizá al avanzar el embarazo les caerá el veinte de que por el bien de sus hijos —todos medios hermanos—, valdría la pena llevarse bien, y en una de esas hasta podríamos celebrar uno que otro cumpleaños o navidad juntos, serían de la misma edad y compartirían aficiones y vacaciones, incluso llegué a pensar que quizá podríamos llegar a ser, una no perfecta, pero familia funcional.

Iluso de mí.

¿A quién quería engañar? El primer acto de la escena era que me romperían la madre cuando se enteraran de que había mancillado con embarazos simultáneos, su experiencia gestacional. Recé con devoción una plegaria a San Ramón nonato para que me indultara de estos embarazos inesperados, en casos desesperados como este, todo esfuerzo era válido…

Sonó mi teléfono, y con un súbito reflujo de acidez vi que era Lucrecia, ¡otro pendiente! Seguramente me seguía considerando su novio, aunque después de que se enterara de la noticia no le iban a quedar ganas de que yo fuera su peoresnada, evidentemente, no estaba de humor para contestarle.

Mientras más le daba vueltas al asunto de mis ex parejas casuales panzonas, más intranquilo me ponía, aunado a mis malestares digestivos que además de la agrura, náusea y la falta de apetito, por lo pronto y de inmediato, ya quería llegar a un baño.

*

Me decidí por pedir ayuda y esquina a Kike, él sabría acompañarme en esta y, quizá, darme un buen consejo sobre la paternidad. Además de ser un entrañable amigo, sabía que en este tema en particular no me iba a dar la espalda.

Tomé mi celular y marqué su número, que era de los pocos que me sabía de memoria como nos pasa ahora con los amigos viejos, cómo contrastaba eso con la época moderna en la que ya ni siquiera éramos capaces de memorizar nuevos números telefónicos...

Me contestó de inmediato.

—Qué hay compadre —dijo.

—Necesito verte, cómo andas para... —no alcancé a completar la frase "Tomar un trago" cuando contestó:

—Sí, te veo ahorita, sé que es urgente, llego en quince —y colgó sin decirme dónde nos íbamos a reunir, segundos después me llegó un texto que indicaba la localización, me citaba en El Trovador, un lugar casi exclusivo para hombres que era uno de sus lugares favoritos a raíz de vivir un matrimonio que estaba anacrónicamente sujeto a reglas muy estrictas.

Cuando me iba estacionando en el lugar, ya que por seguridad trataba de no usar el valet parking en ese tipo de tugurios, vi que la camioneta de mi compadre ya estaba ahí, entré rápidamente, saludando a la bien proporcionada hostess que me recibió en la recepción con una sonrisa teatral, de las que usan para dar la bienvenida a cada uno de los clientes.

—Buenas noches ya me esperan.

Kike les llamaba a los lugares como El Trovador "Un bar de feos".

—En estos lugares no importa si estás bien pinche o desaliñado, mientras traigas billetes te tratan como si fueras Luis Miguel de joven, y no la versión de Luis Miguel con cara de señora de las Lomas en lo que se convirtió —solía decir Kike—. Solo hay que tener cuidado, varias de estas chicas te dan una calentada de chile para luego pedirte dinero y algunas hasta en franca actitud extorsionadora —me advirtió un día.

Este tipo de bares eran atendido por espectaculares edecanes preparadas hábilmente cual geishas japonesas, especialistas en el entretenimiento masculino. Eran expertas en hacer sentir a sus clientes especiales, a lo que sus clientes habituales, mayoritariamente hombres casados correspondían con verdadero y confundido afecto, que manifestaban en generosas propinas y propuestas indecorosas que rara vez tenían éxito, pero de todas maneras con que los saludaran con cariño y por su nombre bastaba para muchos. Estos lugares sacaban provecho de la necesidad de muchas personas de cierta edad de buscar lo que para gran parte de la población masculina era la gasolina que les permitía transitar por un mundo adormecido y tedioso, es decir, bebidas alcohólicas y botana sabrosa servida por esculturales chicas.

Después de contarle la situación de mis relaciones y el contexto de multipreñéz que se me presentaba y del ominoso futuro que me esperaba cuando las tres se dieran cuenta de que estaban embarazadas al unísono del mismo bato, Kike solo respondió con una breve pero notoria estirada de labios, que le jaló el cuello y pelando los ojos por la sorpresa. Una confirmación más de mi estado de emergencia. Bebí de golpe todo un percherón de tequila buscando que ese dulce efluvio le devolviera el color a mi sangre.

—Qué pedo con mi súper esperma, ¿no? —dije sorprendido de la habilidad y resiliencia de mis gametos, que me habían demostrado tener el súper poder de recorrer distancias largas y atravesar barreras de látex a su antojo…

Con María muchas veces lo hicimos de manera descuidada, intentando atinarle al ritmo de sus días infértiles para venirme adentro y nunca pasó nada, como relojito le bajaba, cómo era posible que ahora le pegara a la lotería simultánea fertilizando tres óvulos con tres mujeres distintas, y a las que me cogí solo un par de veces a cada una.

—Mira Javier, el cerebro aun tiene muchos secretos, andabas de cabrón y seguramente no era tu intención embarazar a nadie, pero subconscientemente tu cuerpo generó más hormonas al interpretar tu promiscuidad como un intento de repoblar la tierra, ya sabes, quizá pensó que había sucedido un holocausto nuclear, quedando la tierra desolada te dio súper nadadores para incrementar la población. Les sincronizaste los embarazos de la misma manera en que dicen que las mujeres cuando viven juntas, se les sincroniza la regla.

Me quedé pensando que lo que acababa de escuchar, era una soberana pendejada, pero en ese momento cualquier teoría tenía las mismas posibilidades de ser acertada que esa…

—El ser tan promiscuo es una característica que permea más en el sexo masculino y, desde el punto de vista biológico, aumenta la posibilidad de procrear —sentenció Kike—. Se hizo un estudio donde vigilaron el comportamiento de parejas del mismo sexo, y resultó que los hombres homosexuales eran mucho más variados en sus parejas sexuales que sus contrapartes lesbianas, los jotos se la pasaban brincando de cama en cama, mientras que las lechuzas tendían a quedarse más tiempo en relaciones monógamas, pero bueno, realmente las mujeres lesbianas no se hacen tanto daño, unos deditos por aquí, unas ensalivadas por allá… —la manera en la que terminó su comentario le quitó todo lo concienzudo y científico al supuesto estudio al que se refería, Kike no era de ninguna manera homofóbico ni anti lesbianas, de hecho, convivía habitualmente sin hacer distingos y con franca amistad con miembros de la comunidad gay, solía utilizar adjetivos que hoy en día se podrían considerar ofensivos simplemente porque era vieja escuela.

—Compadre, quizá ya no debas decirle jotitos a los gay— comenté.

—Sí, me lo han comentado mis amigos afeminados en algunas ocasiones, pero cuando lo han hecho, les recuerdo la historia valiente del origen de la palabra para que la sigan utilizando con orgullo y símbolo de su lucha, recuerda que en la cárcel de Lecumberri encerraban por delitos estrafalarios y excéntricos a los que andaban mariconeando por la calle, y los empalmaban a todos en la celda "J", a lo que ellos respondían bailando, gritando y haciendo todo tipo de escándalo relativo a sus gustos y apariencias. Ante el escándalo, el director de la prisión mandaba a sus guardias a poner orden en la celda "J" y el mexicano muy acomodaticio para las muletillas verbales entendían la orden tan solo como un "callen a los jotos"— culminó.

Recordé que esa cárcel la inauguró Porfirio Díaz que a pesar de ser un militar duro y llevar una presidencia dictatorial, fue bastante compresivo y hasta cariño le tenía a su yerno homosexual Ignacio De la Torre y Mier, casado con su hija Amadita Díaz Quiñones. Ignacio pertenecía a la más rancia y abolengada clase alta no solo mexicana, ya que también su familia terminó emparentada con los reyes de Mónaco. Don Porfirio, si bien imagino, no compartía sus historias de alcoba, le tenía afecto y lo protegía, cuánto sufrimiento le hubiera ahorrado en México a la comunidad gay si esa tolerancia hubiera permeado, aunque fuera como una sutil indolencia en la sociedad tan de machos mexicana.

—En fin —continuó Kike con su historia que tendía siempre a desviarse de toda plática, si empezaba hablando de Egipto y su situación política se podía pasar de inmediato a Guanajuato simplemente porque también había momias, era un especialista para divagar y al final muy pocas veces concretaba sus ideas—. Leí en alguna parte que los dejaban encerrados hasta por varias semanas y ellos hacían bailes y bullas, me imagino que no la pasaban tan mal porque creo que hasta había lista de espera de dos meses —terminó con un intento de chiste.

Kike, después de casado y cuando nos reuníamos, su tema recurrente era el sexo y las relaciones.

—Tres viejas preñadas compadre, espero que hayan sido unas buenas faenas las que les aventaste para que se acuerden de eso cuando les lleguen las molestias del embarazo, estoy orgulloso de ti —bromeó Kike al empezarle a caer bien los tequilas.

—En mi casa una noche de pasión se termina a las nueve, y ser bueno en la cama significa que no ronques y no jales las cobijas —solía decir.

Quizá, aunque se profesaban aparente amor como pareja, estaban o muy estresados, muy cansados o muy enfocados en la crianza de sus tres hijos varones. Su esposa Natalia, había pasado de ser una novia estricta a una esposa feroz y absolutista, que llevaba la casa como su cacicazgo particular. Yo no compartía esa visión de renunciar a tus derechos para poder llevar la fiesta en paz, pero nunca le hacía ningún comentario, él era feliz así y lo compensaba con aventuras muy espaciadas y con sus esporádicas salidas a este tipo de lugares, además y como su plática indicaba, con constantes infidelidades y promiscuidad mental... Le gustaba imaginar en la intimidad de la cofradía incondicional que compartíamos de años, a todas las mujeres con las que quisiera copular especulativamente.

A media jarra, mientras un monumento de mujer que apenas había notado, me sonreía rellenando mi tequila, saqué el teléfono para escribirle a Karla, misma que ya no aparecía en mi lista de contactos. Me había bloqueado cumpliendo su apesadumbrada amenaza, se me encogió la garganta y le di otro traguito al tequila para resbalar de la glotis el sentimiento.

Mientras veía mi caballito a medio llenar, se me vino a la mente algo que Fermín me dijo cuando comenzó mi fase de conquistador compulsivo.

—Las relaciones sexuales son como el alcohol, y al igual que el alcohol, para unos es un bálsamo y para otros un veneno, a algunos reconforta, pero a otros los destruye.

Quise borrar esa frase de mi cabeza con otro trago porque me provocó angustia, pero mi cerebro no estaba cooperando.

Empecé a revisar mis mensajes, en ese momento Kike también estaba enfocado en su teléfono revisando seguramente alguna red social en donde aparecieran buenas nalgas.

Tenía varios, los primeros setenta y nueve eran de Lucrecia que seguramente ya estaba un poco desesperada al no encontrarme, ese era otro de mis pendientes, ponerle punto final a esa imaginaria relación.

El siguiente era de Lisa donde se leía:

—Falsa alarma, ya me bajó, gracias por reaccionar así, eres un rey, te marco después porque traigo un cólico terrible, besitos.

—Kike —grité llenando de aire mis pulmones, Lisa no está embarazada, me acaba de mandar un mensaje diciéndome que ya le bajó —le dije con emocionada paz al aligerar mi paternal futuro—. Dice que a ella le da cólico, pero a mí me dio un gusto —agregué.

—Una menos —dijo Kike, mientras seguía viendo su teléfono.

En mi celular había más mensajes, pero me fui directamente a uno de Angélica que había llegado recientemente.

—Javier, perdón si estabas preocupado, pero fui al ginecólogo con mis análisis y resulta que no me ha llegado el periodo no porque esté embarazada, sino que es una amenorrea causada por el estrés y porque, según mi médico, estoy haciendo demasiado ejercicio, perdón si te preocupé sin antes cerciorarme, pero bueno, todo sigue normal, a ver cuándo te vuelvo a ver perdido —coqueteó infructuosamente ya que para ese momento mi instinto de conservación me prevenía de toda atracción sexual hacia ella.

—Nunca —dije con voz baja al releer el mensaje de la cordial Angélica, que con un pequeño mensajito me acaba de liberar de un peso enorme, un pequeño texto para ella, un gran paso para emancipar a este hombre, pensé.

—No lo vas a creer compadre —dije a un Kike ya bastante pedo— Angélica tampoco está embarazada —exclamé.

—Angélica es la culoncita del Palacio de Hierro ¿verdad? La vi el otro día mientras acompañaba a mi mujer a comprarse unos calzones mata pasiones de abuelita —comentó dando muchos detalles sobre la moda de ropa interior que usaba su longeva cónyuge, sin darle la mayor importancia a lo que le acababa de decir, y que para mí fueron mejores noticias que haberme sacado el premio mayor en Melate.

—¿Que no estabas preocupado por mí o qué cabrón? —reclamé.

—Claro compadre, pero te adelantaste mucho, llevo un chingo de años casado, ¿sabes cuantas veces durante los primeros años que cogíamos como conejos Natalia me dio falsas alarmas?, muchas, es normal algunos retrasos, más conforme va pasando la edad en las mujeres, es más, te puedo asegurar que Débora tampoco está embarazada, vas a ver —dijo Kike con renovado interés en mi bienestar.

—Pues no, no hay ningún mensaje de ella, pero la verdad es que la última vez que hablamos no fue en los mejores términos, y no esperaría que me contactara solo que sea para pedirme apoyo con los gastos ginecológicos.

—Háblale no seas culo, ahorita a esta hora la agarras desprevenida —me dijo Kike.

Ya con el agave dándome fuerza y con el aire llenando de nuevo mi pecho por mi renovada carta de libertad paternal, decidí que no era tan mala idea llamarle a la rijosa Débora.

—Javier, ¿qué paso? —contestó Débora con voz exageradamente adormilada por la hora ya que seguramente seguía despierta viendo series.

—Dime la neta Débora, ¿estás embarazada? —pregunté aguardentoso.

Después de un breve silencio confesó.

—No —solo lo dije para arruinarte el día y que dejaras de andar de cabrón.

—Te la mamaste, con eso no se juega, yo soy un hombre responsable y derecho y jamás te haría algo así a ti —protesté con la confianza de que Débora no podía estar enterada de la cruz que hasta hace unos minutos cargaba por el monte calvario de las supuestas gestaciones, que me endosaban dos de mis pasadas conquistas.

—Ay ya Javier, si es cierto la mitad de lo que me han contado de tus aventuras, me sorprendería que no te hubieran dicho ya más viejas que estaban preñadas —sentenció sin saberlo, pero de manera acertada, y sin agregar nada más me colgó el teléfono.

No me importó la altanera descortesía con que terminó la llamada, qué ganas de chingar inventando un embarazo, sólo la gente enferma disfruta de las desgracias ajenas, pero después de estar mortificado todo este tiempo y de tantas horas tomando alcohol estaba de ánimos para celebrar, y ya a medias aguas con mi amigo me dispuse a tomar hasta borrar el último resquicio de la preocupación que pesaba en mis hombros cuando llegué al bar. Los sanadores mensajes y la grosera, pero liberadora llamada con Débora se habían llevado todos mis problemas digestivos, hasta las agruras se habían desaparecido y el sano apetito volvió a mi cuerpo, por lo que pedí unos taquitos de tortilla de harina con asado de puerco, con el doble propósito de saciar mi hambre y meterle grasita al estomago para que se nos bajara el pedo un poco, y postergar lo que ahora se había convertido en por lo menos para mí, en una noche para celebrar.

Intenté llamarle a Karla para compartirle las noticias liberadoras, en especial la de su amiga que ella sabía odiaba a todos los que no compartieran su crisis existencial, pero no solo me había borrado de sus contactos, sino que me había bloqueado de todas sus redes sociales. Era lo único que me faltaba: debía empezar a comportarme mejor para que mi vida enderezara su rumbo, regresarla a mi vida a su debido tiempo, ah, y también terminar con Lucrecia que para ese momento seguía insistentemente mandando mensajes apremiantes como sintiéndose con derechos que, en realidad, eran inexistentes.

—Te juro Kike, que no me vuelvo a coger a nadie, a menos que sea mi pareja formal y ya esté completamente seguro de que no sufre de ningún trastorno mental —dije mientras Kike acostumbrado a largas jornadas de abstinencia me miraba enternecido.

—Me declaro en autosuficiencia sexual —sentencié—. Nada, van a pasar años antes de que vuelva a meter a alguien en mi cama, me voy a refugiar en la paz que se encuentra en la puñeta —continué con etílica razón.

—No cabrón, vivo vicariamente a través de tus pláticas, síguele, pero con cuidado, sin máscara no hay lucha —dijo refiriéndose a mi manera a últimas fechas distraída de ponerme protección.

—Pero es más que eso, es parte de la estabilidad emocional, tú crees que está a toda madre, pero no es así, se cumple el adagio de que si Dios te quiere volver loco te da lo que le pides, y sí, en un momento pensé que estaba a toda madre traer de a varias, pero es una chinga la doble vida, fíjate que hasta se me empezó a caer el pelo —dije jalándome el cabello.

Kike que hacía poco se acaba de poner implantes de pelo y que no le pegaron bien, soltó un bufido de exasperación.

—¿Sabes qué es una chinga? —me preguntó, y sin esperar respuesta se confesó—: coger caro, a huevo y aguado, como se coge en mi matrimonio, te aseguro que hay más sexo inapetente en los matrimonios que en la prostitución —dijo—. Ya la mera neta, ojalá no necesitara de otras mujeres, pero la monotonía matrimonial es una carga muy pesada. Yo sé que mi mujer me ama, ojalá entendiera que nada gana siendo tan estricta, si me conociera realmente sabría que seríamos mucho mejor pareja si se hiciera pendeja un poquito cada vez que yo saliera a buscar placer.

—No mames, que a toda madre es estar con tu pareja, rico, seguro, con confianza, ahorita dices eso porque estás pedo y caliente, pero la neta es que estar con una sola mujer es lo más chingón, qué importa si le bajas de frecuencia a la cogedera, la tranquilidad mental no tiene precio.

—Vivo caliente, cabrón, el otro día me metí en un pedo porque mi vieja me cachó jalándomela en la regadera y me gritó que a quién me estaba agasajando en mi mente —dijo, y esperó un poco porque se me salió tantito tequila por la nariz cuando me reí al imaginar la escena en cuestión, pero no dije nada—. Fíjate, estaba leyendo que en la antigüedad, y estoy hablando de hace un chingo —comentó como si se tratara de una fecha exacta—, el sexo era libre, mujeres y hombres se podían acostar con quien quisieran, acostar o cómo sea, porque sabrás tú que en la prehistoria la forma más común de coito era de perrito, en fin, el tema es que mujeres y hombres le daban duro y a la vista de todos, gimiendo y jadeando con ruidos de placer los cuales eran la señal de que cualquiera que se calentaba le podía entrar al baile, es por eso que ahora hay tanta adicción al porno, estamos programados para calentarnos cuando vemos o escuchamos a los humanos sabroseando, de hecho, si me quiero aventar un rapidito con mi mujer, primero me doy una calentada viendo un poco de cogedero virtual en el internet —dijo Kike que aparentemente hacía el amor con su esposa con erecciones fraudulentas.

Kike estaba pedo, pero lo que decía era interesante, al ver que se había ganado mi atención prosiguió:

—De esta manera los hombres al participar en grupo en la cúpula de las mujeres de su tribu, y ellas al recibir en su útero el semen de varios miembros de la congregación, aseguraban que de quedar embarazadas todos los hombres se sintieran partícipes en la paternidad y cuidaran entre todos de la salud de los infantes y nadie tenía inconvenientes, las mujeres a los suyo y los batos también.

—Bueno cabrón, estás hablando del tiempo de las cavernas, obvio tenía que cambiar, ahorita viajamos al espacio y te limpias el culo con toallitas húmedas, no vas a andar casual en orgías como si fuera la norma.

—Es que somos los mismos humanos, Javier, el cableado es el mismo, o qué, ¿a poco no crees que el alto número de divorcios que se está presentando obedece a que las mujeres están siendo más libres y están tomando control de su felicidad? Si antes no había tantos era porque a las divorciadas las juzgaban de la chingada y las tenían más sometidas en sus disque felices matrimonios, si se trata de estar a toda madre, no de pasarla como en un monte calvario…

—Bueno y si es tanto el pedo ¿qué tienes contra eso?, ¿por qué no te divorcias?

—Porque es una chinga, quiero a mi vieja y me gusta mi familia, pero la neta si no me trajeran con marcación personal, ya me hubiera aventado muchas más canitas al aire que, te garantizo, me convertirían en mejor marido, las pocas veces que me ha tocado andar de cabrón, regreso con un sentimiento de culpa que me hace atender a mi vieja con mimos y detalles.

—Ah cabrón, yo pensé que solo alardeabas ¿entonces sí le das vuelo a la hilacha seguido?

—Sí, no tanto como quisiera porque mi vieja me puso sombra, pero poquitas veces, no muchas, me he dado un gustito que revitaliza mi relación, es más, la última vez hasta de gusto la llevé de viaje sorpresa a Cancún, a ella es la que amo, las demás solo han sido un desfogue que me distrae del tedio y los deseos suicidas —exageró—, pero me da mucho culo que me vayan a cachar, así que sólo lo hago cuando estoy seguro de que no voy a levantar sospecha, para salir impune de mis intrascendentes palitos —terminó.

Lo que decía mi entrañable amigo me hacía sentido, toda su charla de beodo tenía el tufo a una amarga pero verdadera confesión.

Mientras me resbalaba unos cacahuates y almendras con otro tequilazo, medité un poco sobre las palabras de Kike que para entonces ya se estaba intentando ligar a una mesera.

—Yo te ayudo con la renta —alcancé a escuchar entre el barullo del bar a mi cuate, que aparentemente el alcohol lo volvía invulnerable ante el sentido de la vigilancia a la que era sometido, había apagado incluso su celular, y cansado de vivir en la simulación hacía su mejor lucha—. Solo tienes que prometer que no le vas a decir nadie —añadía ruborizado ante la sonrisa evasiva de la bella edecán convertida en mesera, que de manera frívola lo había provocado.

Al extirparme el reflujo que carcomía mi garganta, gracias a la noticia que liberaba mi posible paternidad, se me despertó un apetito voraz. Mientras me servían mis taquitos rellenos de mancha mantel con chile colorado, también veía a mi amigo mostrando su verdadera cara. Gracias al licor fermentado, mis recientes reglas de conducta sexual autoimpuestas estaban adormecidas, y fue hasta ese momento que le puse atención a la agraciada chica que nos estaba atendiendo desde que llegamos. Ella me sonreía con aparatosa y buscona coquetería, casi ignorando la presencia de Kike, que en su peda había perdido todo sentido de la sutileza y decoro para mirarle abiertamente sus bien torneadas nalgas.

En el estado de embriaguez que me encontraba, y ya purgada la culpa de haber ocasionado tres embarazos inexistentes, tener tan cerca su cintura que exhibía con una blusa ombliguera su abdomen marcado, se instaló en mi cuerpo la necesidad de saciar mis apetitos primarios. Tenía completamente adormecida mi conciencia rectora y dándome una rascadita que me infló y acomodó los huevos, desinhibido, me puse a imaginar con pasión lo que escondían esos jeans tan entallados.

Mientras le daba un trago largo al tequila para ayudarme a digerir la grasa de los tacos y enjuagarme un poco de la boca los residuos de la cena, pensé:

"Gallina que come huevo ni quemándole el pico" y derrotando al sentido común que me gritaba que desterrara la tentación y traicionando a mi buen juicio me dispuse a conquistarla…

Javier

Ni siquiera reparé en lo sospechosamente fácil que resultó llevarla a mi departamento y comenzar el escarceo.

Perla, de sedoso cabello lacio, tan negro que reflejaba en destellos la luz, cuerpo perfecto y duro con todo en su lugar que hasta parecía retocado con Photoshop, con un rostro de angelito, pero con alma de guerrera, no tuvo ningún recato en tomar la iniciativa, se me lanzó encima agresivamente como una gata a un inocente entequilado ratoncito.

Intenté seguirle el paso, pero estábamos apenas entrando en ritmo, cuando me pidió que la nalgueara, fuerte y más fuerte, también que la arañara, en ese momento descubrí que la violencia no era lo mío...

—Pégame, estírame el pelo como si me fueras a violar, eso me gusta.

En ese momento recordé las sabias palabras de José Manuel de no cogerte a las mujeres que tengan más problemas que tú, pero la neta es que, en el momento y la excitación, no podía detenerme, había entrado en un frenesí contagiado por su evidente entusiasmo.

—Quiero que me abofetees —me dijo entre gritos y jadeos.

Cuando sentí sus uñas arrancándome la piel de la espalda, el dolor me hizo que recuperara la lucidez en mi mente, reculé como los machos, no era mi estilo el sadomasoquismo y si bien ya no me consideraba un novato en la cama, el ultrajar mujeres aun fuera de mentiras, no entraba en mi repertorio de promesas sexuales a cumplir.

—Perla tranquila, mejor aquí le paramos —dije gritando seco y firme ya que mis tenues protestas no habían sido escuchadas entre la calentura.

—¿Qué te pasa, eres joto o qué? —me dijo.

—Por favor, mejor aquí detenemos esto, estás muy guapa, pero esto no es mi trip y mejor te llevo a tu casa.

—Me llevas a mi casa madres, pendejo, a mí nadie me deja a medio hervor y menos un poco hombre como tú, te vas a la verga yo me voy sola en Uber, y no sabes el pedo en que te acabas de meter —sentenció y resonaron las palabras que alguien que no recordaba me había dicho sobre ese tipo de lugar acerca de que muchas de esas chicas eran novias eventuales de muchas personas incluyendo malandros, y que algunos casos se habían presentado en que maleantes ofendidos y celosos habían golpeado y asaltado a novios aspirantes a don Juan que al ver el monumento de mujeres que eran algunas, se habían sentido con derechos compartidos de perforación.

—No es para que te pongas así, mira ten te pago el Uber —dije extendiéndole un billete que me resopló en la cara de regreso.

—No quiero tu dinero, pocos huevos, y te juro que te vas a acordar de mí, imbécil —espetó.

Su actitud al dejar mi departamento se había trasformado completamente a la de una persona agresiva con verdadero y exagerado odio, y me veía con una mirada inmerecidamente inyectada de sangre, pensé en lo que debían haber sentido muchas mujeres al negar enfrascarse en concupiscencia sexual con algún alborotado pero grotesco y caliente galán y el miedo que debían tener al provocar la ira de un excitado garañón que había visto interrumpidas sus afrodisiacos embates. Pobres del sexo débil en las ocasiones cuando gandules goliatescos atacaban a Davides sin fuerza, ni armas para defenderse, en mi caso, no que fuera un Sansón, pero las amenazas de mi violenta acompañante no representaban ninguna riesgo físico a mi persona por el momento.

—Que te vaya bien Perla, gracias —dije en un tono irónico y bajito para que no me escuchara.

Me senté en la orilla de mi cama para repasar lo que había vivido y que por poco se me sale de las manos, seguramente me iba a acostar con una chica que me pidiera que la golpeara como si fuera una violación simulada y, además, con la esperanza de que al final le guste, qué tipo de experiencias debía haber tenido antes de mí, porque se notaba que no era su primera vez entregándose a virulentos arrebatos carnales —yo hasta eso soy bastante conservador, es más, creo que durante todos los años con María sólo lo hacíamos de misionero.

Me enfilé a la regadera para borrar un poco la huellas de la inconclusa batalla que se había suscitado momento atrás, espantado vi que tenía la boca de payaso pintada de tanto lápiz labial, pero fue al darme la vuelta para verme en el espejo cuando noté que mi espalda parecía trepadera de mapaches con tanto arañazo, vi también con horror que mi pecho tenía dos chupetones mordelones morados, uno a cada lado de mis pezones, y sin dejar de sorprenderme regresé a mi habitación a constatar que no hubiera sangre en las sábanas, y a rescatar el solitario e improductivo condón que había sacado previsivamente cuando creía que sólo me iba a echar un palito convencional.

El timbre sonó en el preciso momento en que trataba de borrar toda la evidencia del desafortunado y desastroso intento de fornicio. Al escucharlo di un respingo, de inmediato pensé que sería Perla, que había regresado con ganas de pelear. Sin pensarlo y de manera precavida grité un ¿quién? de vecindad, intentando sonar lo más normal del mundo. Si yo estaba en lo cierto, Perla al escuchar mi tono sosegado compartiría un comportamiento civil en vez de sus acalorados reclamos. De esta manera podría terminar esa relación lo antes posible. Siempre es mejor un mal arreglo que un buen pleito pensaba ilusa pero esperanzadoramente.

—Soy yo gordo —respondió Lucrecia, a lo que no pude evitar un grito sordo de ¡vergas, pendejo!, ¿qué hace aquí a esta hora?

Envuelto en pánico, recorrí el cuarto de inmediato buscando borrar toda acusadora evidencia de mi afrenta inconclusa. Ella seguía pensando que era mi novia..., pequeño detalle que yo entre los posibles embarazos, había desatendido. Me borré el resto del carmín de los labios con el interior de la misma camisa que me había puesto apresuradamente para ocultar chupetones y rasguños, pero no era suficiente, ahora que se me habían aclarado los pensamientos me di cuenta de que despedía un fuerte olor a perfume barato y seguramente pirata, pero definitivamente femenino.

Me asomé por la mirilla de la puerta y, en efecto, era la detallista Lucrecia cargando una bolsita de sushi y dos chelas, que mi cuerpo me pidió a gritos para amilanar el susto.

—Dame un segundo, estoy en el baño —dije dilatoriamente mientras trataba de ocultar el aroma a pelandusca que desprendía todo mi cuerpo con un baño de loción desproporcionada, antes de abrir la puerta.

—¿Qué haces aquí?, es tardísimo, no quedamos de vernos. ¿Cuándo llegaste a Monterrey? —dije.

—A poco no puedo visitar a mi novio de sorpresa para traerle la cena, ya sabes que para mí el compromiso es cuidarte y como el sushi se come frio te lo traje para que no te me anduvieras malpasando —contestó, y la palabra novio me retumbó hasta donde me hace remolino el cutis. Apuré la cerveza que me extendió en la mano de un sorbo, necesitaba alcohol para recomponerme, y fue ahí que ella notó algo raro porque arqueó la ceja y miró con detenimiento la pata de la esquina trasera de la cama. Me di cuenta con horror que ahí estaba el paquetito abierto y el condón, lo había buscado infructuosamente cuando ahí estaba a la vista de todos y que ahora, con el súper poder de la vista que tenemos cuando nos recorre un súbito ataque de adrenalina, hasta alcancé a leer con todas sus letras el "Puntos de placer texturizados" parecía que una luz le daba directamente y lo hacía resaltar contrastando con la decoración del apartamento.

Piensa rápido pendejo, me dije internamente al notar que Lucrecia se acercaba a recoger la envoltura y el preservativo con la rapidez de un vagabundo encontrando un billete de quinientos pesos.

Al hacerlo vi que su cara analizó detenidamente la prueba irrefutable de mi desliz, porque del plácido rostro de cariño de unos segundos antes había pasado a una mueca de verdadero coraje, me quedé mudo, no pude pronunciar palabra y con la boca abierta esperé sus estruendosos reclamos.

—¿Qué es esto? —preguntó tramposamente porque era obvio que sabía la respuesta.

—Un paquetito de condón —contesté tratando en vano de no sonar cínico en lo más mínimo, cuando estás enterrado lo más lógico es que dejes de escarbar. Pareció dar un paso atrás y recargar la espalda, pero solo fue para agarrar aire y proclamar a todo pulmón y con una voz sonora, la correspondiente mentada de madre.

—Chinga tu madre, ¿cómo se te ocurre?, vales pura verga, pendejo, deja que se entere mi papá, te van a colgar de un puente —gritó fuera de sí aprovechando que estaba solito tomando derechos que no le correspondían.

Antes de poder esgrimir palabras justificantes que las había, porque yo nunca le confirmé que éramos novios, y si no había dado por terminado ese asunto era por contratiempos que habían evitado que nos reuniéramos para aclarar las cosas, sonaron unos portentosos golpes en la puerta que se abrió de par en par al no haberla cerrado bien después de que hubiera entrado Lucrecia.

Era Perla acompañada de dos fortachones gigantes y tatuados con gesto peligroso y torvo, uno con empuñando una pistola que malignamente apuntaba a mi pecho y el otro con un bate que meneaba sujetándolo solo con una mano inquietantemente cerca de mi cabeza.

—Ahora dime qué me estabas diciendo pendejo —gritó Perla al situarse engalladamente frente a ellos, sin importarle la presencia de Lucrecia en mi departamento.

Para ese momento la escenita de celos había quedado sepultada ante el inminente y muy real riesgo a nuestras vidas. El rostro de Lucrecia pasó del rojo iracundo e indignado a un azul morado de incredulidad y miedo al situarse con un sobresalto veloz en la esquina más distante a los agresores, aparentemente sólo era valiente conmigo, además, ella debía estar aun más sorprendida que yo, levantando las manos y pidiendo calma.

Pensaba entre remordimientos y agruras que cómo un gustito carnal pudo desviarse a la peor situación a la que me había confrontado en la vida.

Nunca fui de lágrima fácil, pero en ese preciso momento me empezó a llorar un ojo.

*

El más bajito de los malhechores, quien parecía el líder, me propinó en el pecho, con la punta del bate, un empellón que me lanzó hasta el centro de la cama. Al caer, golpee con mi brazo la mesita de noche, la lámpara cayo a el suelo aún prendida. Mi teléfono, que estaba en modo silencioso, corrió la misma suerte que la lámpara y en ese preciso momento, vi que entraba la llamada de Karla. En un amago por huir rumbo al teléfono con la intención de contestar, sólo alcancé a rozar la pantalla. El brutal jalón del más alto de los fortachones atracadores me lo impidió, para después de zangolotearme un rato arrojarme de nuevo, ahora al tapete que tenía al pie de mi dormitorio. Mi departamento, un mini estudio, nos había congregado a todos en un espacio muy pequeño.

—Así que tú eres el pocos huevos ¿eh? —preguntó con absoluta alevosía y ventaja el líder de mis torturadores—. ¿Creíste que culearte a la Perlita te iba salir gratis? Así son ustedes pinches fifís, les gusta cogerse a las mujeres humildes —dijo con tono de revolucionario bandido.

—Ahora te va tocar pagar, ¿dónde tienes tu cartera? —comentó mientras su cómplice esculcaba mi estudio buscando cosas de valor.

—Llévate lo que quieras, pero deja ir a Lucrecia, ella no tiene nada que ver —dije, a lo que alcancé a ver que Lucrecia reaccionaba con alivio exagerado y repitiendo que ella no tenía nada qué ver y se quería ir.

Confirmado: resultó muy brava, pero sólo conmigo…

—Sosososlololo tratratratrae mimimil pesos —dijo con evidente tartamudeo al revisar mi cartera el malhechor segundón.

—Es muy poco, o qué putito, ¿crees que chingarte a la Perla cuesta solo mil pesos, cabrón? —dijo.

Sin verla venir, el cabecilla me estrelló una patada en la entrepierna que me hizo ver oscuro y me encobrizó la saliva.

—Llévate todo lo que quieras, de dinero solo traigo eso, vete con mis tarjetas de crédito y acábatelas, te juro que no las voy a reportar —supliqué mientras trataba de recomponerme.

—Ah qué pinches riquillos, creen que uno por ser de barrio es pendejo —y me volvió a recetar una patada, esta vez en el estomago lo que me hizo toser y jalar aire.

—¿Cómo le haremos para que este pocos huevos nos suelte la lana? —dijo el líder. En ese momento el hombre se dirigió hacia Lucrecia y la tomó de los pelos, y dándole un violento jalón la acomodó a mi lado.

—Yo creo que es justo ya que este cabrón se quiso culear a Perlita, que nosotros le demos una agasajada a esta nalguita que la debe de tener rosita —espetó.

El malandro, lentamente se pasó la lengua por los labios.

En ese momento hice un acopio de valor para levantarme y acostar de un zurdazo bien plantado al sorprendido líder, que jamás esperó al verme aterrado que reaccionara así, pero una cosa era que me madrearan por caliente y otra muy distinta que ultrajaran a mi celosa e hipotética novia. El cómplice respondió a mi bravata con un cachazo de la pistola en la mera sien que, si bien, no me desmayó, sí logró llevarme al piso de nuevo. Intenté levantarme, pero el más alto me desfondó de un rodillazo en el hígado, y ante mis protestas se agachó para alcanzarme otro rodillazo ahora en los huevos, ya acostado me empezó a granizar una serie de golpes, patadas y sonoras y rencorosas mentadas de madre.

—Dale matraca, en las costillas —gritaba el líder que se había encolerizado fuera de sí al verse agredido.

—Tototoma pupuputo —contestaba su entrecortado cómplice.

De mi cabeza empezó a fluir el vital liquido rojo por la herida producida con la empuñadura del arma y llegó a mi boca el desagradable y metálico sabor de la sangre. Mientras el más alto seguía golpeándome vi que Perla se le había tirado encima a Lucrecia, a quien jamás había visto tan callada y con los ojos tan abiertos, inmovilizándola con las piernas, con fuerza de dominatriz mientras le descubría el busto arrancándole el sostén con una mano y toqueteando su entrepierna con la otra, ante los lascivos ojos del líder que seguramente se calentaba viendo este tipo de espectáculos.

El tipo con menosprecio se alejó de mí para dedicar toda su atención a la nueva escena que se presentaba.

—Qué delicioso, Perlita, me encanta cuando tortilleas —dijo el gandul con exasperante tono calenturiento, porque aparentemente Perla, además de mordelona y rasguñona, tenía gustos lésbicos.

—Matraca ya no le pegues al pinche putito —gritó el líder— si lo enfrías se nos acaba el entretenimiento, vamos a divertirnos más con él —dijo mientras volteaba ominosamente hacia el balcón y yo rogué porque no estuviera en la lista de los martirios a lo que me querían someter el arrojarme al vacío…

—Matraca, carga a este cabrón y tráetelo al balcón —hace mucho que no veo a nadie despanzurrarse.

Javier

Fue en el momento al estar suspendido en el aire y sin resignarme a mi inmerecida muerte, cuando volví la mirada por instinto al vacío, hacia el suelo, para calcular la distancia hasta el piso, para ver si optimistamente podría sobrevivir a la caída, y mientras respondía mi cuerpo con una severa fruncida de culo, alcancé a ver unas esperanzadoras luces estroboscópicas rojas con azul y blanco que se estacionaban apresuradas a rodear el edificio.

—Aaaaa laaaaa verrgaaaaa eeees laaaaaaa popopolicía, sususuéltalo —dijo mi tartamudo verdugo, a lo que el líder respondió con una cara de titubeo que me dio tiempo para reflexionar en lo pendejos que se habían visto los policías en cuanto al factor sorpresa.

—Quietos cabrones, no lo vayas a tirar o te mueres —gritó la primera figura vestida de azul que entró decididamente al miniestudio, seguida de otros tres agentes de la ley que con pistola en mano acordonaron la situación. Afortunadamente, habían llegado en sigilo los primeros rescatadores, inmiscuyéndose sin ser notados hasta poder sorprender a los criminales con las manos en la masa, y sin darles tiempo a terminar con nosotros, los autos de policía que vi llegar eran simplemente refuerzos, solté un suspiro de alivio que destensó mi cuerpo.

Perla, obediente y seguramente acostumbrada a estos tipos de sorpresas, se levantó diligentemente para pararse de frente a la pared con las manos atrás de su espalda esperando las esposas.

—Súbelo despacio pendejo, si se te cae te mueres —gritó de nuevo el severo comisario apuntado su 9 milímetros reglamentaria a la cabeza del Metraca.

—Si sólo estábamos jugando, mi comandante —respondió el líder con tono falsamente retozón.

—Sisisisis sosososlo jugagagabababmooos —remarcó La Metraca a quien seguramente iba a ser un problema tomarle la declaración.

Lucrecia para ese entonces se encontraba subida en la cama agarrándose las rodillas mientras un oficial le pasaba la parte de arriba de su ropa.

Todo esto yo lo vi a través del barandal de cristal que adornaba mi terraza, sinceramente con el ano aun muy encogido, mientras los gandules acobardados me subían lentamente a mi salvación.

—Jugábamos madres, ¡estos putos me querían matar! —grité intentando volver a la valentía con severa voz pero que, francamente, se escuchó muy chillona al estorbar los huevos que aun tenía acomodados firmemente a un lado de mis cuerdas vocales.

Fue ahí cuando vi a Karla asomarse por la puerta del estudio, de manera decidida, como si ella hubiera sido la primera en querer entrar al departamento, pero se lo hubieran precavidamente prohibido.

—¿Por qué traías el tiro arriba en la pistola, pendejo?, ahora si te vas a quedar un buen rato en la sombra —escuché decir al agente mientras sellaban la suerte de mis fallidos extorsionadores.

—Karla —sollocé, aun con un poco de estreñimiento vocal, porque aun tenía mis gónadas hechas nudo en la garganta.

Corrí a buscar el confort de mi adorada amiga ya que, en ese momento, lo que más necesitaba, aunque tratara de poner cara de macho frente a los policías y ladrones, era un abrazo calientito de Karlita, que en ese momento me pareció la mujer más hermosa del mundo.

—Quítate estúpido, ¿cómo estás, Lucrecia? —me apartó dura y fríamente de su lado para correr a revisar a Lucrecia que se desvanecía en un muy ruidoso y profundo llanto, tragando saliva mezclada con sangre ya fría me acerqué también prestamente para revisarla, pero me paró en seco:

—No te me acerques, imbécil —espetó Lucrecia duramente con mirada de verdadero coraje porque seguramente además de la experiencia sufrida, aun le picaban los celos al seguir creyendo en un inexistente trato entre Perla, Karla y yo. Mis nervios seguían siendo de cristal, así que me arrugó darme cuenta de que a todos los que en ese momento estaban en mi estudio, yo les había fallado. Así que aprovechando lo minúsculo del departamento me arrimé un poquito a Karla.

—¿Cómo supiste que estaba aquí? —pregunté al acercarme cautelosamente a su lado aun buscando un poco de calor.

—Te marqué para prevenirte, porque te vio mi primo salir acompañado de El Trovador con una chava que le habían advertido los meseros era miembro de un grupo de delincuencia organizada que se dedicaba a extorsionar pendejos calenturientos como tú. Se preocupó porque, aunque no te conoce, sabe que eres mi amigo y me llamó inmediatamente muy consternado. Escuché todo cuando contestaste el teléfono, y me di cuenta de qué estaba pasando, así que llamé a la policía.

Recordé que había alcanzado a tocar mi iPhone con la puntita del dedo, y eso debió bastar para contestar la llamada, Dios bendiga a Steve Jobs y lo tenga en su santo reino, pensé.

—Acompáñeme al pasillo joven, necesitamos una narración de los hechos, porque estos pandilleros están alegando que son sus amigos y que solamente las cosas se salieron un poco de control — me dijo uno de los agentes mientras, protectoramente, me ponía un brazo en el hombro conminándome a salir al pasillo para tomar mi declaración.

Vi a Karla una vez más sin poder evitar tener los ojos humedecidos por la situación, me dolían evidentemente los golpes, y mi culo, poco a poco, iba volviendo a su calmada normalidad, pero más sentía dolor por el trato frio que merecidamente me había brindado. La había decepcionado de nuevo, pero cayendo aun más bajo, era como si algo se hubiera roto en su mirada. Estaba apalancando su decisión de no volverme a ver con la misma fuerza con la que cabalgó como amazona las vicisitudes que se le habían presentado en su vida. La historia que nos narrábamos en nuestras incontables reuniones, y la intención de seguir siendo amigos pasara lo que pasara, había terminado por mi culpa inapelable.

Ya en el pasillo y fuera de la vista de los gandules, pero especialmente de Karla, empecé a llorar en silencio mientras el comprensivo policía me daba unos golpecitos en la espalda y desviaba con misericordia la mirada para no avergonzarme por mi catarsis involuntaria.

¿A quién quería engañar?, no me dolía haber sido el idiota útil de esta banda de extorsionadores ni los golpes recibidos, lo que me afectaba de manera lacrimógena era la actitud de Karla.

Ahí estaba, un cobarde sátiro cogelón, afuera de un estudio que había rentado para hacer cueva de sus placeres libidinosos, llorando después de recibir una dolorosa lección de la vida. No solo me arrepentía de haber abusado promiscuamente de mi cuerpo, también sentía que había prostituido mi alma y, lo peor, había jugado con fuego con los sentimientos de Karla.

Rogué en silencio para que ella, a quien no podía sacar de mi mente ni del corazón, fuera capaz de perdonarme y, de alguna forma, me diera una oportunidad de probarme. De repente y de golpe fue como si recuperará completamente el prestigio la idea del amor romántico, de tener una pareja, una novia, quizá una esposa.

Con fraternales palmaditas en la espalda, el indulgente oficial siguió acompañándome por un buen rato el vaivén de mis afligidos sollozos de compunción, mientras la sombra del arrepentimiento y la culpa ennegrecían el nuevo amanecer.

*

Cuando lo conoció, al principio no le pareció atractivo, no tenía ninguno de los rasgos que, por lo general, buscaba. Siempre terminaba cayendo en el cliché de los chicos malos.

Fue una mañana de sábado en que se levantó temprano para ir a lavar un desvencijado Jetta que era su vehículo, tuerto de un fanal. Siempre lo traía impecable para, por lo menos, darse el gusto de decir que era muy pulcra en el cuidado de su vehículo. Le había pedido a su madre que la acompañara para no ir sola, sobornándola con invitarle a comer unos taquitos mañaneros.

—Ay Valeria ¿cómo vas?, ¿con quién estás saliendo ahorita?, esos niños necesitan una figura paterna en la casa, cámbiate esas fachas, así nadie se va a interesar en ti —la reñía su madre pensando que le hacía bien, en lo que intercalaba reclamos por su falta de capacidad para conseguir una pareja estable y por ser una mala madre.

—Ay mamá, yo sé lo que hago, no puedo actuar tan desesperada —Valeria batallaba en explicarle la nueva dinámica de las relaciones: cada vez había menos hombres dispuestos al compromiso. En los tiempos modernos, todo menos que una relación igualitaria tanto en acciones como en aportaciones, les parecía un sacrificio inútil a muchos de los varones de esta época.

—Pues no te tardes mucho, ahorita sigues muy bonita y tener dos hijos casi no te ensanchó las caderas, pero ya sabes que nada es para siempre, mírame a mí, a tu edad estaba más delgada y con un cuerpazo que hacía que tu padre siempre se pusiera celoso cada vez que íbamos a la playa, ahorita me ves con cuerpo de pera porque me he descuidado por mi edad, pero tú no tienes excusa, así que mantente en forma, ya ves que por la vista entra el amor —dijo su alcahueta madre sin pensar que la insistencia a su hija acerca de conseguirse un hombre en que apoyarse, era parte de una larga cadena de complicidades machistas heredados por el lado de las mamás.

Valeria estaba acostumbrada a que invariablemente, con todo y que adoraba a su madre, siempre terminaban hablando de la falta que le hacía un hombre, ella había sido criada bajo la vieja escuela donde, aparentemente, las mujeres no pueden valerse por sí mismas, necesitaban tener un hombre a su lado.

Al terminar y mientras masticaban un digestivo chicle, se pusieron en la salita de espera mientras les detallaban el coche, Valeria recuerda que traía una blusa deshilachada, unos shorts a la rodilla, descoloridos, y unas chanclas que revelaban las uñas de sus pies sin pintura y que ya extrañaban una pedicura. Mientras escuchaba la larga letanía de amorosos consejos para encontrar pareja que le ofrecía su madre seguramente con un gesto permanente de frustración, la abordó un hombre con interés, era de aspecto ordinario, estatura media, tez apiñonada y que el cabello le empezaba a escasear mostrando una porción de la parte de atrás de la cabeza desnuda, como fraile.

—Es un clásico, me encantan los Jetta —dijo.

El chico comentó que también esperaba que le terminaron de lavar su vehículo y que le había estado observando fijamente durante los últimos minutos, se notaba que le había costado trabajo sacarle plática.

—Te estás burlando de mí ¿verdad?

—No para nada, es que ese modelo ya no lo hacen, me recuerda mucho al primer vehículo que me compré con mi propio dinero y me trae recuerdos muy padres.

—Perdón por haber reaccionado así, es que una vez un grosero me preguntó que si coleccionaba coches antiguos.

Después de platicar un rato, alejándose discretamente de la mirada de aprobación de su madre, que no podía evitar adelantar vísperas cada vez que veía a su hija entablar conversación con alguien del sexo opuesto. Ya no le importaba quién fuera el galán ni cosas tan triviales como si tenía un apellido rimbombante, cosa que le había exigido en sus años mozos. Ahora el que cayera era bueno.

Valeria se alejó un poco de esa forma que tenía su madre de mirarla, y que le recordaba a todas las amonestaciones y consejos para conseguir pareja, y se dispuso a platicar de cosas comunes, como en este caso, acerca de dónde podía conseguir el farol que le faltaba a su vehículo. Valeria estuvo de acuerdo en salir a cenar con él, y así comenzó la relación.

Conforme lo fue conociendo se dio cuenta de que le iba gustando de poco a poco, era soltero, nunca se había casado, le confesó que no podía tener hijos, y eso lo había traumado desde muy chico, sus pretensiones de buscar una pareja se habían ido por un tubo porque se sentía incompleto, lo habían operado mal de un varicocele en los testículos y había terminado con una infertilidad crónica. Ella lo tranquilizaba diciéndole que no se preocupara y que, además, eso lo hacía disfrutar más el delicioso, ya que después de un rato empezaron a acostarse sin protección, cuando Valeria había aprendido a confiar en Mauricio.

Después de meses en los que ambos llevaron todo con calma y respeto, un día mientras Mauricio se despertaba para ir al baño y ella se quedaba en la cama flojeando, Valeria le dijo:

—Sabes, me gustas mucho, y estoy convencida de que te amo, pero te tengo que decir que entre mis planes está el casarme y si no piensas lo mismo, con todo el dolor que me da voy a tener que terminar contigo —la voz de Valeria se escuchó con más tristeza de lo que debiera.

—Bueno Valeria, no te niego que yo también he pensado lo mismo, pero me gustaría tomarme las cosas aún con más calma, me encantan tus hijos, sabes que me llevo muy bien con ellos, pero creo que cuando una madre soltera vuelve a contraer matrimonio debe de tener extra cautela para no afectar su relación con opiniones ajenas a la pareja, pero no te puedo negar que lo que ahora me dices, también lo he pensado.

—En serio, tienes razón, perdón por presionarte, solo quería saber si ambos buscamos lo mismo.

—Pues si yo fuera tú mi vida, me quedaría a averiguarlo.

Mauricio Ondarza le brindó una tranquilizadora sonrisa y regresó a la cama con Vale a continuar ambos, ahora sí con un rumbo definido, con su juego favorito.

*

—Siempre me pregunté por qué no podía enamorarme, a pesar de haber tenido varias parejas y de estar ahora en un matrimonio, nunca he sentido la pasión, a lo que muchos dicen te pega duro querer a alguien y hasta lo deseas a cada rato. Hasta ahora, había estado confundida toda mi vida, cuando era tan sencillo darme cuenta de lo que en verdad deseaba, mi auto negación me impedía darme cuenta adónde llevaban mis anhelos y deseos —dijo mientras le acariciaba el cabello a Connie, en verdad amaba a esa mujer dura y sensual que era mi amiga.

—Así pasa, yo tampoco había sentido esto, creo que estoy muy enamorada, como nunca, no quiero separarme de ti —dijo Connie apoyando su cabeza en el pecho de su acompañante.

—Lo sé, yo tampoco, pero desde un principio acordamos mantener esto en secreto, si es verdadero va a durar, yo así lo siento, te prometo que tan pronto mis hijos estén un poco más grandes, cuando ya entiendan muchas cosas y puedan comprender mis razones voy a buscar el divorcio, va a ser todo un escándalo en la familia, nunca se ha separado nadie en su círculo familiar.

—Yo creo que ya estas cosas son más comunes de lo que la gente cree, no te preocupes por el escándalo.

—La verdad solo me importan por mis hijos, lo que siento por ti opaca cualquier cosa negativa porque te amo, Connie.

—Yo igual, me traes enculadísima y se me nota, ya todos me preguntan, me ven todo el día con la sonrisa de idiota de los enamorados.

—Qué bueno que nos atrevimos a esto, bien por el alcohol, si no nadie hubiera dado el primer paso, sentía las ganas, pero no sabía cómo empezar, pero eran tantas señales, miradas y sonrisas que compartíamos en secreto, a mí me daba terror, es increíble, tanta convivencia y de repente nos dimos cuenta de que lo que teníamos en medio era necesario vivirlo. Cuantas personas se arrepienten en el lecho de su muerte por no haberse atrevido a seguir los anhelos de su corazón, Connie te adoro, quiero que estés bien segura de mi amor.

—He aprendido a tener paciencia, no te preocupes, yo sé que tu matrimonio es una farsa, pero les da seguridad a tus hijos, así que por mi parte no hay problema, solo te pido que haga un espacio para mí en tu vida, porque yo te quiero.

—De eso no te preocupes, sufro por verte y en cada oportunidad te voy a buscar, además, te voy a decir algo, el hecho de que seamos un secreto de amor le pone un poquito de sabor a nuestra relación.

—Mi vida, sabor es lo que le sobra a esto —Connie ya no dijo nada más y se fundieron en un largo beso acompañado por caricias, no podían quitarse las manos de encima, se amaban con locura, ya no cabían más palabras, por lo menos no en ese momento, Connie sabía que empezaba una relación con el amor de su vida.

*

María

—No sé si darle una oportunidad de nuevo, Cástulo tiene demasiada energía, no le puedes dar la espalda porque te ataca sin piedad —dijo Ricardo—. Además, se la pasa viéndose en cuanto espejo nos encontramos para ver si con los pantalones que escogió se le ven las nalgas paraditas—. Al principio está padre, pero ya después de un rato cansa. Además es súper tóxico, nunca se espera a llegar a la cama, te ve y has de cuenta que es un toro y te enviste así parados donde te encuentre.

—Ay, los tóxicos son con los que tienes el mejor sexo —dije.

—Sí, la verdad le pone muchas ganas y me cae muy bien, actúa como si fuera todo un garañón, aunque la realidad es que tiene el pito diminuto, pero nunca se lo digo, a veces es mejor así.

Sonreí un poco por lo bajo ante el comentario.

—Además, me llevo con todos sus amigos, entre los que cuenta con varias parejas entre bugas, gays y lesbianas bien establecidas, creo que fuera de que es un poco respondón y peleonero cuando se encuentra con alguien homofóbico y de que cada vez que me agacho le dan ganas de atacarme, todo lo demás es bastante normal en su vida y le encanta viajar, obvio como a mí.

—Órale Ricky, no será que ya estás pensando en sentar cabeza —pregunté.

—Pues quizás es momento de darme una oportunidad de ese tipo, la verdad es que tú en una relación formal y a punto de casarte, Sara en su relación maravillosa de libro de texto, Connie ya ni sus luces de sus aventuras ahora que se asumió lesbiana junto a Angus. Valeria enamorada del Godínez, ya se la pasa todo el tiempo con el simplito, y no se deja ver por sus amigas, hay que sonsacarla pronto, para que nos cuente bien, pero parece que está muy contenta, por lo menos ya no tenemos que escuchar sus quejas acerca de cómo la trataba la vida. Según veo, ahí se va a quedar, qué bueno, además calladita, calladita, pero le dio vuelo a la hilacha con medio San Pedro, así que experiencia y vivencias no le han faltado.

—Pues sí, como que le tocó besar muchos sapos hasta encontrar su príncipe —dije.

—Ay amiga, ojalá que nunca se le ocurra platicarle algo al Godin acerca de sus aventuras previas, no le vaya a salir lo machito y la mande a la chingada por celos retrospectivos.

—Eso sí, nunca sabes, con todo y lo alivianado que se vean, muchos siguen teniendo su machito interior bien plantado.

—Además con el "Godínez" Valeria se puede relajar, queriendo salir con puros riquillos la pobre se ha comprado puros zapatos de marca que encontraba en oferta y, o le quedaban grandes que parecía que iba a nadar parada o le quedaban chicos, y ahí andaba la pobre, cada vez que pisaba un chicle hasta podía adivinar el sabor con las yemas de los dedos de los pies —dijo Ricardo.

Por solidaridad, contuve la risa.

—Yo creo que va a ser muy inteligente, Valeria con todo y como le iba, nunca pensó en ningún momento que no iba a volver a casarse. Así que con seguridad le sabe, ahora que está en una relación, ponerle el tono necesario y tener la carta del matrimonio sobre la mesa…

—Así es, pero estoy feliz por ti Ricky, y Cástulo me cae muy bien, además, es un excelente cirujano plástico y quizá en algunos años todas necesitemos arreglitos, y tú nos podrás conseguir descuentos —le dije.

—Obvio, a mis amigas el mejor precio, si no se las verá conmigo.

Ambos sonreímos ante la perspectiva de pagar Botox y arreglitos en mejores condiciones, Ricardo pareció tomar un respiro para reflexionar por un segundo y me dijo:

—Sí, ahora que las veo tan felices, me cayó el veinte, es como si me diera cuenta de que no me había permitido tener una relación porque aun me quedaba un miedo residual al repudio por haber crecido luchando por esconder mi identidad. Los subconscientes casi nunca se recuperan del todo, y no quería entablar un romance largo por temor al rechazo que me regresara de rebote a mis épocas de inseguridad perpetuas, ya sabes, el típico auto sabotaje de tirarte al mar por miedo a que se hundiera tu bote, pero creo que ya estoy listo para perseguir algo significativo, tú y aquellas, me demostraron que no debo por miedo tratar de que todo siga igual —dijo con una sonrisa de auto comprensión—. No sé amiga, me pegaron un antojo por la monogamia y quiero ver de qué se trata, qué se siente, no sé, puede resultar dejar que me cuiden y cuidar, hacer planes juntos, viaje largo, andar de monopareja tiene también sus encantos. Quizá es hora de reescribir el libreto que había estado siguiendo, y pensar bien para inventar mi vida paso a paso, voy a ir tocando lo que me susurra la vida de oídas.

—Cástulo se sacó la lotería, te va a ir muy bien, eres un partidazo —le dije con un abrazo de felicitación.

*

—Cómo eres pendejo —con esa severa afirmación me reprendió La Almorrana al llegar a mi departamento donde pensativo y adolorido, convalecía de los acontecimientos de la madrugada. Ya con el sol de frente, había regresado del ministerio público donde di mi fe de hechos, y después de muchas insistencias de parte de la policía, puse mi denuncia contra el grupo de extorsionadores.

—Si no se quedan en la cárcel, van a dañar a más personas —me conminó el sargento que había sido mi libertador.

—El modus operandi de la banda es que la chica termine golpeada para luego extorsionar a sus víctimas a quienes van a acusar de violación, y así pedirles dinero por un buen rato a cambio de su silencio. Ya tenemos varias denuncias —me dijo la agente del ministerio público, mientras yo desviaba la miraba para que no delatara la vergüenza que sentía en ese momento.

—Además, con una pielecita tan sabrosa de carnada como la Perlita seguro le va a mover el gusano a más borrachos calenturientos —complementó sin el menor tacto, la pareja policiaca, haciendo mella en mi lastimada dignidad.

Los argumentos se probaron infalibles y terminé declarando y denunciando la totalidad de los hechos, poniendo así mi granito de arena para que continuara su labor el largo brazo de la ley.

El cansancio me vencía, pero no pude dormir ni un ápice pensando en todo lo que había pasado, me sentía muy pesado, tirado en la cama con los ojos bien abiertos y sin contestar llamadas, seguramente ya se había regado el chisme entre mis amigos que preocupados habían llegado a ver cómo estaba.

Respondí con silencio, regresando para envolverme en las sábanas ante lo verdadero del argumento, en realidad me sentía como un pendejo.

—Kike, aquí estoy con él, ya dejó de llorar, está un poco madreado, pero está bien.

—Pregunta Kike si te la cogiste —dijo La Almorrana volteándome a ver y tapando un poco el auricular de su teléfono.

—No —contesté desde abajo de las cobijas, sin muchas ganas, y siguiendo la corriente a mi voyerista amigo.

—No Kike, que a esa no se la cogió —respondió en un tono muy formal, como dando un informe médico.

—¿Cómo está? —entró Bárbara sin preámbulos a mi estudio, dirigiendo la pregunta a La Almorrana.

—Está bien, sólo con algunas contusiones y lesiones que no tardarán en sanar más de quince días —respondió La Almorrana, mientras leía mi copia de la denuncia que se había encontrado mientras husmeaba en el escritorio.

—Creo que el trauma le va a durar un poco más que eso —sentenció Bárbara.

—Javier ¿cómo estas?, es un milagro que hayas salido vivo, es mágico tenerte sano y salvo a nuestro lado —gritó Martha, que había llegado al edificio junto con Bárbara, pero que había hecho una escala técnica en el baño del pasillo—. Es mágico que la maravillosa vida te dé una segunda oportunidad, me dijo Karla que te iban a arrojar del balcón —comentó.

—Sí, bueno, me defendí y tiré golpes, pero eran dos y estaban armados, como quiera le metí huevos porque se empezaron a aprovechar de Lucrecia —dije tratando de salvar cara y un poquito de dignidad, contando sesgadamente un pedacito de la historia.

—Sí, estuvo cabrón, nos dijo Karla que lloraste mucho —remató el impertinente de La Almorrana mirándome con cara de lástima rematada en un puchero.

—No te burles Alonso —lo reprendió Martha—, Javier, si quieres llorar un poco más, aquí estamos tus amigos para consolarte —dijo tratando de ayudar.

En ese momento además del dolor físico y tener aun los huevos como pasas, me angustiaba pensar en Karla, mi desinteresada defensora que acudió en mi auxilio. A pesar de todas mis degeneraciones, no había dudado en acudir a socorrerme con cariño desinteresado y verdadero, recordé la última mirada que me dedicó con desprecio al alejarse de mi lado en el edificio, mientras acompañaba con solidaridad de género a Lucrecia, quien de inmediato, tomó el primer vuelo de regreso a la ciudad de México, sin dilatar su estancia ni siquiera para tomar parte en la denuncia de los hechos en los que también ella había sido víctima. Por lo menos, ya no había necesidad de aclarar nada con ella. Estaba claro que no era mi novia, y yo, estaba seguro de que no iba jamás a querer saber algo sobre mí.

—Alex está fuera de la ciudad, pero me está hable y hable para saber cómo estás y quiere que te diga... —dijo Bárbara volteando los ojos —que si ya de una vez vas a aprender que vieja que no chinga es bato.

—Dile que por lo menos ya está más calmado y ha dejado de llorar —recomendó La Almorrana.

—Por cierto, no sé si se enteraron, porque obvio le da pena haberse dado cuenta de que vivía equivocado, pero Alex anda súper mandilón con una chava que lo trae babeando, dice que esta es la buena, la conoció en Tinder, es divorciada y tiene cuatro hijos —dijo Martha ante la sorpresa de todos.

—¿Cómo era...?, más rápido cae un cojo... —dijo Almo.

—¿No vino Karla? —pregunté interrumpiendo con un hilo de voz que salió más agudo de lo que esperaba y que La Almorrana ignoró por lástima, al darse cuenta de que me encontraba verdaderamente compungido.

—No Javier, pero ella fue las que nos contactó a todos para que viniéramos a verte, obvio le cagas, aunque sabe que los embarazos de las tres resultaron falsos, pero sigue preocupada por ti, ya ves cómo es de protectora —me contestó Bárbara.

El último comentario me hizo abrigar un poco de esperanza en mi tullido corazón.

—Javi, tomaste una mala decisión, pero eso no significa que debas pasarte toda la vida culpándote por ella —comentó mi siempre redentora amiga.

—Sí Javier, no pasa nada, prueba superada y si no te mató seguro te hizo más fuerte —comentó ahora sin afán de burla mi amigo La Almorrana—. Además —continuó—, vi la foto del culito y nadie podría culparte por caer, como decía Oscar Wilde: se puede resistir todo menos la tentación —remató con una frase que seguramente había escuchado por ahí ya que mi amigo no se caracterizaba por su afición a la lectura—. Me voy a esperar a que hagan una película del diccionario para ver de qué se trata —solía decir cada que le recomendaba algún buen libro.

La Almorrana, que era el que menos tiempo podía pasar sin comer, fue por tacos y cerveza. Mis amigos se quedaron conmigo toda la tarde, eran mi banda, eso me brindó un poco de consuelo, realmente no puede ser tan malo alguien que ha conservado por tanto tiempo a tan buenos amigos. Me consoló el espíritu saber que había personas que sin importar lo que pasara, siempre podría contar con ellos, además de Alex, que estaba fuera y de Kike, que no tenía mucha libertad para salir.

Pero faltaba Karla, a pesar de que en el momento en que la necesité, llegó infaliblemente.

En silencio los observé conviviendo y tratando de motivarme, sus comentarios positivos y frases chistosas me arrancaron sinceras carcajadas. Nada como reírte de tu propio infortunio para sentirte mejor. Mis amigos fueron capaces de convertir lo que otrora sería un día lúgubre, en una animada tardeada que me hizo olvidar los funestos sucesos de la madrugada anterior. Dicen que el victorioso tiene muchos amigos pero que el vencido tiene verdaderos y ahí estaba yo, madreado, pero irremediablemente optimista rodeado de mi raza.

Casi nunca hablo con Dios, pero en ese momento le di las gracias por tanta fortuna.

*

En la reflexión de la soledad del nuevo día, cuando finalmente se habían ido mis amigos, parado frente al balcón que iba a ser mi cadalso, sentí un escalofrío que comenzó en la parte de arriba de las nalgas y terminó erizándome la nuca, recordando la altura y el sentimiento al estar suspendido en el aire y a punto de estrellar mi cabeza contra el suelo.

Me retiré de mi otrora patíbulo para buscar un par de aspirinas y tragándolas con un traguito de café, me tumbé con pesar, en el silloncito de la sala, caí en él como plomo. La mañana era fresca y el cielo estaba gris recubierto de nubes que no dejaban paso ni al más pequeño rayo de sol. Así era justo como yo me sentía, gris por dentro, sin ninguna luz que radiara esperanza en mi futuro. Estaba a salvo físicamente, pero con el alma desahuciada. ¿Cómo pude ser tan pendejo? La pregunta se estrellaba en mi cabeza una y otra vez como un disco rayado.

Intenté recordar las risas y la mirada cariñosa que me había brindado Karla la última vez que estuvimos felices. Ahora todo estaba opacado por la mirada gélida y los insultos con los que me despidió hacía dos noches, al llegar como ángel cuando se me había aparecido el diablo.

Mi corazón se afligió con una penumbra invernal al rememorar su presencia digna que siempre reprobó mi decisión de dejarme llevar por el amor a mí mismo y desobedecer a la voz de mi conciencia.

Gris, ahora todo era gris, cómo extrañaba esa sonrisa que la hacía ver tan bella, pensé entre los pucheros que me jalaban los recuerdos de las consecuencias de mi comportamiento insensato.

De mi interior surgían unas ganas de cariño y de comprensión que sólo podían saciar ella, lo que sentía mi corazón era intransferible.

Me fui al gabinete del baño para buscar algo más fuerte para el dolor. Tenía el cuerpo molido por la madriza, pero estaba seguro de que era el corazón lastimado lo que hacía que no pudiera respirar profundamente y no las costillas que me había magullado El Matraca a patadas, cada instante que pensaba en Karla solo podía jalar aire de a poquito, y expirarlo entrecortadamente con sibilancia sonora a través de mi nariz, que aun seguía morada e hinchada por los golpes.

Quería buscarla para intentar explicarle mi versión de los hechos y mi reconversión a la luz de la moral y las buenas costumbres. Todo mi comportamiento aberrante había sido causado por unas ganas espantosas de escapar de mí mismo, pero ella me tenía bloqueado de todos lados, quería rogarle que me perdonara y jurarle que ya no iba a ser un animal, que no solo dejaría de andar de cabrón, sino que chingaba a mi madre si lo volvía a hacer, que necesitaba escuchar de nuevo sus cariñosas amonestaciones con las que normaba y le daba rumbo a mi vida loca. Hasta su madre me había bloqueado, lo cual me infundía un montón de vergüenza, ¿qué le habría contado? Con menos de la mitad de la realidad tendría para pensar que su otrora chico favorito no valía madres, y tenía razón. Qué manera de complicarme la existencia tan a lo pendejo, dije mientras me pasaba con el último sorbito de café tres Tramadol, infringiendo la dosis para un ser humano que quisiera seguir vivo.

Cerré los ojos al tumbarme de nuevo en el sillón, y esperé a que el medicamento cumpliera su función enervante.

El opioide, lejos de adormecer mis sentimientos por ella, simplemente me excusó un rato del suplicio de las contusiones múltiples y me iluminó con un rayito de esperanza, una idea que empecé a cocinar gracias a la claridad que me aportó la droga. A situaciones desesperadas acciones desesperadas, justifiqué en mi viaje...

En el alucinado trance ocasionado por el medicamento para el dolor, se me ocurrió un plan un poco tonto, pero que si llegaba a funcionar iba a tener un excelente resultado.

En mi cabeza anidó un plan extraordinariamente estúpido.

Entré al auditorio en donde sabía se llevaban a cabo con puntualidad las pláticas con atención a mujeres violentadas que Karla, con religiosa formalidad, impartía para ayudar a cuanta mujer pudiera en sus aflicciones.

Al abrir la puerta que giró con un sonoro rechinido que eliminó totalmente el sigilo de mi entrada, voltearon a verme súbitamente las cerca de treinta mujeres que se encontraban congregadas, aparentemente la asociación había crecido en número, pensé que sería sólo un grupito, pero no iba a dejar que la amplia concurrencia amilanara mi plan.

Localicé a Karla que me miró extrañada al verme en ese lugar, y también vi a Débora que al reconocerme se sorprendió, poniéndose rijosamente en alerta pasando a su mano diestra una botella de vidrio de refresco que sostenía con su mano izquierda.

Avancé un poco ante la aparente calma que les generó verme con marcados golpes en la cara y, quizá, pensando que era también víctima de violencia en alguna relación. Por fortuna la moderadora me dio la bienvenida:

—Pásale, qué bueno que estás acompañándonos en este día —me dijo—. Busca una silla y acomódate, bienvenido.

—Esteee… —respondí—, no, mejor aquí parado estoy bien gracias.

Karla había pasado de la ligera extrañeza que le causó mi presencia a una mueca de desaprobación.

—Cuéntanos, ¿cómo te llamas y por qué estás aquí?

—Este es un lugar seguro —me sonrió una madura dama de la tercera edad quien seguramente era sobreviviente de alguna historia de violencia de género que hasta ahora pudo contar.

¿Seguro?, ¿con Débora aquí?, pensé en silencio mientras me cosquilleaba la nuca, esperando que en cualquier momento me arrojara la botella.

Pero de todas formas proseguí.

—Me llamo Javier y fui parte de muchos abusos.

—Hola Javier —respondieron al unísono.

Karla observó extrañada la reacción de su grupo.

—Pero no como ustedes creen —continué.

—Yo fui el abusador —dije mientras sorprendidas muchas de ellas fruncieron el ceño y levantaron la guardia con la mirada.

—Abusé de mi papel de víctima para aprovecharme de muchas de ustedes tan solo porque me sentía con derechos porque a mí me habían fallado en una relación —todas me miraron con disgusto, menos Karla que había endulzado el gesto y ahora me veía con interesada compasión—. Les fallé, les mentí pensando que el fin justificaba los medios cuando, en las relaciones de pareja, por lo menos, los medios son el fin. Me creí con ínfulas de conquistador en una estúpida racha de desenfreno.

Para ese momento mi involuntario auditorio había bajado la guardia, y empecé a notar rostros de solidaridad en algunas de las asistentes ante la sinceridad de mi monólogo.

—Tardé en darme cuenta de que, conquista tras conquista, me estaba convirtiendo en un adicto y, como toda adicción es progresiva, me hundía cada vez más —dije con voz entrecortada ante mi espontánea confesión—. Pero lo peor, es que dañé a una persona que siempre estuvo ahí en mi vida y que sólo merecía el mejor de los tratos, la única persona que siempre y sin importar lo estúpido de mi comportamiento se mantuvo a mi lado y cuando la situación lo ameritaba, con todo y con la tenacidad que la caracteriza había jurado no volver a verme, pero no dudó en acudir a mi lado para salvarme de una muy real situación de vida o muerte. Ella es la mejor persona que he conocido —para entonces ya chisporroteaba lágrimas como un chiquillo, y deseaba infructuosamente que, aunque fuera por compasión se acercara a lavarme las lágrimas con ese corazón enorme tan suyo. No me importaba nada ni nadie, sólo Karla, se había impregnado en mi ser, en mi mente y en mi corazón. Voltee para verle y ella seguía con la misma cara de incrédula curiosidad como si lo único que se preguntara era adónde quería llegar, pero yo estaba tan avergonzado que no podía parar de decir lo que para ese momento brotaba de mi pecho casi de manera involuntaria—. Una mujer extraordinaria, que en cada bajeza que cometía me amonestaba duramente, pero lo hacía con razón, y tardé en darme cuenta de que lo que más vale en el mundo es hacerla sonreír mientras estaba conmigo. Ella tiene la más bella de la sonrisas que puedan ustedes imaginar, de esas que motivan por horas y te iluminan la vida. Reconozco que fui demasiado pendejo para entender que lo que estaba buscando siempre lo tuve frente a mí. Ella siempre tuvo el apapacho justo que yo necesitaba, ella cargaba con mis impertinencias cuando era yo el que debía apoyarla y no al revés. La amo y estoy seguro de ello —el auditorio seguía mi inesperada confesión con atención, hasta Débora parecía ya no querer lastimarme, aunque yo no dejaría que se me acercara por si acaso. Algunas de las asistentes ya volteaban a ver a Karla, pero nadie decía nada, sólo Karla se veía cada vez más incómoda.

—Quizá debas decirle eso a la chica de la que estás enamorado jovencito —me recomendó la adorable viejecita.

Tenía razón, no era tiempo de medias tintas.

Así, desenrollando las angustias que obstruían mi garganta para dejar de llorar como un crío y tomando aire tratando de tener los arrestos necesarios, grité:

—Hola, soy Javier Camarillo y vengo a decirle a Karla López que la amo, que quiero que me perdone y que...

—Javier cállate pen... —gritó Karla con el rostro enrojecido de la pena. Se abalanzó hacia mí, y tomándome del brazo con una mano que parecía de acero me jaló avergonzada hacia un cuarto aledaño sin decir palabra, con un apretón de tal fuerza que seguro me dejaría marcado el brazo.

—Aquí no es el lugar para tus confesiones idiota, qué te pasa, aquí es mi trabajo y todas esas mujeres son víctimas de verdadera violencia y no quieren escuchar de tus pendejaditas —dijo sin mucho convencimiento porque, encabezadas por la mujer madura que me había ofrecido la bienvenida, las chicas se aprestaron a seguirnos tan pronto dejamos el auditorio persiguiendo el chisme que interesaba a su abogada defensora.

—Pues me vale madre y ahora me escuchas, por favor, Karlita —dije aun con la voz un poco llorona—. Si no me hubieras bloqueado te hubiera mandado un texto y nos hubiéramos tomado un café, pero me tienes sin poderte contactar y yo quería hablar contigo.

Karla tomó aire, lo cual me dio la pausa necesaria para continuar...

Javier

—Debí escucharte, tienes toda la razón del mundo en estar enfadada, pero estaba ofuscado por lo que me había pasado y creí que era lo que necesitaba, quiero que estés conmigo y…

—Yo también he sufrido, y más que tú —me interrumpió con un grito, poniendo llave en la puerta y cerrando las persianas para evitar miradas curiosas continuó— y no por eso me lancé a una carrera de desenfreno y vicio, no me puedes estar pidiendo esto, después de que prácticamente viví todas tus mamadas en esta nueva etapa en donde tú creías que eras un chingón, pues no, me has decepcionado como amiga, así que ni en cuentos te podría ver como mi pareja, te cogiste a todas por caliente, no por despecho, no me faltes al respeto con excusas pendejas a mí que me lo fumé todo.

Karla empezó a llorar.

—Mi padre me dejó cuando era niña, ya casi no recuerdo el sonido de su voz, y tú me terminaste de enseñar que no puedes contar con nadie, que estás sola en este frio mundo y que en los momentos más cabrones sólo tienes tus uñas para rascarte —nunca la había visto llorar de esa forma en todos los años de sosegada amistad y me estaba causando un nudo de angustia en la garganta verla así, necesitaba consolarla—. Estoy harta de estar al pendiente de lo que todo mundo necesita, de lo que necesita mi mamá, mis amigas, tú… ¡quiero que alguien me pregunte, por favor, ¿qué necesito yo?!

—Déjame intentarlo, el sentimiento siempre estuvo ahí sólo que lo tenía escondido bajo varias capas de miedo. Pensé que eras sólo mi amiga, pero me di cuenta de que no puedo vivir sin ti, eres la respuesta a mi búsqueda, llegaste cuando te necesité, siempre has estado ahí, eso demuestra que se puede contar con alguien en los momentos más difíciles.

—Javier, no me interesa un tarado como tú, que no me has conocido todos estos años, sabes cómo pienso acerca de la basura que se la dan de machos acostándose con cuanta mujer pueden, me pegaste justo en donde te conté que me dolía —me interrumpió Karla.

—Buebueno, lo sé, la regué —tartamudeé respondiendo al darme cuenta de que no tenía nada preparado, ni respuestas, ni excusas, sólo había sentido la necesidad de hablar y declararle mis sentimientos por fin de forma clara—. ¿Por qué no lo piensas despacito?, estás muy alterada, no me mandes a la chingada desde ahorita —protesté con la voz humedecida.

Intenté abrazarla para consolarla al ver que lloraba, pero ese llanto no era totalmente mi responsabilidad, fue como si de repente y al permitirse mostrar su emoción con una lágrima, el efecto sifón de mis pendejadas que ahora sabía la habían lastimado profundamente, canalizara todo lo que tenía adentro y que había reprimido para poder tener una vida funcional, yo también tenía ganas de llorar más, pero me aguanté.

—No me toques, te odio, ni quiero volverte a ver nunca —fue su primera reacción.

—Ya me voy —dijo dándome la espalda y comenzando a caminar.

—No espérate, no es cierto que me odias, cometí errores, pero los voy a enmendar, te lo prometo, dime por favor que sólo estamos teniendo una pelea y que si le damos un poco de tiempo vamos a estar bien, algo pasó conmigo y ahora te necesito, eres la única que necesito, sé que fui un idiota, pero tú sabes bien que no es mi verdadero yo, tú me conoces, por favor dime que no somos caso perdido —me había afectado mucho el verla así, y mediante un efecto cuántico me trasmitió la tristeza. Sentía pesada el agua de mis ojos, pero no quería llorar, sabía que si permitía una lágrima no iba a poder parar, me habían enseñado dese niño que los hombres no lloran, tenía bien puesta esa patética careta impasible para mostrar los sentimientos hasta a hace poco que me convertí en una magdalena, solo que ahora no quería llorar para poder argumentar sin jalones de aire, pero eso no evitaba que tuviera los ojos cuajados de llanto. Estos últimos días habían resultado en una muy seguida catarsis emocional—. Dame tu palabra que vas a seguir en mi vida, olvida lo que te dije de ser pareja, no me importa si seguimos sólo siendo amigos, pero no te salgas de mi vida, no en este momento, andaba mal, lo siento, creí que el remedio era andar de cabrón, tomar tequila, escuchar canciones corta vena, pero sabes que así no soy, estaba deprimido, no me di cuenta, recuerda que la primera prueba de que se tiene un padecimiento mental real es que el que la padece no se percata que la tiene —aventuré un dato científico para apuntalar mis argumentos que para ese momento eran verdaderamente lastimosos, al modo de un niño que no se quiere dormir y acongojadamente pide que lo dejen ver algunos minutos más de televisión.

—No pues estás cabrón si cada vez que te "deprimas" vas a salir a partirle la madre a una mujer y pretendas que la primera línea de batalla sea yo —me contestó poniendo especial énfasis en ridiculizar la palabra "deprimas". No le has puesto atención a nada de lo que te he dicho.

—Pero Karla, te prometo…

—No se trata de prometer, Javier, se trata de que sepas bien a bien lo que pretende tu corazón, de poder tener seguridad en lo que buscas y quieres.

—Karla sé que no va a ser fácil, dame una oportunidad, nos vamos a pelear, es lo que hacemos siempre, discutimos, sólo que ahora le vamos a poner más cariño porque yo sí quiero ganarme tu corazón, necesito que me digas que soy un pendejo cuando de verdad la cago, y que yo pueda debatirte cuando me moleste lo que me digas, que es casi siempre, porque son verdades y la verdad duele, me encanta que no te importe lastimar mis sentimientos si se trata de hacerme mejor persona, y me doy cuenta porque cada vez que lo haces así le remuevas el puñal a una herida dolorosa, termino entendiendo y reflexionando, me ayudas mucho.

—Javier, necesitas terapia profesional y no mis consejos — contestó.

—Ves, hasta tu sentido del humor para chingar me encanta —dije no muy seguro si me decía en serio lo de necesitar terapia—. No va a ser fácil que me perdones, pero tienes que entender que nunca pensé que te estaba haciendo daño, va a ser muy difícil, y te prometo que voy a tratar todos los días de ganarme tu confianza, yo no te voy a abandonar, jamás te lastimaría a propósito —alegué.

—No sé Javier, me he cuidado mucho y he tratado de ser la mejor versión de persona que he podido, y siempre termino lastimada, no importa qué haga, siempre termino herida —dijo soltando un suspiro que me aterrorizó, al pensar que se estaba dando por vencida.

—Por favor, deja de pensar en todos los que te han lastimado y piensa en mí, imagina tu vida a mi lado y cómo seríamos en el futuro, en un futuro juntos, en cinco, diez, muchos años…

—No es tan sencillo, Javier.

—Sí lo es, piénsalo, ambos tenemos las mejores pláticas, me importas tanto que si ocuparas un trasplante de riñón te daba los dos míos, nos gustamos, tú lo dijiste, además, ya estamos maduros para saber lo que queremos, te prometo que te voy a cuidar y sé que tú a mí, siempre lo has hecho, sé que por eso me regañabas con razón y con infinito cariño.

—¿Tú crees que fue fácil escuchar todas tus barbaridades? Tenemos los mismos amigos, ¿crees que no van a pensar que soy una más de tus conquistas?, especialmente el pendejo de Alex.

—No van a pensar nada, ¿no eres tú la más relajada con lo que piense la gente? Además, sabrán que te amo y que siempre lo he hecho, has sido tema en mis conversaciones y todos saben lo mucho que significas para mí, no te debe de importar lo que piensen, pero si así fuera te aseguro que les va a dar gusto, todos, hasta Alex te adoran y van a ver que estamos juntos como el final de armar un rompecabezas donde la última pieza embona y todos sueltan un ¡ah! al unísono. Les haremos sentido, como el final del sexto sentido, cuando bruce Willis se da cuenta de que las señales de que estaba muerto siempre estuvieron ahí, así con nosotros, siempre notaron nuestro especial cariño. Obras son amores y no besos ni apachurrones, decía mi abuela, y te lo voy a demostrar, deja que te lo pruebe y verás cómo he cambiado, estoy lejos de ser perfecto, pero sabes que soy una buena persona —dije mientras me miraba con cariño anestesiado—. Ambos hemos sufrido en el amor, es hora de intentar algo nuevo, somos mejores amigos, ya los dos sabemos cuáles capítulos de nuestra historia será mejor leer en silencio, nos conocemos todo.

—Es por eso, porque te conozco tus mamadas que no puedo creerte —dijo mientras yo abrigaba una cálida esperanza, así que continué con mis alegatos, sabía que si no la convencía me iba a arrepentir toda la vida.

—La mayoría de las personas cuando conocen a una nueva pareja, por lo general, hacen exactamente lo mismo que creen que está bien, es por eso por lo que siempre terminan igual. Hacer lo mismo esperando un resultado diferente es de locos —dije—. Estoy seguro de que te lo he demostrado, que por difícil que sea el momento voy a estar tu lado, hemos compartido lágrimas y risas, y sé muy bien que tú también te preocupas por mí —continué—. Uno de los síntomas de una relación sana es la habilidad de hablar del pasado sin generar conflicto, y tú y yo podemos hablar de cualquier cosa, eso nos va a motivar a ser mejores cada día. Ya no le des vueltas, a veces, hay que dejarse llevar por el sentimiento —comenté mientras me miraba callada, pero receptiva. Te juro que lo que viví ya fue suficiente, no vuelvo, es más chingo a mi madre si vuelvo a andar de cabrón. Esto último que pasó fue como un shock eléctrico que me desfibriló el corazón, y ahora que late con ritmo normal de nuevo sólo pienso en ti —dije mientras Karla pasaba de mirarme compasivamente a iluminar un destello de cariño—. Soy capaz de todo con tal de que me dejes estar a tu lado, ya imaginé nuestro futuro y quiero estar contigo, me haces mejor persona cuando estoy contigo, necesito que me creas, soy capaz de cualquier prueba si quieres que deje de andar de cogelón, incluso puedo dejar el lado sexual totalmente fuera, puedo probarte que soy una persona nueva y que sabe dominar sus hormonas si me permites quedarme a tu lado —dije profundamente afectado por la inefectividad de mis ruegos.

De repente, y con un movimiento decisivo y rápido, se irguió enderezando los hombros, mientras yo le imploraba en voz baja a San Antonio que perdonara mis blasfemias y me permitiera tener una sentencia favorable en este su veredicto. Karla dirigió su mirada hacia mí en un silencio que para mí fue una breve eternidad, y por fin respondió a mi larga letanía.

—Bueno, tampoco se trata de no hacer el delicioso nunca, si vamos a envejecer juntos, qué flojera andar cuidándote la próstata sin haberla disfrutado —dijo aún seriamente, pero pude identificar en lo más lejano de sus labios, el vestigio de un esbozo de sonrisa mientras sus ojos húmedos y limpios recobraban el brillo al cruzarnos la mirada.

Supe entonces que aun cautelosa podría, poco a poco, recuperar la fe en mí, me había perdonado y estaba frente a mi futura esposa, nos acercamos despacio el uno al otro y antes de nuestro primer beso ya le había escriturado el cien por ciento de mi corazón.

Epílogo

Nunca había sido mi sueño casarme por la iglesia católica, pero ahora que me encontraba afuera esperando la hora para entrar a tiempo a la catedral podía entender por qué era considerado uno de los eventos más espectaculares en la vida de una mujer, la magia y mística que envuelve a estos eventos es maravillosa, nunca había sido mi obsesión una boda, pero no podía negar que la idea había pasado por mente.

Debe de ser increíble si llega la persona indicada, pensaba.

Y vaya que había llegado, en una serie de rápidos sucesos se habían acordado las condiciones para que Jonás regresara a mi vida, como si una fuerza invisible rigiera sobre mi destino y me hubiera premiado con este reencuentro.

Se habían acomodado flores en los puntos indicados para que, junto a los hermosos candiles y su arquitectura gótica, enmarcarán el evento del cual era protagonista.

Mis padres orgullosos al haber llegado el momento, no lo decían por prudencia, pero se sentían muy satisfechos de que finalmente hubiera encontrado a una persona que me convenciera de que el matrimonio era una buena a idea.

Nunca me habían presionado por nada, respetaban que nuestros planes eran tan sencillos, que les bastaba con verme enamorada. Obviamente, no entraba en ningún detalle, pero con Jonás volví a sentir como adolescente, igual que el día en que lo hicimos por primera vez en su departamento en Madrid y yo no podía creer lo rico que sentía, como si comprendieran sin necesidad que les contara lo maravilloso y placentero que fue reencontrarme con él.

Pero aun así veían con esperanza y emoción el ver a su hija llegar al altar vestida de blanco, junto al hombre que en muy poco tiempo habían aprendido a querer como a un hijo. Mi madre abiertamente le dijo que no se tardara en darle nietos, a lo que Jonás había respondido con una tranquilizadora sonrisa.

—Aun no hablamos de eso, pero me encantaría tener un hijo o hija con María.

Mi padre no había escatimado gastos y mi madre, sin presión, me ayudó a elegir un vestido Vera Wang que terminaba en sirena y que me había encantado desde que lo vi en una publicación de modas, claro que en ese momento jamás pensé en lucirlo, así que ahora que tenía la oportunidad, aproveché el momento y me dejé llevar por la ocasión.

—Mi vida, compra el vestido de bodas que quieras y haz el evento tal y como Jonás y tú deseen, si lo quieres majestuoso, adelante que para eso trabajo, y si lo quieres discreto igual para mí, lo que me importa es que tú seas feliz —me dijo.

Había optado por la opción discreta, de una ceremonia religiosa como principal acto, no estaba de más recibir la bendición de la santísima trinidad y de todos los santos para comenzar una nueva vida juntos, después una pequeña recepción con la familia y amigos cercanos, hasta Javier y Karla habían confirmado su asistencia.

Todo eso pensaba mientras veía que el reloj marcaba las seis de la tarde y no había señal de que Jonás llegara, ya estaba aquí su madre y sus amigos, según me decía Connie quien era la encargada de ir a vigilar cómo estaba todo en la entrada de la catedral, mientras yo esperaba en el coche con el aire acondicionado al máximo. A Jonás no le entraban los mensajes ni las llamadas al teléfono y eso empezaba a impacientarme un poco.

—Connie ve a ver qué pasa, checa con sus amigos, a ver qué sucede, no es normal, hablé con él por la mañana y bromeamos acerca de no vernos antes, por todo aquello de no ver a la novia antes de la boda, pero ahorita en cuanto llegue vas y me lo traes, me vale madres que me vea, ¿cómo es posible que en esta era de conectividad no me conteste el teléfono?

—Voy, regreso en cinco —me contestó.

Pero pasaron cinco y luego diez minutos y Connie no regresaba, y ahora tampoco ella me contestaba el teléfono, qué diablos estaba pasando pensaba, mientras mis padres me acompañaban intentando tranquilizarme.

De pronto vi a Connie caminando apresurada hacia nuestro coche, incluso venía Javier con ella, ambos con el rostro descompuesto. Sus expresiones hicieron que de golpe se me helara la sangre y el estomago me diera un vuelco, nunca pensé que algo como esto me llegaría a pasar a mí.

Acerca del autor

Chuy Chapa

Empresario y escritor regiomontano, autor de la trilogía El Player que ha figurado entre la lista de los libros más vendidos y la serie El ejecutor, saga dedicada a las víctimas del crimen y en donde se retrata la realidad de la violencia en la sociedad mexicana.

Tiene su residencia en San Pedro Garza García Nuevo León.

Actualmente se encuentra en el proceso de escritura de sus próximas novelas.

Made in the USA
Columbia, SC
02 June 2023